理由

りゆう

Miyabe Miyuki
宮部美幸

陳寶蓮——譯

導讀

平成國民作家宮部美幸

唐諾

有一款大家常見的德國車，Volkswagen，我們音譯為福斯汽車，和同樣來自德國的雙B乃至於Audi不同，福斯車既不朝象徵社會上層成功身分的豪華大型轎車方向走，亦不往流線拉風、強調速度的玩家跑車方向試探，它的對象是一般人，隨著社會整體經濟條件成熟開得起車也有必要開車的一般人，功能的意義遠大於想像作夢的意義（「你是開一輛車，不是開一個夢」），因此福斯車實用無華，沒眩目的美學妝點，也就不收你夢想的昂貴附加價錢，但開車的人知道，這是一部好車，奠基於德國深厚嚴謹踏實的汽車工匠技藝之上，不胡思亂想，不浪費無謂的精神和力氣。幾年前，我一位對車子一竅不通的老朋友買了一部福斯的Golf車，就是那種最陽春、最笨拙、沒屁股的那一型，當時已故的汽車大冒險家小黑柯受良還在，要了車鑰匙試開了幾條街，回來跟我這位揪著心等待判決的老友講：「很不錯，整輛車感覺很『緊』，改天我也牽一輛回來玩玩。」

我們大約聽得懂柯受良這個「緊」的說法，意思是車子不會鬆垮垮的，整輛車會踏實的執行開車人的指令，有一體成型的感覺。

據說，福斯車也是修車廠最痛恨的車種，基本上它是「不必掀引擎蓋的」，耐操耐用，車殼開爛了，引擎依然強壯如昔。

如此的汽車特質，其實我們把Volkswagen一名給意譯出來，所有奧秘就當場一目了然了，它原來就是所謂的「國民車」，設計製造出來就是要給一般國民大眾所用，或者說，就是符合社會大眾的最大公約數需求而非某一兩個人的綺夢幻想。當然，這個國民是德國國民，這點很要緊。

以上不是汽車廣告，而是宮部美幸，她的小說讓我想起福斯汽車，以及遙遠某個晚上素昧平生柯受良的那段實戰意味車評。

對了，說福斯車沒眩目的美學妝點，絕不等於說它只是一堆有用但醜怪的機械，事實上，樸素也會是好看的，尤其是它的內容撐得住時，特別會給人某種專注而且耐看的有厚度美學感受、某種對工匠技藝的敬重所自然衍生的內行美學玩味（比方說符合力學的完美車身弧度、堅實的關車門聲音、或那種你好像可放心把命交給它的精純令人感動引擎聲音云云）；還有，歷史已用事實說明了，老福斯的絕版金龜車，今天意外成為普世汽車收藏家的追逐焦點。大陸的小說名家阿城旅居L.A.時，便靠組裝（或該說「復活」）金龜車貼補生活費，最後一輛紅色敞蓬他留下自用，惟車停紅綠燈前，阿城講，不下十次八次總有人從車旁冒出來，忍不住的問他這輛車賣是不賣。

除了暢銷和得獎之外

宮部美幸是日本劍客武聖宮本武藏「雙刀流」型的小說書寫者，她寫現代式的推理小說，也寫傳統式的江戶神鬼傳奇故事。當然，這裡我們的關懷仍集中在她的推理小說上。

宮部極可能是當前日本最成功的小說書寫者，成功得宛如一個奇蹟、一場好夢——她本人是東京下町一個平凡偏貧窮家庭出身的女孩，學歷則讓人聯想到阿嘉莎·克莉絲蒂，只高中畢業，而後進專門學校學了兩年速記便投身工作職場，浸泡於大社會之中。一九八七年是夢開啟的一年，她處女作《鄰人的犯罪》一書拿下《ＡＬＬ讀物》的推理小說新人賞，這趟不無意外的奇異書寫旅程於焉展開，往後約十五年左右時間，她勤奮的交出了超過三十本的作品，而日本社會回報她的則更多，她的書暢銷而且得獎纍纍如秋天江戶的成熟柿子樹，這個傲人的實績總滿排勳章般掛滿她如今任一本書的封面、封底、書腰或前後摺口上。其中，她的代表作《模仿犯》一書暢銷一百三十萬冊，拿下了包括藝術選獎「文部科學大臣賞」、「司馬遼太郎賞」等六大獎項，《理由》一書又奪得「直木賞」云云，能有的、能想像的大概都收集齊全了，然而一九六〇年生的宮部今天才四十五歲，以日本女性的長壽「習慣」，開個玩笑來說，然後至少二、三十年的寫作日子要如何是好？

我個人以為有的——在宮部獲得這些林林總總的正式大賞同時，她也贏得了一些非正式但可能更重要也更有意思的頭銜，其中一個是所謂的「國民作家」，繼吉川英治、松本清張和司馬遼太郎之後。而宮部的小說內容以及因此而衍生的和廣大日本社會閱讀關係，的確顯現了如此特質，也可能是她往後書寫的真正位置和價值之所在。

說真的，大眾類型小說暢銷，大部分時候並不需要什麼特殊理由，也不見得一定得有什麼樣過人的價值，反正市場的基本需求本來就好好存在那兒，總要有人來滿足它填補它，時尚加上上帝點名的好運道已足夠說明其中十之八九了；也不一定需要事後認真追索其意義或成功奧秘，除非你是「模仿犯」、是那種絞盡腦汁想複製人家成功經驗的出版社企劃人員或眼紅的小說書寫同業，只可惜運氣和逝如流水不舍晝夜的社會集體情緒總無法一併複製云云。至於大眾類型的小說獲獎，基本上仍得看在地社會的水平而定，巴西國內的冠軍足球隊和台灣國內聯賽的冠軍足球隊基本上便是完完全全無關的兩個東西，以日本近一二十年小說創作力的普遍萎縮不振，老實講，也不見得一定唬得了誰。

每年總有書暢銷，也每年總有書得獎，光這兩者說明不了也不一定榮耀得了宮部美幸，她還擁有一些特別的東西，建構著和日本當前社會的某種特別聯繫，某種日本人可相信她足堪成為所謂「國民作家」的特質。

這裡，或許正因為宮部代表作《模仿犯》此一書名的緣故，讓我想起渥特．本雅明〈機械複製時代的藝術作品〉文中的一段話：「即便是最完美的複製也總是少了一樣東西：那就是藝術作品的『此時此地』──獨一無二的現身它所在之地──就是這獨一的存在，且唯有這獨一的存在，決定了它的歷史。」

太長的推理小說源頭

宮部也有宛如宮本武藏快刀般的一支書寫之筆，她的快，不僅僅呈現於她每年平均兩本的稱職大眾小說家出書速度，更表現在她每本書的實際厚度和內容構成，其中最極致的演出仍是《模仿犯》一書，全書原文一千四百頁，調動了四十三名有名有姓有基本來歷的人物。嚇！這是巴爾札克的小說對吧？你記憶中有哪本推理小說寫這麼長的？

也許有的，很久很久以前，久到推理小說誕生的曙光時日，比方說，威基．柯林斯的名著《月光石》。

基本上，推理小說，尤其是本格派的推理小說，的確不方便寫這麼長，因為本格推理基本上是個謎題，騰挪迴轉狡飾欺詐為的無非是讓最後的謎底驚心動魄的「抖」出來，這就是推理小說鼻祖愛倫．坡所說的，小說的全部菁華，在於「最後一行文字」。也因此，推理小說書寫者總面對著這個幾近是悖論的宿命難題，那就是在謎題的長短之際要如何最適的拿捏，如何把閱讀者壓到極限的最後一口氣又不至於讓他力竭倒地把書扔開。

但無論如何，一千四百頁終究太長了，沒有人受得了這麼長的一個謎題的。

或許正因為如此這般，身為英籍在地作家的威基．柯林斯，儘管和愛倫．坡算是同代之人而且還擁有「主場優勢」，卻只能讓來自美國的愛倫．坡拿走以英國為發源奠基母土的推理小說之父歷史榮銜。我們看《月光石》，有謎一樣的詭譎兇殺案，有精明幹練的探長，也有足夠感情上的恩怨情仇和實質上的寶物財貨讓人人可能是殺人凶手云云，該到的元素差不多全齊了，卻樣樣差了那麼一點點，沒能像愛倫．坡的《莫格街探案》那樣，清清楚楚完成了後來推理小說遵循百年的最基本類型架構。比方說，霍夫探長並未真正破案反而中途死去，因此，他沒能是負責揭露神奇謎底並解說這一切的純淨智性「神探」，他只是精明認真的警官，他的角色「功用」毋寧是要讓命案的發展更神秘更奇情更峰迴路轉，也就是說，柯林斯《月光石》的真正樂趣並不全押在「最後一行文字」，沒要蓄住全部力量好最後一拳K.O.你，更多時候它想提供閱讀者的是雲霄飛車般的上下起伏驚險享樂。

如此，我們便差堪懂了威基．柯林斯的真正書寫來歷及其關懷了——我們可從柯林斯沿狄更斯往上溯，今天的文學歷史慷慨但也公允的賦予它們經典小說的嚴肅位置，但在當時，它們是那種精采奇情纏綿緋側的恩怨情仇小說，尤其是社會開始富裕起來、一般社會大眾有點錢了也有點閒了而且有足夠文字能力開始渴望也能浸泡其中的消遣讀物，這樣的故事通常得夠長才好，長到——長到可埋進一個星期、一個月甚或更久，長到可成為一個夢境，一個另外的世界，長到你可以放心把情感投入其中並生根發芽，而無懼它會匆匆告別你而去如變心的情人。

如此的人性需求其實有比小說更久的來歷，甚至還早於文字的誕生，這其實便是人類說故事的古老傳統；也因此，即便在現代社會中飽受各種衝擊如理性除魅、如功利主義、如人的彼此隔離和生命經驗的破碎、如人心和生活節奏的匆忙、如直接感官享樂的解放和篡奪云云，但每個社會，仍依照它自身的品味高低以及倨傲謙卑不等的心思，在尋求諸如此類可安心聽良久良久的故事（比方說台灣糟糕些，它的「國民作家」，其實是八點檔連續劇），正因為如此，才讓波赫士大膽的講：「我不相信人類對聽故事一事會感到厭倦。」

從國民作家到日本性

我個人當然知道，寫得太長，非本格派的宮部小說，在封閉的推理小說世界中有更方便的歸類方式和更現成的解釋，那就是與本格派分庭抗禮的所謂「社會派」，一如日本人把宮部視為松本清張的當代繼承者一般。

但太現成太制式的社會派既定印象及其解釋可能顯現不出宮部真正的特殊之處。

宮部的推理小說，的確有極清楚的當下日本社會現實著眼，寫的是日本宛如太平盛世當前社會底下流漾的不安和隨時可能爆發的暴戾。但做為一個後來的、基本社會問題已被寫盡的社會派推理作家，宮部並未被逼往更幽黯更乖戾、更人性邊界、更心理概念的宿命方向走，她奇特的回轉到更平實的家常世界來。她的題材全不特殊，像《理由》一書的命案便生於再常識不過的法拍屋法律死角之中；她的犯罪探索亦不深奧駭人，即使像《模仿犯》處理綁架分屍的連續殺人案，我們也沒看到多少不堪入目的東西，毋寧只是一份更詳實更盡職的命案相關調查報告，直接拿到報紙或電視新聞上亦無尺度問題，也仍是普級的，歡迎闔府觀賞。

一部小說，把時間、戲份、均勻的分配給四十三人，幾近一視同仁到宛如填寫基本資料表格的介紹他們的姓名、職業、年齡、相貌特徵、家庭背景和學歷出身，所有的獨特個人就全隱沒了，剩下的便只是社會身分、社會人格和社會位置。原則上，這是一種很「冷」的小說書寫方式，閱讀者只能用理性和它打交道，很難以感情相搏，因為你找不到一個實體的人可堪為感情用事的焦點，跟隨他的境遇跌宕起伏，因此以暢銷為著眼的類型性大眾小說特別不合適採用。

然而，我個人以為，恰恰好因為宮部小說如此違逆著普世的、無國界流行小說、流行戲劇的基本感情用事通則，才讓它們從滿街都是的流俗作品中清楚脫穎出來不是嗎？恰恰好因為它們乍看不合適暢銷而事實證明居然熱賣如此，才特別讓我們驚覺到有特別的事發生不是嗎？

「國民作家」這個稱謂，沒弄錯的話應該是日本人搞出來的，它至少包含了兩個面向的意涵：對外的隔絕斷裂和對內的普及一致，這個內外背反的特質統一成某種「日本性」。暢銷只是它對內的面向，暢銷作家多矣，一個暢銷作家並不自動等同於每一個年代只此一個名額（或甚至從缺）的所謂國民作家，一個作家可被視為代表得了整個日本社會、日本國族，他必定和此一社會此一國族有某種特殊、深沉、到難以取代的情感聯繫，一定得觸到他們某一根重要神經，暴露出他們集體而又不同於其他社會國家的獨特心事，因此，暢銷僅僅是一個必要條件而已，或更明確來說，一個結果，一個事後的證明。

我幾乎敢於斷言，一個日本人在宮部小說中所看到的、或油然感受到的東西，一定要比我們這些「異國人」要多得多。對他們日本人而言，宮部小說不會真的像其書寫方式所顯現的那麼理性那麼冷，宮部走馬燈般以一個個社會角色（隨機牽扯抽樣而非典型設計）串起或說編織成的群體圖像，對我們而言或許是某種理性觀看思索對象、是教科書上的東西，可對日本這個古怪社會而言，這不但是他們此時此刻活生生的現實，還可以是某種情感實體，是他們念茲在茲幾十年上百年以至於早已變得比單獨個人更具象、更有情感而且更得去保衛的東西，對日本人而言，個人可以而且總是面目模糊的，個人甚至是可犧牲的，單獨的日本人，就跟生物學者講單獨一隻蜜蜂或螞蟻一般，是不能存活的，更是沒意義的。

流汗的感覺

時至今日，日本理應算是個老牌民主國家了，但奇怪民主社會ＡＢＣ的基本個人價值乃至於相關的權利及其自由空間一直不發達，它的「群體感」仍重重壓著個人，這個國家強大到近乎野蠻的力量總是通過集體來展現，在合適以群體來尋求的事物上積極有力到充滿侵略性（如過去的軍國拓展到現代的經濟拓展），但相對來說，它的個人卻是壓抑的、萎縮的，適合個別獨特心靈創造的東西，總是和其國力、富裕程度、教育教養程度極不相襯的貧弱不堪。

偶然某個個人奇蹟般冒出來，比方說寫小說而且獲頒諾貝爾獎的大江健三郎，然而在為日本爭得巨大榮耀同時，日本即便是嚴肅的文學界仍是五味雜陳，他們始終咕噥著大江是徹底的西化之人，沒有日本味云云，全不理會大江小說遠遠越過當前日本任何小說書寫者一個層級以上的基本文學事實。

即便在文字共和國的世界中，日本仍執拗的固守著他們窄迫的現實國族界線，並依此建構他們獨特的文學評價方式，他們忘不掉的典型仍是吉川英治、是司馬遼太郎云云，很少有哪個國家哪個社會肯把如此通俗類型的小說家推上如此崇隆的位置。有嗎？

宮部小說的異常高評價一部分得益於此，但有趣的是，做為平成世代的國民作家第一候選人，宮部小說的「日本性」卻逐步從傳統的江戶走到此時此刻的大東京都會來，這可以是深具意義的一步，也可能埋藏著某種意外的顛覆性於其中。總而言之，宮部小說中的「日本性」已不再是有安全玻璃框保護的既有歷史遺物、是已然完成不再變化的東西，她寫的可不再是如今全安心躺在遠方高野山墓地裡的昔日戰國群雄（極有趣的全日本第一墓園，日本巡旅僧的步行終點，我們從大阪難波站搭南海電鐵兩小時車程可到，有空該去看看），而是東京街町上、住宅區裡仍認真辛苦活著的人們，一般庶民。

如同宮部小說所顯示的，這裡樓起樓塌，人們從這個社區搬遷到那個社區，大人轉業離職，小孩跟著這學校換到那學校云云。這是流動中變化中瓦解同時建構中的不確定世界，誰也阻止不了它，包括那些對「日本性」已有不變結論的焦慮之人，它會有自身獨特的歷史，如本雅明講的那樣——因此，與其過度強調那種「異國人立入禁止」的、已封閉成某種執念、某種準拜物教的日本性，不如講本雅明的「自身獨特歷史」，這讓它得以置放回普世大變化世界的遼闊經驗背景之中，銜接回人類共有的際遇和思維，我們於是進得去也讀得出，更重要的是，這才是事實真相。

波赫士說：「民族性只是一種幻想。」這話說得凶了些斬釘截鐵些，但不失為有益的忠告。因此，宮部平平實實外表的小說，或許我們能看到的，感受到的東西不如日本人多，但也沒想像中的少——更何況，多出來的那些有一部分極可能只是日本人一廂情願想像出來的。

對這位猶年輕、仍有大把書寫時間在手的日本新一代國民作家，我個人帶著期待的想像，不會是另一個吉川英治或司馬遼太郎，而是另一位用影像書寫的美好國民作家山田洋次，前些時日台灣才默默上演過他的新片《黃昏親兵衛》，而他更代表性的當然是號稱電影史上最長系列電影的「寅次郎」，有四十幾部之多——流浪漢的寅次郎，家裡是柴又下町帝釋天廟前表參道旁的賣丸子店（其實是有名的高木家老鋪），而不事生產、低級趣味但溫暖而高貴的車寅次郎卻隨風流浪日本各地，擺地攤、談永遠不成的戀愛、欠旅館費和酒錢由故鄉他美麗聰明的妹妹車櫻負責償還。他的那頂帽子、爛格子西裝加那只破皮箱早已成為日本的文化獨特符號，幾乎每個日本重要女演員都演過這個系列電影，日本人還說，每年不看一部寅次郎電影，感覺這一年好像還沒過一般。

山田洋次是最日本的導演（除了早已故世的小津），但他的耿耿信念和文化教養卻是左翼的、平等大眾的，因此，他的日本性不閉鎖不狹隘不神經質到令人不舒服，他的群體感開闊無比，如寅次郎招呼鄰居印刷廠工人的口頭禪：「勞動者諸君」，在其間個人是自由的有尊嚴的，像電影中這位「風一樣的阿寅」。

可惜扮演寅次郎的渥美清過世了，已成絕響。

我會不會對宮部美幸賦予太不切實際的期盼呢？但我一直喜歡也一直記得她的一句話，這位深川庶民出身的女孩說：「對我來說，做一件工作，一定要流汗用力，才算是工作。」

但願如此。

像我們這樣的人，如果來生沒有再一次的機會，就都完了。
像我們這樣的人，像我們這樣的一夥人。

——吉姆．湯普遜《體內殺手》

第一章　命案

平成八年（一九九六）九月三十日下午五點左右，東京都江東區高橋二丁目二之三號簡易旅館「片倉屋」老闆的女兒片倉信子，來到位在同區的警視廳深川警察署高橋第二派出所。

這個時候，派出所的值班員警石川幸司正在為當地的城東第二中學一年級學生田中翔子製作報失自行車的筆錄。片倉信子和田中翔子都是城東二中籃球隊隊員，這天信子請病假，沒有參加球隊訓練，早早就回家了。田中翔子知道這事，因此看到信子時非常驚慌。

因為若是為了逃避練球而裝病，那就不只是信子一個人的問題了，一旦穿幫，一年級隊員都要負連帶責任。正因為如此，當信子走近派出所並注意到翔子在裡面而停下腳步時，翔子見狀也感到自己的心臟幾乎要停止了。在這種地方不期而遇，真是說不出的尷尬。翔子心裡直埋怨，信子既然要裝病，為什麼不裝得漂亮一點呢？

片倉信子站在派出所入口前約兩公尺的地方，猶豫不前。田中翔子假裝沒有發現到她，注意力回到石川這邊。但是信子並沒有就此離去。就在翔子滿心焦慮她還在那裡磨蹭什麼的時候，石川也注意到信子站在那裡。

「片倉屋」簡易旅館已有漫長的歷史。創業者片倉宗郎出身絲料批發店夥計，明治中期在馬捍町掛起「片倉旅館」的招牌，供鄉下地方進城採買衣料用品的商人投宿。後來順應高橋周邊地區的發展趨勢，營業方式也逐漸改變，二次大戰後改為專為勞工提供便宜又乾淨的住宿旅館形式，直到今天。

片倉家業世代相傳。如果信子或她的弟弟春樹也繼承這份家業，就是第六代了。不過信子的母親幸惠無意這麼做，打算在自己這一代就結束家業，為此她和婆婆多惠子爭執不斷。就在兩個月前的盛夏時節，婆媳大吵一番後，多惠子氣得離家出走，到了深夜還不見回家。片倉一家擔心不已，只有到派出所報請協尋。那時，幫忙找尋的就是石川幸司。

石川很早就認識片倉一家，因為片倉屋就在他每天巡邏的必經路上。他常常順路過去看看，查問有什麼異狀。今天下午一點時也才去過，見到信子的父親義文，甚至還聊起前天晚上清澄路飲食店發生的小火災善後事宜。

「信子，怎麼？有事嗎？」石川招呼信子。

石川的親切語氣讓田中翔子很意外，看看石川又望望信子。信子還站在派出所前扭扭捏捏。就是嘛！心裡有鬼呵！翔子不覺生氣起來。

「信子，進來啦！」她開口說，「已經洩底了，就別再躲躲藏藏啦！」

「哎呀，你們是朋友？」石川問，「洩底？什麼洩底了？」

翔子說明原委，石川笑了出來。

「信子，逃學不好哦。」

「看來，我們要一起跑操場十圈了。」翔子嘟著嘴說，「但是警察叔叔不說就沒事。」

「這不行，因為我是警察啊。」

石川反駁道。信子依然沉默的低著頭。石川發現她的臉色有點兒不對勁。

「有什麼事嗎？信子。」

石川招呼著，並起身出來路邊，站到信子身旁，這才發現她緊張得微微顫抖。

石川迅速環視周圍一下，拉著信子的手臂催她進派出所。「先進來再說。」

信子低頭走進派出所。近距離看到信子，翔子才看出她的樣子不尋常。翔子手上拿著要捺印的報竊通知單，感到有點害怕，慌忙說：

「我的腳踏車被偷了，就在圖書館那裡。沒上鎖，一下子就不見了。」

信子沒有回答，仍然低頭看著自己的腳尖，渾身發抖。她穿著粉紅色的運動服和牛仔褲，腳上踩著印有「片倉屋」字樣的塑膠涼鞋。信子平常最恨這種旅館客人在附近閒逛時穿的涼鞋，不乾淨又寒酸。翔子聽她說過好幾次，知道她對這涼鞋的感覺。可是，她現在正穿著這種涼鞋——

這時，信子眼中突然湧出淚水，直直落到塑膠涼鞋的「屋」字上。她下巴顫抖，慢慢抬起臉說：

「週刊上的那個人就在我們家，就是報上登的那個人。」

信子說的是今年六月二日黎明發生的荒川區一家四口命案的重要關係人石田直澄，他是普通上班族，今年四十六歲，目前下落不明。

石川並沒有立刻明白信子的意思。他很清楚信子這個年齡的女孩很會鑽牛角尖，小題大作。這陣子以來片倉家裡紛擾不斷，信子可能是無意識地向外尋求劇烈刺激，以發洩鬱積的情緒。在同事之間，石川以擅長保護和指導不良少年出名，他自己對這方面也傾注無限熱忱。事實上也有一段時期，他以為自己不是警察，而是老師。

「信子，堅強點，鎮靜一點！」石川彎身盯著信子的臉說，「那個命案的關係人不會住進片倉屋的，如果有，你爸媽一定會馬上發現的。」

信子淚眼汪汪，不停地搖頭。翔子靠到她身邊，摟著她的肩膀。

「石田先生真的在我們家裡，」信子斷斷續續地說，每一次開口，新的淚珠便滴下來。「我爸媽都知道。」

「真的？」

「是石田先生要我來的，他要我到派出所請警察過去，因為他的身體非常虛弱，不太能走了。」

信子努力說完，大吁一口氣。

「他已經疲累不堪，所以要請警察過去。請你去一趟好嗎？」

石川感到困惑。他挺直身子，俯視信子，正在猶豫時，翔子突然尖聲說：

「警察叔叔，你去嘛！」

「啊？」

「信子沒有騙你。你最好去看看，說不定會變成你的功勞哦。」

石川猶豫地跨上巡邏用的腳踏車，吩咐她們「你們留在這裡」，便騎向片倉屋。這個時候他還不相信信子的話。或者應該說是他不相信自己。他不相信那個極可能是一家四口命案的凶手會被他碰上。

石川離去後，信子小聲說，「石田先生沒有殺人。」

田中翔子用力點頭。「嗯，我知道了。」

「他是個可憐的歐吉桑。」

「我知道，我相信你說的。」

信子道過謝。

信子的確沒有說謊。不久即證實，受到石川巡警保護的中年男子確實是石田直澄，也因為他的現身，「荒川一家四口命案」的謎底與黑幕部分終於得見曙光。

命案為什麼發生？

被殺的是「誰」？「誰」又是凶手？

命案之前發生了什麼？事後又留下了什麼？

命案當晚下著大雨。

六月二日，關東地區還沒有進入梅雨季節。因此那天晚上不是淅瀝淅瀝的梅雨，而是伴著強勁西風和雷電交加的狂風暴雨。氣象局預測六月一日下午六點到二日凌晨之間的降雨機率是百分之八十，二日凌晨兩點左右果然開始下起大雨，到了早上，部分地區降雨量已超過一百公厘。千葉縣南部地區發生住宅地板淹水的災害，茨城縣水戶市因為雷亟，造成三百多戶住宅停電。凌晨兩點三十分，東京二十三區發布大雨洪水警報，每隔一小時透過NHK綜合台播報大雨消息。

命案就在這種天候下發生，因此很難釐清命案發生當時的狀況，也無法正確推定發生的時間，加上第一報案者無心的誤導，造成初步搜查階段現場附近的無謂混亂，使得這樁本來只要按照程序蒐證就能破案的單純命案變得詭異複雜。

平日從營團地下鐵日比谷線北千住車站月台就可以望見的「千住北美好新城」西棟二十五層樓高的宏偉建築，這一天也懾於風雨之勢，隱沒在白茫茫的雨霧之中。更正確的來說，應該是包含東西兩棟高塔以及中央樓層共三棟的「千住北美好新城」，整個隱沒在傾盆大雨之中。這時候即使有人想抬頭仰望命案現場的西棟二十樓二〇二五號的窗戶，除了茫茫水霧外，什麼也看不到吧。

千住北美好新城的開發興建計畫於昭和六十年（一九八五）推出，是某大都市銀行和它旗下的不動產公司、營造公司以及專門開發鄉鎮的中型建商聯手進行的開發案。

這個計畫沒有收購建地的問題，也就幾乎不會有一般大型再開發計畫必然遭遇的在地糾紛。

建地的百分之八十原本是製造合成染料的日泰股份有限公司廠地。多年以來，漆著碩大日泰商標的大煙囪是這個地區的地標。但是，居民和日泰公司之間的歷史卻也是抗議不斷的歷史。自高度成長期以來，住宅開發的浪潮便不斷沖激荒川上游這一帶，住宅區和準工業地複雜交錯，糾紛的火種無窮無盡。噪音、惡臭、廢水處理、砂石車肇事……。因此，幾乎沒有居民反對這個遷走日泰公司、原地興建公寓大廈的計畫。

不論是舊日泰公司的廠址，還是現在的千住北美好新城現址，都橫跨荒川區榮町三丁目和四丁目。當時的町會長有吉房雄說道：

「我們在昭和五十年（一九七五）左右就聽說日泰要出售土地搬到別的地方，那家公司一直週轉不順，要繼續在東京市內維持工廠生存確實相當吃力。但是這個消息總是才起個頭就沒了影，然後又突然冒出來，隨即又消失，反反覆覆地一直沒個定論。因此五十九年春天，商工會議所荒川分處通知我們要正式召開有關日泰出售廠地的說明會時，我非常驚訝。」

有吉現在已經搬離荒川區，住在埼玉縣三鄉市，當時他在本地人稱為「榮華路」的商店街經營一家餐飲店。榮華路是兩線道的馬路，兩旁櫛比鱗次地開了三十二家各種商店，附近鄉鎮的人都來這裡逛街採購，現在也一樣熱鬧。當時日泰的員工常到有吉的店裡吃吃喝喝，公司要賣地遷廠的消息也是從他們嘴裡傳出來的。

「以前這個問題談不妥，是因為日泰是染料工廠，大家擔心廠地裡是否滲入什麼化學物質。二十年前江東區和江戶川區不都發生了土地殘留重金屬六價鉻的騷動嗎？那些地方都是化學工廠的舊址啊。」

不過，日泰公司的賣地遷廠計畫順利進行。買方「公園建設」是公寓大廈建設業者中的新興勢力，在這種大型開發案上成績尤佳，不久前才以等價交換方式將橫濱市郊的老朽社區重新開發成住宅面積大上一倍的新鎮，公司業務蒸蒸日上。

「而且，時機也好，」有吉笑著說：「那時候恰恰是泡沫經濟的巔峰期，日泰高價賣掉土地，著實賺了一大筆。」

公園建設一買下日泰的土地，立刻召集當地居民，說明已經開始進行的千住北美好新城建設計畫。直到這個時候大家才漸漸知道，公園建設在還沒完成購買日泰土地的手續以前，就已經開始收購日泰周邊的住宅和土地。

「買方特別要求在搞定日泰公司的土地以前不能走漏消息。」

由於舊日泰公司的土地在此開發案中佔有壓倒性的面積，如果完成交易前，這個大規模的住宅開發計畫就曝光，公園建設擔心不知會招來什麼樣的麻煩——例如，說不定有人會來強迫推銷計畫區外的土地，或者是激發情緒性的反對運動……等等。

「榮華路的商家之中，也的確有幾個在計畫區內擁有土地，後來在商店街公會裡還真引發了相當大的紛擾。人哪，就是見不得別人發財。」

雖然有若干類似的糾紛，但是千住北美好新城建設計畫是在極受歡迎的氣氛下動工的。在費時三年完成工廠設備遷移、整地和基礎工程後，昭和六十三年（一九八八）夏天好不容易正式動工興建，同時推出預售屋。

地上二十五層的東西兩棟各有三百戶，中央十五層樓的中棟包括管理室有一百八十五戶，總戶數達七百八十五戶。地下專屬停車場除了確保所有住戶的停車空間外，另外設置二十個給外來車輛使用的車位。

社區內按照法令規定，設置了綠地、兒童公園、水池及人工水道，整個和社區外的中小工廠、商店、舊式獨門獨院住宅混雜的居住區完全隔開，感覺別有洞天。但是，社區內的綠地、公園是否也對外開放，卻是一個大問題。

公園建設方面是傾向採取「不開放」的方針，但是當地居民堅決要求「開放」，荒川區對這個棘手問題也難以因應，一直沒有定論。直到千住北美好新城管理委員會正式接管社區事務以後，每隔一年或半年由住戶和管委會再拉鋸一番。

除了等價交換的非預售屋部分，一般預售屋都在昭和六十三年八月到平成元年（一九八九）九月的公開期間銷售一空。價格最搶手的三房兩廳甚至還出現了二十五倍的競爭率。交屋時間定在半年至一年後，也就是平成二年，那一年也正是泡沫經濟破滅之年。建方曾說千住北美好新城將是伴隨泡沫經濟一起誕生的新鎮，結果它的問世卻與泡沫經濟的破滅齊鳴。

然而，受到經濟虛漲至極而破滅之殘酷影響的，不只是造鎮的公園建設，也包括即將進住新城的新住戶。

「那一戶本來就不吉利。」

說這話的是千住北美好新城的管理員佐野利明。佐野今年五十五歲，命案發生以來至今的這五個月，他每兩天都得進去空無人住的西棟二〇二五號開窗透氣。

「社區裡面還有其他空屋，中棟這邊沒有，東西兩棟合計有二十二戶空屋，其中一半以上都已經空了一年多。但這二〇二五號的感覺就是不一樣，我的同事也都不喜歡進去，聽說還鬧鬼呢。」

佐野用粗糙的手摸摸額頭笑著說。

「我是不太在意那種事情啦，如果在意的話，就不會做大廈管理員這種工作了，不過啊，每次進到那屋裡……就總是感覺不對勁。」

社區的管理工作是由住戶組成的管理委員會，委託公園建設的子公司「公園房屋股份有限公司」負責。因此，佐野和其他管理員及清潔人員都是公園房屋的正式員工和雇員。

算算佐野入行至今也已經二十年，在流動率大的大廈管理業界算是老手。他說二〇二五號不祥，到底是怎麼回事呢？

「有的屋子不能安心住人，住戶就是無法長住久安。這和流動率大不一樣，要不然出租大廈和公寓怎麼說呢？我說的不是這種。我的意思是，就是有些屋子或房子，來到的住戶原本打算長久定居，卻總是因為某些事情接二連三的冒出來而不得不搬走，二〇二五號就是這種屋子。」

這個說法如果成立，則整個千住北美好新城都可以說是不祥的公寓大廈社區。從住戶完全進住的平成二年十月到現在平成八年十一月底，僅僅六年之間，百分之三十五的住戶已經換過人，而這百分之三十五中，有百分之十八換人超過一次以上。雖說總戶數多，但以一個永住型的公寓大廈社區來講，這個數值很反常。

「泡沫經濟破滅後緊跟著不景氣，無法如期繳交貸款的住戶最多。還有就是當初為了投資而買的人，盤算落空，撐不下去只好脫手。大概就是這兩種。」

這間大家都記得發生大量殺人事件的「荒川一家四口命案」的西棟二〇二五號也不例外。有關二〇二五號的詳細情形後面會提到，在此，我們首先來回顧一下命案的大致經過。

平成八年（一九九六）六月，時間剛剛轉換為二日的深夜時分，風雨雷電交加。

「那晚……剛過一點鐘，我就離開了公司。」

住在西棟二〇二三號的編輯葛西美枝子回憶說。

「天氣實在壞透了，我叫了無線電計程車，司機是個新手，不太認得路，所以我也難得的沒打瞌睡，專心聽車上廣播。我想是氣象報告吧！接近大廈時我告訴司機大門的方向。車子直接開進地下停車場，下車時我看了一下錶，快要兩點了。我心裡惦記著老公是不是已經先到家，匆匆走向電梯。」

大廈裡的電梯都通向地下停車場。西棟的電梯共有六部，在停車場中央，左右各三，相向而立。只要按其中一部的升降鈕，電腦控制系統會指示最近的一部反應載客。這設備在市中心的五星級大飯店和百貨公司裡很常見，但是社區住宅採用的還很少。

葛西按下二號電梯的按鈕後，背後的四號電梯出現反應。她轉過頭來看顯示燈，四號電梯正在二十樓，並繼續往下降。

「儘管其他電梯都是空的，任何一部都可以啟動，可是由電腦控制，我還是得等這一部慢慢下來。尤其是晚上十一點過後採用省電運轉模式，總是讓晚歸的我等得焦急不已。」

葛西看著她的雨衣和雨傘滴落的水珠，耐心等候。四號電梯直直降下，沒在途中任何一層樓停靠。葛西心想，在這半夜三更又雷雨交加的夜晚，大概是某個住戶要到地下停車場吧。

「我不認為在這種時候會有人想徒步外出。」

然而，四號電梯停在一樓。就這樣，顯示燈定在那裡怎麼也不動。

「實際上我等了不到五分鐘，卻感覺像是等了十分鐘。我一肚子火，心想這種時間了搞什麼鬼啊！」

西棟的一樓並不是居住樓層，只有門廳、交誼廳、信箱、管理室和宅配業者的收發櫃檯而已。

葛西等得不耐煩，想走太平梯上去。

「可是太平梯是非開放型的樓梯間，即使白天時也光線陰暗，有點恐怖，我著實猶豫。」

就在此時，四號電梯好不容易下到地下一樓來了。

「電梯門要打開的時候，我想說不定裡面有人，所以我就退往旁邊。不知道為什麼，我總覺得裡面有人。」

可是電梯是空的。葛西走進電梯，正要按下二十樓的按鈕時，發現腳邊的塑膠踏墊上有片直徑二十公分左右的紅黑色污漬。那像是液態物潑灑的痕跡，濕濕的，還閃著光澤。

「我立刻知道那是血。可是我不怎麼害怕，心想剛才電梯在一樓停留那麼久，可能就是要把受傷的人弄出去吧。」

葛西坐了電梯直上二十樓，走出電梯的同時她聽到外面隱隱傳來救護車的警笛聲。她一邊揣測剛才受傷的人的情況，一邊快步走向自己住的二〇二三號。

就像一般公寓大廈一樣，千住北美好新城也沒有開放型的走廊。由於東西兩棟是近似圓形的橢圓形建體，各樓層的走廊都是環繞電梯間一圈。因此葛西出了四號電梯便循著反時鐘方向往西走，經過二〇二五號和二〇二四號兩戶才是她住的二〇二三號。

每戶人家前面都有一個專用門廊，面積約一個榻榻米大，以一個高及大人腰部的柵門和公共走廊區隔。柵門若是開著，會妨礙走廊通行，因此電梯內和一樓門廳的公告欄上，每隔幾個月就會貼出布告，提醒住戶要記得隨時關上柵門。就在半個月前，二〇二三號讀幼稚園的小孩頭部撞到別家開著沒關的柵門，縫了十針，因此這兩天大家對柵門的開關特別注意。

可是葛西走著走著，猛然撞上二〇二五號開著沒關的柵門。就在柵門邊的地板上，也有和電梯裡面一樣的紅黑色血漬。

即使這個時候，葛西還未感到驚慌。

「對照我先前的想法，我以為受傷的大概是二〇二五號的人吧，他們等不及救護車來，急著先下去。我這麼想後，隨手關上柵門，就要過去。」

二〇二五號的門廊燈沒開，但是正門開了十公分左右，屋裡透出燈光來。葛西小心不發出聲響地關上柵門時，發現屋裡有人走過那道十公分的光亮空間。

「我真的看見人影閃過。我是沒聽到腳步聲，但是我看得很清楚。」

葛西這時候看到的人影——正確來說是腿影——究竟是看花了眼，還是二〇二五號這時真的有人在裡面，成了命案開始搜查時的一大問題。

葛西回到自宅。在成衣廠跑業務的先生一之已經先到家了。葛西問他聽到救護車的警笛沒，他說在看電視，沒有注意到。

「我一邊換衣服，一邊告訴他走廊和電梯裡有血漬。他平常和我一樣，都是很晚才回家，可是今天十一點多就回來了。他說他一直待在屋裡，只有凌晨一點鐘時到中棟門廳的自動販賣機去買香菸，那時電梯地板是乾淨的。因為風雨實在太大，我也無意打開窗戶探看救護車停在哪裡，何況大廈住宅的窗戶平常就很少開開關關的。」

千住北美好新城管理公約第三十條規定，住戶應使用專用的換氣口換氣，避免長時間開窗。陽台嚴禁曝曬棉被。可是十樓以下的低樓層住戶經常違規，管理委員會裡常常為此問題討論。

這天晚上，西棟十二樓又有一戶違反規定。就是住在十二樓二十五號，亦即一二二五號的佐藤義男一家。剛才葛西聽到的救護車也是他們家呼叫的。

佐藤一家四口，義男在金融公司服務，太太秋江，兒子博史讀高三，女兒彩美讀中三。凌晨兩點左右，準備考試的兩個小孩都還沒睡。佐藤夫妻已經入睡，卻被彩美的尖叫驚醒。

「彩美的尖叫聲把我驚醒，我還躺著，心想是怎麼回事，只見彩美衝進房間來。」佐藤秋江說。

彩美說剛才有人從樓上摔下來。佐藤夫妻大驚，趕緊下床，衝往客廳。

彩美和博史本來在各自的房間看書。後來彩美準備睡覺，想看一下氣象報告，於是到客廳打開電視。他們兄妹的房間是位於一二二五號東南側的兩個房間，和父母的房間中間隔著走廊相向。除非經由走廊，否則各個房間並不相通。

這時候佐藤一家的記憶有些微妙的差異，我們就以彩美的證詞為主，追循他們一家當時的行動。

彩美看完書，想確定一下天氣狀況再上床。就她記憶所及，這時候還差五到十分鐘才兩點。因為NHK電視台的「大雨特報」每隔一個小時在整點播出，她看時間差不多了，於是打開電視。但是新聞還沒開始，電視畫面是靜止的天氣圖，伴隨著輕音樂。

彩美走到客廳窗邊，想看天空的模樣。她很討厭打雷，因此這時顯得有點神經質。六月二日是星期天，但是星期一就有她最傷腦筋的的數學測驗，這麼晚還沒睡，無非是在猛K數學，可是不時飆過的閃電和雷鳴，讓她不太能專心，心裡直盼這雷雨能快快過去。

彩美拉開窗帘。就在她抬頭往上看時，一個東西從上面掉下來，遮斷她的視野。竟是一具頭朝下橫著墜落的人體。彩美尖叫著衝到爸媽的臥房。佐藤夫妻和她一起回到客廳，義男穿著睡衣跑到陽台，抓著欄杆往下看。

「外面下著傾盆大雨，我先生的睡衣一下子就濕透了。」秋江說。她記得在客廳窗邊安慰嚇壞的彩美時，電視還沒開始播報大雨特報，天氣圖還是靜止的畫面。換句話說，這時還不到凌晨兩點。

「有人倒在地上，」義男從陽台回到客廳，「你叫一下救護車，順便通知管理員。」

秋江打電話時，察覺騷動的博史也來到客廳。義男大致說明一下狀況，要博史留在屋裡，他自己下去看看。由於彩美已經嚇哭了，秋江也一臉慘白——

「我心想只有留下博史穩住她們。」

博史也跑到陽台上。他扶著欄杆探出身子往下看，十二樓下的地面上躺著一個人影。千住北美好新城的一樓都不是居住區，因此沒有區隔各戶住宅的專屬庭園，只是一大片草坪，周圍種著杜鵑花叢而已。那個人就倒在杜鵑花叢之間，臉朝下，兩手蜷曲。

秋江叫了救護車後，又打電話通知管理員。這個社區是採管理員常駐制，東西棟及中棟各設有管理員，每天上午九點到下午七點受理住戶相關事宜。住戶夜間如果有緊急事情，則打專線電話通知管理員。西棟管理員佐野利明很快就接起秋江打來的電話。秋江大致說明情況，並說她已叫了救護車，佐野立即回說他也出去看看。

站在十二樓陽台上的博史，最先只看到父親，兩三分鐘後才看到管理員佐野也急忙來到倒在地上的人的身邊。這段期間，沒有其他的人經過或靠近現場。雨不停地下，閃電有如巨大的鎂光燈不時在頭頂上亮起，雷聲轟隆作響。博史數度抬頭往上看，想要知道那個人究竟是從哪邊的窗戶掉下來的，卻是怎麼也找不出線索。

義男和佐野雖然都撐著傘，卻幾乎沒有作用。兩個人都穿著睡衣，渾身都濕透了。

「一看就知道地上這個人很年輕，」佐野說道，「他穿著短袖白襯衫和牛仔褲，我判斷他已經沒氣了，所以沒有動他。」

佐藤義男和佐野對這張臉都沒有印象。

佐野趕到不久，就聽到救護車的聲音。他為了引導救護車過來，離開杜鵑花叢。

綜合各方的證詞可知，這段時間正是二〇二三號的葛西美枝子在地下室久等電梯、發現電梯裡面有血跡、回到二十樓自宅的時候。可是佐藤義男從十二樓下來時沒有碰到任何人，他坐的是二號電梯，一按即來。

根據葛西美枝子的證詞，她回到家時還不到兩點。佐藤彩美打開電視時畫面是靜止的天氣圖，加上秋江安撫她時電視還是靜止畫面，因此墜樓命案應該發生在午夜兩點以前。那麼，年輕人墜樓和葛西美枝子回家，哪個先呢？這關係到在四號電梯內留下血跡的人，究竟是在年輕人墜樓之前還是墜樓之後才進電梯的。因此，必須調查午夜兩點前後的電梯運轉記錄和電梯內監視器的錄影畫面。

在運轉記錄方面，二號電梯在午夜一點五十七分三十秒時從十四樓降到十二樓，再直下一樓。這是佐藤義男的使用記錄，錄影帶也確認了穿著睡衣渾身濕透的佐藤拿著大型手電筒站在電梯門前的樣子。二號電梯停在一樓後，兩點二分十四秒時停在二十樓的四號電梯開始下降，在一樓停留約四分鐘後下到地下一樓，再升到二十樓。這是留下血跡的人和葛西美枝子先後使用的電梯無誤。錄影帶顯現一個低頭背對攝影機的中等身材男子。影帶是黑白的，看不出他衣服的顏色，大概是白襯衫黑長褲。由於角度的關係，看不到他的腳邊。他緊貼著儀控板站立，雙臂交抱在胸前像是保護自己一般的縮著身體。

電梯到達一樓後男子走出電梯，電梯繼續降到地下一樓，葛西走進電梯。她好像看到地板上有東西，彎身查看。大概就是她發現血跡時的情況。之後她按了樓層鈕，直上二十樓。

也就是說，先是有人墜樓，接著佐藤下樓，然後是可疑人物從二十樓搭電梯下樓並在一樓離去，接著葛西在地下一樓坐上電梯，到達二十樓時聽到佐藤家叫來的救護車聲音。那麼，這個可疑的中等身材男子離開門廳、走進外頭的雷雨中時，是否有人目擊呢？

在一二二五號正下方一樓地面上的佐藤沒有看到任何人。管理員佐野出門時有聽到電梯運轉的聲音。

「高速電梯的聲音是比普通電梯大一點，很多住戶抱怨連連。我走出家門穿過門廳時，確實聽到電梯聲音。」

這個電梯運轉聲音大概就是四號電梯從二十樓降到一樓時的聲音。走出家門朝著一二二五號正下方的方向趕去的佐野如果慢走一步，很可能遇上電梯裡面的人。

還有，同佐藤交錯上到二十樓二〇二三號的葛西美枝子說她看到二〇二五號屋內有人走動。如果她沒看錯，那麼在墜樓事件發生後，二〇二五號裡面有人。不過這要到確認倒臥在花叢間、身穿白襯衫牛仔褲的年輕人是從二〇二五號跌落，以及二〇二五號屋內也還有其他屍體以後才會成為問題，所以在此我們暫且將這段證詞擱置一旁，先回到救護車趕到時的情況。

要進入千住北美好新城社區有三條路線。一個是進入地下停車場的汽車專用地下道，位於整個長方形社區的東北角，入口有欄柵，必須插入鑰匙卡核對密碼後才能通過。

葛西美枝子自己開車時便使用鑰匙卡，如果是像當天晚上坐計程車回來時，就得告訴司機通行密碼，輸入密碼後即可通行。她下車後，司機再以同樣的密碼通過欄柵開車離去。很多住戶都是這樣，通行密碼因此形同虛設，管理委員會也很頭痛。曾經有人提議禁止住戶以外的車輛進入地下停車場，卻因大多數住戶反對，問題就一直懸在那兒，管委會只能頻頻更換密碼，這又導致住戶必須時常更換鑰匙卡而抱怨不停。

這個地下停車場一般車輛的出入問題，和前面提到過的千住北美好新城社區是否對外開放的問題，事實上有著密切的關係。

「我們預定在發生命案的六月二日那天採取『關閉』的方針。」管理員佐野說明道，「這個問題真的很棘手，每三個月召開一次的理事會都要討論，有時開放，有時關閉，一直沒有定論。住戶的意見也分歧，剛好各半，理事會也就無法取得多數決。」

具體的「關閉」又是怎麼個情形呢？除開通往地下停車場的路線，另外兩條路線——由於都在地面上，後面我們統稱之為「地上路線」——的出入口都設有掛著禁止通行告示牌的欄柵。兩條路線的柏油路面勉強能讓兩輛車會車，而且都沒有區隔車道和人行道。

當出入口欄柵放下時，外面的車輛都無法進入千住北美好新城社區。如果地下停車場也對外關閉，外人很難闖入社區，住戶也放心子女在中庭綠地玩耍，頗受重視社區安全的住戶好評。住戶當然可以自由出入地下停車場，而只要事先申請，宅配業者、清潔業者和搬家卡車也都能利用通行密碼進入地下停車場——如此做法乍看之下沒有問題。

「其實也不盡然，住戶外出時未必都自己開車，有時候也走路，問題最多的是腳踏車。」

住戶專用的腳踏車停放場設在綠地裡面。腳踏車的利用者多半是兒童、婦女，而且常常是短時間內頻繁進出。當禁止通行的欄柵放下時，他們必須下車從欄柵兩邊僅五十公分寬的空隙通過，往往和步行出入的人擠成一堆。另外，推嬰兒車的婦女和坐輪椅的人也不易獨力通過這個狹窄的空間。於是，有些小孩會推著腳踏車進電梯到地下停車場，從那邊出去。雖然還沒有發生過意外，但是住戶對此又是滿腹牢騷。有人覺得這樣太危險，主張開啟欄柵，讓他們能夠自由出入社區，但這又引起其他麻煩。

先是可疑人物容易闖入社區，尤其是晚上，不是埋伏在暗處威脅晚歸的婦女，就是闖空門的小偷和內褲大盜四處徘徊，還有外來的青少年在綠地喝酒唱歌鬧事。在平成七年（一九九五）八月的開放期間，就有擅自闖入的一群青少年燃放煙火，炸傷經過的中年男性住戶。

更麻煩的是，這兩條地上路線可以銜接社區外的道路，一條從中棟經過西棟前面，由社區西邊銜接外部；另一條則從中棟經過東棟前面穿越社區東邊。因此，外來車輛可以從東西兩邊穿越社區而去，等於把千住北美好新城社區當成一條捷徑。實際上如果開放通行，穿越社區的外來車輛便明顯增多。

「我們也不知道他們是從哪裡知道可以這樣走的，東棟的管理員在書店買到一本捷徑路線圖，上面確實有穿越千住北美好新城社區這條捷徑。真是想不到！」

這麼一來，就不是單純的住戶問題了，而是整個社區規畫上的缺陷。雖然社區也曾提出幾個基本的改革方案，但每一個都需要龐大的經費，而且可能得用掉大半的修繕公基金。迫不得已，只好時而開放，時而關閉，反反覆覆地看情形採取對策。

話題繞遠了，我們言歸正傳。六月二日凌晨兩點墜樓命案發生時，社區的出入口是對外關閉的狀態。佐野當然知道，因此當他聽說已經呼叫救護車後，就問佐藤義男救護車要從哪一個門進來，他好去開門。可是佐藤說他不知道，因為電話是太太打的。佐野立刻跑到中棟叫醒管理員，要他順便撥打一一〇報案。

中棟管理員島崎昭文和他太太房江記得渾身濕透的佐野跑進來說：

「西棟有人跳樓自殺，已經叫救護車了，還沒打一一〇，你打電話吧。」

「是哪一戶人家？」

島崎到中棟工作才一個月，年齡和佐野差不多，工作上卻是後進。

「還不知道。像是年輕人，趴在地上，我不敢亂動，所以看不到他的臉。」

「死了嗎？」

「完全不動，大概不行了。島崎兄，你能不能去打開東側的欄柵？我去開西側的。」

島崎交代房江打一一〇後，跟著佐野出門。這時候救護車的警笛聲音已經近在咫尺，島崎趕到東側入口時，就看到紅色的警示燈一閃一閃的。救護車已經來到了東側入口。

島崎正要跑去開門的同時，東棟的管理員佐佐木茂也被救護車警笛聲驚醒，飛奔出來。佐佐木三十二歲，是三棟樓管理員中最年輕的。他和島崎合力抬起欄柵後，引導救護車開往西棟。島崎告訴也跟著出來的佐佐木太太加奈子最好留在管理室，好應付住戶的詢問。

「如果住戶問起，我要怎麼回答？」加奈子問道。

「說是好像有人跳樓自殺就行。」

事實上當救護車駛入社區後，各棟都有住戶打電話到管理室詢問緣由。聽到各管理員的太太回說「好像是跳樓自殺」後，有的住戶開窗探頭往下看，也有的住戶來到中庭綠地看個究竟。

獨自留在西棟下面花叢裡的佐藤義男，看到救護隊員過來時鬆了口氣。他後退幾步以免妨礙緊急救護。這時佐野也回來了。救護隊員不久便站起來，問清佐野是管理員後，就問報警了沒有。

「人已經死了。你們動過屍體沒有？」

「沒有。」

「知道這個人的身分嗎？」

「可能是這一棟樓的人……」

「這樣子看不到他的臉。」

佐野向救護隊員說明事情經過。這時警車的警笛由遠而近，距離佐野要島崎太太通報一一〇的時間還不到五分鐘。

「我心想警方來得還真快啊，當下有一股得救的感覺。我做社區管理員很久了，也經歷過住戶自殺未遂或一些傷害事件，但是像這次這樣下著傾盆大雨又狀況不明的命案，真的讓我很不安。」

兩名刑警開著荒川北署的巡邏車來。他們一下車就用大型手電筒照向眾人，一同問道：

「是你們報的案嗎？有人打架受傷了是嗎？」

佐野和佐藤愣在那裡。打架，怎麼回事呢？中棟的島崎房江是怎麼跟一一〇報的案？

「不，不是打架。好像是跳樓自殺。」

走近前來的兩名刑警看到杜鵑花叢裡的屍體時，臉色變得非常難看而緊張。

佐藤義男有股不祥的預感。

「雖然是頭一回面對刑警，但也清楚感覺到情況不對勁。警察不時觀察我和佐野的表情，本來救護隊員還相信我們的樣子，但和警察談過以後，氣氛開始怪異起來。」

佐藤擔心一個弄不好，自己會莫名其妙地惹上嫌疑，於是積極地問警察是接到什麼通報而來的。但是警察不予回應，只是確認佐野和佐藤的身分，讓他們說明事情經過。其中一個警察用巡邏車上的無線電和署裡聯絡。

這段期間還是下著傾盆大雨。佐藤渾身發冷，雖說是六月，雨夜的氣溫依然低寒，冷得他下巴發抖牙齒打顫。他擔心這個模樣反而會被認定是心虛不安的證據，只有緊咬牙關忍耐。

「應該是中棟的管理員島崎報的案。」佐野說完，準備去叫此時理應在管理室待命的島崎過來，但是警察要他待在原地。

不久，又來了一輛警車。

「怎麼回事啊，真叫人害怕！」佐野說道。

原來，從千住北美好新城打到一一〇報案的電話有兩通。

根據警視廳通訊指揮中心的記錄，凌晨兩點十三分接獲一通報案電話，這是中棟管理員島崎的太太房江打來的，她清楚報出千住北美好新城、地址以及報案人姓名外，還提到說好像是跳樓自殺的。

但是稍早以前，在凌晨兩點四分有另一通報案電話。最先趕到現場的警車就是根據這通電話而出動。報案的是個女性，非常緊張，聲音很小，講得很快。她只說了千住北美好新城，沒有講地址，問她姓名時沒回答就掛掉電話。

她報案說看見有人打架受傷，幾個人圍毆一個人，有人逃離現場。這情況幾乎和佐藤及佐野所面臨的狀況雷同。

荒川北署根據這兩通僅數分鐘之差的報案電話先後派出兩輛警車，並且試圖通知先行的警車要注意兩通報案電話可能引起的混亂，但那時該警車已經抵達現場，警察都下了車，沒接到這個通知。

直到先來的警察和署裡聯絡以後，後續的警車也抵達現場時，才弄清楚是兩通報案電話造成的誤會和混亂。佐野和佐藤又是一驚。

「不會是惡作劇電話吧！在這種要命時候還開這種要命的玩笑，我都快要嚇出一身冷汗了。」

救護車並沒有要載走傷者的樣子，警車來了兩輛，一直站在十二樓陽台往下看的佐藤博史有點擔心父親的情況。他搭電梯下去時碰到也要下樓查看情況的住戶。

住戶知道是命案後開始騷動。低樓層的住戶紛紛開窗探頭往下看。人群也開始聚集在各棟的門廳，管理室的電話響個不停。

警察詢問了博史一些問題。即使知道是有兩通不同的報案電話後，警察的慎重態度依然沒變，博史現在想起來還是有氣。

「我說我妹妹看到有人從上面摔下來，警察就質問我們為什麼不先打一一〇再叫救護車呢？真是莫名其妙！」

警察分頭保存現場，一名警察用無線電聯絡荒川北署。佐野等人移往西棟門廳，救護隊員撤離。這時，必須查明死在花叢裡的年輕人身分。

佐野先回家去換衣服，然後陪著兩名警察訪查二十五樓到十三樓的所有住戶。趕到管理室打聽情況的住戶很多，西棟裡面一團混亂。

由於千住北美好新城規定社區的管理人必須是已婚者，所以佐野當然也已經結婚了，只是這時佐野的太太昌子正因為乳癌手術而住院。他們夫婦有個獨生女雪美，二十歲，是短期大學的學生，當時管理室的應對工作由她一手包辦。

「我也不清楚發生了什麼事，是有點不安，但沒那麼害怕，而且警察都已經來了。」

雪美獨自留在管理室時，二〇二三號的葛西美枝子打電話來說，好像發生了什麼事件吧，她剛才搭乘電梯時，看到四號電梯內的地板上有類似血跡的東西。雪美大驚，告訴葛西說，警察正往樓上去，請她把這件事告訴警察。

葛西掛掉電話，趕到二十樓的電梯間。此時，三號電梯正直直上來。她急忙按下往上的按鈕，電梯在二十樓停下，門一打開，她就趕緊把事情的經過告訴裡面的警察。警察改搭四號電梯，發現裡面確實有血跡，但是已經紊亂了，可能是這段時間住戶上上下下踩到了。警察立刻封鎖四號電梯，佐野以手動方式讓電梯固定停在一樓。

葛西美枝子是聽到救護車聲和隨後趕來的警車聲，覺得怪怪的，於是打電話到管理室。警察確認她的身分後，聽她說二〇二五號門前也有類似的血跡時，決定從二〇二五號開始調查。

就在剛才葛西打電話給管理室後走向電梯間，再度經過二〇二五號前面時，發現柵門還是敞開的，地上也有血跡，但是正門已緊緊關上。她覺得不對勁，告訴警察和佐野，她回來時這家的正門是開了約十公分的縫隙。

美枝子跟在警察和佐野身後走向二〇二五號。柵門確實如美枝子說的朝走廊打開，地板上也有幾滴像血跡的污漬，已經乾了。

佐野看到後有股不祥的預感。

「那就像聽到電話鈴響、直覺那是通報壞消息時的感覺一樣，脊背感到一陣陰寒。」

二〇二五號的正門緊閉。警察問佐野該住戶是誰。由於沒掛門牌，佐野一時也想不起來。

「老實說我完全慌了，因為二〇二五號的住戶更動很頻繁。」

根據管理規定，住戶必須填寫家庭人口總數、性別、姓名、年齡、親屬關係、職業和緊急聯絡人等詳細資料，管委會據此編訂住戶名冊。

「有人認為這是侵犯個人隱私，不願詳細填寫，針對這些人管委會要求最少也要寫上戶長姓名、同住人數和緊急聯絡人等資料。西棟這邊的住戶名冊是我整理的，每一戶的資料雖都看過一遍，但畢竟戶數太多，再說也不是所有住戶都和管理室親切來往，自然就只對交情較好的住戶比較有印象。」

佐野對於二〇二五號沒什麼印象。

「二〇二五號就是我前面說的那種感覺不祥，無法讓人長住久安的房子。最初的買主才一年就脫手了，他原來是打算轉手獲利的，結果碰上房地產不景氣，不但沒賺，反而賠了兩成賣出去，不過，他還算賣得早，因為房價後來跌得更慘。」

二〇二五號的預售屋價格是一億七百二十萬圓。屋主開價要賣八千二百五十萬圓，最後以八千一百二十萬圓成交。

「買家是一對新婚夫妻，讓我好驚訝。他們哪來買房子的錢呢？」

其實這對年輕夫妻家境相當殷實，資金方面毫無問題。

「可是也不知哪裡不對勁，他們搬來沒多久就離婚了。」

小夫妻在搬進來半年後離婚，房子歸太太所有，而她也只再住了一年就賣掉房子。此時的售價是七千二百五十萬圓。

第三次的買主就是現在的住戶小糸信治。

「小糸先生……奇怪，我就是想不起這位小糸先生的名字。如果有掛門牌，我大概會立刻想得起來吧。」

佐野左思右想，告訴警察，他只記得這家人大概是一對四十多歲的上班族夫妻和一個還在上學的小孩。

「那麼死在下面的年輕男子就不住在這裡囉？」警察問。

佐野沒有把握，只好回答說，說不定真的是這樣，自己不大清楚。

「不管我怎麼想，就是想不起來我有見過小糸先生。我倒是見過小糸太太一次……就是在辦手續的時候。印象很模糊。反正看起來就是那種很老實，不會惹麻煩的住戶。實在很難讓人相信那樣的人家會發生有人流血摔死的騷動。」

無論如何，只有進去看看才知道了。佐野按了對講機。

他又按了第二次、第三次，都無人應答。只聽得見從緊閉的門裡傳來對講機的響聲。

「警察把耳朵貼在門上，想確定一下裡面是不是有其他聲音。」

門沒上鎖，輕易就打開了。佐野夾在兩名警察之間魚貫走進屋裡。葛西美枝子在走廊等候。

「我回頭一看，葛西小姐站在那裡一副快哭的樣子。我心想，這個人沒啥相關，早點回家去不是比較好嗎？」

「對不起，小糸先生，」佐野出聲叫喚道，「我是管理員佐野，抱歉這麼晚了還來打擾你。」

沒有應答聲。

「我好害怕，不停地叫喚。玄關收拾得很乾淨，鞋櫃上空無一物。牆上也沒有掛畫。只有一雙女用雨鞋整齊地擺在脫鞋子的地方。」

二〇二五號四房二廳，室內面積一〇一．二四平方公尺。一進玄關是一條走廊，走廊盡頭是十五個榻榻米（約七．五坪）大的客廳和飯廳。走廊右邊是廚房和兩個房間，左邊是浴室、一間和室和另一個房間。客廳、飯廳和房間都鋪著木頭地板。

「走廊和客廳之間有隔門，但門是開著的，因此站在走廊就可以看見客廳中央的情況。那時屋裡開著燈。」

佐野記得客廳、走廊和浴室都開著燈，三個房間的門都關著，和室的紙門和浴室的門是敞開的，但是和室沒有開燈。

「這房子向西，所以客廳的窗戶也向西。當時窗戶和紗窗都是開著的，風雨直接灌進客廳，蕾絲窗帘的下襬被風吹起離地板有一公尺高。」

警察問佐野這間屋子的隔間情況，佐野就記憶所及說明後，他們沿著走廊開始查看兩邊的房間。

「警察拿著手電筒，巡照沒有開燈的房間。我說電燈開關就在門邊，他們說保持現狀就好。大概是怕破壞現場吧！」

佐野看著一個警察走進客廳，突然站著不動。就在他呼叫同事的當下，另一個正在查看和室的警察也幾乎同時大喊。

「啊呀，這裡也有一個，那名警察大聲地說道。我則嚇得膝蓋發抖，幾乎站不住。」

警察們神情緊張地回頭叫佐野。佐野伸手扶著牆壁走過去，但立刻縮回手。他想到不能亂碰亂摸。

「手電筒照在榻榻米上，房間很亂，中央攤著棉被，我隨著手電筒的光線看過去，看到一隻小小的手。」

墊被上面是一床罩著白紗被套的毯子，底下伸出一隻像是緊抓墊被般指頭扭曲的右手。

「手電筒照在毯子上方，可以看到另一邊的底下突兀地冒出穿著浴衣的兩條腿，膚色慘白，瘦得都是骨頭。」

警察沒有走進去，只說那像是老年人的腿，並問佐野那是不是小糸家的人。佐野早就嚇呆了，一時說不出話來。

「我不記得小糸家有老年人。我對小糸家的情況幾乎一無所知，對警察真是過意不去。」

警察扶著佐野的手肘讓他站穩，領著他走向客廳。在隔門前三個人站住不動。

「天花板上的燈亮著，根本不需要手電筒就可以看得一清二楚。」

寬敞的客廳裡，大畫面電視和組合音響盤據了南面的牆壁，旁邊是玻璃泛光的矮櫃。左邊是一組沙發和茶几，右邊是餐桌和四張椅子。民俗風的櫸木櫃子佔領了北面的牆壁。

地上沒有鋪地毯，光禿禿的地板上趴著一個像胎兒般縮著身體的女人。

「警察蹲下，檢視她的脈搏，但連外行的我也看得出來沒救了。因為她的後腦部碎裂，一片鮮紅。屍體旁邊並沒有流很多血，但有些摩擦的痕跡。她的長袖襯衫領口一帶已漆黑得看不出原來的顏色，被血污滲的。」

蕾絲窗帘隨著強風翻揚。佐野望向陽台。那裡也倒臥著一個男人。

「他上半身在落地窗外，好像是想拚命爬到陽台，但爬到一半就筋疲力盡了。可是地板上有血痕，像是拖行留下的，因此警察判定他不是自己爬過去，而是被人拖過去的。他的腦袋也被敲碎了。」

佐野說，直到今天都還像是作夢一樣。

「說作夢，還真像是白日夢！就像你以為是去打掃一間空屋，可是一打開門，卻看見兩具腦袋碎裂的屍體倒在隨風翻飛的窗帘下。」

警察謹慎地要佐野確認兩具屍體的臉。佐野鼓起勇氣看了一下，都是陌生的臉孔。

「兩具屍體都是閉著眼睛的。要是他們都是睜著眼睛的話，我大概會嚇得逃走吧！」

警察問是不是小糸夫妻，佐野說不知道。年齡是有點符合，但是面孔無法確認。

「陽台上風雨大得幾乎叫人抬不起頭來。有一塊不知做什麼用的藍色塑膠布鋪在地上，四角都用盆栽壓著，風大得幾乎把盆栽吹走。」

他們三人留下現場不動，折返大門口。一名警察留在現場守候，另一名警察督促留在走廊的葛西美枝子趕快回家後，和佐野一起回到管理室。警察隨即打電話聯絡警署，佐野則翻查住戶名冊。

「二〇二五號上登記的確實是小糸一家。」

戶長小糸信治，四十一歲，在機械製造商上班。太太靜子，四十歲，在衣料品店上班。長子孝弘，十歲，就讀私立瀧野川學院小學部。遷入時間是平成四年（一九九二）四月一日。

「在二〇二五號客廳遇害的男女，年齡和小糸夫妻符合，可是我無法辨識長相。」

看來只有請認識小糸夫妻的鄰居來確認了。佐野感到既無力又愧疚，只能在管理室待命。

「這時辦案人員陸續趕來。這種事情我還是頭一次遇到，搞不清楚來的是什麼人，只是照著他們的吩咐行事……。而鑑識人員，真的就和電視劇裡演的一樣，穿著藍色作業服。當時，感覺就像在看電視一樣。」

從凌晨兩點四十分到三點鐘的二十分鐘之間，繼荒川北署刑事課之後，東京警視廳機動搜查隊和鑑識課的人也趕到千住北美好新城。負責接待的佐野確實也只能睜大眼睛看著這場暴風雨中的大舉搜查。

凌晨三點半時，警視廳搜查一課第四組刑警也來到現場。雖然不打雷了，但是風雨更大，要趕到現場非常辛苦。

最後抵達現場的是東京地檢處的檢察官，那時葛西美枝子正好在西棟的門廳看到他來。

美枝子的先生一之說在家裡等著也不是辦法，慫恿她去看看。可是二〇二五號有警察留守，別說是進去窺看，就是經過門前的走廊都不行。騷動持續擴大，鄰近的住戶都跑到走廊，七嘴八舌地講個半天還是搞不清楚狀況。於是，葛西美枝子決定先到一樓的管理室去看看。

「管理室裡也有警察，我看見佐野先生，但沒辦法和他講話。我看著圍在警車周圍的人群，走到大門口時，看見一個西裝筆挺的人下計程車，有人撐傘過去接他，快步走向西邊的花叢。」

一之說是命案，所以來了一大票刑警，可是美枝子不這麼認為。

「那人的氣勢和刑警不一樣，感覺地位較高。」

葛西美枝子是公關雜誌的編輯，個人卻愛看推理小說。她看過不少以檢察官為主角的推理作品。

「我告訴我老公，那個人不是刑警，他一定是檢察官。」

一之嚇一跳，問說檢察官為什麼要來命案現場。美枝子想著推理小說裡的情節——

「發生大命案時檢察官就會來——當我這麼回答時我越想越害怕。先前在二〇二五號前等候時也很擔心，我直覺事情比我想像的要嚴重許多……。難怪佐野的臉色慘白如灰。」

美枝子想到自己家就這麼靠近二〇二五號，覺得有點恐怖，恨不得早點弄清楚真相。

但是就連管理員佐野也置身在一片混亂中——他不僅不清楚二〇二五號究竟發生了什麼事，甚至最重要的「死者是誰」也都搞不清楚。

「再說那個時候，我想也想不到這四名死者都不是小糸家的人。我哪裡想得到呢？住戶竟然在我不知不覺間悄悄換了人，真是匪夷所思！」

第二章　住戶

東京都武藏野市吉祥寺本町五日市街邊的小型出租公寓四樓，掛著白底綠字的「濱島學習教室」招牌。學生暱稱「濱塾」的這個補習班，從昭和六十三年（一九八八）開始，就有一位專任女老師。小糸貴子，五十三歲，她是當時住在千住北美好新城西棟二〇二五號小糸信治的胞姊。

濱島學習教室的教學方針和一般升學補習班不同，專門接收跟不上學校進度、受到校園暴力傷害、和不滿學校老師而拒絕上學的中小學生。他們在這裡接受配合自己學習步調的教育，師生相當親近。學生遭遇急病、意外、家中爭執或離家出走等麻煩時，學生家庭或本人都會打電話來求助，直接上門尋求協助的情形也不少。因此，六月二日凌晨兩點半過後，枕邊的電話鈴響時，小糸貴子本能地以為又是這類事情。

因為時間較不尋常，她想可能是事態緊急。當初臥房設置分機，也是為了能及時應對這類情事。但她畢竟剛從熟睡中驚醒，眼睛一時睜不開。她伸手摸到話筒。

平穩的中年男人聲音，確認貴子是不是小糸貴子。貴子還來不及問是怎麼回事，對方已主動報上姓名。

「我一聽說他是警視廳荒川北署刑事課時，腦袋便一片空白——我想一定是我們的學生捲入了什麼案件。」

但是再聽下去，似乎不是這麼回事，好像是關於她弟弟信治一家的事情。

「我問他我弟弟發生什麼事了，對方卻說目前還不大清楚，只知道我弟弟家裡好像出事了，幾個人倒在那裡。」

這通電話是荒川北署的刑警根據西棟住戶名冊，打給小糸家的緊急聯絡人的。貴子這才知道弟弟把她的電話登記為緊急聯絡電話。

「警察問我信治的現址是不是千住北美好新城西棟二〇二五號。他搬家時是有通知我，所以我說是。其實我們姊弟好幾年沒有見面了，而且也沒有聯絡。」

貴子追問信治一家怎麼了，刑警還是支吾其詞。貴子並不知道二〇二五號死了三個人，加上陽台摔下的那個，一共死了四個人。警察只說「倒在那裡」。

貴子一直問不出個名堂，決定親自走一趟千住北美好新城。但是她只去過一次。當初就是為了買這棟房子，姊弟倆幾乎絕交。

「我說要自己開車去，對方就告訴我路怎麼走。整件事情一無頭緒，我不但擔心信治和靜子，也擔心孝弘，心情好沉重。」

武藏野市到荒川區的路程很遠，而且天候極壞，一路行來令人神經嚴重疲勞。貴子想起四年前的新年，也是半夜三更時信治打來的電話。

「姊，不好意思，半夜三點鐘了還打電話吵你。是這樣的，我買了新房子，還差一點錢，你能不能借我？」

貴子和信治兩姊弟相差八歲。他們的父母親在埼玉縣越谷市內經營洗衣店。由於母親忙於工作，貴子從小就幫著照顧信治，因此很了解他的個性。

「信治膽子很小，性子又急。他一想到什麼，如果不及早確定能不能成事，就會擔心得坐立不安。我常為這事罵他，可是他怎麼也改不了。這種個性用在工作上，做事情自然鉅細靡遺，在業務部，顧客評價尤其好，他自己也很得意。」

可是半夜三更打電話來借錢，貴子很光火，罵他還是這副德行。信治只是笑，還不停地問說借不借嘛，很急呢！

「他說那房子真的很棒，靜子也好喜歡，嚷著一定要買。可是算來算去，還差五百萬，問我能借他嗎？他說得輕鬆，我可是氣得頭髮都豎起來了。五百萬圓是筆大錢，不是一下子就能籌出來的。」

貴子更氣的是，「還差五百萬，怎能說還差一點點呢？他又不是不知賺錢辛苦、養尊處優的少爺。其實正好相反。小時候我們家開洗衣店，生活小康。爸媽在我二十四歲時相繼過世。他們生病後，洗衣店差不多處於歇業狀態，幾乎沒有收入。他們死後，保險給付也只夠拿來還債，家中經濟相當困難……那時我已經當老師了，薪水連供信治讀書都很勉強，所以他大學三年級時就休學了。」

後來信治到東京市一家機械製造商上班，搬進公司的單身宿舍。他老說薪水少，常向貴子要零用錢。

「他老說沒錢沒錢，但不是穿著一件五萬圓的毛衣，就是拎著他們經理也沒有的高級公事包，真是亂來。」

貴子一再罵信治揮金如土，老是訓他，叫他要過合乎身分的生活。

每次挨訓時，信治多半笑著聽聽，要零用錢時也會說，以後發達了一定會回報姊姊。貴子感到不安，如果不經歷一次銘心刻骨的教訓，他是不會徹悟的。

不過那時候，姊弟的感情還算親密，畢竟是相依為命的姊弟倆。信治也擔心姊姊三十多歲還沒嫁人，常常勸她去相親，還幫她打聽哪裡有好的對象。

直到今天，貴子只要講到這件事的時候還是面帶笑容。

「有一次他說要介紹公司的同事給我，約在銀座的餐廳見面。那家店很貴，我一直擔心怎麼付賬。我當然沒和他那個同事交往。不知為什麼，一看到他那熟悉葡萄酒和餐點、一副過慣奢侈生活的態度，我就發火。」

那天晚上的餐飲費是信治刷卡付賬，可是後來信治還不出錢，又來找貴子借錢。當時貴子就非常擔心他那種奢侈習慣已經根深柢固，不是一朝一夕可以改掉的。

「何況物以類聚啊……」

信治二十七歲、貴子三十五歲的那年春天，他突然告訴貴子說自己訂婚了，對象是二十六歲的同事木村靜子。

貴子突然聽他說訂婚，已經覺得有如晴天霹靂，再聽他說已經見過靜子雙親，連婚期都決定了，更是驚駭。更何況她對靜子的第一印象不好。

「靜子那時候就愛慕虛榮……」

靜子身上穿戴的名牌服飾，在貴子眼中只覺得不符合身分地位。

「信治既然是那種性格，最起碼該找個樸實顧家的太太，好平衡一下。可是靜子讓我大失所望。我打聽過，她家也只是普通的上班族。難道現在的年輕人都這樣嗎？還是有踏實一點的人吧！我想來想去睡不著。」

幸好信治擅長業務，工作順利，收入也漸漸增加。靜子婚後還繼續工作了三年，直到懷孕時才辭職。兒子孝弘出生後，信治從業務部調到企畫部，頭銜是企畫部副理，帶領一個企畫小組。

隨著信治的工作順利，貴子為他擔心的事情雖然少了，但是又有新的煩惱。那就是侄子孝弘。

「靜子說要盡量給孝弘受資優教育。我自己是老師，不能說父母熱心教育不好。然而，教育不是只要花錢就好啊。」

在孝弘一歲生日以前，從嬰兒玩具到衣服，他們常有不同意見。靜子和她父母只在意外觀和價錢，不在乎安全和實用。最初的決定性對立，是在孝弘一歲四個月時，靜子說要讓他去上幼幼園。

貴子很不認同這種為了能進著名私立幼稚園或小學，而讀這種莫名其妙的幼兒學校的行為。她不停質問靜子，去那裡學什麼？經營幼幼園的人有什麼資格？貴子身為小學老師，基於自己的立場，當然不能漠視這個問題。

但是靜子和她父母的態度很強硬，反駁說很多名人的小孩都讀幼幼園。一年五十多萬圓的學費也由靜子父母提供。

「從那時候開始，我就清楚看出很多事情越來越怪。」

結果，孝弘還是進了那家幼幼園。同園的小朋友很多後來再考進私立保育園或幼稚園，連上小學也要考幾次試擠進私立名校，全都是將來可以直升至大學的一貫系統學校。

「孝弘要上小學的時候，他們也嚷著說會進慶應，結果進了瀧野川學院。老實說，那只是三流的私立學校。站在老師的立場，我覺得特地去讀那種學校，還不如唸當地的公立學校。可是靜子就是要讓孩子讀私立學校，那樣她可以在鄰家太太之間感到驕傲。她根本就不是為了孝弘，只不過是要滿足自己的虛榮心。」

關於孝弘的教育問題，都由靜子和她父母出面，實際上，由於信治也隨著職位的升遷而忙碌，家裡的事情自然都由靜子主導。

「就只有那麼一次，信治打電話跟我抱怨，說回到家裡也不能放鬆，如果不再升遷多拿一點薪水就完了。他對靜子唯唯諾諾，把我的話當耳邊風，活該！可是他畢竟是我弟弟，也覺得他可憐。」

沒想到幾天後，姊弟這番談話讓靜子知道了。大概是信治在夫妻吵架時說溜了嘴，靜子勃然大怒，打電話給貴子。

「她竟然跟我說，大姊，你是單身寂寞，所以忌妒我們吧，最好別管我們的事！」

這件事後，貴子和信治一家急速疏遠，直到信治在平成四年（一九九二）新年的半夜打電話來借錢。

「靜子我是不管她的，但是信治和孝弘，我一直掛在心上。我還來不及問候他們好不好，他冷不防就來一句『借我五百萬』，真是叫人傻眼。」

貴子破口大罵，你還是這個樣子，還缺五百萬，就表示那根本不是你們能力所及的房子，別妄想跟別人借錢買，放棄算啦──

信治毫不氣餒，不停地說那房子有多棒，對孝弘來說是多理想的環境。

當時小糸信治想買的「很棒的房子」，就是千住北美好新城西棟二〇二五號。

貴子雖然生氣，還是耐心地詳細問出建築名稱、所在地、價格、手上現有資金與打算貸款額度。

「我越聽他說越覺得可怕，七千兩百五十萬圓哩！信治傻傻地說，原價是一億圓耶，現在跌到七千兩百五十萬，真是便宜貨。我說，管它是一億還是七千兩百五十萬，對我們一般小老百姓來說，都是遙不可及的金額，認為這是便宜貨的想法本身就是錯誤。」

信治聽了大笑。

「姊，一般小老百姓這個詞已經是沒人用的死語啦！你當老師太久了，已經和社會脫節囉！」

當初貴子辭掉小學老師的職位到濱島學習教室，信治就常常說，到那種專教跟不上進度的小孩的補習班能賺錢嗎？還是去教升學補習班的好。貴子從此領悟到自己和弟弟是活在理念完全不同的兩個世界裡。

信治說這七千兩百五十萬也不是都要他們夫妻自己籌措不可。

「靜子娘家多少有一點財產。他說，直到今天，孝弘讀書的錢也都靠娘家資助，這次買房子，她娘家還是願意幫我們。」

靜子的父親說要賣掉名下的土地，再以贈與的形式送給靜子。

「他們夫妻早就嫌繼承遺產還要等很久，要求岳家改以贈與的方式提早給他們。我以前就聽他們說過，可是靜子的父母再疼女兒，這麼做還是有點困難。」

靜子有個弟弟，他將來是要繼承那個家的，因此大力反對將財產贈與姊姊。

「如果她娘家能早給，他們老早就買房子了。」

但是這次，他們倒成功地說服了難纏的小舅子。

「大概是平成四年吧！泡沫經濟破滅，土地價格崩跌。信治和靜子一起勸她弟弟，說土地神話已經結束，今後即使擁有土地也發不了財，趁現在早點賣掉還比較好，如果不賣，只有坐視他繼承的遺產數字一逕減少。他們本來就能說善道，還會硬拗歪理。」

小糸貴子對弟弟夫妻倆的批判頗為尖銳。她為什麼說得這麼苛，後面詳述小糸家人的情形時再做說明，在此我們先繼續跟循小糸貴子眼中的事態進展。

「我不知道他們具體的交涉如何，最後她弟弟讓步，靜子得到了贈與。可是後來又反悔了。」

貴子現在想起這些事情，似乎還是難以壓抑激動的情緒，嘴角顫抖。

「再回到房子的問題吧。我問他岳家給多少錢，他說三千五百萬。他說本來以為有四千萬的，但因為稅金太高，地價又下跌，所以少了五百萬。」

信治夫妻手上沒有一毛錢，他打算用這三千五百萬當自備款，剩下的辦貸款。

「他說要辦住宅金融公庫的貸款、銀行貸款、厚生年金貸款，還有公司退休金的預付款等等，反正能借的全都借，但這樣還是差五百萬圓，所以要跟我借。」

貴子實在很難接受，她認為風險太大。

「難得他岳家願意給這麼一大筆錢，就該好好用這筆錢買間合適的房子。現在五千萬不就可以買到很不錯的房子了嗎？這樣貸款不就少很多嗎？信治是上班族，雖然薪水高，但是背上近四千萬圓的房貸，簡直是胡搞嘛！他為什麼非得要買那樣高級的豪宅不可呢！」

當信治知道不可能從貴子那裡借到錢後就掛掉電話。

「掛電話前他小聲說，靜子說過就是不能去找你姊姊，可是我想來想去睡不著，最後受不了，還是打了這通電話。我聽了以後，覺得好難過，信治真要誤了自己的人生嗎？我望著電話發愣。」

可是一個星期後信治又打電話來，說是錢已經湊到了，要貴子忘掉上次借錢的事。

「我問他哪裡借到的，他沒回答，只是輕鬆地說沒問題，已經簽約了。」

貴子怎麼也不覺得「沒問題」。她買了一本住宅情報雜誌查閱，發現千住北美好新城有兩間房子出售，都是二十五樓。一間是三房兩廳，另一間是四房兩廳，價格分別是七千八百萬圓和八千九百五十萬圓。信治買的可能不是這兩間的任何一間吧。雜誌上也登了這邊房子的租金行情，光是一房兩廳的月租就是二十三萬圓，管理費另計——

這些都是在貴子「思考之外」的金額。此外，二十五樓這個樓層也讓貴子心神不寧。孝弘才十歲，在那麼高的建築物內生活，不會對孝弘的身心有不良影響嗎？

坐在家裡擔憂心煩也不是辦法，隔週的星期天，貴子決定親自去千住北美好新城看看。她查閱荒川區的地圖，知道那是地圖上也有標示的大規模社區。

那天是晴天，她一下車，站在北千住車站的月台上，就看見千住北美好新城的東西雙塔像非現實的門柱般阻隔了天空聳立著。貴子看到它的第一眼就心想，我才不會住在那裡，就算拜託我也不住。她在站前坐上計程車，隨著越接近千住北美好新城，這種心情就越強烈。

「計程車司機很熟悉該地，告訴我這個社區原址是化學染料工廠，卻改建成這麼豪華的社區。他的語調充滿了讚佩。」

確實很豪華，可是貴子不喜歡，包括那突兀浮現在周圍市鎮景色中的高樓姿態，圍繞社區的灰色圍牆，從社區直到北千住車站特別鋪設的瓷磚步道。

「看到那條步道，我就想起《綠野仙蹤》裡面的黃磚路。」

通往烏托邦的特別步道——

「真是俗不可耐！」

通往千住北美好新城社區的道路兩旁，還可以看見灰泥建築的獨棟式老屋、生鏽的防火梯上吊著盆栽的舊公寓、掛著工作服和粗棉手套的鐵皮屋頂店鋪、雜草茂密的空地。千住北美好新城在連綿的低矮屋頂和電線桿之間，以這個被暴跌景氣翻弄得筋疲力盡的工廠小鎮夢寐以求的理想姿態昂然聳立。

貴子去的時候社區有對外開放，她自在地走進社區綠地。像是住戶的年輕主婦把腳踏車停在花叢旁聊天，滿載青菜的卡車流動攤販在中棟的前面擺攤，小孩子在這裡玩球或溜直排輪。

看著這些洋溢生活朝氣的景致，貴子稍稍感到一些安慰，心想在這麼寬敞的中庭綠地裡，孝弘或許不用擔心車禍，可以安心玩耍——

但是，通學的問題怎麼解決呢？孝弘現在是搭電車上學，住進這裡以後，還要轉好幾趟車。通學時間增加，在家的時間就會減少，在社區裡交朋友的機會也減少了。就算社區裡有那麼漂亮的公園，沒有一起遊玩的朋友，又有什麼意義呢？

想起信治夫妻，貴子就煩，他們說要給孝弘理想的環境，但是他們心目中的「理想」是以什麼做基準呢？

貴子那晚回到家裡，打電話給久不聯絡的信治。星期天晚上，信治在家。他聽貴子說白天到千住北美好新城看過時，口氣突然變得很慌張。

他是介意在旁邊的靜子。貴子了解靜子不要信治找她借錢的心理。那也是當然，貴子老是指責他們奢侈得不合身分，即使在「買房子」這等一輩子很重大的事情上還是一樣。靜子當然是打死都不願意向貴子借錢。

貴子知道這情形，但是她今天有話要說。聽到信治的支支吾吾口氣，貴子乾脆明白跟他說把電話遞給靜子。信治遲疑著。靜子從他那模樣察覺是貴子打電話來，已主動湊到話筒邊。

「靜子還假惺惺地跟我寒暄，我說不必客套了，你知道我為什麼打這通電話嗎？她的態度立刻改變。」

小糸貴子說她實在很不願意想起當時和靜子的對話。靜子聽到貴子說拒絕借信治錢和親自去美好新城看過時突然發飆，不停地言語攻擊貴子，那一句句直到現在還是不愉快的記憶。

「她不停地說：『大姊，你一直單身，對家庭和小孩一無所知，沒有孩子的人不會了解父母為孩子將來著想的心情。』我不是說他們買房子不好，只是擔心住那樣高的樓層是不是真的為孝弘著想，而且為了買那棟房子背上龐大的房貸。我說我擔心的是這兩點，靜子完全不聽，到最後甚至說出『大姊是因為我搶走信治才恨我，想要拆散我們夫妻』，然後像女學生似的哇哇大哭。我覺得真是自討沒趣。」

最後也沒談出個結果就掛斷電話，貴子的憂鬱心情絲毫沒有紓解，連著冷靜幾天後，貴子決定親自上門拜訪弟弟。

「那時他們還住在世田谷的上野毛，是民營的出租公寓大廈，房租由公司付。孝弘出生後就一直住在那裡，我們平常雖然不太來往，但是我也去過幾次。那天我選在下午三點鐘左右去，靜子那時候還不必忙晚餐。我去時又再次仔細觀察整棟建築，確實是棟管理完善的漂亮公寓大廈，別那麼急著搬走，住這裡不是很好嗎？」

意外的是，按電鈴後沒人應答，靜子好像不在家。貴子心想她是出去買東西了，很快就會回來，於是在大門口等著。可是快一個鐘頭過去了，靜子還沒回來。

「在我左思右想的時候，孝弘回來了。他穿著制服背著書包，從巴士站那邊走過來。」

孝弘看到姑姑，立刻飛奔過來。

「他問說，姑姑你怎麼了？還一臉擔心的樣子。他雖然是小學生，但是從上次的電話情況大概察覺一些事情吧。我說我來看你媽媽，他說媽咪要回來還早呢。」

原來靜子最近到新宿的百貨公司服裝專櫃上班，平日上午十點到下午六點當班，孝弘回家時她當然還沒回來。

孝弘開了門讓貴子進屋。

「好亂喔！廚房的盤子堆成山高，微波爐裡黏著油漬，浴室裡到處是水垢污漬，洗衣機上面也積滿著灰塵，我不覺脫口問說，媽媽都不洗衣服嗎？」

孝弘說媽咪上班以後每天累壞了，所以不洗衣服，都送去洗衣店。孝弘等一下還要去補英語會話，身心還不能放鬆自在。

「去上英語會話和學游泳要捱到晚上九點，上課的地方都必須搭車去。我問他誰幫他準備點心和晚飯，肚子一定餓壞了吧？他說媽咪把東西放在冰箱裡，拿出來熱一下就可以吃。我聽了眼淚差點掉出來。」

冰箱裡有買來的三明治，孝弘配著速食湯吃完後出門。

「我很想幫他煮點熱呼呼的東西吃，可是孝弘說沒時間，急著出門。送走他後，我猛然大怒。」

貴子獨自留在屋裡等靜子回來，她的怒氣化做精力，把屋裡大肆清掃一番。她將廚房和浴室的每個角落都擦洗乾淨，堆在浴室角落的髒衣服也都洗淨烘乾，正在燙衣服時靜子回來了。時間已經過了八點。

「我到現在還記得很清楚，她穿著鮮黃色套裝，該說是金絲雀黃吧，妝化得很整齊，還擦了香水，提著像公事包的皮包，光看外表，還以為是電視新聞的主播。」

靜子一看到貴子整理乾淨的家便大發雷霆，質問貴子憑什麼擅自跑到人家家裡亂摸亂動。貴子也提高嗓子反問她：

「你都幹什麼去了？」

結果又引發了一場比上次電話爭執更激烈的爭吵。鄰居甚至還擔心地跑來打探。兩人罵來罵去，最後貴子在靜子「你別再來我家」的罵聲中衝出小糸家。

那天晚上貴子沒有見到信治，但是稍晚時信治打電話來。

「他說我都聽靜子說了，這都是姊姊不對，我錯看姊姊了，我想我們姊弟的情分就到此為止。」

我們也就姊弟兩個人耶！貴子強調說。

「他卻要和我斷絕關係。我是為了信治、為了孝弘著想，可是他們一點也不接受。」

翌日，貴子想直接跟信治談，趁午休的時候去公司找他。信治在會客室見了貴子，卻不願意跟她談。

「連信治都說出『姊姊沒有家庭，不了解做家庭主婦和媽媽的心情』這種話來，還說：『別人擅自亂動你家的廚房和浴室，你會怎麼想？你可以想像靜子受到多大的傷害嗎？』這點我可是有話要說。靜子算是哪門子的『主婦』啊？家裡灰塵堆積，連內衣褲都送去洗衣店洗，也不幫孩子準備晚餐，她哪一點像個主婦？她那天晚上自己在外面吃飽了才回家，她想過孩子沒有？還好意思張揚。」

貴子一說完，信治回說我和孝弘對靜子都沒有不滿，而且這種事也不容外人插嘴。

「他還說我們已經斷絕姊弟關係，我已經沒有姊姊了。我知道挽回不了他了。」

就這樣，貴子和弟弟夫妻處於斷絕關係狀態。就貴子記憶所及，信治在四月中旬時寄來一張明信片，通知貴子他們已經搬到千住北美好新城西棟二〇二五號。

「當時我只認為那張明信片是單純的諷刺而已，我們姊弟爭執的開端就是這棟豪宅，他們也知道我反對買這棟房子，還故意寄搬家通知給我。」

這是平成四年春天的事情。四年的音訊杳然後，貴子深更半夜突然接到電話通知說弟弟住的那間屋子裡「倒了幾個人」。

「我稍微平靜以後，腦子清楚了些，一邊開車一邊想。最先想到的不會是他們一家自殺吧？我想起四年前信治來借五百萬圓的電話，忍不住這麼想，是因為還不出錢給逼急了，只好走上絕路嗎？霎時，我感到呼吸困難。」

她想當初沒有堅決到底反對他們貸款四千萬圓買房子，如今發生這事，自己是不是也有責任？

「想到孝弘尤其難過，差點掉淚……那孩子已經中學二年級，不知變成什麼樣子了？我也太好強，為了賭氣，他上中學時也沒給他賀禮，對他的情況一無所知，如今他也死在家裡——那時候我只能那樣想。如果說有人死在弟弟家裡，我自然會想到是弟弟和他的家人。」

貴子抵達千住北美好新城時已近凌晨四點。暴風雨加上路不熟，她走錯好幾次路，耽誤了一點時間。

「我看到欄柵外停著一輛警車，警察拿著手電筒站在車邊警戒。我不知道能不能開進去，便過去問警察。他說這邊是東側門，西棟在另一邊，車子不能開進去。我把車子停在這頭，撐著雨傘走到西棟。」

她在路上遇到荒川北署的刑警，刑警知道她是小糸信治的家屬後，立刻帶她去西棟的管理室。

「大樓周圍到處停著警車，雨下得好大，但是大樓旁邊的空地上搭起一個塑膠篷，警察都集中在那一帶。」

貴子那時候還不知道，那是保護墜樓男子屍體不受風雨吹打的處置。

「我在管理室看到荒川北署和警視廳的刑警，也見到管理員佐野，那時他們才告訴我詳細情況。」

二〇二五號屋內發現一對中年男女和一個七、八十歲老太太的屍體，共三具。另外有一個二十多歲的年輕人也墜樓死亡，但目前還無法斷定是從哪戶摔下來，也無法斷定是摔死，還是摔下來以前就死亡了。就情況看來，警方研判是從發現其他屍體的二〇二五號陽台摔下來的。

「我說想看遺體，他們說現場還在勘查，暫時不能進去。佐野非常擔心的樣子，看起來比我還驚慌。」

貴子到了現場，情緒比剛才開車迷路時要來得冷靜，甚至可以說是沉著。

「我立刻問孝弘在哪裡。孝弘應該是十四歲，就算發育再好，十四歲的男孩也不可能被錯認成二十多歲的年輕人。孝弘不在就奇怪了，而且那個老太太，我能想到的就只是靜子的媽媽。可是她應該沒那麼老啊，我想她媽媽最多不過六十多歲吧！」

刑警問了信治的身高、體重和身體特徵，貴子就記憶所及盡可能詳細回答。

在詢問之中，貴子感到警察似乎懷疑二〇二五號的屍體不是小糸信治一家。也或許是貴子自己這麼認為，而呈現了這種心情投射。

「我當時並不知道，是事後問到的，警察在我趕到以前就已經聽同一樓層的住戶說，最近二〇二五號住的好像不是小糸一家，而是別人。但是也有鄰居完全不知道這件事。因此，警方還是無法確定真相。」

從展開蒐證到屍體全部運走，大約花了一個小時。警方收工時已過了清晨五點。

「我問警察能不能認屍，他們說現在不行，要我到署裡去。於是，我坐著警車到荒川北署。」

千住北美好新城到荒川北署車程約十分鐘。此時，風勢更強了，但雨勢已慢慢減弱。

荒川北署的停屍間在地下室，房間很小，屍體擺得很擁擠，貴子感到同行的警察顯得侷促不安。

「我的心情很複雜，還抱著一點懷疑，不會是信治他們吧……警方似乎也有這種感覺。我會這樣想，是一種強烈的希望。我不願意接受可能發生在弟弟身上的悲劇，我想要逃避這個事實。」

停屍間很小，棺木緊緊排列。貴子開門進去時，心想原來是這樣整齊地入殮了。

「我在電影上看到的都是屍體包在白布罩裡，放在停屍間突出的檯子上，原以為這裡也是這樣。明知不是該想那些事情的時候，但人就是這麼奇怪。」

貴子最先認的是倒在二〇二五號屋內的中年男性屍體。警察幫她掀開棺蓋。

「那一瞬間，我閉上了眼睛。」

她說，在那一剎那，我真怕認出弟弟的臉，讓這音訊不通的四年突然變成巨大無垠的空白。

貴子張開眼，像孩子般緊握雙手，望向棺內。

躺在裡面的是張完全陌生的臉。臉色慘白，雙眼緊閉，嘴唇有點歪斜。那人雖然已死，但表情很奇妙。然而，那不是貴子認識的臉。

不是小糸信治。

「我說，不是！聲音大得連我自己都嚇一跳。」

警察問說沒搞錯吧，貴子數度點頭。

「警察說他頭部遭到重擊，臉部有點變形，不易辨認，要我再看仔細點。可是沒錯嘛！而且那時我根本沒看到他頭部的重傷，只看到那張臉，並不感到害怕。」

另外三個人貴子也都不認識。總之，這四個人都不是小糸家的人。

「我感到放心，但腦袋發暈。我扶著警察的手到一樓的會議室，喝了一杯水。」

對警方和貴子來說，這件事都沒有結束，只是釐清了出發點。那四具屍體不是小糸家人，那他們是誰？登記在千住北美好新城西棟住戶名冊二〇二五號的小糸一家三口，信治、靜子、孝弘，現在又在哪裡？

「警察知道那四個人不是信治一家後，問我知不知道信治他們現在在哪裡？其實我自己也很想知道啊！」

幸好貴子有隨身攜帶親朋好友住址電話的習慣，荒川北署立刻拿到信治公司的電話和靜子娘家的地址。

天色漸亮，六月二日是星期天。

「信治公司的人大概都沒上班，即使有人值班，也該在八點以後吧。於是警察先打電話到靜子娘家。雖然大清早的，但六點多了，也還好吧。」

貴子守在打電話的警察旁邊，又感到一陣新的不安。弟弟是真的出事了吧！為什麼沒住在那裡呢？

「他為什麼把我的電話登記為緊急聯絡電話？從種種因素來看，他用靜子娘家的電話比較自然啊，因為他已和我斷絕姊弟關係了。」

她不覺這麼想，信治畢竟是我弟弟，或許還想著有一天和我和解——用我的電話當緊急聯絡電話，或許就是出於這個打算。

電話通了。警察先抱歉一大清早就來打擾，再確認對方確實是靜子的娘家木村家。

「靜子娘家聽到荒川北署，想必也大吃一驚吧。警察沒說命案的事情，只是很客氣地說想聯絡小糸信治一家，打聽一下他們現在何處。」

貴子雙手放在膝上，傾聽電話對答。她聽到警察說道：

「在嗎？小糸靜子在那裡嗎？」

不久，像是靜子來接聽電話。貴子拚命壓抑想從警察手上搶過電話的衝動。

「警察說抱歉打擾你好眠，我可是一肚子火。我為他們的事情這樣焦急慌亂四處奔波，她卻在家裡安穩地睡太平覺！不過，她既然在娘家，孝弘應該也在，想到那孩子平安無事，我又有一股雀躍的感覺。」

事實上，孝弘是在靜子的娘家。難道他們一家三口都住在靜子娘家嗎？貴子只聽警方這邊的說法，聽不出個端倪。

「打完電話後，警察說你弟弟一家都平安無事，他們沒住在那裡的原因好像很複雜，必須一一問清楚。我真希望能把信治他們找來，可是警察卻要親自過去一趟。靜子的娘家在日野市，我問說我要不要一起去，警察說後面都是有關查案的事情，小糸小姐可以回去了，還要派警車送我。我說不必麻煩了。」

貴子臉上露出苦笑。

「我一直擔任教職，濱島學習教室就是打著反對現在學校教育方法論的旗幟，怎麼說呢？對了，就是意識形態，現在的我和以前的我不一樣了。

「當然也有絕對不變的地方，那就是，我永遠都是『老師』。老師在學校的地位最高，不管發生什麼事，老師都不會置身事外。學校裡最重要的人就是老師。因此這時候我感到非常遺憾，我雖然是家屬……。

「可是客觀來想，警察的處置也對。在知道信治一家無事的瞬間，他們一家的立場也從被害人變為命案關係人了。畢竟，登記著他們是屋主的房子裡有四個人遇害。」

小糸貴子這時候的認知完全正確。只是沒隔多久，就發現小糸信治一家不僅沒住在千住北美好新城西棟二〇二五號，甚至也不是該屋的屋主了。

第三章　片倉屋

就像磁石吸鐵般，「事件」總是凝聚了許多人。除了事件震央的受害者和加害者外，加上周邊所有的人——各自的家屬、親友、鄰居、同學、同事，還有目擊者、證人、出入事件現場的收款人、送報生、餐館送外賣的人員——再次讓人驚訝，一個事件可以牽扯到這麼多人。

不用說，這些人並非都處在和事件等距的位置上，彼此之間也沒有關聯。他們多半位在以事件為中心點呈輻射狀放射出去的直線盡頭，彼此多半素昧平生。通常，在解決案件過程中佔有極大分量的人，往往要到最後關頭才會出現。也就是說，他位在距離事件現場最遠的地方。

在千住北美好新城西棟二〇二五號的「一家四口命案」中，簡易旅館片倉屋裡的人正符合上述後者的典型例子。例如偵辦過程中警方不曾公開指稱他涉嫌、反而更加深社會大眾認為他是「凶手」的人物——石田直澄，以及牽扯其中的片倉一家。

片倉一家五口的姓名，整整齊齊地寫在門牌上。戶長片倉義文，四十二歲，他是片倉屋的老闆。太太幸惠四十歲，幫忙管賬。

他們夫婦有兩個小孩。女兒信子中學一年級，今年四月才剛滿十三歲。兒子春樹十二歲，小學六年級。

家族裡的第五個人是義文的母親多惠子，六十八歲。為了她的名字該寫在門牌哪裡，家裡還起了一些爭執。是該對這位前任老闆夫人表示敬意，把她的名字寫在現任老闆義文之前呢？還是現在已不管事的她讓一步，寫在孫子春樹的後面？

片倉家的街坊鄰居關係極為緊密，像片倉家這種五代居此的家庭之間，更是如此。多惠子先生過世後，戶長名義雖然讓給兒子，但她在心理上還是有權威的婆婆，和認定進門後老受婆婆虐待的媳婦之間屢有爭執，婆媳各有街坊鄰居聲援，讓事情更加棘手。

表面上看起來，不過是門牌上的排名次序，老太太讓一步就行了。可是在當事人之間，這個問題很嚴重。最重要的是，要掛門牌的房子是多惠子的先生，也就是義文的父親片倉巖，在東京奧運（一九六四年）時蓋的老房子所改建的新屋。

片倉屋旅館的規模並不大，位在新大橋路附近巷道裡，二十坪左右的建地上一幢非常普通的兩層樓房，灰泥外牆上並列著毛玻璃窗戶。左右兩鄰以前也是簡易旅館，因為種種問題，現在已經歇業。

穿過片倉屋所在的巷道，是一條單行道，片倉家自宅就在路旁。這裡的建地較大，約三十坪，並立兩棟一模一樣的兩層樓房。一棟自住，另一棟租人。從容積率來看，這無疑是違章建築，但這一帶家家戶戶都是這樣，也沒人在意。

和幸惠結婚以來，改建老家一直是義文的宿願。他打算同時打掉兩棟樓房，改建成一棟三、四層樓的新房子，再把多餘的樓層分租出去。

這個計畫在昭和六十三年（一九八八）終於有了實現的動靜。那時景氣盛況空前，可說是寸土寸金。不動產業者頻頻走訪片倉家和片倉屋，詢問要不要賣地。

義文不想賣地。他認為賣掉土地，等於放棄家業。信子和春樹將來要怎麼樣，是他們的自由，至少在他這一代，如果不做簡易旅館，也無法搞別的生意。何況景氣大好，工人也暴增，片倉屋的生意興隆。

義文判斷當下時機貸款容易，可以一圓他多年來的夢想。就在這個時候，租住隔壁的房客搬家，房子剛好空下來。代辦租賃契約的當地不動產業者也認為義文機不可失——如果蓋一棟四層樓建築，可以出租其中兩層，房租收入是之前的兩倍，在他這一代就可以償清貸款。而且片倉家可以向當地的信用合作社以土地做抵押貸到款項。義文的家人當然都非常贊成這個計畫。

片倉家就這樣改建一新。平成元年（一九八九）九月新居落成。

門牌問題就發生在這個時候。這不只是家中地位「排名」的問題，也是背負片倉屋背後歷史的鬥爭，因此它不是以「糾紛」或「爭執」一詞即可輕輕帶過，理該用「問題」來稱呼它。

義文和幸惠對老屋在自己手上改建成豪華的新樓房，感到躊躇滿志。但是多惠子認為兒子媳婦能這樣趾高氣昂，也是她和亡夫緊守祖上產業再傳給他們的，他們應該感謝才是，哪能耀武揚威呢？所以要求把自己的名字寫在門牌最前面。

幸惠和多惠子過去也爭權不斷，彼此都知道對方的能耐。可是這次的問題添加了過去沒有的不確定要素，那就是義文。他過去極力迴避她們婆媳之間的鬥爭，幸惠常為此向街坊埋怨：我老公在他媽媽面前根本不敢抬頭。不過這次的門牌事件在她們婆媳展開激烈爭執前，義文就主動積極地逼退母親。幸惠認為這是義文對母親積壓多年的不滿一次爆發。

家人曾經也提出一個妥協方案，另外做一個寫上多惠子全名的門牌，但是義文不同意。他認為母親已經不管事了，現在的戶長是自己。多惠子對他這個強烈主張是驚訝大於畏懼，最後還是讓步。片倉家的新門牌上，多惠子的名字排在最後。

平成元年也正是千住北美好新城動工興建的時候，和後來發生的命案相較，門牌排名的事情簡直微不足道。可是片倉家牽扯荒川一家四口命案的這條線，既長且遠得驚人。

平成八年六月二日，片倉家人中最先知道荒川命案的是片倉義文，他在看早晨八點播出的週日新聞。

片倉屋是簡易旅館，並不供膳，義文夫妻兩個人就應付得來，所以也沒雇用人手。義文夫婦並不住在旅館裡，每晚十點打烊後，他們就帶著手提保險箱一起回自宅，早上五點再來上班，星期天也不例外。

投宿片倉屋的客人星期天多半也要上工，旅館必須顧及他們的方便。也有房客是做地鐵工程的，夜晚上工，清晨才收工回來睡覺，旅館也必須大清早就開門讓他們進來。

夫婦倆雖說是通勤，但也只是巷口到巷尾的距離。他們都會事先告知客人，櫃檯裝有對講機，有緊急事情就按鈴呼叫他們。到目前為止，如此的經營還沒出過問題。只有一點，旅館不提供衛浴用品。這是幾次的教訓使然——也著實發生過太多次了，旅館碰到一些居心不良的客人擅自把旅館用品帶出去賣。

六月二日早上，義文看的電視是圓形撥頻裝置的老式電視。他習慣每天打掃完、客人都上工去後，喝杯即溶咖啡，抽根香菸。平日這時候正是ＮＨＫ播映電視小說的時間。

星期天沒有電視小說，因此他轉到民營電視台。八點十分左右他打開電視，就看到荒川區命案的新聞，畫面播出超高層大樓的宏偉外觀。

到了早上，總算風息雨停。天空的雲朵飛快飄移，感覺陽光就要探出頭來。高樓襯著雲層斑雜的天空聳立的光景，吸引了茫然觀看電視的義文。

泡好咖啡時幸惠也來了。她通常都是把家裡的早餐張羅好、打掃過、洗好衣服才來旅館這邊。義文告訴她荒川那邊發生大命案，她也驚訝得一起看電視新聞。

那時新聞只說還沒查出遇害者的身分，並沒有詳細報導那四個遇害者並非大樓的原本住戶。雖然幾天後新聞報導的內容完全改變，但是在那個星期天上午，大量殺人案的新聞雖然聳人聽聞，卻沒有更多的附加價值。

夫妻倆閒話家常，說社會這麼亂，咱們也得小心不可。於是，他們又談起保全公司半年前上門兜攬的保全契約。幸惠很有興趣，但是義文覺得物非所值。四個人遇害的數字在他們家只是新聞而已，沒有引起相應的漣漪。

這天早上，片倉家的孩子好夢正酣，當然也沒看電視。

片倉信子起床時已經十點了。片倉家這棟四樓建築的一、二樓自住。信子的房間在二樓東邊，春樹的房間在她對面。信子換好衣服要下樓時，看到弟弟的房門半開，傳出電視的聲音。本來父母不同意小孩房間都放電視，但是祖母多惠子拗不過孫子春樹的死乞百賴，只好買給他們。因此信子在自己房間看電視時，總覺得對母親有點愧疚。

「別一大早就打電動啦！」

信子敲敲門說，春樹咕咕噥噥地說已經不是早上了。信子瞪他一眼就下樓去。

廚房和客廳靜悄悄的。信子喝杯牛奶代替早餐。午飯時母親會回來做，有時候她會幫忙。沒看到祖母，也沒聽到她的聲音，信子這時候還不覺得奇怪。祖母的房間在樓下最南側，緊鄰盥洗室，這是為了她夜間起來上廁所方便。

但這樣也讓家人在客廳和廚房時察覺不到她的動靜。有時以為她在屋裡，其實人已經出門了，有時以為她不在屋裡，沒跟她打聲招呼就逕自出門，事後就會挨她罵，「出去也不說一聲！」

多惠子平常會率性地去旅館那邊幫忙，但她並不做摺疊棉被或是清掃的工作，只是窩在兩坪大的賬房裡看電視打瞌睡。她其實並不想勞動，只是想確保旅館經營者的氣勢而已。

「要看電視在自己屋裡看就好了嘛！屋裡又不是沒有。」

幸惠常常這麼嘀咕。信子雖然想偏袒祖母親，但心裡明白，祖母在賬房招呼客人或和父親說說話，比自己孤獨一人在房間看電視要愉快多了。

因此這時候她沒有多想，只認為祖母是去旅館那邊了。她打開電視，正播映野生動物的影片，她獨自看了好一會兒。

十一點時春樹也下樓來，在廚房翻找吃的東西。

信子覺得這個弟弟很像童話裡面的餓狼，餓得連掉在地板上的東西也會撿起來吃。他只有打電動的時候嘴巴不動，一放下電動，立刻變回餓狼。信子自己也很能吃，可是看到弟弟的食慾，就覺得狼吞虎嚥的樣子很幼稚，討厭死了。

春樹聒噪得讓她分心，她想回房間去。她下午要和朋友到附近的出租CD錄影帶店，她收到拍賣中古CD的傳單，想去瞧瞧。

出門前得先洗頭髮。信子的頭髮容易出油，她很在意這點。如果和朋友在一起時被嫌頭髮臭，她簡直活不下去。她也留著瀏海，如果不保持清潔，額頭立刻長青春痘。尤其是最近，睡了一晚起來，臉蛋中央就冒出個紅紅的小火山，更讓她變得神經質。

信子不記得是十一點幾分去盥洗室的，她甚至毫無時間意識。她只想著起床洗臉時已經打開熱水器的開關，現在應該有熱水了。

走過祖母房前時隱隱聽到呻吟的聲音，她以為又是電視的聲音，就沒停下腳步，只是心想，怎麼，奶奶在屋裡啊！她站在洗臉台前扭開水龍頭，就在等著溫水變成熱水時，她又聽到多惠子的房間傳來啪答的聲音。聽起來像是什麼東西倒下的聲音。

信子這才感到奇怪。她關上水龍頭，豎起耳朵傾聽。沒有聲音。春樹在廚房那邊開大音量看著搞笑節目。剛才那是電視裡的聲音嗎？

信子走出盥洗室，探看一下走廊，並無異樣。也沒有東西倒在地上。是神經過敏吧！就在她要轉回盥洗室時，又聽到祖母的房間傳出聲音，就是剛才隱隱聽到的呻吟聲。這一次很清楚，不是電視的聲音。

信子急忙拉開多惠子房間的紙門，並大喊，「奶奶！」話聲未歇，就看到多惠子蜷著身體倒在榻榻米上。

信子嚇得差點哭出來，一時愣著不動。多惠子艱難地抬起頭，看著信子。這時信子才能移動身子衝到她身邊。

「奶奶！你怎麼啦！要不要緊？」

多惠子癱軟無力，眼皮尾端不停抽搐，呼吸短促，眼睛含淚。她想站起來，可是雙腿只是抽動，使不上勁。她的腳跟碰到榻榻米，發出啪答的聲音。信子剛才聽到的就是這個聲音。

多惠子斷斷續續地說，我身體麻痹了，站不起來，頭也痛。信子掉出眼淚，大聲呼叫春樹，快告訴媽媽，奶奶出事了！春樹跑過來一看，本來不在乎的表情霎時扭曲。春樹跑去找母親回來的這段時間，信子拚命摩擦多惠子的身體。多惠子閉著眼睛。

救護車來了，幸惠也同車跟去附近的急救醫院，十二點過後她打電話回來說，現在已安穩沒事了。那段期間，信子姊弟都覺得和父親在一起比留在家裡好，一直待在片倉屋。

兩點過後，幸惠回家幫多惠子拿睡衣，她的表情已不像救護車來時那麼緊張。她說因為是星期天，無法做詳細檢查，但看起來也不那麼嚴重，至少不是中風或心臟病。

「可是她那樣子很痛苦似的。」信子說。

幸惠沒好氣地回答說，「醫生說不需要擔心啦，而且她一到醫院就沒事人一樣。」

「怎麼？奶奶裝病嗎？」

春樹冒出這句話，信子捶他的頭。幸惠噗哧一笑。「不是裝病啦，只是沒我們想像的嚴重，我看是心情問題吧！」

心情的問題會導致呼吸困難、身體麻痹嗎？信子無法了解。

總之，多惠子住院檢查。信子憂慮時特別想看到父親的臉，因此就到片倉屋去。她看到義文早已完全放心得和客人在下將棋，有點生氣。

對片倉信子來說，六月二日就是這樣的一天。因為沒注意新聞，也就完全不知道荒川一家四口命案的發生。

這時，事件還沒波及到信子身上。

第四章　鄰居

命案發生後，千住北美好新城是如何迎接翌日的六月二日星期天呢？

夜間狂飆的暴風雨到早上就停息了，八點過後藍天露臉。社區綠地栽植的樹木被強風吹得東倒西歪，草坪上滿是散亂的殘花敗葉。管理公司的清潔人員正逢週日休假，沒來清理。這不合季節的颱風過後景趣，就原樣不動地維持了一天。

整個社區裡面，對命案消息掌握最多也最正確的，是西棟管理員佐野利明。在他腦中，二〇二五號屋內三具屍體和墜樓的那具屍體不是小糸一家人，這事情的重要性不下於社區綠地的慘重災情。身為管理員，接下來該做什麼，他真是無法判斷。

這天早上，荒川北警察署正式成立「荒川區內公寓大廈一家四口命案」特別搜查本部，正式展開偵查。為了確認二〇二五號屋內的遇害者真實身分，必須查訪西棟全體住戶，警方要求佐野提供住戶名冊。

可是這事佐野不能做主。當初要住戶登記時，管委會就承諾，為了保護隱私權，絕不對外提供住戶資料名冊。現在即使是警方要求，管理員恐怕也不能擅自做主交出名冊吧。

「我說要先和公司方面商量。可是原則上公司星期天不上班，我打電話過去，請守衛用內線呼叫我所屬的大廈管理部或是營繕部、清掃部等部門。」

可是這些部門都沒有人在，佐野只好請守衛利用公園房屋的緊急聯絡網呼叫大廈管理部長。

「電話一直聯絡不上，我想讓警方在這裡乾等也不是辦法，於是打給母公司公園建設的大廈事業部。大廈事業部星期天照常上班，統籌負責千住北美好新城建設與銷售的田中部長這個人我見過，非常精明幹練，我想他可以提供一個好的建議。」

時間接近上午九點，雖然還沒拿到住戶名冊，但查訪住戶的作業已經展開。住戶不停打電話到管理室，想知道警察逐戶查問的詳細原因。有的住戶甚至直接跑到管理室，想跟坐鎮的警察打聽，可能是不滿意結果，竟然吵起來。

公園建設大廈事業部已經有人上班。佐野焦急地跟接電話的職員說明現狀，對方大驚，一直問事情上報沒有。佐野今天還沒看報紙，不知道有沒有登。那人要佐野等一下，他先去拿報紙，佐野真想吼他，先幫我解決這邊的問題吧！

不久，那人回到電話上，放心地說報紙沒登，然後叮嚀佐野，不論警察怎麼問，都不能隨便回答有關銷售或管理的資料。佐野好不容易逮到對方說話的空檔，一口氣說完有關名冊的事，對方根本不考慮佐野的立場，只堅持不需要交出這一點。

「我就說母公司命令不能交出名冊可以嗎？」

對方立刻痛罵他說，哪有這麼清楚留人話柄的蠢蛋！你適當敷衍一下就好。

佐野還不放棄，說是已經呼叫了公園房屋的管理部長了，可是一直聯絡不上，事情實在嚴重，情況也緊急，如果大廈事業部長田中先生能來最好，請幫忙聯絡一下。可是對方不聽，只匆匆說你在現場適當協助警方，我們立刻派公關人員過去，說完就掛掉電話。

佐野不知如何是好。

「我從沒那麼氣憤過，可惜那傢伙沒說他是誰。」

佐野即使外行，也知道如果有名冊，訪查住戶會更有效率。但他想到萬一提供名冊，事後公司方面告他侵犯隱私就糟了。而且熟悉住戶背景的他，知道搞不好，有些住戶真的會控訴他的。

「什麼是適當敷衍呢？」

佐野一籌莫展，去找東棟的管理員佐佐木和中棟的管理員島崎商量。兩人都說最好不要交出名冊，但又沒有其他好主意。佐野很過意不去，他實在很想協助警方查案。

佐佐木聽佐野說完和母公司公園建設職員的對話後，說母公司會這樣神經質，可能是因為目前正在銷售相模原超高層公寓大廈。佐野早完全忘掉這事，聽他說起，心想原來如此。

站在公園建設的立場，確實擔心當初風風光光推出的大型超高層公寓大廈住宅社區千住北美好新城，發生了住戶一家四口遇害的罕見慘案，會嚴重斲傷超高層公寓大廈的形象。各界對於超高層公寓大廈是否是合適的居住空間，看法較傾向負面。諸如超高層大廈的電梯犯罪發生率較高，高樓層住戶的心理負擔較大，有人嫌上上下下麻煩而懶得出門，容易形成繭居族，還有就是住戶之間不易產生一體感，彼此漠不關心，隔壁發生事情也不會察覺，即使察覺也不會插手幫忙。

「這件命案正是一個典型例子。在神不知鬼不覺中，二〇二五號竟然換了人住！」

公園建設的公關人員飛奔而來，自是當然。

不過，公園房屋的大廈管理部長井出康文倒是先趕到現場。他在品川區的自宅收到呼叫，知道事情後立刻奔往千住北美好新城。

井出康文四十二歲，和妻子及兩個女兒同住。他在公園房屋是少見的空降組，早稻田大學政經系畢業後，在大阪一家大都市銀行服務十年，被獵人頭公司挖角才轉到公園房屋。

「我們是十點鐘左右看到井出部長吧。田中部長我見過幾次，至於井出部長，這是第一次看到他。」

佐野對這位直屬最高上司，不如對母公司的大廈事業部長熟。其實也難怪，像千住北美好新城這樣大規模的社區，在建設期間、公開銷售期以及交屋時，母公司的大廈事業部長常到現場督導。但是掌控管理業務的管理部長，不見得會到每個社區露面。這時井出也把佐野的直屬上司科長叫到現場，他認為負責地區的科長理應更清楚現場的情況。

井出一到現場就聽取佐野的報告，對於是否提出住戶名冊，指示立刻召集社區緊急理事會討論。幸好那天是星期天，理事多半在家。他判斷經過理事會討論後，如果多數同意交出名冊，就沒有問題，如果不同意，他們也可以獲得警方的諒解。

佐野等人遵照指示，分頭聯絡各棟的理事。直到人數足夠召開緊急理事會後，會議就在中棟的會議室舉行。

井出部長另外還下了重要指示，透過管理室的有線電視專屬頻道，向所有住戶播放通知：西棟二〇二五號發生命案，目前大樓內並無危險，警方正逐戶訪查，請住戶不要驚慌，盡量配合警方搜查。他還讓管理室積極呼籲住戶，如有目擊或聽到任何有關命案的線索，請與管理室聯絡。由於這時已經有電視台的採訪車開到社區大門外，本來不知道發生命案的住戶也開始惶惑不安，井出的這個指示正是恰當之舉。

緊急理事會在上午十一點開始，正午過後做出結論：不提供住戶名冊。

這時負責千住北美好新城管理業務的科長已經趕到，管理室就交給他和佐野處理，井出則參加理事會。

「老實說，這個結論讓我很意外。」井出說道，「五、六年前吧，我們管理的港區內大廈也發生同樣的問題。那邊的住戶不到五十戶，規模大不相同，但是情況非常類似。當時是搶劫傷害案，警方要求提供住戶名冊做為搜查資料，住戶們也是召開理事會，只有一個人反對。」

他說，大部分人都希望盡早抓到凶手，因此傾向全面協助警方。

「我想，這一次千住北美好新城的住戶想抓到凶手的心情無異。但是，可以說是公民意識覺醒吧，他們認為縱使面對查案作業，仍不應該公布沒有直接關係的住戶個人資料。」

當然，理事之中、尤其年長一些的，認為應該協助警方，不要隱瞞，讓警方看到住戶名冊也沒什麼不妥。他們人數不多，但是態度強硬，為了說服他們，反對的理事強調下面這兩點。

第一是千住北美好新城不是普通的公寓大廈，而是相當一個村鎮規模的社區，住戶名冊等於戶籍名簿。有哪個村鎮發生命案後村鎮長會把整個村鎮戶籍名簿交給警方呢？這樣做是不是過頭了些？

另一個理由是，警方已經擁有相關的資料。一般，警察都挨家逐戶訪查管區內的住戶，在承諾「不對外公開」下，做成記載家族成員、戶長職業等資料的名冊，交由派出所保管。聽說阪神大地震時，這個居民名冊在確認市民安危時幫了很大的忙。警方有了這個，沒有美好新城的住戶名冊也無妨。

這兩個合情合理的意見駁倒了贊成派，並很快表決通過。不過，這時的決定雖然和事件主軸沒有多大關係，卻又引發了另一個騷動，這事以後再詳述，在此我們再回到二〇二五號和它周邊的情況。

搜查本部的刑警兵分三路，在東西棟和中棟同時展開住戶訪查作業。此外，也開始訪查社區周圍和車站的計程車招呼站。荒川北署自是總動員，警視廳本部和鄰近各署也都派人支援。隔天星期一上課時，社區及附近的小孩紛紛在自己就讀的中小學裡，興奮地談論「昨天來的那些警察」話題。

西棟二〇二五號所在的二十樓是重要所在，尤其是緊鄰命案現場的二〇二四號和發現電梯地板血跡的二〇二三號葛西美枝子，查訪較費工夫。

「警方真的是翻來覆去地問同一件事。」

葛西美枝子眉頭微蹙地說。

「從我離開公司回到家裡，到電梯老不下來等得我心煩氣躁的過程，我都重複講了十幾遍。」

警方尤其注重她說經過二〇二五號前面時，看到有腿橫過正門微開的門縫間的證詞。警察詳細地追問她說，確實看見了嗎？是男人的腿還是女人的腿？那時聽到屋內有聲音嗎？她有點害怕起來。

「我也沒撒謊，只是說出看到的事實而已，應該沒什麼好害怕的。警察的態度也很仔細，但很關切。可是當我知道是四個人遇害的重大命案後，想到我那時看到的說不定就是兇手，不由得感到自己有一絲絲責任，這才發覺自己牽扯上大事了。」

她的先生葛西一之也同時接受查問。關於美枝子的回家時間和聽到救護車聲的時刻，兩人的證詞沒有矛盾。對於二〇二五號住戶，兩人也幾乎沒有印象。

「我和先生都喜歡公寓大廈生活，因為不必麻煩地和左鄰右舍打交道，所以我們對二〇二五號、二〇二四號和二〇二二號都一無所知，真的什麼都不知道。」

這個時候，搜查本部還不知道住在二〇二五號裡的不是住戶名冊裡的小糸信治一家人，查訪主要問的是二〇二五號家人的長相、年齡、人數、往來情形、最近有什麼可疑舉止、有無不尋常的動靜等。

可是葛西美枝子不認識小糸信治一家，甚至連那間屋子裡有沒有住人、是不是空屋都不清楚。

「我是個編輯，上班時間不規律。我先生是做成衣的，經常要跑國外的縫製工廠和客戶的服飾店，忙得差點就要過勞死了。我們的休假時間也說不準，每天大清早忙到半夜三更，哪有時間和鄰居打交道？我們根本就沒有輕鬆休閒的餘地。在大門口碰到人或同搭電梯時，頂多點個頭而已，但是對方是同樓層的人還是來訪的客人，我不得而知。在這裡，我確實認識的人就只有西棟的管理員佐野。」

最近這層樓有人搬家嗎？有看到二〇二五號搬運東西出去嗎？夜歸時看到有人不自然地抬出大件行李嗎？每個問題葛西夫婦都面面相覷，只能回答沒看到、不記得。

「那時我只覺得幹嘛問這些？可能和命案有關係吧！」

警察再次確認美枝子看到「橫過屋內的腿」，抄下她回來時坐的計程車車號後，終於結束查訪，費時近兩個鐘頭。

「我和先生說是因為我看到一些跡象，所以警方問得比較慎重吧。可是要打聽住在二〇二五號的人，去看管理室的住戶名冊不就一清二楚了嗎？」

至於二〇二四號的情況如何呢？一如二〇二五號的格局，它也是千住北美好新城社區中格局最寬敞的屋子，裡面住的是女企業家北畠敦子，四十一歲，離婚，撫養兩個小孩，分別是小學四年級和二年級。六十七歲的母親與她同住，幫忙照顧小孩和家事。他們一家本來預定六月二日星期天要去東京迪士尼樂園遊玩。

「我們根本不知道晚上的騷動。」一頭直髮、語調嚴謹的北畠敦子說道。

「因為我們家計畫要去迪士尼玩，孩子從前一天就興奮不已，擔心萬一下雨就要打消計畫，忙著在家裡掛上用面紙做的晴天娃娃。即使二號清晨看到警察時，他們還是忙著到處掛，那樣子滿好玩的。」

北畠家迫不及待等暴風雨過去的兩個小孩，在六點左右就知道隔壁鄰居發生事情了。

「好像是老大叫醒我媽的，他清早起來上廁所時，聽到屋外很嘈雜，從門上的窺孔往外看，看到警察。我媽於是出去詢問情況，嚇了一大跳。警察說昨晚開始就鬧得那麼大，怎麼都沒察覺呢？我媽被說得臉紅。可是這棟建築隔音效果很好，幾乎聽不到左鄰右舍或是上下樓層的聲音。如果是我睡那個靠近走廊的房間，或許可以聽見一點動靜，偏偏是我媽睡那個房間，她耳朵有點背。」

北畠敦子不安地觀看狀況時，社區專屬頻道播出大廈內發生命案的通知，不久，電視台也播出這個新聞。因此她不得不跟又哭又鬧的孩子說，迪士尼之旅必須延期。

「我想警察一定會來問些什麼，畢竟我們就住在隔壁。」

北畠敦子是西麻布的酒吧餐廳「瓦爾康」的老闆。瓦爾康是家有限公司，她和家人所居住的千住北美好新城二〇二四號名義上也是瓦爾康所有。他們在去年十二月遷入。

「我們家只有女人小孩，因此特別注重居家安全。我們也是很滿意千住北美好新城這一點才搬進來的，真想不到會發生這種事。我們家有小孩，當然會認識孩子朋友的父母，至於其他無謂的人際往來就一概免了。我媽也認同這一點。不過，畢竟是我媽在家打理一切，社區的事或多或少都聽過看過，應該比我熟悉社區的情形。所以警察還沒來問，我就先問她知不知道隔壁是什麼樣的人？」

北畠敦子的母親，智惠子，和女兒正好相反，幾乎一輩子都待在家裡照顧家庭，自然能以不同的角度知曉鄰居的動靜。當女兒問起時，智惠子回答說隔壁是個大家庭，其中有個坐輪椅的老太太。

「我聽了覺得好笑，就跟我媽說，你說是老太太的話，那她一定有相當歲數了。我媽就說，她的年紀確實比我老，而且很瘦，好像有病。她還說這一陣子看到幾次像是她媳婦的人，用輪椅推著她出去。」

這對不久之後來查問的警察來說，是很珍貴的情報。二〇二五號屋內確實有一具老太太的屍體，儲藏室裡也搜出一張摺疊式輪椅。北畠智惠子口中像是「媳婦」的那個女性的身材和穿著，也讓警方聯想到二〇二五號屋內死亡的中年女性遺體。從智惠子的證詞可知，至少老太太和中年婦人並非昨夜來訪的外人，而是住在二〇二五號已有一段時間的神祕住戶。

智惠子證詞饒富意味的一點，是她不斷強調隔壁「是個大家庭」、「家中人口好像很多」。前面說過，智惠子有點耳背，加上有點緊張，和警方對話時，不時需要敦子居間轉述。但是她腦筋很清楚，觀察力和記憶力都很敏銳，能一一舉出特徵說明隔壁眾人。

- 坐輪椅的老太太。
- 像是她兒子的中年上班族，近五十歲。這個人早上出門上班時，即使穿著西裝外套也不打領帶。而且，常在倒垃圾的地方碰到他。
- 大概是那男人太太的中年女子，經常推著老太太出來，沒有化妝，身材臃腫，有點邋遢。
- 像是這對中年夫婦的妹妹的女子，三十五歲不到，穿著時髦，化妝很濃，給人印象不太好，跟她打招呼都不搭理。
- 像是中年夫婦的兒子的年輕男子，二十歲左右，常常穿西裝，不像是學生，也不太理人。
- 像是中年夫婦的小兒子的男孩，中學生，很有禮貌，給人印象良好。學校好像很遠，很早就搭電梯下樓。

另外還有一個只在走廊見過一兩次的四十歲左右男子，有時早上看到他穿西裝上班，有時候看到他穿著家居服在電梯間拿傘當高爾夫球桿揮，可能是中年夫婦的親戚吧。

智惠子的細膩觀察，不但警察驚訝，連北畠敦子也訝異不已。

「我差點說，媽你實在太閒了。」敦子笑著說。

「可是我不能笑她。說我媽的世界狹窄，這就是證據。也多虧我媽能忍受這個狹窄世界，我才能放心出去工作。」

智惠子不是對二〇二五號特別有興趣而仔細觀察他們，只是平常買東西、掃除、倒垃圾，或是為其他瑣事出出進進時看到，或是同搭電梯，或是在倒垃圾時擦身而過，只是這樣而已。

之後，敦子想試探一下，便問她二〇二三號葛西家是什麼情況。

「那家好像就只夫妻兩個，回來都很晚。太太比你還晚，而且常常叫外賣。」

「於是我就跟她說，多虧有媽媽在，我不用靠外賣。啊呀！抱歉，這和命案主軸沒關係。」

話說回來，如果二〇二五號裡真如北畠智惠子說的是住了七個人，確實是現在少見的大家庭。而且其中四人——老太太、中年夫婦和年輕男子——和這次發現屍體的四個人重疊。

不過，警察更仔細問過後，發現智惠子的證詞還有需要補強的地方，那就是她從來沒有看到隔壁這個大家族全員到齊。

一般家庭孩子大了，就少有全家一起外出的機會，但是從沒看過全家人齊聚門口或是電梯間，也很不可思議。警方再問下去，又發現另一個問題，就是智惠子看到這七個人的時間有落差。

北畠家是一九九五年底搬進二〇二四號，距離命案發生只有半年。空揮高爾夫球的四十歲男人、時髦的三十多歲女子和給人好印象的中學生，是剛搬進來不久時看到的。但是五十歲的中年人、坐輪椅的老太太、推輪椅的中年婦人和二十歲左右的年輕人，則是九六年初春以後看到的。

「警察問我們去年搬來時有沒有到隔壁拜訪，如果有去，肯定比在走廊上看到的還要清楚，可惜我沒去，我只去了管理室。我說過，我們家和外人交往非常慎重。」

北畠敦子說她會這樣，也是出於過去的痛苦經驗。

「我離婚後和媽媽同住，在最初搬去住的公寓大廈就吃到苦頭。那已經是六年前的往事了，當時我也因為我們家只有女人小孩而緊張，而且我常常不在家，只是想拜託鄰居幫忙照應，沒想到卻引狼入室。」

隔壁的先生發現北畠家沒有男人，敦子又頗有財產後，便露骨地伸出魔爪。

「那人自稱是建築師——誰知道是不是真的——在家工作，太太在外面上班。起初覺得他人不錯，我媽個性也很好，就很自然地相互往來。可是他臉皮漸漸厚起來，沒事就到我們家裡打轉，籠絡我的孩子……後來更是藉口老婆不在家，想和我們一起吃晚飯，逕自買了東西帶到我們家吃。我店裡打烊回家時都過了午夜兩點，他一聽到我的腳步聲，就按對講機，邀我喝一杯。他總是笑吟吟的，又會奉承人，可是我越來越覺得不對勁。」

就在她想跟他說明白，不要再做這種無謂的交際時，他倒先露出馬腳了，說是為了擴張事業，還差一點資金，正在煩惱，可不可以看在鄰居的交情上通融一點。

「他說要一百萬哩！他以為我是傻瓜嗎？真把我看扁了。」

北畠敦子當面乾脆地拒絕，還說以後也不必這樣殷勤來往。身為女人，這是果斷的行動，但是對方並不善罷甘休。

「從那天以後，他不斷騷擾我們。有時打無聲電話，有時弄壞我們的信箱，甚至等我回家或孩子放學時故意跟在後面，或者偷竊、弄壞孩子的腳踏車，什麼都做得出來。不巧，他又是管理委員會的理事，在理事會上捏造一些子虛烏有的事情，說我們家孩子吵得他晚上睡不著覺，說我常帶不同的男人回來，搞壞大廈的風氣。我也找了律師對抗，可是這樣相持下去，我也很累。結果不到一年，我搬離那棟大廈。」

那時瓦爾康的經營剛上軌道，搬家費很傷，還給兩個幼兒期的孩子在精神上留下不好的後遺症。

「從此以後，我決定不做沒必要的睦鄰工作，搬新家時也不跟左鄰右舍打招呼。只有女人小孩的家庭，可能遭遇的危險比想像的多，我不在乎人家怎麼看我們，只要和管理員和管理公司聯繫良好就好。我現在還是這麼想，在現代啊，鄰居不是可以依靠的，而是必須提高警戒的，最好保持一點排他心理。」

敦子向警方說明，因為這個緣故，北畠家沒能掌握二〇二五號的正確情報。警方能夠理解，也對他們過去的遭遇寄予同情，但是對於智惠子的證詞細節部分，依然再三查問。

他們最想知道的是，智惠子年前看到的三個人和初春後看到的四個人是否在一起過？

在整個命案已經釐清的現在回頭來看，很清楚警方這個問題的意圖。

年前看到的三個人可能是小糸信治一家，初春後看到的四個人，就是被發現遺體的四個人。這兩家人以春初為界線，不知什麼原因和以什麼方式替換入住。

警方無法立即判斷房子換人住的理由是否是兩個家族之間有關係，但從小糸家沒有知會管理員而偷偷搬走，這家人也悄悄搬進來住的情況來看，很可能有不能公開的隱情。那麼這兩家人之間有什麼關聯呢？

北畠智惠子把兩家人看成一家人，是因為看過他們三三兩兩地出入過二〇二五號。問題是這三三兩兩是怎樣的組合？

智惠子的記憶雖然很好，但還是不容易一一正確想起看到時的情況。在警方循循善誘下，本來清楚的細節反而變得模糊散亂，唯一清楚記得的，是上個星期的事。

「我媽說她看到隔壁的媳婦和那個穿著時髦的女人在電梯間講話。」

那天，北畠智惠子買東西回來，一個人坐電梯上樓。電梯門打開她走了出來，二十樓的走廊裡有兩個女人面對面。啊呀！不是隔壁的太太和她妹妹嗎？她心想。時間是下午三點左右。較年長的「太太」穿著襯衫長褲，套著圍裙。「妹妹」穿著亮粉色長袖套裝，挽著手提包，妝化得很整齊，但智惠子走近一看，才有點訝異她不止三十多歲，而像是有四十多歲了。智惠子自在地跟兩個人點個頭便走過去。

警方問智惠子，當時那兩個人是什麼樣子？

「我媽不願意說人家壞話，有些為難。我告訴她你說出你的感覺就好，她才肯說。」

智惠子說總覺得她們像在吵架，「妹妹」的臉色帶怒。

這時警方已確信這個「妹妹」是小糸靜子。搜查本部已派人到她娘家，相信只要問清楚小糸家人，也就可以查清遇害四個人的身分。

「我媽很擔心，怕自己說了不該說的話。我安慰她說，這是協助辦案，是件好事，沒什麼好擔心的。」

警察要走時，北畠敦子問說天氣變好了，可不可以照預定計畫帶小孩去東京迪士尼樂園？警察笑著說無妨。

「我們這才放心出門，但也不無逃離現場的感覺。我們就住在隔壁，雖然和命案毫無關係，可是就是有這種奇怪的感覺。」

北畠敦子說隔壁一家四口遇害，起初她還不覺得很恐怖，即使在二號這一天裡，還完全不知道二〇二五號的命案緣由是強盜殺人或是挾怨報復亦然。

「我們一家以前就經歷過鄰居的可怕。所謂的鄰居可怕就是人心可怕，結果連社區也變得可怕了，所以發生任何怪事都不覺得奇怪。」

她說沒有什麼比人還可怕的了。

「我做生意，當然以客為尊。可是當我回復普通人的身分時，帶著幼兒和老母的我，真是瞬間都無法呼吸。關於二〇二五號的命案——當時還不清楚情況——我彷彿有死神降臨隔壁的感覺。從過去的經驗中，我學到一個教訓，即使沒做虧心事，也會因為一點點疏忽、一點點鬆懈就招來無謂的災厄。因此我能冷靜接受我家平安無事、隔壁全都遇害的事情。我媽雖然玩得有點累，但我覺得那天出門走走還是對的。」

我們跳過前述，把時間往後退一點。那天晚上八點左右，就在北畠敦子和母親孩子暫時忘記隔壁的慘案、為灰姑娘城堡上空七彩繽紛的煙火歡呼時，命案的重要關係人石田直澄的名字冒了出來。

至於西棟二十樓其他住戶的證詞如何呢？

正如北畠敦子所說，千住北美好新城建築的隔音效果極佳，這個大型集合住宅最理想的生活要素在警方查案時卻是阻撓，住戶即使緊鄰而居，也不太清楚隔壁的情況。

這裡，我們再聽公園房屋的住宅管理部長井出康文怎麼說。

「根據我的經驗法則，集合住宅的居住品質越高，住戶彼此交流的情況越差。當然也有一些豪宅住戶彼此交情不錯，常常舉辦家庭烤肉派對聯誼，但是一般來說，高級住宅的睦鄰意識很淡。」

怎麼說呢？

「最確切的理由是隱私問題。舉個最容易了解的例子，就是演藝人員，他們重視住宅隱密性甚於鄰居的友善。財經界人士也一樣。有能力買上億豪宅的人當然傾向住獨門獨院，實際上他們很多都擁有獨門獨院式的別墅住宅，大廈公寓只是他們的第二棟房屋，或是用來金屋藏嬌——」

他笑一笑。

「唉！他們多半就不是以『家』的概念來購買或租住大廈公寓。再說，這些有相當資產的人士，在企業或組織裡多數身居要職，生活必然忙碌。因此他們寧可多捐一點錢，以迴避管理委員會理事之類的工作。有這樣的住戶，彼此的交流自然很少。」

想想還真可惜，井出部長說道。

「像我，只是一個上班族，偶爾由公司出錢，支付大筆會費去參加不同業種的交誼派對或活動。可是看看我的鄰居，隔壁的先生是製造業的副總，對門的先生是物流業界的人，前面數過去第三家的太太經營一家餐飲外燴公司，他們都難得出來交誼。」

他說，像這樣，日本人形成的現代社區完全是以自家公司為單位。

「男人的情況尤其如此。但是女人則稍有不同，這倒不是說因為女人擅長聊天交朋友，而是因為孩子的關係。女人會以孩子為主軸，形成一個人際社區。」

井出部長的看法或許是個異論，沒想到千住北美好新城二〇二五號的情況卻印證了他的說法。有關二〇二五號更豐富而具體的資訊，也確實來自住在西棟的小孩子們。

即使在彼此疏於往來的高樓生活中，小孩子仍然感覺得到「朋友」的存在。一般青春期間的青少年未必覺得有朋友就好，他們的交往接觸很多也未必都是友好的，幸好小糸信治在平成四年搬進二〇二五號時，他的兒子孝弘才十歲。根據北畠智惠子的證詞，孝弘在今年春初以前應該還住在西棟，那時他十四歲，還是個性較為柔和的年紀。

警方繼續查問後，發現同樓層的二〇一〇號有小糸孝弘的「朋友」宮崎信吾，十四歲。他在社區交屋時就搬進來了，他和小糸孝弘同搭電梯幾十次，而且主動招呼孝弘。

「感覺他有點不對盤，是個沉默的人。」

宮崎信吾是少年足球隊的一員，經常忙於集訓或遠征，朋友也多，不覺得有必要和小糸孝弘交朋友。尤其是第一次看到孝弘時，覺得他「蒼白」、「對足球毫無興趣」、「只會死讀書」，便對他沒什麼興趣。

雖然這樣，他還主動招呼小糸孝弘，是因為看見孝弘穿瀧野川學院的制服。他足球隊裡的一個好朋友就唸瀧野川學院。

「那傢伙叫市川，我問他認不認識，他說不認識。那是小學五年級的時候吧。」

宮崎說雖然他們住同一層樓，但是他和孝弘在走廊或大廳碰到的機會不多。

「這也難怪，這裡到瀧野川學院少說也要坐一個半小時的車。」

宮崎最近一次看到小糸孝弘，是今年二月初或中旬的時候。他看見孝弘走過綠地。

「他拿著一個大手提袋，低著頭慢慢走。」

宮崎好一陣子沒看到孝弘，但是也沒看到二〇二五號有搬家的樣子，以為孝弘還住在裡面。當時他的足球隊要選拔代表在暑假時去歐洲比賽，他忙著練習，無暇顧及周遭如何。照井出部長的說法，就連高級大廈公寓的兒童也行程滿滿，忙得沒有時間關心四周。

二十樓的其他住戶也證實說，看過坐著輪椅的老太太和推輪椅的中年婦人，有人還嫌她們一副窮相。也有人覺得奇怪，這層樓哪來這麼老的人？不過，實際上和輪椅老太太說過話的還是小孩子，就是住在十九樓的高一女生木暮美佳。

她忘記確實的日期，只記得當時還穿著厚重的冬衣。她和輪椅老太太和推輪椅的「阿姨」搭同一部電梯下樓。電梯到一樓時，她禮貌地按著「開」的按鈕讓她們先出去。可是輪椅卡住了，她看「阿姨」推不動，就上前幫忙。老太太非常瘦，體重很輕，她和「阿姨」兩人輕輕一抬，輪椅就順利滑出去。

「那個阿姨很客氣地跟我道謝。」

接著，她問美佳這附近有沒有郵局。美佳告訴她說出東門向左轉，過兩個十字路口就是。

「阿姨」沒把握地複述一遍，才再次向美佳道謝離去。

「坐在輪椅上的老婆婆一直笑咪咪的，可是沒說話。她眼眶滲淚，好像看不太清楚。」

木暮美佳要去的地方正好和郵局反方向，她擔心她們不會走，不由自主地跟在她們後面，看到她們確實穿過東門向左轉後才放心。

「我心想她們是剛搬來的吧！」

彙總搜查本部查訪的資料可知，社區住戶在今年三月以後，常常在電梯周圍和綠地的散步道看到輪椅老太太和推輪椅的婦人。她們果然很醒目。其他人都說時間是三月初或中旬，木暮美佳說是還穿冬衣的時候，時間上有點落差。不過，三月的天氣乍暖猶寒，也有穿冬衣的可能性。再把北畠智惠子說的「春初」考慮進來，可以判定二〇二五號是在三月換了人住。

另外，在西棟這邊，八一〇號的中學二年級少女篠田泉也說她接觸過二〇二五號的小糸家。她記得是今年的新年，一月五日那天，遇到小糸孝弘和他媽媽靜子，還說過話。

她第一次看到小糸孝弘，是在垃圾堆置場。那裡並排著幾個以顏色區分可燃垃圾和不可燃垃圾的大箱子，整個社區的垃圾都集中丟在這裡，因此面積頗大。

社區管理處是一月六日開始清運新年期間的垃圾。五日下午，篠田泉聽媽媽的話去倒垃圾時，多數垃圾箱都已裝滿，臭氣薰人。她放下垃圾就要走開時，發現最裡面的大型垃圾堆置處有個和自己差不多大的男孩。她很好奇他丟什麼東西便瞧了一下，只見他放下一台大型收錄音機就要離開。

篠田泉遠遠看著，覺得那收錄音機還很新。她跑過去確認，幾乎就是全新的收錄音機。她立刻衝出去追趕男孩。他走得很慢，一下子就追上了。

「喂，等等！」

男孩聽到後面有人叫他，停步回頭。他的兩頰瘦削蒼白。

「看起來病厭厭的。」

篠田泉氣喘吁吁地問他，剛才在大型垃圾堆置處丟掉的收錄音機壞了嗎？男孩不安地踱著腳尖沒回答。

「我看還很新，是瑕疵品嗎？你真的要丟掉嗎？」

男孩更慌張，扭扭捏捏的。篠田泉氣起來說道：

「你真的要丟掉的話，我可以撿走嗎？即使是瑕疵品，修理一下就好了。這樣丟掉好可惜，還那麼新！」

篠田泉的姊姊有一台立體音響的收錄音機。篠田泉也想要一台，可是壓歲錢拿去買最新型的隨身聽了，手邊錢不夠。如果只花些修理費就有一台和新的差不多的收錄音機，不是很划算嗎？

「可是那孩子一臉為難的樣子，咕咕噥噥地說還是不要撿吧。」

筱田泉耐性盡失，心想管他呢，逕自走回垃圾場要去撿收錄音機。她想，撿別人丟掉的東西是個人的自由，無須說明理由。

可是男孩反而追過來，緊張地說，是我媽生氣叫我丟的。

「好奇怪的母親喔！這樣命令人家隨便處理東西。」

「不是這樣啦！」

男孩一副快哭的樣子說，其實那不是我的。篠田泉嚇一跳。

她大聲說，「不是你的，那是誰的？你偷的？」

這時，小糸靜子正好走過來。篠田泉起先以為是哪家的阿姨來丟垃圾，可是她一看到男孩便衝過來，抓住他的手臂罵他。篠田泉這才知道她是男孩的媽媽。

「她劈頭就罵他，你在幹什麼？丟掉沒有？男孩已經流淚發抖，什麼也沒說。」

不怕事的篠田泉對她說：

「阿姨，你是他媽媽嗎？他剛才丟的收錄音機我可以撿走嗎？」

男孩的母親咬牙切齒地瞪著她說，撿別人丟掉的東西真噁心，你到底是誰家的小孩？篠田泉毫不畏縮地回她說，西棟八一〇號的篠田。

男孩的母親氣勢洶洶地罵她說，在垃圾場撿東西的小孩不可能住在這棟大廈，你撒謊！

「我沒騙你，等一下我就帶我媽媽去你們家。你們住幾號？」

篠田泉當面問她，她沒回答，拖著男孩就走。少女自尊受傷而燃起戰鬥意志的篠田泉追在後面喊，「等一下！」被拖著走的男孩成了累贅，拖慢了母親的腳程，篠田泉很快就追上他們。

「真過分！罵人家騙子就跑，真狡猾！」

如果對方是男人，筱田泉多少會退縮些。但是，同是女性，對方又是歐巴桑，她才不怕，緊纏著不放。來到社區綠地前面時，男孩的母親歇斯底里起來。

「我不知道，隨便你啦！」

她邊喊邊放開男孩的手，衝向西棟那邊。男孩突然被放開，差點摔倒，難為情地看著筱田泉。

筱田泉怒氣頓消，愣在那裡，好不容易才開口說，「你媽好奇怪哦！」

男孩道歉說，「我媽剛好不舒服。」

「看不出來啊！」

男孩的母親穿著舊毛衣、裙子和涼鞋，頭髮蓬亂，看起來是有點邋遢，但看不出來身體哪裡不對勁。

「她有病。」男孩小聲說，然後語帶懇求地說，「你別撿那個收錄音機好不好？我想撿了也不會有好事。」

他這麼一說，筱田泉也覺得有點怕怕的，雖然有些不捨，還是點頭答應他。他那認真又很悲慘的樣子引起筱田泉的同情。

「我也住在西棟……」男孩說。

「幾樓？」

「三十樓。二〇二五號，我姓小糸，不過我們就快搬家了。」

篠田泉述說這段對話時，警察數度問她，小糸男孩確實有說「搬家」嗎？

筱田泉清楚記得，他確實這麼說。

她和自稱是小糸的男孩一起搭西棟的電梯上樓。她在八樓出電梯時，垂頭喪氣的男孩跟她說「對不起」。

她回家後，把垃圾場發生的事一五一十告訴母親。母親先痛罵她亂撿垃圾場的東西，跟著也很納悶那個叫小糸的男孩和他母親的態度。

「會不會那個收錄音機裡裝了炸彈？」

姊姊半開玩笑地說。母女三人左猜右想了半天，還跑去垃圾堆置場查看。

收錄音機還在。可是，CD再生匣蓋裂了，把手脫落，錄音帶匣蓋也破掉，情況很糟糕。距離剛才不過三、四十分鐘，好像是這期間有人過來特地毀壞，以防止有人會像筱田泉一樣撿回去。

那之後有好一段時間，二〇二五號的小糸家成了篠田家母女三人的話題。筱田太太期待在電梯、大樓門廳或社區裡面遇到古怪的小糸太太，篠田泉說她看到了一定會趕快通知母親。

可惜她們沒再看過小糸家人。

篠田泉的事情發生在一月初，顯見一月初時小糸家還住在二〇二五號。值得注意的是，小糸靜子這時候穿著家居服、頭髮蓬亂。可能是因為年假在家，所以穿著也邋遢些吧！

和其他住戶很少接觸，連管理員佐野也印象很淺的小糸家，和篠田泉的遭遇很戲劇性。這個時候小糸家是不是已經發生了什麼事情，讓靜子為一點點小事就那麼激動地對待自己的小孩和鄰家少女？為什麼要丟掉新的收錄音機？孝弘說「撿了也不會有好事」是什麼意思？

警方認為只要問清楚在靜子娘家的小糸家三人，就能明白這些問題和遇害四人的身分。負責的刑警一早就前往日野市。可是近中午時分，查案刑警在千住北美好新城集合時接獲意外的消息，小糸一家三口已經逃亡，目前下落不明。

「我聽到消息是正午過後，開完緊急理事會回到西棟管理室時，佐野告訴我，早上聯絡上的小糸一家不見了。」井出說。

小糸一家是不可能回千住北美好新城的。他們雖然是逃亡，但帶著孩子，大概也不難找到。於是，警方要求佐野提供有小糸一家三口的社區活動照片。

很不巧，完全沒有這些可供指認小糸家人的東西。

「我安慰佐野別介意，警察對管理室的期待也沒那麼高。」

井出部長雖然說得輕鬆，其實內心也不安起來。

「聽說小糸先生躲起來了，我看這傢伙這下有雙重麻煩了。」

這次的命案不只是住戶變成遇害人，住戶也是加害人的可能性雖然微乎其微，但不能說沒有。小糸家如果和命案完全無關，應該不必逃避警方問案。一定有什麼隱情才拚命躲起來吧。

「當然，命案本身很慘，我們也不希望它發生。站在售屋業者和管理公司的立場，這個案子中，我們的物業出了被害人，造成的損害衝擊是一百分，出了加害人，損害衝擊又是一百分。而且這兩者不是相加，是相乘的效應。」

從安全面考量，出現了被害人的負面影響較大。但是以居住「水準」來衡量，有加害人的形象損失更嚴重。如果凶手也是住戶之一，則不僅對千住北美好新城，對公園建設的所有公寓大廈形象也都有嚴重的影響。

賣房子的時候，建設公司和賣主只注意買方的自備款和貸款額度，不管買主的人品風範，一旦出事，受打擊的就是賣方的企業形象。

「這正是不能把商品單純切割成『不動產』，而須企畫成『家』來銷售的企業難處。」

此外，現代又是「講究心情的時代」，他說道。

「細密的資料規畫還在其次，重要的是感覺好，這也是公寓大廈管理的要素。只是打掃清潔、代收宅配信件、整理中庭花園等等已經不夠看了，住戶花了高額管理費住進來，必須讓他們有稱心滿意的特權感受不可。」

我們在前面的〈命案〉一章已提過，千住北美好新城號稱高級超高層公寓大廈，實際上換屋率和空屋率很高，這點對一個永住型的公寓大廈住宅社區來說是很糟糕的成績。公園建設為了隱藏這個劣勢，必須堅持千住北美好新城的高級形象不可。本章一開始也說了，公園建設這時正在相模原推出類似千住北美好新城的超高層公寓大廈住宅社區。千住北美好新城這邊即使有諸多紛擾，畢竟是銷售完畢的物業，相模原那邊才剛開始，問題就大了。

正午過後，緊急理事會結束時，公園建設的大廈事業部長田中琢己也趕到現場。他比井出小兩歲，但一手撐起公園建設的開發口碑，非常能幹。他目光嚴峻，聆聽井出逑說目前所知的狀況，表情更加陰沉。面對他這個模樣，連井出也顯得氣勢弱些。

「田中說相模原工地那邊的銷售業務一團混亂，他定好緊急應對手冊後才趕過來。雖然相模原和荒川區的情形完全不同，兩地也一東一西，其中一些有意購屋的人還確實有些動搖了。這也難怪，又不是便宜的東西。」

公園建設的相模原銷售處有顧客對售屋小姐痛罵說，發生那種事情，你們這萬全的保全設備根本是騙人嘛！小姐都被罵哭了。本來假日都找不到人的公司大老也一一聯絡上，總公司也成立對策本部。井出奉命擔任現場和對策本部的聯絡人，坐鎮在西棟的管理室。

井出和田中兩人愁眉深鎖時，警方的查案動作馬不停蹄。社區專屬頻道播出的通知發生作用，有些住戶陸續通知管理室他們所知的消息，管理員逐一記下後通知警方。

這些消息雜亂散漫，有些乍看是和命案沒有關係的目擊或流言，但其中有一項引起警方的注意。在今年二月到三月間，有一兩個流氓調調的男子在社區內走動或在西棟周邊徘徊，而且多半是晚上十點鐘以後。也有一次是在白天，狀似黑道的男子開車進入社區，因為正值社區對外「關閉」，路口設有欄柵。那人大吼大叫地加速衝斷欄柵，但很快就開走了。這些消息來自多位提供者，衝撞欄柵的事情發生在東側門，看到黑道男子的都在西棟周邊。

井出聽著佐野彙集的消息，腦海裡突然閃過一道靈光。

雖然不能輕易認定這些流氓和這次命案有關，但是高級大廈公寓、悄悄搬出者、黑道男子開始出沒的時期與二〇二五號換人住的時期重疊，把這些加在一起考量，似乎可以成立一個推測。

「我怕自己想得太過，心想還是等找到小糸家人、更了解真相再說吧，就這樣一直憋到下午。」

下午四點左右，有消息傳來說小糸一家三口從八王子市內的旅館打電話到靜子娘家時，守在那裡的警官說服他出面到附近的派出所接受偵訊。

「那時我才說出來，說不定二〇二五號是法拍屋，小糸家繳不出貸款，趁夜搬走，銀行向法院聲請拍賣房子。我懷疑三月以後住進二〇二五號的是熟知法拍屋作業的海蟑螂，或是單純被海蟑螂利用來佔住房屋的外行人。」

真是一語中的。

第五章　生病的女人

千住北美好新城二〇二五號的命案消息在六月二日上午八點的電視新聞播出後，後續報導不斷。十一點半到正午之間，所有的廣播媒體都壓下其他新聞，紛紛做夾雜現場轉播的特別報導。

這時警方公布的內容極為有限，各家媒體的報導都無法深入，小糸一家的名字當然也沒有曝光。

有關遇害人數也是眾說紛紜。有的媒體斷定是「一家四口」，有的媒體保守地說是「三或四人，」也有的媒體很慎重地以「發現四具屍體」表示，說法各異。其中，「三或四人」的說法是因為他們推測「死在綠地的年輕人是殺害屋中三人後跳樓自殺」；「四具屍體」的說法也隱含「四人之中三人被害，另一人是畏罪自殺的凶手」的意思。

命案發生後，部分警察也有這種推測。事實上，在還沒納入住戶已經換人、葛西美枝子看到屋內有人影（正確來說是腿影）走動，以及電梯內的神祕中年男子等要素時，純看命案現場，會這樣推測的機率極高。

不過，隨著現場蒐證的進展，真相漸漸釐清。只是，在真相大白的十月中旬以前，所有的媒體報導難免錯誤矛盾百出——即使在這個階段已隱約可見破案的曙光。

例如，六月二日下午三點的電視新聞中，就有一家主要媒體報導遇害者身分已經查明是「上班族小糸及其家人」。但電視台很快就發現是誤報，在晚間新聞時緊急更正。

西棟管理人佐野利明看到這則新聞時大驚，通知查案的警察。「二〇二五號住戶姓小糸」的消息並未正式公布，可能是其他住戶洩漏出去的，因此不是警方的過失。只是下午三點這個時點，小糸一家離開靜子娘家還下落不明，警方深怕這個消息會影響他們一家的動向。一個小時後，小糸信治一家在八王子市出面接受警方保護，警方才鬆了一口氣，同時也知道他們家人並未看到或聽到這則新聞。

星期天各報的晚報休刊，新聞只能上電視和廣播。但是晚間新聞並沒有更詳細具體的消息，警方也未公布小糸家人的說詞，各媒體只能在揣測誇大的案情中展開新聞攻防戰。

唯一確實的報導是有關命案後逃離現場的可疑中年男子，晚間新聞報導都指出電梯內的監視攝影機拍下了他的低頭身影，有一家媒體甚至指出他可能受傷。

這一天，透過電視的全天報導，千住北美好新城成為全日本最出名的公寓大廈住宅社區。連從沒踏進東京都荒川區一步的人，都已經熟悉了該棟建築特徵的東西雙塔。

我們透過「媒體」知道現實，藉著觀看電視新聞、紀錄影片和閱讀報章雜誌，來掌握現今日本和世界各地發生的事情訊息。我們親眼所見、親自走過、親身遭遇、親手觸摸體驗的事情，和媒體帶來的資訊量相比，微不足道。在我們讀書、工作、遊戲、養育子女、照顧病人的普通生活和行動範圍中，並不存在愛滋病藥害訴訟、財政官員收賄、環保團體放生海豚、小貨車掛偽造車牌挾持放學女生這些事情。

但是我們可以透過新聞知道這些情事，為此感到憤怒、悲傷、擔憂，思考自己能做些什麼，必須做些什麼。參與「報導」的人也許會說，「報導」的機能就是為了使民知之而存在。

但是現代媒體如此發達，一般人只要坐在電視機前三十分鐘，就能獲得數十倍於他生活一輩子所能得到的資訊量。這又產生了一個麻煩，「現實」和「事實」究竟是什麼？什麼是「真實」？什麼是「虛擬真實」？區隔兩者的又是什麼？如果「輸入腦中的資訊」是將「實際體驗」和「傳聞的知識」結合為一，可以說現實和假想現實之間沒有不同，而事實上也有這種傾向。

但，真的是這樣嗎？

六月二日下午四點左右，在東京都江戶川區春江町「寶食堂」三樓的十六歲高中生寶井康隆，正在思考上述這個問題。他是寶食堂老闆寶井睦夫與敏子夫婦的兒子。餐館的二、三樓是自住，康隆的房間在三樓南側。他坐在桌前，正在用手提文書處理機寫稿。這篇稿子要給他參加的科幻俱樂部ＪＳＣ發行的雜誌《織網人》，截稿日就是六月三日星期一。

由於是一年級的菜鳥社員，如果拖稿，會讓學長印象不好。但即使晚交，只要是讓學長驚豔的好稿子，反而會受重視。不過他實在沒有這個把握，只好整個下午都忙著趕稿。

寶食堂的客人主要是來往環狀七號公路的卡車和計程車司機，營業時間從早上五點半到晚上八點，下午兩點到五點半休息，星期日公休。六月二日這天，康隆在房間裡埋頭敲鍵趕稿，四周一片靜寂。通常這個時候，他父母不是補眠休息，就是出門逛逛，所以屋裡安靜得很。

寶井家的二樓是客廳、廚房和起居室，三樓是臥室和儲藏室。康隆正值那種喜歡窩在自己房間甚於和家人混在一起的年紀。

正確來說，不是「那種年紀」，應該說是「那種立場」。他有個大他兩歲的姊姊綾子，通常她這個年紀也是只顧自己個人生活，不在乎家人的。不過，十八歲的綾子已經做媽媽了。就康隆所見，做媽媽的綾子毫無個人生活可言，她自己對此似乎也沒怨言。

寶井綾子沒有上高中，她中學畢業時就決定，義務教育結束後就幫忙家中生意，將來接掌家業。其實並不是父母強迫她這樣做，他們反而擔心綾子這決定下得太早。以後不會後悔嗎？至少高中畢業後再決定，人生的選擇幅度可以較寬嘛！——別家父母聽孩子說綾子的這個決定時，必定會問上這麼一句。

可是綾子決心堅定，因為她討厭學校。小學中年級以後，她從沒理解過課業內容，覺得上學很無趣。升上中學以後她就一直質疑，為什麼必須學那些東西不可？我家開餐館，我將來要繼承餐館，又不想當什麼學者！

寶食堂每天推出二十道菜，其中一半是店裡的招牌菜，另一半是不斷試驗的新菜。如果顧客反應很好，就有成為招牌菜的機會。如果反應不佳，幾個月就收起不賣了。這些新菜創意第一，也重研究。綾子和父母星期天常常外出，不是去尋找新鮮食材，就是去有名的餐廳嚐鮮尋找靈感。

綾子從很小的時候開始，就會觀察父母做生意的樣子。她喜歡做生意。

綾子自己認為這是血緣的關係。她也喜歡做東西給父母和就在寶食堂前經營小小西餐館的外公吃，她想聽他們稱讚說「好吃」。她認為沒有比做生意度日更有趣的人生了。

綾子小學五年級起就開始幫忙店裡，早起上學前洗碗盤，下午回家後就打掃店內、幫忙準備晚餐或採買東西。她個性倔強但氣度大方，朋友很多，能嚴謹區分和朋友玩及幫忙店裡的時間。因為是自願幫忙的，她做起來就不覺得痛苦。

反而是學校讓她痛苦。

外公辰雄在綾子中學三年級的夏天過世，他死前兩天還健康地到餐館廚房掌廚。他特別疼愛綾子，不顧女兒女婿的為難，決定要盡快讓綾子接掌家業。綾子受他的影響很大。辰雄個性過於耿直，缺乏生意人的精明隨和，因此餐館在他手上無法做大。此外，他的嘴巴很壞，綾子也學到外公的口氣，常常惹麻煩。小學六年級的春天，她不參加學校補習，也不做習題，一副學校事情和我沒關係的態度，惹來老師斥罵。她竟然頂嘴說，我討厭讀書，學校這地方就像地獄的馬桶！

寶井夫婦被叫到學校，躬身道歉後把綾子帶回家。不用問也知道她這句話是從哪裡學來的。回到家後，他們當著辰雄的面，狠狠責罵綾子。綾子抽抽搭搭地哭著，辰雄卻激動地誇獎綾子不怕老師。他說學校那種地方只要教讀寫和珠算就好，那些東西學個三年就夠了，如果孩子還想多學也就罷了，但是強迫像綾子這種喜歡家中生意、有興趣也想做生意的孩子窩在狹窄的水泥建築裡「真是豈有此理」，強迫綾子讀書的老師「真不是東西」，「讓老子去踹他的屁眼」。他還罵女兒女婿為什麼不能歡喜接受綾子喜歡餐館工作的心情呢？

事實上，這一次的談話也決定了綾子的將來。父母認定綾子「討厭學校，討厭努力忍耐，所以想幫忙店裡」的逃避心情只是單純的懶惰藉口，但她畢竟很喜歡餐館生意，這家餐館的未來就交給她吧。既然這樣，義務教育必須完成，高中可以不讀，但仍希望她還是去唸個高商，學學對將來做生意也有幫助的簿記。

父親規定她必須繼續上學，要做習題，也要聽老師的話。從那天以後，綾子辛苦忍耐三年的中學生活後，告別「地獄的馬桶」。

但是辰雄在綾子中學畢業前猝逝。綾子失去了最大的心靈支柱，行為急速產生偏差。辰雄死得不是時候，因為正值中學三年級的夏天，綾子身邊的人都忙於升學考試。寶井家雖然對綾子放棄升學已有共識，但是要讓級任老師和升學指導老師了解這個決定，是很艱難的工作。為此寶井夫婦身心俱疲，家中經常籠罩低氣壓。

辰雄死後，綾子開始行為放蕩。她常常晚歸，不是被警方輔導，就是接觸不良青少年集團。有一次父親在她書包裡發現強力膠，把她打得頭上縫了五針。

這時，猶如船隻失去船長隨浪浮沉的寶井家中，最冷靜觀察事態的就是當時十三歲的康隆。他正是敏感的年紀，個性老實的他並沒有受到姊姊的影響一起亂來，也沒有嫌惡疏離變壞的姊姊。他只是害怕——因為太害怕，所以無法靠近。

康隆不會討厭姊姊，因為他了解姊姊行為偏差的原因。他看得很清楚，可以說歷歷在目。為什麼父母和老師就看不見呢？他覺得不可思議，但又無奈。

綾子的壓力不是來自老師的不理解、世人的升學觀念和在老師面前抬不起頭的父母，這些雖然有一點點影響，但絕不是主要原因。追根究柢，原因在於辰雄的死。她最喜歡、最尊敬的外公死了。

康隆知道，綾子還不能接受外公死去的事實。她抱著「為什麼外公非死不可？」的悲痛疑問，也牽連起「為什麼人要死？」的問題。

綾子和康隆都是第一次經歷近親的死亡。他們過去不曾努力理解過「死亡」。

這世上到處是壞人，他們都沒有死，為什麼我的外公要死呢？外公做了什麼壞事嗎？我那麼喜歡外公，為什麼外公會死呢？

怎麼也想不通！怎麼也不明白！這個世上真是一團糟，什麼都不能相信了——綾子因此變壞，康隆看得一清二楚。

這大概也因為他年紀接近綾子，對第一次體驗的近親之死也有一絲絲不安吧。

康隆不像綾子那樣親近外公，老實說他有一點害怕嘴巴不饒人的外公。他很不擅長應對客人，在他眼中，外公、父母和綾子俐落應對客人點菜和埋怨，混亂之中仍笑嘻嘻說「謝謝光臨」的樣子，就像不可置信的特技表演。他怕生害羞，偶爾在店裡時，客人吆喝他「小弟，拿水來」，他就會全身發冷冒汗地跑走。寶食堂不是高級餐廳，客人們都是些額頭冒汗勞動體力的大男人，言語動作不是粗鄙，就是嘻皮笑臉，康隆很怕他們。

幸好康隆不討厭讀書，成績也優秀。他們姊弟倆就像磁石的兩極，但又不像兩極相吸般了解彼此，只是遠遠看著彼此處於正相反的位置上。

奇怪的是，綾子自己討厭讀書，卻以康隆的優異成績為傲。康隆輾轉聽到綾子對朋友說「我弟弟腦筋很好」，雖然心中竊喜，但依然無助於他們彼此的了解。

辰雄疼愛康隆不如綾子，他的死康隆雖然悲傷，但不像綾子那樣心碎噴血般的悲嘆。

綾子使壞最嚴重的時候，康隆見父母愁眉不展，便試著說出自己的意見。父母親向來知道這個聰明的兒子偶爾會有超乎一般小孩的洞察力和表達能力，而且寶井家也有傾聽家人說話的好習慣。夫婦倆仔細聽完康隆的意見。之後的一段時間，康隆沒聽父母說什麼，不過看來父母親好像接受他的意見，和綾子好好談過了。

綾子的生活態度並沒有明顯的變化，她的迷失只持續到中學畢業。擺脫學校的束縛和生活步調的變化，對此多少有點幫助，因為一起廝混的夥伴都要升學，彼此自然而然疏遠了。

脫離了硬湊在一起的集體生活，綾子在某一種意義上變得孤獨起來，被壓抑多時的本性復甦，喜歡做生意的血脈開始騷動。有些客人和綾子交情不錯，等她冷靜下來後，也能注意到他們對自己的關懷之情了。

寶井綾子慢慢掌穩自己的人生之舵，這也帶給她回到父母掌舵的大船的機會。不久，留在綾子身上的放浪形跡，只是褐色短髮靠近右太陽穴旁的一束挑染鮮豔髮絲而已。

寶井家和寶食堂回到原來的軌道。康隆的生活也回復平靜，但是他的心裡還深深刻著一件事，就是姊姊心裡還沒有解決「人為什麼會死」的問題。她因為無法在言語上說出來、在思想上意識到，所以行為荒誕，即使生活態度恢復原狀，這疑問依然沒有解答，沉澱在她心靈深處。

康隆還擔心的是，姊姊期待「喜歡的人」的心情太過強烈。這種對象恐怕不只是親屬吧！康隆認為姊姊是熱情的人，因此失去外公，悲哀太深，傷痛太大，不容易重新站起來。

後來，綾子戀愛了，十八歲成為母親時，康隆也從小男孩長成青少年。他學會的語彙更多，更認為「姊姊是多情人」。

言歸正傳。六月二日星期天下午，康隆在屋裡和文書處理機奮戰時，聽到走廊傳來母親敏子的聲音：「我回來囉！」看來他們還是出去了。

中午和父母、姊姊、小外甥祐介吃飯時，他們問說下午要不要一起去御徒町的中華食材店逛逛？父母和平日一樣精神飽滿，但綾子有點感冒發燒，說下午要留在屋裡睡覺。她的臉色很壞，不時乾咳。

綾子今早起床也很晚，母親敏子還擔心地去看她。這是很少有的事。

祐介還不滿兩個月，生活是不分日夜的。康隆覺得很訝異，綾子可以一面照顧祐介，一面做家事，還能打點店裡大小雜事，從來沒有睡過懶覺。她今天遲遲沒有起床，一定很不舒服吧。

敏子看綾子臉色蒼白，想放棄外出。可是綾子口氣帶刺地說，別管我，你出去的話，我才可以安靜地好好睡一覺。敏子說，感冒會不會傳給祐介？量一下溫度吧！綾子慵懶地充耳不聞，抱起祐介回房間。

綾子與祐介的房間和康隆的房間一樣在三樓的南側，中間隔著走廊與樓梯。如果各自窩在房裡，除非大聲嚷嚷，否則根本聽不到彼此的動靜。康隆滿腦子稿子的事，吃完午飯就窩回自己房間沒出來，不清楚父母是不是出去了？綾子是不是在睡覺？

康隆應了母親一聲，沒有回頭。敏子推門探頭進來，他問說怎麼那麼快？敏子說放心不下，還是早點回來看看。她問，「綾子怎麼了？」

康隆回說，我一直在房裡，不知道。敏子又問，祐介哭了沒有？康隆就說，不知道，沒聽見，你自己去看看不就知道了！

沒想到母親說，「看過了啊，不在嘛！」

康隆大驚。姊姊跑出去怎麼沒說一聲？她平常不會這樣啊。

康隆試著說，可能去附近買東西吧，感冒藥什麼的。

「不會是附近。她連小祐的包包都帶走了。」

小祐的包包是裝尿片奶瓶的塑膠大揹包，綾子帶祐介出門時的必帶品。

「你爸去看車子還在不在？」

敏子的臉色陰沉。寶井家有兩輛車，一輛是麵包車，是家庭車兼業務車；另一輛是可愛的白色迷你小車，主要是母親在開。兩輛車都停在屋子後面的停車場裡。

綾子學開車時發現懷孕了，睦夫與敏子叫她暫時別再去汽車駕訓場，可是倔強的綾子堅持上完課，順利拿到駕照。睦夫認為她本來就有資質，女人的駕駛直覺也強。不過她拿到駕照後已大腹便便，實際上幾乎沒開過車。生產完後，她怕忘掉駕駛技術太可惜，常趁晚上道路較空時開白色迷你車練習。但終究只是練習而已，不曾開車走遠過。

睦夫回來說白色車子不在。

「大概帶祐介出去了。」

如果是這樣，她應該會招呼康隆一聲。她如果真難過得要去找醫生，應該不會開不熟悉的自家用車，而該是坐計程車，說不定還會要康隆陪她一起去，或者把祐介託給康隆照顧，自己一個人去。

就在康隆擔心不解下，時間流逝。大家擔心綾子，更擔心她帶走的祐介。敏子有點遷怒地對康隆說，你真的什麼都沒聽見嗎？

康隆腦中的稿子內容漸漸缺漏中斷，現實的憂慮不安悄悄潛入。「假想現實和現實是具有同等價值的輸入資訊」這個主題，在家中的憂心事前，變成小學生歪理般的可有可無。但他也有不能拿這種日常瑣事和自己寫稿之事來比的彆扭自尊，因而更加焦躁。所以，五點過後，綾子突然回來時，他差點發飆。

綾子默默地推門進來，搖搖晃晃地坐在地上。康隆的怒氣瞬間消散無蹤，綾子明顯病了。康隆要伸手接過嬰兒時，感到綾子身體發抖呼氣滾熱。

「糟糕……姊，你好燙啊！」

康隆大聲呼喊父母親。急奔而來的敏子也大驚，急急接過祐介。

「怎麼啦？你去哪裡了？」

綾子渾身無力，沒有回答。

「你說話啊！」

「媽，以後再生氣吧！」

綾子腦袋垂到胸前，就要昏厥過去，康隆和父親合力扶起她回到房間。綾子呼吸急促，不時猛烈地咳嗽。她睜開眼睛，視線沒有焦點。她眼睛充血，和慘白的臉頰呈鮮明對比。

敏子幫綾子換上睡衣，又問，「你帶小祐去哪裡了？」

幸好祐介沒事，被抱離媽媽身邊時稍微哭了一下，換過尿布喝奶時就不哭了。敏子與睦夫忙著照顧綾子，康隆小心翼翼地抱著祐介，在起居室繞圈子逗他，祐介高興地咯咯笑。

「祐寶跟媽媽去哪裡了？問你也沒有用吧？」

安頓綾子睡下後，睦夫與敏子也來到起居室，七嘴八舌地討論去買冰塊還是送她去醫院。

「對哦，車子呢？開回來沒有？」

康隆一問，睦夫急忙跑去車庫看，一會兒卻臉色鐵青地回來。

「開回來了。綾子她究竟開去哪裡了？」

「那已經無所謂了啦。現在要緊的是送她去醫院，開大車去比較好吧？」

「隨便啦！」睦夫口氣很差。

康隆有點注意到父親的樣子。「車子怎麼了？」

睦夫皺起眉頭。「保險桿凹了。」

「有什麼關係，去修理一下就好了。」

「不只這樣，車身很髒，好像沾滿泥漿。喂，康隆，你上次洗車是什麼時候？」

在這個家裡，洗車是康隆的工作，條件是等他考到駕照後幫他出頭期款買一輛新車。

「前天還是大前天吧？我記不得了，反正才洗沒有多久就是。」

「車身那麼髒，不是很奇怪嗎？」

「欸，你什麼意思？」

敏子不太高興。她向來強勢，不喜歡自己被排除在狀況外。

「綾子的白車髒了有什麼奇怪？」

康隆了解父親的掛慮。

「姊姊昨晚下大雨時有出去是吧？」

睦夫緊蹙眉頭。敏子有些訝異地眨眨眼，突然發怒說：

「胡扯！昨晚綾子和寶寶都在家裡，那種天氣誰會帶小孩出門？」

康隆懷裡的祐介突然打嗝，康隆趕忙輕拍他的背部。

「你餵完奶後沒讓他打嗝是吧？」

敏子接過康隆手裡的嬰兒。懷裡溫潤的東西不見了，康隆突然感到冷。

「但是車子這麼髒，也只能這樣想啊。」

「是昨晚的風雨打髒的吧！」

敏子說得順口，忘了自家車庫是有屋頂的。

「昨晚那種大雨還出去，所以才感冒是吧。」

睦夫的想法實際。康隆也點頭同意。

「只能這麼想。」

「那，她剛才又去哪裡呢？」敏子問。

「不知道，以後再問吧，現在還是先送姊姊去醫院吧！」

敏子抱著祐介到樓下的辦公室，去查假日還開診的醫院。辦公室徒具形式，只有一張桌子，擺著電話簿。

「看來不妙哩！」睦夫低吼地說。

康隆斜看著父親，不知該說什麼。他很清楚此刻父親腦中想到的是誰。對！「那傢伙」，就是「那傢伙」。

「不知道，好像是吧！」

睦夫恨恨地嘖嘖舌。「不是說已經沒有關係了嗎？」

「先別急著罵她嘛！」康隆趕緊緩頰。「而且……就算姊去見了他也沒有辦法。」

「什麼沒有辦法？沒有辦法不是什麼都沒有嗎？」睦夫粗聲粗氣地說，「這不是蠢話嗎？」

康隆老早知道一扯到這件事，父親就容易激動，腦袋也糊塗了，但是被他罵「蠢」，還是很不高興。

「爸，你不要一提到那個人就這樣暴跳如雷好嗎？怎麼說他都是祐介的爸爸。」

睦夫滿臉通紅，不是羞愧，而是血壓升高。

「那種男人也配做爸爸？別再讓我聽到這句話！」

他拋下這話，推開康隆，大步咚咚地下樓去。

康隆嘆口氣，「那傢伙」——「那個人」永遠是寶井家的爭吵火種。可是只要祐介在這裡，只要大家都那麼疼愛他，就永遠要和「那傢伙」糾纏不清。康隆認為這真是很不幸，只要父母稍微冷靜些，姊姊的心稍微離開「那傢伙」一點，很多爭吵糾紛都不會發生。

祐介在樓下啼哭。可以聽到敏子在哄他的聲音，但沒什麼效果。

嬰兒會敏感覺知母體狀況的變化和心情的好壞而有所反應。當嬰兒察覺母親心情和身體異常而哭鬧時，真正能安慰他的也只有母親，這一點祖父母是無法取代的。

康隆突然感到很累，又嘆口氣，聽著祐介的哭聲，心情更壞。他想回房繼續寫稿，轉回走廊時，綾子的房門突然打開。

「姊？」

康隆叫喚著綾子。門只開了二十公分左右，綾子沒有露臉，康隆探頭進去。

話聲未歇，只見綾子癱軟地蹲在門邊。康隆衝過去扶她起來，「怎麼了？不舒服嗎？」

綾子雙手按頰，身體發抖，皺乾的嘴唇微張，用嘴巴呼吸。

「我，我想上廁所。」

她抓住康隆的手臂，勉強說出來，一說完又猛烈地咳嗽。

康隆雙臂環抱著綾子，要扶她起來。

「我扶你去……啊，等一下！」

他讓綾子靠在門上，跑到床邊拿起睡袍披在綾子身上，扶著她慢慢走向廁所。

「媽正在幫你找醫院。」

「不用啦，我沒事，」綾子咳著說，「別管我。」

又要唱反調，為什麼我們家人總是這麼頑固呢？

「怎能不管？你生病了，祐介不是很可憐嗎？」

綾子像老太婆似的弓著腰，踉蹌地走進廁所。她不停地咳嗽，康隆擔心萬一她在裡面昏倒了怎麼辦？

「姊──」

沒多久，綾子走出廁所。康隆要伸手扶她時，她用力搖頭，轉向洗臉台。一陣猛咳後吐出東西，康隆趕緊拿毛巾給她，順便瞄一眼她吐出的東西。都是水。姊到現在都沒吃東西嗎？

綾子咳嗽不止，攀著洗臉台不停乾嘔。康隆摩擦她的背，她抖得很厲害。康隆的擔心轉為害怕。

「姊，叫救護車吧！還是早點看醫生較好，這不像普通感冒，說不定是肺炎。」

綾子邊咳酸水邊搖頭，「我不要看醫生。」

「別這麼孩子氣！」

「別管我！」

綾子吼完，攀著洗臉台，跟著一陣康隆聽來像是肺部就要震破、胃囊即將嘔出的猛咳。

「我去打電話。」

康隆讓綾子靠著洗臉台，轉身出去。才走出門，就聽到咚一聲，他趕忙回頭，綾子已倒在地上。

「姊！」

康隆蹲在綾子身邊，綾子縮成一團繼續咳。康隆摩擦她的背，大聲呼叫在樓下的雙親。

「爸！媽！快來啊！」

他這時才發現綾子淚珠滾滾而下。

寶井綾子被送進自宅附近的急救醫院，診斷是急性肺炎，在病房裡安頓下來時已經過了下午六點。

這是間雙人病房，她的床靠窗邊，另一床空著，等於是單人房。康隆在敏子的囑咐下，一會兒跑去買住院用品，一會兒去護理站找護士。睦夫抱著祐介在醫院四周散步，祐介一哭鬧就帶進病房看綾子。敏子一會兒讓祐介躺在空病床上換尿布。全家忙個不停。

護士說醫院是採完全看護制，不需要也禁止陪病人。敏子聽了又驚又氣，說病重到要住院的人最最需要家人支持了，以前公公婆婆住院的時候，都是我住在醫院裡照顧啊！

不過，話說回來，綾子病倒了，照顧祐介的責任自然落在敏子身上。很現實的，敏子不能住在醫院裡。不知是幸或不幸，綾子的母奶很少，祐介都喝牛奶。雖然不用擔心餵奶問題，但他似乎又敏感察覺母親不在身邊，脾氣很壞。

「他果然知道媽媽情況不好，可憐哦！」

敏子抱著祐介哄護，自己也覺得心有笑笑焉。

護士說讓抵抗力很弱的嬰兒長時間待在病房裡不好，康隆覺得很有道理。探病時間到八點為止，於是他建議父母先帶祐介回去，他留在病房照顧姊姊。

敏子捨不得走，但是顧及祐介的健康，才勉強回去。七點鐘時，病房裡只剩下康隆和綾子兩人。康隆把椅子拉到床邊坐下。

綾子迷迷糊糊地睡著，左手腕打著點滴，額頭放著包了毛巾的冰枕，臉色跟床單一樣蒼白。乾皺的嘴唇之間微微呼出氣來。她似乎夢見了什麼，身體不時痙攣，扯動點滴的管子。

康隆雙掌輕輕摩搓臉部，雖然遮著雙眼，也能聽到綾子不規則的微弱呼吸聲。

他知道現在不能問綾子什麼，只能默默守護她的睡臉。看到姊姊那樣子，他猜昨晚姊姊和「那傢伙」之間發生了什麼糾紛。

「那傢伙」，是寶井家除了綾子外其他三人嘴裡的代名詞。他其實有名有姓，叫八代祐司。比綾子大三歲，今年二十一歲，或許這年紀做爸爸確實是年輕了點。

康隆第一次見到八代祐司是一年前，八代來拜訪寶井家。當時並沒有想到，這是他最初也是最後一次到寶井家。

那時綾子肚子裡已有祐介。康隆雖然隱隱知道姊姊有戀人，但知道她懷孕後，還是驚訝地讚稱真是「神速」，他認為綾子是會結婚的，所以也說了「恭喜」。那時綾子沒有興高采烈也沒有埋怨，只是垂下視線，他以為綾子是不好意思。

綾子懷孕，父母不是不驚訝。不過睦夫與敏子認為，綾子是要繼承家業的，比同年齡的孩子早點成為社會人、早點結婚也好。尤其是敏子，總說綾子個性踏實，早點結婚一定會是個好太太好媽媽。她還說，女孩子一個人閒晃也不是好事。

因此，綾子未婚懷孕，父母沒有大怒，也沒有反對她和孩子的爸爸結婚。只要對方人品沒問題，綾子也喜歡他的話，為了女兒的幸福，他們是想積極處理這件事。

康隆記得很清楚，那天下著淅瀝淅瀝的雨。幾天前才聽綾子說她有戀人，還懷了他的孩子，他要來家裡談這件事。父母親有些心神不定，康隆斜瞄綾子的表情，害羞中帶著不安，還夾著一絲絲落寞。康隆自己剛步入青少年期，很難想像該怎麼應對站在「姊夫」立場的男性，只覺得這事會壓縮到一點自己的人生——當然，這是不可能的——他當然希望綾子幸福，但還是有點生氣地想找人發洩。

綾子不停地關注天氣，彷彿下雨天戀人嫌出門麻煩就會毀約不來了。

綾子決定不升學時，父母和她自己稍微掛心的是，朋友會變少，人際關係可能變得狹窄。在「同年齡的普通小孩」都上高中後，綾子選擇就業而走上不同人生道路，自然會和他們疏遠，和較大年齡的大人及不同世界的人交往的機會絕對變多。很難想像這對綾子的將來和幸福有什麼影響。

實際上，當時十七歲的綾子選擇的男人，是當時二十歲的上班族八代祐司。綾子如果唸高中，大概不會有邂逅二十歲青年而戀愛的機會吧！和社團學長或朋友的哥哥戀愛的機會也是有限吧！比較可能增添綾子學校生活色彩的男朋友，應該是同年級的人或高年級的學長才是！

因此，當家人不安等候八代祐司來訪的時候，康隆卻覺得姊姊已經走到離我很遠的地方了，樹立在姊姊人生道路旁的標誌，和我的簡直完全不同。——

他在房裡想這些事的時候，樓下傳來敏子巧妙的傳喚，客人來了還不下來打招呼！

康隆下樓來到客廳，和八代祐司初次照面。

開門以前，他還不知道自己期待姊姊的戀人是什麼樣子？是精英分子嗎？還是英俊瀟灑？如果對科幻有興趣，至少不愁沒話題。不過再怎麼想也沒用了，現在只能接受現實——

然而，就在康隆第一眼看到八代祐司的瞬間，他的心裡想道：

（這傢伙？）

八代正在和寶井夫婦寒喧。他穿著藍色西裝，背對門口。康隆一進到客廳，敏子就說，「這是她弟弟康隆。」

八代回過頭來，康隆正面看到他的臉。

怎麼一副像要哭的表情！

康隆心想，這樣的事一定也在未來等著我。

去拜會戀人的父母，一定很緊張吧！或許會口齒不清，發冷冒汗，換穿室內拖鞋時還絆一跤。未來的我，一定也是這副德行吧！

姊姊已大腹便便，兩人沒有互望。

我了解，我很了解這份尷尬。但是，這傢伙為什麼這麼一副悽慘的表情呢？

康隆再看看站在八代旁邊的綾子，她也一副快要哭出來的表情。

康隆心想，這實在不像是幸福的開始。不到一個小時，就知道他的直覺是對的，連父母一開始也有這個感覺。

八代祐司那天來寶井家，不是上門求婚的——

醫院的椅子很硬，坐久了尾椎骨好痛。康隆想換個舒服一點的姿勢，手肘靠在床邊。這動作牽動了被單，綾子稍微動動脖子，不久慢慢張開眼睛。

「啊，抱歉！」康隆慌忙說，「吵醒你了。」

綾子眨眨眼，茫然望著身上的白被單、吊在架子上的點滴瓶、天花板和病床的扶手後，視線才回到康隆臉上。

康隆探頭看著姊姊的臉。

「這裡是醫院，救護車送你來的。姊，你得肺炎了。」

綾子的呼吸微弱急促，眼睛充血，嘴唇乾皴。

「你別擔心，祐寶他沒怎麼哭鬧，剛剛還跟爸媽在這裡，因為探病時間結束，他們回去了。」

綾子嘴唇囁動，別過臉去，扭曲著身體激烈地咳嗽。

康隆沒去摩搓她的背，只是靜靜看著。他壓住綾子的手臂，免得點滴的管子扭曲歪折。猛然發作的咳嗽平息後，綾子的頭躺回枕頭中央。冰枕發出咕嚕嚕的聲音。康隆伸手一摸，發現枕頭整個濕了。

「要換枕頭嗎？」

康隆站起來，這時綾子發出嘶啞的聲音。

「我，會死嗎？」

康隆彎腰，俯身看著姊姊蒼白的臉孔。「啊？你說什麼？」

綾子因高燒而充血的眼睛無神地轉動了一下，看著康隆。

「我，會這樣死掉吧！」

康隆再度坐下來，傾身向前，故意以愚弄的口氣說：

「看你睡昏頭了。」

綾子盯著康隆不動。康隆聞到她呼吸中摻雜的藥物和嘔吐物的味道。

「現在哪有年輕人會因為肺炎而死啊？」他嘿嘿的笑，「你跟我不同，從小就很壯，是因為沒得過肺炎，嚇壞了吧？膽小鬼！」

綾子眨眨眼，右眼角滾出淚來。康隆嚇一跳。姊姊真的認輸了嗎？

「你別怕，不會死的。一劑抗生素就行了。你很快就能回到祐介身邊，真的——」

康隆說不下去了。只見淚水不斷從綾子的眼角湧出，落在包著冰枕的白毛巾上，立刻消失不見。

他驚慌失措，心裡發寒。

「怎麼了？你哭什麼？」

綾子不停地眨眼，開始抽泣，在微弱急促的呼吸之間夾雜著嗚咽聲。

「傻瓜，」她喃喃說道，「我問你我會不會死，不是說我怕死啊。」她邊咳邊說。

綾子翻身，單手拉起被單蓋住臉。康隆聽到她痛苦的嗚咽。

「我想死，我想死啊！」

她在被單下發抖。康隆安慰地伸手搖搖她。

「姊，你怎麼了？是因為肺炎嗎？你不知道嗎？你生病住院了，你要堅強呀！」

康隆也有點慌亂得不知所云。

「我想死。我死了還比較好。」

「幹嘛說這種傻話——」

綾子猛然拉下被單面向康隆。她的臉滿是淚水，更因高燒而漲紅。

「我只能死啊！因為我，我……」

「姊，你怎麼啦？」

「我殺了祐司！我殺了他！」

伴著氣喘吁吁的呼吸聲，她一口氣說了出來。

「電視上不是在吵嗎？荒川那個高級大廈的命案——就是那個。那個人就是祐司。我把他推下去的——他死了！他，他，那個房間裡都是屍體，我，我好怕，我怕死了！」

這是六月二日下午八點五分時的事情。

第六章　潛逃家族

小糸靜子的娘家，也就是木村惟行與逸子夫婦的家，位在東京都日野市平田町，是一幢地上三層加半地下室車庫的新式建築。

隔著中庭，另有一棟二十多年歷史的木造樓房。靜子的祖父母以前住在這裡。他們過世後，本來打算拆掉，但因為還堅固耐用，又是純日式建築的風格，於是保留未動。屋裡的舊家具和電器用品也都留著，一直保持著只要人進來就可以住的狀態。

木村家在平田町是知名的富家，他們空著一棟樓房不住，鄰居也不覺得奇怪。大家很清楚，木村夫妻倆不可能隨隨便便把同個院落裡的房子租給不相關的陌生人住。鄰居越過水泥圍牆，只看一眼那棟松樹與橡樹、櫻樹交相掩映的樓房，就知道還是棟拆了可惜的建築。

距離木村家北邊兩個街區的地方，有一棟樹籬圍繞的、很風雅的兩層樓房。樹籬東邊是木頭大門，北邊是後門。雖是二樓建築，但只有屋子的南半部有樓上，整體結構接近平房，可以說是非常浪費地皮的住宅。

這棟房子的西邊還有一個嶄新的鋁門入口。這個鋁門和建築的風格相較，顯得單調乏味，破壞了整個建築的氣氛。

門邊掛著「坂田接骨醫院」的招牌，看診時間上午十點到正午，下午三點到晚上八點。看診的是四十八歲的接骨醫師坂田敬，負責掛號的是氣色很好的中年婦女。

「我和小靜從小就很要好，我們都手牽手上學。」

坂田尚子，四十四歲，是屋主坂田家的長女，坂田敬的太太。

「沒錯，我先生是入贅的，因為我沒辦法繼承父業。」

坂田家先祖是日野的富農地主，但在尚子的祖父那代家道中落，失去許多土地和山林地。

「我父親結婚很晚，他生我時已經三十八歲，祖父在我出生前一年中風過世，我並沒有親眼看過祖父的放浪生活，都只是聽說而已。」

尚子的父親晚婚，是因為祖父散盡家財，父親需要時間重振家業。

「我父親是次男，大伯的氣性很像祖父，所以整個家庭重擔都落在我父親身上。大伯在我三歲時過世，死在外地，沒有家人給他送終，就在當地火化後骨灰再送回家鄉。大概也不是善終吧！」

坂田尚子在她那個年紀的女人中算是高的，有一七三公分，手腳都長。

「我父親很矮，才一六〇公分。我母親也很嬌小，弟弟也比我矮一點。有趣的是，我那放蕩的大伯是高個子，聽說有一八〇公分以上，也是手長腳長。我大概是旁系遺傳吧……」

她微微一笑，眼角擠出魚尾紋。

「其實我父親很討厭我長這麼高，總說女人大個子嫁不出去。話是這樣說，但我懷疑他是不喜歡我的個子像害他吃盡苦頭的大伯。」

尚子的父親眼看著自己的父兄耗盡世代積存的家產，自然會以父兄為反面教材，變得嚴謹而認真。

「我總覺得他有點可憐，個性一板一眼又耿直。他退休後，成了只打高爾夫球的『老古錐』，不過以前真的是又兇又硬梆梆的父親。我讀高中時，要是晚一點回家，他會甩我耳光的。」

她的父親是接骨師。

「以前——我父親三十多歲時，在大久保那裡開診所。地方是租的，租金很高，後來日野這一帶住宅用地增加，市區也漸漸熱鬧，於是搬回家來開業。」

他改建自宅的一部分掛上招牌。

「我永遠也忘不了，招牌上大大的黑字寫著『接骨』，我覺得好丟臉……朋友也笑我，還給我取了『骨子』的綽號。」

尚子讀短期大學時住校，畢業後在都市銀行上班。

「我作夢也沒想過要繼承父業，弟弟也一樣。」

尚子的弟弟坂田雅信，大學專攻經濟，在石油公司上班，經常繞著地球跑，目前人也不在日本。

「他現在在卡達，還要待兩年吧。」

姊弟倆都以為接骨醫師的招牌只限於父親那一代，沒想到卻有了意外的發展。

「我先生是我同事的大學好友。我記不太清楚了，我們好像是在耶誕舞會上認識的。」

經過幾次大夥兒一同出遊後，兩人漸漸親近。

「起初我聽說他是醫生，還以為是整形外科醫生。約會三、四次以後，他才說他的專門是chiropractic。在十五年前，我還真不知道那是什麼玩意啊！」

聽他仔細解說後，尚子懂了。

「我就對他說，總之是結合按摩和接骨的脊椎按摩術啊！他臉頰發紅，拚命解釋說不是，是很科學的技術。我打斷他的話說，你不必跟我解釋接骨是什麼，因為我就是接骨醫師的女兒。」

當然，現在的坂田尚子非常了解先生專門的整骨術。

「反正我們結婚了，也是緣分吧，我父親特別高興。」

坂田接骨醫院就這樣留存到現在。

「我等於把先生娶回家了。」

這在她的同學之間，不見他例，至少，到目前為止仍然是。

「其他同學都配合先生的工作星散各地，我父母七十多歲了，身體很好，不用照顧兒孫，老夫妻兩個過得無憂無慮。」

他們搬回平田町生活後，鄰居很羨慕他們。

「那些爺爺奶奶們都很寂寞，他們都說，還是坂田好，女兒還留在身邊，哪像我們的兒子，不是調到九州、東北、海外，就是綁在老婆家，回都不回來。」

像日野市這種首都圈郊外的市鎮，混合住著像坂田家這種世代居此的家族，和搬進新興住宅區的年輕家庭。子女長大離家後只剩老人的家庭，和離開父母來這裡開創新生活的年輕家庭，居住空間雖然很近，但彼此幾乎不相往來。

很可能一棟老房子裡的老夫妻感嘆著，「兒子媳婦都不回來探望一下！」而他們隔壁新大樓的某一戶裡，抱著嬰兒和朋友聊天的年輕太太則會說，「住在一起，婆婆囉嗦個沒完，我才不要呢。」

「這真的很有意思。」坂田尚子說道。

「我很幸運，先生願意冠坂田的姓，我真的感到很幸運。他雖然是四兄弟中的老三，但過程還是有點波折。畢竟，有些家庭縱使有四個五個兒子，還是不答應兒子入贅女方家裡的。」

喊日野的家是「故鄉」好像有點誇張，尚子笑著說。

「說起來，回故鄉娘家生活，感覺上帶有某種色彩。怎麼說呢……你隱隱覺得那是懷念、溫暖而安心的地方，但另一方面又好像是自己在外面闖盪遭到挫折失敗似的，很難說是什麼感受。」

坂田尚子說，一般人選擇回到故鄉、回到娘家，有伴隨「逃回」的意思，但裡面似乎也有安心、放心的意思。

「至少，在我那個年代，女人臉色凝重地說回娘家住時，意味著離婚。所以我聽說小靜帶著兒子回來，住在木村家的空屋時，嚇一大跳。」

她是去美容院燙頭髮時聽說這事。美容院的老闆娘是尚子母親的遠親，也是世居平田町的包打聽。

「木村家的靜子帶著孩子回娘家住了，好像就住在那間空屋子裡……有客人在路上和郵局看到她。我以為她是回娘家玩玩呢，可是已經住了半個多月，回娘家的時間也太長了吧，而且她兒子還坐電車上學呢。」

坂田尚子既驚訝，又納悶。

「我從小就喊靜子的媽媽逸子阿姨，她也是我先生的病患，她有五十肩和偏頭痛的老毛病，到我們這裡治療好幾年了。我覺得奇怪的是，前幾天她還來過醫院，我們聊著天氣和車站北邊新開的超級市場大拍賣，那時她一句也沒提到小靜回來的事，不是很奇怪嗎？我和小靜是好朋友哩！」

回到家裡，尚子告訴先生這事，還問他逸子阿姨有沒有說過小靜什麼。

「我先生什麼都不知道。他平常就不多話，很少和患者聊天，只知道逸子阿姨的偏頭痛最近常常發作，痛得厲害，害她好難受。」

那天晚上還是第二天，尚子也跟父母說起這件事。

「母親和我一樣驚訝，她說，小靜回來了！怎麼會？可是我父親卻淡淡地說，上次我從新宿回來時和她坐同一班電車，但沒有說話。小靜應該不記得我父親了，沒注意到他也是理所當然。他們就這樣默默地一直坐到下車，由於我們兩家都在同一個巴士站牌下車，所以他們還一起坐同班巴士回來。」

坂田尚子的父親說，靜子看起來像是下班回家。

「啊！小靜在上班！我又吃一驚。記得十多年前，我們在新宿開中學同學會時，她穿了一套很漂亮的衣服，好像是舶來品。不只是衣服，她整個人洋溢著華麗的氣息。當時她的孩子還小，所以大家很驚訝她怎麼做得到？她說她老公薪水很高，不希望她變成黃臉婆，所以給她很多零花。」

後來知道她說謊，惹來一陣惡評。

「小靜講話也刺人，說什麼去打工顯得窮酸，給孩子最好的經濟與精神生活是父母的義務，而且父親必須有社會地位和經濟能力，母親必須包辦家務教養孩子。實際上她自己在打工，還這樣說，氣死人了。」

坂田尚子苦笑地繼續說。

「我和小靜每年都互寄賀年卡，但是幾乎沒再見面。她以前很老實，我覺得她變了——但她不是那種信口開河的人。我不認為她說謊，從小她就好強，她只是以這種方式表現她的不服輸而已。」

正因為如此，靜子上班讓她難以理解。

「她孩子的教養怎麼辦？雖然不好笑，可是我和母親談起時還是忍不住笑出來。」

在那種時候，儘管靜子已經回來娘家了，她也了解木村逸子保持沉默的理由。

「一定是有什麼麻煩啦！」

大概不是離婚就是離婚協議中，所以回娘家住，所以也要上班養自己。

「我母親說逸子阿姨閉口不談這事，也是當然。這本來就是難以啟齒的事情，最重要的是，她們母女都很……虛榮。」

在千住北美好新城命案全部釐清的現在，即使知道小糸信治夫妻在命案中的角色，坂田尚子還是有點猶豫使用「虛榮」這個字眼。指出這點後，她輕輕縮了一下脖子笑笑。

「可以這麼說嗎？可是也沒別的好想……我也覺得小靜很虛榮，只是，怎麼說好呢……」

這次訪問是在坂田尚子自宅進行。她的身邊充滿了熟悉的生活用品。她在思索「虛榮」這個字眼時，視線在那些生活用品之間打轉。掛在腳尖的拖鞋。桌上的玻璃菸灰缸。鋪在地上的印度棉織地毯。窗邊的盆栽。還有訪問途中時針剛好指到四點，奏出風琴樂聲的壁鐘。

她的視線最後停在壁鐘上。這座直徑三十公分左右的大鐘，製作得很精巧。每到整點，風琴聲響起的同時，底下的人偶樂隊也會出來表演一番。她看著敲打小鼓旋轉的人偶。

「小孩子都喜歡那個鐘，」她微微一笑，「可愛吧？我也喜歡，雖然貴了點，但就是想買。可是現在已經膩了，這個風琴聲也吵得很，還想著該怎麼讓它不響呢。」

她嘀咕說如果不談到時鐘，或許就不會想到虛榮這個字眼。

「我本來就討厭虛榮這個字眼，也不想用在小靜身上。其實只看結論，小靜也沒做什麼壞事嘛！她去拜託海蟑螂或許不對，但她也是被騙了嘛！」

小糸靜子離開千住北美好新城西棟二〇二五號，搬回日野市的木村娘家住的消息，倉橋則雄是少數很早以前經由她本人告知的關係人之一。他是小糸孝弘的班導師。

「一九九五年十月初，小糸太太打電話給我，希望來學校當面談一談。」

當時孝弘的成績和學習態度都沒問題，在電話上，倉橋便問孝弘的媽媽能不能先透露一下要談什麼。

她回答說，「我們夫妻最近就要離婚，這樣孝弘就不方便再繼續讀瀧野川學院了，他本人是很想讀，可是沒辦法，我是想給他一個好的學習環境，就是想談談這事。」

倉橋則雄三十一歲，現在已經結婚，很快就要當爸爸了，但當時還是單身。在他八年的中學老師生涯中，有四年在瀧野川學院。

「在私立中學，因為父母離婚，以致經濟出問題而讀不起，必須中途退學的案例很多，我也碰過幾次，可是學校方面也沒辦法……」

倉橋則雄說要請教務主任一起談，他認為這可能有些幫助，小糸靜子馬上答應。

「當時的教務主任是真山老師。我告訴他這件事，他很遺憾，因為小糸孝弘君是個優秀學生。可是，由於家庭因素……」

這次面談大約在千住北美好新城命案發生的八個月前。千住北美好新城西棟二〇二五號悄悄換人住，是在一九九六年三月。小糸靜子要求和瀧野川學院面談，比這個早了五個月。

而且，靜子當時很清楚地說「我們最近要離婚」。

「離婚後孝弘歸我。因為我娘家在日野市，我要帶他暫時搬回那裡住，這樣他就無法讀瀧野川學院了……。總之，還是經濟的因素。」

倉橋老師告訴她，如果轉入一般公立中學，手續並不難。

「相反的，要繼續轉讀其他私立中學，就很麻煩了。」

和倉橋老師、真山教務主任一起面談時，小糸靜子一直很平靜，說話也很謹慎。

「她給我她是一個非常可靠的監護人的印象。我沒看過她參加學校的行事和家長會等活動，但她看起來像對這類事務很有興趣，像是為興趣而活動型的監護人。」

小糸靜子告訴倉橋老師，她因為有工作，所以不太能參與學校的活動。

「如果真是這樣，她會更熱心參加才是。」

倉橋老師問小糸靜子，孝弘知不知道你今天來學校？意外的，她回說「應該不知道」。

「我問說為什麼不告訴他，她說不到必須轉學的迫切關頭，她不想告訴孝弘，免得他傷心。」

於是我問說今天的談話是不是要瞞著孝弘，小糸靜子低下頭說拜託你們了。

「小糸太太回去後，我和真山老師商量了一下。其實……我很迷惘！我是很想告訴孝弘君，可是他母親那樣懇求，我怎能說呢？」

父母親要離婚——而且已經到了母親斷然表示「最近就要離婚」的最後階段，上中學的孩子應該已經有所察覺。如果還隱瞞他母親到學校來談轉學的事情，我認為對他其實並不好。

「如果一直沉默不說，到迫不得已的時候才告訴他，不但顯得無情，也會讓他更傷心。」

再說孝弘可能也正在為父母之間的糾紛而煩惱吧，心裡一定也受傷了。我也想聽聽他的心聲。

「於是，就在他母親來面談的兩天後，我把他叫到輔導室。」

這兩天孝弘的神態和往常無異，還是一樣乖，上課態度良好。

「老實說我很好奇他家裡怎麼了。他母親那種乾脆的態度，顯示他父母間的決裂是決定性的，可是他的生活態度不見任何變化……。他不可能對這事一無所知，我想他一定也有種種辛酸忍耐吧。」

瀧野川學院中學的輔導室，除了專門的輔導員在這裡為學生做心理輔導外，一般老師和學生也經常利用這裡談話，因此學生被叫到輔導室，不會覺得有什麼不對勁。小糸孝弘在下課後指定的時間來到輔導室，行過禮後，他在倉橋老師的對面坐了下來。

這時，真山教務主任不在，只有倉橋老師一人，他努力緩和現場的氣氛。

「我一開始就告訴他，不是為了成績和學校生活有什麼問題而把他叫來。只不過有一件事情我有點擔心，想聽聽他的想法——我才這麼一說，孝弘君立刻就明白我要說些什麼。」

小糸孝弘問說，是我母親來打擾老師的事嗎？是這件事吧？

「他很平靜。說『母親來打擾』，怎麼也不像是普通中學生會說的話。」

問他是不是知道母親來過學校，孝弘點點頭。

「我苦惱地笑著說，你母親要我們瞞著你。他立刻跟我道歉說，『我媽就是那樣，拜託那種事情讓老師為難……。對不起。』」

倉橋老師又問他，聽說你父母最近要離婚，可以談談嗎？小糸孝弘說當然可以。

「我提到你母親說已經決定離婚時，他的表情才略顯怒意。」

還沒，一切都還沒決定！

「他不停地如此說。還沒，一切都還沒決定，包括父母的離婚，包括他轉學的事，一切都還沒。」

這裡我們要再確認一次，小糸靜子到瀧野川學院中學，是一九九五年十月初，也就是千住北美好新城命案發生的八個月前左右的事。面談的五、六個月後，也就是一九九六年三月左右，小糸一家人自西棟二〇二五號消失，換了別家人——命案中的四個被害人——住進來。

換句話說，小糸靜子拜訪倉橋老師時，已決定和先生離婚，但後來可能因為某些狀況或心境的變化，她並沒有離婚，一家三口還一起搬離二〇二五號，寄住在靜子的娘家。在倉橋看來，說著「還沒，一切都還沒決定」的孝弘，比起頑固而斬釘截鐵地說「就要離婚了」的小糸靜子，更能正確地預料現實的狀況。

「沒錯，小糸太太跟我說的話，實現的只有搬回娘家這件事。他們夫妻沒有離婚，小糸君也沒轉學，每天大老遠從日野坐車上學，非常辛苦。在那件命案發生以前，他都準時上學，真不容易啊。」

但是在這段期間，小糸家究竟發生了什麼事情？

「站在級任老師的立場，這實在很難開口去問……」

倉橋老師回憶當時，抱歉地聳聳肩。

「小糸孝弘是個聰明的孩子，我打定主意試著直接問他，你父母親為什麼要離婚呢？你知道是什麼理由嗎？」

小糸孝弘沒回答。他並不是不回答。

「最後他說我也不知道。」

倉橋老師對這句話是這樣解釋的：

「我想他的意思應該不是如他所說的『不知道』那樣的完全猜不到，而是他想得出的離婚原因中，他也不知道哪一個問題最大，是否解決了。事實上他看起來是非常迷惘甚於悲哀憤怒的。」

小糸家究竟發生了什麼事？讓靜子想要離婚，讓孝弘感到困惑，最後還讓這一家悄悄搬離千住北美好新城，並換了別人一家四口住進「我的家」，究竟是什麼緣故？

不用說，在荒川一家四口命案偵破的現在，這個答案已眾所周知。但意外的是，在媒體的大肆報導中，獨獨沒有小糸家人對這件事的說法。他們雖然積極協助警方查案，但是完全回絕媒體採訪。在命案話題席捲日本全國之際，他們小心翼翼地藏身不露。

因此之故，寫作本書時，務必要聽聽小糸家人的心聲。因為筆者也很想和警方一樣置身同樣的立場，聽聽小糸家人在命案發生當天的六月二日下午於八王子市警察署出面說明後，方才解開在千住北美好新城西棟二〇二五號所發生的謎團。

另外，基於我們通常都是「賽後評論家」的立場，可能的話，也希望讓大家直接聽聽小糸家人對所發生的事態有何看法。

開始為本書採訪時，小糸信治夫妻的下落不明。靜子會定期聯絡日野的娘家，但是不透露自己在哪裡。孝弘則單獨留在外公外婆家，他也不知道父母親在哪裡。

孝弘的外婆木村逸子說道，「我猜孝弘是知道的，很多記者老追著他跑。有一陣子他不是躲在親戚家，就是住到朋友家，著實吃足了苦頭。到最後瀧野川學院也不讀了……」

木村逸子又氣又無奈。

「靜子什麼壞事也沒做，和殺人沒有任何關係，她只是被騙了……。靜子和孝弘才是真正的受害者。要說真有不對，那也是信治，害她吃足了苦頭。」

小糸信治的姊姊小糸貴子的說法完全不同。

「會變成那樣，都是靜子的責任。」

她還是無法壓抑怒氣。

「她的奢侈就是這一切的原因吧？她愛慕虛榮，老想過和身分不相稱的生活。信治的婚姻是個錯誤呀！我弟弟為了靜子那個女人誤了一生。」

光聽他們這段言語往還，不難想見為什麼小糸信治夫婦連至親都避不見面。

經過一個月的努力蒐集資料，並在一些關係人身上下功夫後，很幸運地找到了小糸夫妻的下落。但在記述有關他們的訪問前，有幾件事必須事先聲明。

第一是小糸靜子要求不要透露她現在的住址與職業，以及這次訪問的時間、地點。還有，小糸靜子與小糸信治在本書成稿的這段期間正在協議離婚，等孝弘的監護權談妥後就會正式離婚。

小糸信治雖然答應見面，但是不願意談命案以後的事情。因此，本章後半段出現的只有小糸靜子。

和靜子聯絡上，是託坂田尚子幫忙。

「小靜常常打電話給我。」

前面說過，尚子和靜子從小就是好朋友，靜子的母親逸子也是坂田接骨醫院的病患。

「她搬回娘家後，逸子阿姨的身體就不好了，那時我和先生就猜，他們家一定發生什麼事情了。不過在荒川命案發生以前，我都沒見過小靜，她也沒跟我聯絡。她開始打電話給我時，是那件命案發生的兩個月後，那時她已經搬出娘家了。」

那次靜子是為了母親的身體，打電話到坂田接骨醫院詢問。

「逸子阿姨來我們這裡已經滿久了，小靜很擔心。她說問過逸子阿姨，聽了反而更糊塗。她們母女掛慮彼此，不太敢說真話。」

於是她才想起向逸子所信賴的坂田接骨醫院問問看。

「那時我告訴她逸子阿姨的情況，還有最近媒體常去木村家以及孝弘的一些事情。小靜稍微放心地說，我爸我媽一說起電話就哭，談不出什麼，以後就問你好了。我當然說好啊。」

就這樣，開始了小糸靜子主動打電話給尚子的單向聯絡。

「我在接受這個訪問前，也問過小靜可不可以。她說不要緊，你就照實說，不管是好是壞，什麼都可以說，但不論你說得多真，都不能保證會照你說的寫出來。她好像成見很深！這也難怪，她才慘遭電視媒體修理過。」

坂田尚子的眼神可以用「嚴厲」來形容。

「我也很迷惘，這是降臨在老朋友身上的災難，我很不願意拿來當話題散播，我先生也反對。但是如果不讓我說，我又覺得生氣。確實，小靜有點糊塗，也愛擺派頭，這我都不否認。可是說她形同殺人，就太離譜了。不只是這個，甚至還把她學生時代的男性關係之類的傳聞扯出來議論一番，實在是太過分了！她的同事說了她很多，但是裡面有多少真話，誰也不知道。」

她指責部分電視的談話性節目在事件當時對小糸一家，尤其是對小糸靜子的評論部分。

「小靜的大姑居然也上那種節目？雖然臉孔遮住了，姓名也沒有打出來，我還是看得出來。她一定很恨小靜！

「——我覺得很遺憾！小靜是有不好，但是拿她沒做過的事來責備她，不對吧？我接受這個訪問，把我說的話登出來，也可以順便勸勸小靜，我就說說我的意見吧！」

「從哪裡開始好呢？」

小糸靜子一開口就這麼說。

「媒體挖根刨葉地追問一些完全和命案無關的事情，連我二十歲時交往的有婦之夫那件事也被挖了出來。」

在此先聲明，小糸靜子這時完全沒有借酒裝瘋。此時的她不是因為酒精的關係而表現出迷糊的態度，反而是緊張到近乎舉止笨拙，臉色蒼白，眼尾不時抽動。

今天是她在命案發生之後的第一個生日，四十五歲生日。她自己說那件事和後遺症讓她變得憔悴，但她的外表看起來比實際年齡年輕約十歲，不僅美麗，也給人很脫俗的印象。這天她穿著灰色套裝配薄荷綠罩衫，輪廓鮮明的雙眼皮上也搽著薄荷綠的眼影，還戴了金耳環和項鍊，沒戴結婚戒指。

她對這次採訪的要求，我們事前已經充分溝通過，她應該有相當的心理準備。但她還是花了好一段時間才習慣這氣氛，之後，便發出一連串的攻擊言論。聽她說話，就知道她是一個記憶力很好的人。她自虐地引用過去有關她的報導內容，幾乎正確無誤，諸如登載的報紙雜誌、發言者姓名、節目名稱和播出時間等，都不是亂掰的。

雖然那些內容都是謊言和不當的言論，她又不能不看不聽那些報導，兀自帶著憤怒過日子，應該很累吧。這倒可看出她過於認真的性格。

小糸靜子把對媒體報導的氣出完後，喝了一杯水。她幾乎是一口氣喝光杯裡的水，然後拿著杯子閉上眼睛一會兒。她睜開眼，把杯子放回桌上，抬起臉，整個人面對著我。

「不好意思，要從哪裡開始呢？」

——你們為什麼悄悄搬出千住北美好新城西棟二〇二五號？跟著為什麼換另一家人住進去呢？就從這裡開始吧。

小糸靜子緩緩點頭，開口說話。

「你大概也知道了吧，我們繳不出貸款，房子被迫拍賣。」

拍賣。

就字面而言，沒什麼稀奇，這是一般人日常生活中較少接觸到的熟悉名詞。有關法院拍賣的制度，我們下一章再詳細說明，這裡只寫小糸靜子的敘述。

「我以前以為拍賣都是美術品或骨董世界的故事，感覺就是有錢人優雅的美術品嗜好……拍賣，投標，得標。就是這樣吧？所以我聽先生說危險了，這樣下去房子會被聲請拍賣時，不覺笑了出來。」

可惜，這不是好笑的事情。

當時千住北美好新城西棟二〇二五號的所有人是小糸信治，房屋所有權狀登記的也是他的名字，但是抵押權者欄登記的是貸款給他們的金融機構名稱。小糸信治這裡說的「被聲請拍賣」，是指債務人小糸信治因長期滯繳貸款，債權人判斷他已陷於無法繳付的狀態，向法院聲請拍賣小糸信治抵押的不動產以收回借款。

「我們家跟住宅金融公庫——就是他們聲請拍賣房屋的，因為他們貸給我們的額度最大——

貸款的事情都是我先生辦的，我一個家庭主婦也處理不來，是吧？

「就這樣，突然——其實不是突然，只是我先生到了這個節骨眼才說，我當然覺得突然啊——他說再這樣下去，房子就要查封、要拍賣呦！我雖然覺得『拍賣』好笑，可是『查封』這個字眼讓我悚然一驚。他老是用這種給人惡劣印象的字眼。我咆哮說，住宅金融公庫憑什麼查封我們的房子？他們又不是地下錢莊，是公家機關啊！這回該他笑了。」

住宅金融公庫是公家機構沒錯，即使客戶繳款遲滯，也不會隨便採取查封或聲請拍賣的手段，緩繳期間也確實比一般銀行來得長，因此小糸靜子的反駁並非毫無根據。

但是近年來，隨著泡沫經濟破滅後，地價暴跌和壞賬增加，住宅金融公庫的這個優惠也有了變化。一旦判斷客戶長期滯繳貸款也無望改善此種狀況後，他們也會像一般金融機構一樣聲請查封拍賣了。小糸家的二〇二五號正符合這情況。

「我們確實停止還款了。」

小糸靜子垂下視線繼續說：

「這些事本來都交給我先生，我是不管的，我每個月跟先生拿家用，不夠的時候就跟他說，他會再補給我。這些事情電視都不提，實際上就是這樣。我們家是我先生掌握財政大權的。」

——那麼，你怎麼知道滯繳貸款呢？

「不是有一大堆催繳電話和通知單嗎？銀行的人也會上門催繳。他們找我，我也沒辦法，叫他們都去找我先生。而且我也上班，白天不在家。」

──小糸信治怎麼說明滯繳貸款的事呢？

「他只說別擔心，我會想辦法。就這樣拖到最後關頭。」

──你真的相信他會想辦法嗎？

「相信啊，我一直都相信他的。」

小糸靜子像女明星似的誇張地聳聳肩。

「他每個月酌量給我生活費，我跟他說不夠的話，他就會五萬、十萬地補給我。孝弘的學費、郵局的學資保險都是信治準備的。我對金錢處理完全不行……就是沒理財觀念吧，所以現在才會被人家亂說成是浪費。」

她又變得自虐了。

「因此，當他說不行了、這個房子要被查封了時──我直翻白眼。」

──那是什麼時候的事？

「他最早跟我說拍賣的時候嗎？最早啊？一九九五年的──三月左右吧。」

──對你來說是晴天霹靂吧？

「對啊，我以為他在開玩笑。」

她好像在拍藥用貼布廣告般又誇張地聳聳肩，看來像是蓄意的動作。

「然而他不是開玩笑。我冷汗直冒，質問他怎麼會搞成這樣？」

在訪問小糸貴子的那章提過，小糸信治購買千住北美好新城西棟二〇二五號時，靜子娘家援助的金額很大，貸款總額和還款計畫也不是完全無謀之舉。從小糸信治的年收入來看，貸款支出尚在合理的範圍內。如果不是這樣，住宅金融公庫不會貸款給他。金融公庫的呆賬少，查封的房屋也少，全賴一開始就設定了嚴格的融資基準。

——小糸家的貸款為什麼變成呆賬呢？

「我先生說了很多很多，說玩股票賠錢啦、同事交際也花錢啦，我氣得罵他別開玩笑，那些事情怎麼會弄到繳不出貸款的地步？他這才嘟嘟噥噥地說，都是因為你奢侈。」

——你不是說你每個月拿固定的生活家用，不夠時跟他說，他都毫無怨言地補足給你嗎？

小糸靜子不住地點頭。

「是啊，是啊，所以我從沒為錢煩惱過，他也從沒抱怨過嘛，真的！」

這時，她像下定決心般促緊膝蓋，加強聲音。

「媒體知道那房子成為法拍屋後，寫了許多莫須有的事情，說我從來不為丈夫孩子著想，是個穿金戴銀的笨女人，還說那四個人被殺，也是我的浪費癖導致二〇二五號被拍賣的緣故。那些不相干的外人有權利這樣說嗎？他們憑什麼責備我呢？」

她握拳捶打膝蓋。

「我絕不認為自己浪費。而是為了孝弘，我什麼都會做，我只是想為他準備一切最好的東西。我沒有為自己花錢，也沒有浪費，你一定要幫我寫清楚。比如說，我這個月跟先生拿了三十萬圓家用，因為不夠，後來又要了十萬，可是到了下個月時，我不會說，上個月你那麼乾脆補我十萬，這個月一開始就給我四十萬吧。」

為了緩和有點激動的小糸靜子，我們休息若干時間。她點了咖啡，急急喝完後又忙著抽掉兩根菸。

「很抱歉，我聲音太大，會不會太快？」

告訴她不必擔心後，她嘆口氣，重新坐直身子。

「呃……那是我第一次聽到房子要拍賣的情形啦……。為什麼繳不出貸款來呢？」

——你先生開始責備你？

「沒錯，連著一個禮拜還是十天，每天都語無倫次，還說什麼他會設法籌錢，他會怎麼怎麼做……我雖然氣他，但還是相信他的話。現在想起來那時真傻。」

她攏攏頭髮苦笑了一下。小糸靜子留著一頭又直又長的頭髮。

「在這情況下，其他一些事情我也知道了。我先生用錢不當，欠下大筆信用卡債……。這些錢好像是用來和同事交際和零花用，賬單都寄到公司，我完全不知道。」

——你自己怎麼樣呢？

「我嗎？什麼怎麼樣？」

——一部分雜誌說你名下也有借款，也是信用卡債嗎？雜誌說是好幾家公司的卡，總共一百五十萬圓左右，關於這點你怎麼說呢？

小糸靜子目光陰沉。

「那有什麼關係嗎？」

——這個問題沒有特別用意。只是你先生瞞著你借錢，你這邊又如何呢？只是想問問這個報導是不是事實？

「那……也算事實。」

——怎麼說？

「金額有點出入，沒到一百萬啦。」

——了解。

小糸靜子沉默片刻，接著突然咳嗽，身子傾向前說道：

「我必須說明一下，那些錢確實是我花掉的，我不否認，只是那都是工作上需要。因為我在服飾店上班，每個月有業績定額，如果達不到就要自掏腰包購買，還沒有員工折扣可享，因此成了我相當沉重的負擔。」

千住北美好新城住戶名冊裡，小糸靜子登記的是「在衣料品店上班」。這家「衣料品店」是青山二丁目的進口服飾店INVISIBLE。從孝弘上小學的那年春天開始，小糸靜子就在這裡上班。

「當然不是正式的員工，只是工時店員，打工的。」她自嘲地說。

「如果是正式員工，有我那樣的業績，早就不知去負責哪家分店了。不是我自誇，我是個優秀的店頭模特兒，活廣告。」

——為什麼成不了正式的員工？

「不是成不了，是不行，被年齡限制了。」

——其他員工多半很年輕嗎？

「那些人不都上電視談話秀說我的事嗎？沒錯，都是年輕女孩，二十多歲，頂多三十出頭。」

小糸靜子戰鬥性地甩甩頭，長髮散亂地遮住臉龐。

「服裝店的名字INVISIBLE，就是『眼睛看不見的無形物』的意思。你知道嗎，我們賣的不只是可以看見欣賞的服飾，也賣看不見的知性、教養和豐富的感性之類的觀念。可是店裡的實際情況空洞極了，那些正式的女店員都是只對昂貴服飾、化妝品、美食和旅遊有興趣的腦袋空空的洋娃娃。我在裡面簡直是孤軍奮戰。」

——沒想過找其他工作？

「我不是說了嗎？我是優秀的店頭模特兒，因為我太適合該店的氣質了，如果不是這樣，一開始他們就不會用我。礙於年齡限制嘛！」

——現在還在上班嗎？也還是服飾店嗎？

「不是，我現在不想做服飾店之類要應付客人的工作了。」

小糸靜子稍微放鬆姿勢，兩腿交疊，有點疲累的樣子。

「總之，我的借款和這件事沒有關係，我先生也承認。因為他也不知道我向信用卡公司借錢，而我也都小心地不讓他發現。」

——這些錢都沒用在家用生活上？

「當然。」

——那麼，我們再回到房子查封和拍賣的時候。你記不記得一九九五年十月初去見孝弘的級任導師？

「瀧野川學院嗎？」

——是的，倉橋老師。

「倉橋老師啊，對，我去找他面談。」

——記不記得那時談了什麼？

「談孝弘轉學的事。」

——是因為你覺得房子若被查封拍賣，二〇二五號不能住了，孝弘也要轉學是嗎？

「是啊。我們的房子在四月中旬被聲請查封，十月開始拍賣。一旦決定買受人後，我們就得立刻搬出去。」

——那時你不是跟倉橋老師說房子要被拍賣，而是說「最近要離婚，我和孝弘要搬回日野的娘家」對不對？

「離婚……」

小糸靜子嘟噥一句，沉默了下來。那是剛剛開放的身心一下又被拉回緊繃狀態的沉默。她的雙唇抿成一條線。

「對，我是這麼說。」

——當時你是有考慮這事嗎？

「離婚嗎？嗯，我是在考慮，而且是認真的考慮。」

——原因是他繳不出貸款，害得自家房子要查封拍賣嗎？

「那是連帶的種種原因啦。」

說著，她雙手摩搓臉頰，彷彿隨著這個動作再次解放又被拉回到剛才的緊繃情緒。

「我最不能接受的是他責備我的方式。他自己一直默不吭聲，等到事情無法解決時才說，你不能跟我勒索生活費，為什麼給你的生活費不夠用？把全部的錯都推給我。我完全呆了！他是這樣的人嗎？我覺得這個一直以來我所信任的人整個嘩啦啦的碎裂了，我想真是豈有此理，我再也無法和這樣的人生活在一起了。」

——在那當時，你和先生談過離婚嗎？

「有啊。他好像很不滿，也不理解我所說的話。他覺得都是我的錯，為什麼要責備他，竟然還說要離婚？他就是那麼傲慢自大。」

——那麼你先生同意離婚嗎？

「那時候沒有，現在是同意了。大概是已經找好備胎了。」

——你是說你先生現在有別的女人了？

「嗯，是啊。所以囉，他不是我先生了啦，我也不是他的狗還是奴隸。只不過戶籍上還是夫妻，喊他信治、信治，感覺上就像我大姑一樣，我又不喜歡，只好說『我先生』。這只是便宜行事，心情上我早已經把他當外人看了。」

——抱歉。你們當時是沒有離婚吧？

「嗯，沒有。」

——你們沒有離婚，在一九九六年一家三口悄悄搬出二〇二五號回你娘家？

「說悄悄搬家是好聽，其實我們是趁夜遁逃。那除了夜逃以外什麼都不是。」

——是三月嗎？

「嗯，我忘不了，是三月八日晚上。我們留下全部家具家電用品，只帶了隨身的東西。那年一月到四月間社區有對外開放，車子晚上也可以開進來。我們怕有人查問，擔心得要死。」

——沒有和任何一位鄰居說嗎？

「我們和鄰居都沒有交情，最重要的是，我們以為很快就會回來。離婚的事也因此延宕下來。」

——很快就會回來？

「是啊，我先生這麼說。他說有個朋友熟悉查封和拍賣的事情，給了他很多建議。如果照那個人說的，只要付一點手續費，就可以再把這間屋子拿回來。當然，還要再借錢，但是已經有門路了。」

——小糸信治先生是什麼時候說這話的？

「十一月吧——好像已進入十二月了。」

——拍賣作業已經進行了嗎？

「對，但是要到年後才會決定買受人。」

——這段期間你們還一直住在二〇二五號？

「是的，直到三月八日。」

——為什麼在三月八日夜逃呢？

「因為時間上就要決定買受人了。他朋友告訴我們，在決定買受人之前夜逃比較好，然後換那四個人住進來。」

——你當時對那四個人的來歷知道多少？

「一無所知。只知道是我先生的朋友雇來的人，真的。」

——你對他的信賴關係已經壞到決心離婚的程度，為什麼還這麼全盤相信他的提議，絲毫不追問或懷疑呢？

她俐落地攏起頭髮說道，「我沒那份精力了。」

——小糸信治有信心靠朋友拿回二〇二五號嗎？

「他信心滿滿，所以……我也稍微受到影響，就算不行也要賭賭看。」

——原來如此。

「我把爸媽給我的錢全都投進那間屋子裡，如果能拿回來，我當然想拿回來。我想拿回房子以後再離婚，所以在那以前都聽先生的。」

——你們三月八日夜逃後，換那四個被害人進去住。你知道拍賣作業結束，決定買受人是什麼時候？

「正確日期我記不得了，我想是四月。」

——是四月十日。

「是嗎？大概吧。」

——買受人是石田直澄？

「其實在鬧出命案以前，我不知道買受人的名字。不知道也好。我們都夜逃了，後來會怎樣也不可能知道，因為那是我先生的朋友策畫的祕密。」

——你從沒見過石田直澄？

「對。」

——見過遇害的四個人幾次吧？

「……嗯。」

——夜逃後還回去二〇二五號找他們？

「我擔心他們弄髒屋子，家具還留在裡面啊。」

——六月二日早上，警察打電話到你日野娘家時，把你嚇一跳吧？

小糸靜子臉色發白。

「嚇一跳……當然嚇一大跳。」

她失常的有點結結巴巴。

「我們對命案什麼都不知道，接到電話時嚇得魂不附體，時間又那麼早，六點鐘不是？我們都還沒看電視，根本不知道這個消息。」

——警察打來的電話，最初是誰接的？

「我媽。」

——電話是打到你父母家那邊？

「是。」

——當時你住在同個院落裡的木造舊樓房？

「嗯，在娘家吃閒飯。」

——你母親接到電話後就叫你過去？

「對，我和我先生。」

——你母親叫你們時說了什麼？

「她說你們的大樓出事了，警方擔心你們的下落。我媽也嚇一大跳，一開始不知該說什麼。」

小糸靜子臉上露出苦笑。

「我聽說大廈那邊出事了，最先想到的是火災，我也只能想到這個。」

——你父母親知道房子被拍賣和以後的事情嗎？

「嗯，我們大致說過了。」

——他們也知道你們經濟拮据不得不放棄房子的情況？

「是。」

——為了謹慎起見，想再請教你。你父母親既然知道你們繳不出貸款，你們沒想過再次向父母親尋求資助嗎？

小糸靜子猛然縮緊下巴，緊抿嘴唇，眨了好幾下眼睛。

「我們當然是問過啦，看可不可以再幫我們一些。可是，不行。」

——為什麼？

「我弟弟反對。」

——你弟弟和他家人嗎？

「嗯，當初爸媽賣地把錢給我們買房子時，他就很不高興。我也有分享父母財產的權利，當然堅持這個權利，他卻當我是賊。」

——你是想預先取得屬於自己將來可以繼承的財產？

「我是這麼打算。」

——你弟弟說你該得的部分已經給你了，即使現在繳不出貸款，也不可能再給你了，是吧？

「有這樣的事情嗎？」

小糸靜子嗓音拉高，膝蓋頂向前。

「不管怎麼說，我們是姊弟呀！姊姊快要失掉房子陷入困境時，還說她該得的份已經沒了，一毛錢也不給——有這麼冷漠無情的弟弟嗎？我一輩子也不會原諒他們夫妻。他們怕我爸媽會偷偷領錢或賣房子拿錢給我們，還把爸媽的房地契和印鑑都拿走了。真想不到我弟會做出這種事情。」

——你父母為了資助你們，賣掉土地後還剩什麼財產？

「一些股票啦、銀行存款啦，還有娘家的房子和土地。」

——沒有別的了？

「沒有了。可是將來繼承日野那塊地後，應該可以賣得很高的價錢，我弟弟拿到的份實質上比較多。」

——這麼說來，那時你父母只能提供你們一家住的地方而已。

「是啊，他們已經無法再給我們一筆錢了。他們的生活也是靠年金，利率那麼低，也不能指望利息。」

——我們再回到警察打電話來時。你母親來叫你們，你就去他們住的地方接電話？

「我先生接的。」

——你在旁邊聽嗎？

「嗯。」

——你先生……小糸信治先生說了什麼？

「他看起來也很驚慌……有點語無倫次。總之，他說我們一家三口都平安無事。」

——警察應該是想知道住在二〇二五號的「家族」是不是小糸先生的朋友吧……。

「警方最初以為我們把房子租給他們，我先生是這麼說的，後來又說不知道是房間分租還是房屋公司仲介的……。警方也漸漸覺得奇怪了。我先生胡言亂語一通後掛掉電話，臉色蒼白地說，糟糕！警察要來這裡了。」

——警察不是叫你們去，而是說要到木村家？

「嗯，印象中好像是叫我們在家裡等候吧。我先生驚慌地說，不馬上逃就糟了。」

——必須逃嗎？

「我又嚇壞了，逼問他我們為什麼要逃？他以前不是說沒什麼危險，只要委託熟悉法拍屋的人處理，就能拿回二〇二五號，我們只要暫時忍耐一下就可以了，現在又為什麼要急忙逃走呢？」

——小糸先生怎麼回答？

「他說，我們那樣做是違法的，把要拍賣的房子叫人家來住好拿回房子的如意算盤，其實是違法的，要是被警察逮捕，我們兩個都要坐牢。他哭喪著臉說快走吧。」

——你能接受嗎？

「豈有此理！違法的是小糸，我說跟我沒關係，我不想走。他說，這樣的話，他就只帶孝弘走。」

——只帶孝弘？

「他說你很厲害，警察怎麼問你怎麼罵你，你都無所謂，可是我不能讓孝弘捲進這個麻煩，我的孩子我來守護。這不是開玩笑嗎？如果帶孝弘走，那不更是把孝弘捲進這個麻煩嗎？絕對不行，我說孝弘不能交給你，他哪裡都不去，就和我留在這裡，好好跟警察談。結果他……狠狠地瞪著我說，你想把一切責任推給我，裝做什麼都不知道，不行！你也一起走。」

小糸靜子雙手抱著身體，微微發抖。

「當時我好害怕……覺得若不聽他的，好像會當場被他殺掉吧。他真的滿臉殺氣呢。」

——結果小糸先生和你和孝弘三個人離開日野的木村家？

「對，就是這樣。」

——幾點左右？

「不到七點吧。不過，好像是千鈞一髮哩！後來聽我媽說，我們離開二十分鐘左右，警車就到了。」

——你們開車走的嗎？

「對，先借我爸爸的車子。」

——你們有目的地嗎？

「我不認為有，總之向西走——不回市中心。因為我和孝弘是被迫的，心裡很不甘願，老想著等他停車時趁機逃跑。」

——孝弘怎麼樣呢？

「他也很害怕，可是他很聰明，所以很鎮定，還提醒我們收聽車上廣播。這孩子！」

——你記得是走哪條路嗎？

「中央自動車道，往山梨方向。我先生公司的員工招待所在石和溫泉附近，我們去過兩次，或許他是想去那裡。」

——你們在車上有說話嗎？

「不太說話。他繃著臉開車，我和孝弘縮在後座。」

——你一直想逃跑嗎？

「是啊，我真的好怕。開了一個小時左右，孝弘說想上廁所，他就開進一家免下車的大型餐館還是商店吧，但還沒開始營業。地點我已不記得了。我也假裝要上廁所，並在男廁出口抓住孝弘跟他說，和媽媽一起逃，要不然打一一〇請警察保護我們。」

——孝弘說什麼？

「他說，這樣爸爸好可憐。」

小糸靜子頹喪地垮著肩膀。

「他說爸爸很害怕，留下他一個人好可憐，我好洩氣……」

——洩氣？

「可不是嗎？孝弘在意那個沒有資格當父親的人的前途還甚於我的心情。於是我說害怕的是媽媽啊，媽媽怕爸爸，也怕躲警察，你就不管媽媽的感受嗎？他就說，那我去勸爸爸回家，媽媽稍微忍耐一下。」

——孝弘知道狀況嗎？

「是為什麼必須逃走嗎？」

——包括二〇二五號被聲請拍賣前後的經過與處置。

「應該和我差不多吧。小糸就只對他說，只要暫時忍耐一下就能拿回我們的房子。」

——即使如此，孝弘還是能夠理解這樣的情況下逃跑並非好事？

「大概吧。我不也說過了，警方要是存心找我們，很快就會被發現的，逃也沒用——」

小糸靜子說到這裡，瞇著眼睛好像哪裡不舒服。

「只是，那個孩子問我，爸爸是不是只跟媽媽說，為了拿回房子而違法的事，因為這個命案而曝光，情況不妙，所以要逃。我說是啊。起先，我不知那孩子在意的是什麼。」

——是什麼呢？

「那時候我們已經從車上廣播知道二〇二五號發生命案。先前警察在電話上沒有詳說，我們聽了廣播才知道命案內容。說是死了四個人！孝弘可能以為他爸爸匆忙逃跑是……和殺人案有關係，所以才問我他爸爸是不是只是違法而覺得情形不妙。」

——他很敏銳。

「很冷靜，那孩子腦筋很好。」

小糸靜子露出多時不見的笑容。

「我說不出話來，因為之前我根本沒想到！我倒抽一口冷氣，對啊！是有這個可能性，小糸扯上殺人案，所以才那樣慌張不安地要逃，還拖著我們一起——我彷彿聽到臉上的血液唰一聲地退去。」

——看到你不安的樣子，孝弘怎麼樣？

「我震撼得差點昏倒，孝弘也慌張了。他說，媽，你別那麼快下結論，爸爸不一定和殺人案有關，我想知道爸爸自己怎麼說，我要去問他。說著，他走回車子那邊。沒辦法，我只好跟在後面。」

——小糸先生在幹什麼？

「他不在車子裡，鑰匙還在。孝弘繞了一圈，在商店旁邊的公用電話旁找到他。他在打電話……我們等了二十分鐘。他垂頭喪氣地回來說，電話都打不通，這裡是範圍外了不成？」

——他的意思是說行動電話的通話範圍外嗎？

「大概吧。孝弘問他打給誰，他說你不用擔心，就坐上車子，發動引擎開車，沒多久又開回原處。我問他為什麼又開回來？他說非打通電話不可。」

——他要打往東京方面的緣故吧。

「整個上午就漫無目的的往前開，開三十分鐘左右停一下車，這樣一路走走停停地找電話打電話。他有手機，可是出來時忘了拿，車子上沒有電話，只好一直找公用電話。」

——小糸先生想聯絡誰？

「你只好問警方了，我不知道。我猜可能是不動產業者，要不就是答應幫他弄回房子的朋友。我到現在也不想知道，但可能是不動產業者吧？」

——大概也是。

「他半哭著打電話。」

——這狀態一直持續到六月二日中午嗎？

「對，要是只有我一個人，早就跑掉了，可是孝弘堅持留在爸爸身邊，我想走也走不了。」

——你們出面向警方說明時是住在八王子的飯店。究竟是什麼緣故會住進那裡呢？

「是孝弘說的。他說這樣到處繞反而醒目，自己也又餓又累，而且跑遠了也打不通對方的電話，不如在這附近找個飯店休息。我們那時正好在八王子市內，小糸也同意，就住進最先看到的那家飯店。」

——是八王子景觀飯店七樓的七三〇號房吧？

「是嗎？我不記得了。房間很髒，還好很寬敞。」

——向警方出面以前，你們就一直待在飯店裡？

「是啊……。我們在裡面的餐廳吃完飯就回房間休息。小糸繼續到處打電話，有時候有人接，有時候不通，急得他直跳腳。」

——他都說些什麼？

「我沒仔細聽。那時我已經無所謂了，也不想聽，只想著帶孝弘逃走。」

——孝弘又怎樣呢？

「很乖。」

——是小糸先生決定出面說明的嗎？

「孝弘勸他的。」

小糸靜子好像累了，邊按摩脖子邊嘆氣。

「嗯……三點鐘左右吧，小糸的電話也告一段落，整個人呆呆地窩在沙發上。孝弘走過去跟他說，爸，我是不清楚事情怎麼樣，可是這樣逃匿反而不好吧。」

——小糸聽進去了嗎？

「他最初想叫孝弘閉嘴，可是孝弘很有耐性也很溫和，毫不退縮。他說我們家的房子裡有四個人被殺，事情很嚴重哩，我好害怕。沒想到我先生他卻說，爸爸也很害怕……他看起來好像比孝弘更害怕。」

——就因為這段對話而決定放棄逃亡的嗎？

「可以說是吧。我先生抱著腦袋坐著不動，孝弘不停地跟他說話，然後他又開始打電話，看那樣子好像是打給我娘家。守在我娘家的警察百般勸他，他終於決定出面。」

就這樣，下午三點半，小糸信治在八王子景觀飯店附近的派出所確認身分，接受保護。

「在那裡什麼事也沒有。因為是警方要來詢問我們時我們逃跑的，我早有心理準備會遭到更嚴厲的對待，可是他們沒有對我們大呼小叫，還立刻派警車送我們到荒川北署。」

——關於你們到荒川北署的這段小插曲，實際上我已從小糸信治先生的姊姊那裡聽說了。

「怎麼？我大姑她有什麼怨言嗎？」

——小糸貴子女士說你和小糸信治先生分坐兩輛警車到荒川北署。是真的嗎？

小糸靜子笑了出來。

「嗯，嗯，她說了哦。小糸以及我和孝弘是分乘兩輛車，可是都有警察陪著，就怕他突然改變心意又逃跑了吧。那個人本來就膽小。那種膽小的人在走投無路時不都會變得很可怕嗎？那時候我還不知道他做了什麼，我怕得不得了，不敢跟他同車。討厭，為這事我大姑一定很生氣吧。」

——她沒有生氣，只是說信治很可憐。好像是小糸先生對他姊姊說過，過去他一直為老婆兒子打拚，在緊要關頭時卻被棄於不顧。

「我不是棄他於不顧，只是感覺危險，不想在一起嘛。」

——小糸信治先生是想和你及孝弘在一起吧？

「那是他自以為是！會同情那種無情怨懟傢伙的大姑還是老樣子。」

小糸靜子的眼裡再度恢復戰鬥的光彩。

「他差點毀了我和孝弘的人生！老實說我連聽到小糸家人的名字都討厭，再也不想有任何瓜葛。」

第七章　買受人

因為小糸信治出面說明，在六月二日傍晚時，荒川北署搜查本部終於具體掌握二〇二五號命案所處的狀況。

小糸信治並不是一開始就和盤托出，他雖然說出房子被查封聲請拍賣以及買受人已經決定的經過，卻遲遲不肯清楚說明要幫他弄回房子的不動產業者的相關事情。他說是朋友介紹的，彼此並不熟悉，自己好像也被騙了，防線拉得很緊。在警方不斷追問下，費了許多時間，他才勉強說出對方是「一起不動產」公司以及聯絡電話和地址。

至於住進二〇二五號的四個人，他只說因為託他們看房子，他和太太靜子是見過他們幾次，但不清楚他們的來歷。只知道他們是一家四口，夫婦倆和獨生子，還有先生的媽媽，姓「砂川」——至少一起不動產的人是這樣稱呼他們。他當然也不知道他們住進去以後到遇害之間的事情。

小糸信治提供的情報立刻傳到設在千住北美好新城交誼廳裡的臨時搜查據點。留在西棟管理室裡的公園房屋管理部長井出，很滿意自己的推測完全正確。

「做大廈管理這一行我就遇過其他類似的案例了。我自己雖然是第一次碰到，但以前就常聽說法拍屋的糾紛和海蟑螂的種種事情，我們也掌握了一些專搞這種事情的團體和惡質不動產業者的名錄，但一起不動產我是頭一次聽到。警方問我他們是不是惡名昭彰，我沒印象。我想幫一些忙，打了幾通電話問可能提供線索的朋友和同業，可是沒有一個知道。唉！不動產業界也是藏污納垢的地方，各式各樣的人都可以踏入這行。不過，當我聽說命案是和海蟑螂有關時感到稍微放心了些，幸好不是搶劫殺人。」

另一方面，警方也緊急聯絡二〇二五號拍賣得標的買受人。

石田直澄的名字終於浮現。因為小糸信治知道石田的姓名、住址和電話，搜查本部立刻打電話到石田家。一個老太太接的電話，她是石田直澄的母親絹江。她說石田不在，不知道什麼時候回來。

石田絹江告訴警方，她已經知道這個命案，是看電視知道的。她也知道命案現場是兒子直澄買到的法拍屋，因為還沒有點交，雖然沒有關係，不過還是很擔心，正在等直澄回來。直澄是在這天上午不告外出，不知道他去哪裡。

石田家在千葉縣浦安市，距離營團地下鐵線浦安站步行約五分鐘的出租公寓「永和我家」二〇二號。三房二廳的房子，住著一家四口。除了他和母親外，還有讀大二的兒子直己和讀高二的女兒由香利。石田的職業是司機，是大物流公司「三和通運」的雇員。絹江告訴警方，直澄六月二日傍晚六點以後要上班，再怎麼晚應該都會回家準備上班。星期天兩個孫子都出去了，不知道什麼時候回來，孫子走時要她別煮他們的晚飯，所以她煮好了她和直澄兩人的晚飯後，正孤伶伶地守在家裡。

但是過了上班時刻，石田還沒回家。因為警方三番兩次打電話來問他回家沒有，更叫絹江擔心。她忽然想說，會不會他在外面直接到公司了。於是她打電話到公司設在中央區晴海的貨物集散中心詢問，公司說他沒來。由於他從沒遲到早退或未假缺班過，公司方面也覺得奇怪。

這時候，警察已不再打電話，而是直接找到石田家裡。絹江猜警察大概早在自家附近守候。她讓警察進屋，奉上熱茶，就在警察婉拒時，電話響了。

絹江急忙接起電話，是直澄。他可能是在外面吧，電話那頭雜音很大。擔心再加上警察在家裡等候，絹江心情惡劣，語調不自覺地拉高。

「你到底在哪裡？也沒跟公司說一聲就沒去……。警察為那棟大廈的命案來家裡，正在等著見你呢。」

直澄沒有回應。坐在客廳的兩個警察盯著絹江的臉，瞬間，那銳利的視線讓絹江不寒而慄。發生了什麼大事嗎？自已剛才說錯了什麼嗎？可是再怎麼補救也來不及了。

隔了一會兒，她聽到直澄低低的聲音。

「警察什麼時候來的？」

絹江偷瞄警察的臉。他們都很鎮靜，已不再盯著絹江，但可以知道他們集中全部精神聆聽這段電話對談。

「剛剛才來。」絹江盡量回復平穩的語氣。

「是嗎？果然來了。」

直澄壓低聲音喃喃說，語尾幾乎聽不見。絹江突然害怕起來，感覺腳邊的地板變成海邊的沙，人像被海浪拖著沉下去。

自從媳婦幸子生下由香利不久就過世以後，好久不曾有這種感覺了。這時的心情就和她接到直澄從病房打來說幸子剛剛嚥氣的電話時一樣。

她不要再度遭受那種事情。她連自己都不知道此刻為什麼這麼害怕？直澄怎麼了？為什麼不回家？為什麼沒去公司？為什麼不出面協助警方辦案？為什麼不告訴她發生了這麼匪夷所思的命案？

絹江突然咯咯笑著。

「啊呀！我知道了，你一大早就出去，還不知道買的那間屋子發生重大命案了吧？是我不對，亂發脾氣，對不起。」

絹江說著，也對警察露出討好的笑容。她心跳加速，無法好好看著他們笑，覺得如果四目相對，立刻會顯露出連她自己都不相信那些話的心虛。

剛才那番話雖然是絹江的願望，卻是無望達成的願望。從直澄的聲音聽得出來，他不可能到現在還不知道千住北美好新城的一家四口命案。

「媽！」石田直澄在話筒那端喊道。

絹江的笑容消失了。平常直澄都跟著孩子喊她「奶奶」，絹江也跟著孫子叫他「爸爸」，有時候也會叫他「你」，很少直接叫他「直澄」。

可是現在直澄叫絹江「媽」，像個怯懼的小孩。

絹江吞聲佇立，感到握著話筒的手指冰冷僵硬。

「媽！」直澄又喊了一聲，「我有麻煩了。」

絹江說不出話來，只是望著電話的按鍵眨眼。腳邊的地板又變成沙灘，再次聽到直澄「幸子剛剛嚥氣了」的聲音。那時杵立不動、任憑無奈不安絕望的浪潮沖刷腳邊的氣氛再度包圍絹江。

「直澄，你——你還好吧？」

「我現在實在不能見警察，見了就麻煩了。」

「直澄——」

「媽，我沒有殺人，我沒有殺那些人，您別信那些話。」

「直澄，你現在在哪裡？」

一名警察悄悄起身，走近絹江，一直看著她。絹江頑固地看著電話。

「直澄，你在哪裡？你必須回家好好說清楚不可。」

石田直澄打斷絹江的話，「我說了他們也不會相信，因為就是我自己也無法相信，我一直沒說，是我不對，那棟房子真的不好。」

「直澄，直澄。」

「電話上說不妥，直己和由香利拜託您了——」

「伯母，」警察對絹江說，「電話讓我們來說吧！」

絹江下巴發抖，沒有回應，警察伸手接過她手上的話筒前，電話掛斷了。

就這樣，六月二日下午八點半左右，千住北美好新城西棟二〇二五號買受人石田直澄下落不明、可能策畫逃亡的消息，傳到荒川北署的搜查本部。

這當然引起石田直澄與命案有關的猜疑。警方連續到石田家偵訊其他家人，把他們提供的石田照片帶回搜查本部，本部立刻比對電梯監視錄影帶拍到的可疑中年男子。

當天深夜舉行的偵查會議上，提出石田直澄的存在與可能逃亡，以及尚未接觸也可能逃亡的一起不動產相關人士的情資。

警方認為當務之急，是確實掌握一起不動產關係人和石田直澄的下落。目前為止，雖然已從小糸信治那裡得知二〇二五號被聲請拍賣、石田直澄是買受人，可是其後很多的狀況與問題小糸並不知道。例如，小糸完全不知道四名被害人的身分，這一點還是必須偵訊雇用他們住進二〇二五號的一起不動產。另外，買受人石田直澄和一起不動產之間有否交涉？進行到什麼程度？或是交涉破裂、糾紛到達什麼程度？這些小糸也都一無所知。事實上，他把二〇二五號交給一起不動產、自己趁夜逃匿後，幾乎成了不能插嘴的老實旁觀者，一切都照一起不動產的吩咐行事。

六月五日下午，一起不動產的社長終於露臉，接受荒川北署搜查本部的偵訊，這才揭露被害人的身分。在這前後，各家媒體也得知石田直澄的存在以及逃亡的事實而大肆報導，命案的資訊量急遽增加，使得命案的真相更加混亂。我們在本章和下一章要先來談在七月二日以前的偵辦情況，並摻雜具體的證詞，盡可能詳細敘述法拍屋制度的梗概。

西棟二〇二五號的所有人，也就是該住戶小糸信治，因經濟陷入困境，無法繳交貸款，抵押權人住宅金融公庫向法院聲請拍賣二〇二五號。拍賣進行後，結果買受人是石田直澄。但是小糸家想拿回房子，委託不動產業者介入，與買受人交涉，自己則偷偷搬出二〇二五號。這當然是違法行為，也引發與買受人之間的糾紛。這次遇害的四人是該不動產業者「一起不動產」雇用佔住的人——

「唉！原來是這麼回事。」這裡，我們再聽聽西棟管理員佐野利明的說詞。

「我知道大致完整的情況，是六月四日吧。警方當然更早就查清楚了，可是不會跟我們說——這也當然——報紙和電視的新聞，也是五日以後才開始較有脈絡可循的報導，而且提出可能是點交糾紛導致四人被殺的推測。」

佐野的記憶是正確的。電視是五日正午的新聞播出這個消息，報紙是當天的晚報就登出「可能事涉拍賣糾紛」的推測。這天早上，一起不動產的社長早川一起也現身接受荒川北署的偵訊。

五日清晨七點半過後，荒川北署的員警在距離千代田區神田多町「一起不動產」步行兩分鐘的出租大廈四樓「如月麻將館」裡發現早川一起。如月麻將館的員工表示，這裡是早川社長的休息處。六月二日千住北美好新城命案報導後不久，早川社長就抱著幾本賬簿來到這裡，要求老闆木田好子讓他暫時躲在後面的員工休息室裡一陣子。

早川的自宅在杉並區內，有老婆和兩個孩子，木田好子是他多年的情婦。如月開店時也是早川提供的資金，在店裡時他的氣勢也像個老闆，不像熟客。因此這個時候，他立刻就近逃進這個隱匿點。

荒川北署搜查本部對亟欲找到的早川一起這三天居然都躲在近在眼前的麻將館裡，感到非常難堪。

「西棟交誼廳形同搜查本部的分部，刑警出出進進，我有事情時可以直接找他們商量，交談的機會很多。因此接到發現早川社長的消息時，我記得其中一名刑警好像顏面掃地似的非常生氣。」

佐野一邊笑一邊說。

「死了四個人的大案子，關係人也多，但這些人在事情一爆發後都躲了起來，讓事情很難辦。二〇二五號遇害的那些人雖然可憐，可是知道他們不是正當手段住進來的之後，我也就不怎麼同情他們。小糸家人雖然還活得好好的，但這一切問題都是他們惹起的，我一點也不覺得他們可憐。當時我只覺得警察很辛苦，認為早川社長是個大騙子，對他印象不好。」

偵訊一開始，早川社長堅稱是小糸信治委託出租千住北美好新城西棟二〇二五號，希望幫忙找尋房客。一起不動產接受委託，找到被害人一家四口承租，正式簽訂租約，一起不動產只拿法定的仲介費用。

早川為證實所說，提出相關人員簽章的不動產租賃契約、仲介手續費收據、那一家人住進二〇二五號時付給一起不動產按日計的房租計算書等詳細文件。

這當然引起小糸信治方面的激烈反駁。小糸信治說從沒委託一起不動產和早川社長出租房屋。小糸家在今年三月偷偷搬出二〇二五號，換那一家四口住進去，自始至終都是為了拿回已被拍賣、買受人也已定案的二〇二五號的盤算，自己和早川社長談的也都是這些事。小糸信治本身也知道這些是「不法行為」。他說延遲點交，最後再從買受人手中便宜買回二〇二五號的盤算，都是早川社長提出來的。

誰說的才是真的？我們先透露答案，是小糸信治。早川社長堅稱「是租賃契約」的那些根據，其實只是攸關法拍屋種種糾紛的典型（說難聽一點是初步的、幼稚的）資料。

那麼，正規大企業的職員小糸信治，和雖無前科但牽涉多起危險不當交易的一起不動產社長早川，究竟是怎麼認識的呢？

由於小糸信治沒有接受本書的訪問，只能從他在搜查本部的說明，以及案發三個月後他應《阿修羅》週刊獨家專訪時的說詞，還有他當時的配偶小糸靜子和胞姊小糸貴子的談話中去組織真相。

對於荒川北署搜查本部的偵訊，小糸信治說他是在平成二年（一九九〇）的六月左右認識早川社長的。

當時，小糸的公司「大和綜合機械製作株式會社」正在進行一項新專案。他們和某大家電廠商合作製造家庭用錄放影遊戲機，小糸參與這個專案。在成員不到二十人的新企畫室裡，小糸掛副主任的頭銜，率領一個五人小組，協助合作的家電廠商企畫室做市場調查。

據當時小糸的屬下說，新企畫室成立時，公司內部對這個專案非常排斥，被派到新企畫室宛如被流放孤島。因為在製作業務用大型機械的「硬派」公司裡，對和以一般消費者為目標對象的「軟派」遊戲機製作公司合作很不以為然。

這位職員還說，這個情形說起來，是外部勢力利用入贅大和綜合機械創業家族的現任社長，和不服社長指揮的元老級董事群之間的對立。製造大型機械的技術和製造遊戲機的技術根本不同，和家電廠商合作，大和綜合機械分配到的不過是提供土地和廉價勞力等輔助性任務。

可是大和綜合機械卻特地成立新企畫室，配署近二十個人員，展現相當的期待和企圖。雖然派到新企畫室如同「流放孤島」，仍然有人自動請纓上陣，小糸信治便是其中一人。

「調職時他告訴我，這是很有搞頭的企畫工作。」小糸靜子說道，「我完全不懂他的工作，心想大型機械公司也做遊戲機嗎？雖然覺得奇怪，也沒有辦法。我只是很擔心，真的沒問題嗎？」

這個「遊戲機」是三十二位元的「次世代電玩」。自平成元年（一九八九）大和綜合機械成立新企畫室的三、四年後，SONY、PANASONIC、SEGA、任天堂等電玩廠商展開的「次世代遊戲機戰爭」白熱化，即使不看財經報導，一般人對此也都耳熟能詳。不過在當時，對那些對經濟生疏、對電玩又沒有興趣的人來說，三十二位元遊戲機戰爭是茫無所知的現象。

「小糸的腦筋不壞。他是機械製造商優秀的業務人才。」

小糸靜子以冷靜的口吻說道。

「所以他放棄自己擅長的工作，志願到完全不同領域的新企畫室去，不論他怎麼說明，我就是不懂。他非常熱心……。感覺上他負責的行銷部門像是附屬於合作的家電公司的行銷部門，只是幫他們打雜而已。從權力關係、績效和行銷能力來看，我會這樣想也是理所當然。但是小糸幹勁十足，親自一家一家走訪大城小鎮的玩具店去寫行銷報告。」

小糸靜子覺得丈夫做得徒勞，有一次嚴肅地質問他真正的想法。小糸信治是這麼回答的：

「他說，傻瓜，我才不是為大和機械工作哩，是合作的家電廠商答應要提拔我啦，詳細情形我還不清楚，反正我被挖角了。他還說那個家電廠商董事說，要他現在什麼事都賣力去做，就是為了將來提拔他。」

有這麼好的事嗎？小糸靜子覺得奇怪。但能跳槽到大家電廠商，前途是比留在已是夕陽產業的大型機械製造商要光明燦爛些。

「所以，我只有靜觀其變囉！」

結果，大和機械和大家電廠商聯手完成三十二位元遊戲機，並在平成六年（一九九四）春問世，但是兩年後就停止銷售製造。企畫案失敗，雙方的合作當然也就此結束。

小糸信治並沒有被挖到合作的大家電廠商。

「後來二〇二五號的拍賣也一樣，他就是有這個閉口不談挫折的壞毛病。所以我猜，跳槽這事是他自己過度期待吧——反正我不清楚。問他的話他會暴怒，根本不能問。如果我說你跳槽的事情怎麼了？他一定會滿臉通紅地吼我，你在嘲笑我吧，男人的事女人別插手！」

小糸靜子聳聳肩。

「他膽子小又老實，太容易相信別人了。」

靜子繼續說，這是因為小糸信治對「力」的信仰近乎奇妙的強烈。

「這個力不是超能力什麼的，是很世俗的東西，例如特殊待遇、絕招、檯面下的溝通技巧之類的東西，他認為，任何業界、公司和組織裡都會有這些東西，能夠利用這種力的人才是真正的A級人。」

這是很難了解的想法。

「例如孝弘要去唸瀧野川學院時，考試成績很高，可以順利入學，可是瀧野川學院並不是我們的第一志願。孝弘沒考進第一志願，小糸就很不服氣，說考上第一志願的孩子中有很多分數都比孝弘低。」

——那些門路啦、人脈啦，只要我能掌握到，很容易就可以把孝弘送進去。

「我說那不是走後門嗎？他就生氣說不是，不是那種小家子氣的問題。他說身在A級，若能掌握到A級的門路，就不需要賄賂。」

真正重要的是和實力者搭上線，只要做到這點，就什麼都不怕了——

「他說一定有那種即使違法，只要沒被公開也可以無事通過的力。我是無法相信那種夢囈似的話，可是……」

靜子說，家電廠商挖角，可能也是小糸信治這種信仰膨脹的夢想。

「實際上，他有受到對方某個董事賞識嗎？那個董事在他自己公司裡有多少實力？小糸注定要輸的，廠商合作都是雙方高層決定的，自己高攀不上卻還抱著和對方高層有管道的幻想。真是！他一定很愛幻想。」

小糸靜子三十二歲時懷疑得了乳癌，接受精密檢查，結果沒事。雖然放心，但是當時小糸信治的態度，也十足印證了他對力的信仰。

「他說聽某某人說，名古屋有一位能百分之百治好乳癌的醫生，也幫我們介紹了，可以放心，沒問題的。當然還需要治療費，但他說錢不是問題，管道才是問題，真是非常地自以為是。他甚至說，一般人沒有人脈，請不到名醫診治，才會死掉。」

靜子說小糸信治對「一般人」的輕蔑和「我不想以一般人而終此身」的願望，強烈得可怕。

「在他眼中，連大和機械的社長都是『一般人』，他覺得那種入贅社長根本沒有自己的人脈。例如他說，社長夫人得乳癌時，也只能到某個教學醫院治療，雖然有錢可以住特等病房，但是治療也和一般人一樣。可是如果我得了乳癌，他會請日本第一名醫幫我診治，他知道門路，也認識驅動這個力的人脈。這聽起來好像大男人的童話故事吧！」

小糸信治的這種思維，其實在委託早川社長處理二〇二五號之際更是走火入魔。

在《阿修羅》週刊的獨家專訪中，小糸信治說在平成二年六月認識早川社長。以下我們引用他在《阿修羅》裡面的談話。

「平成元年整整一年中，我都巡迴各地蒐集資料。這是腳踏實地的重要作業，我做得很認真。巡訪的對象是各地的玩具店、超市的玩具賣場等。

「我想知道的資料是，關於遊戲機和遊戲軟體的流通情況，現在有什麼問題？零售業者有什麼不滿和希望？我們能期待次世代機種採取何種銷售通路和價格？我們公司是為製造硬體而合作，但遊戲機不能只靠硬體，而且它是以完全迥異於家電產品的通路進入市場，所以我做的是很重要的市場調查。

「在我巡訪各地時，遇到一家快要倒閉的玩具店。它在草加市，附近有大型國宅和公車站，立地條件很好，可是店面老舊，老闆也快七十歲了，做不出兒童和年輕人樂意上門的氣氛，眼看就要倒閉，而且負債累累。

「我走訪幾次後，老闆夫妻告訴我，抵押權第一順位的金融公司正在聲請拍賣他們的店面和土地。由於老夫妻想挽救一路走衰的生意，三年前向銀行貸款，進行大規模增修改建，可惜沒有效果。

「我很同情他們，可是我也無能為力，便也暫時忘了這事。半年過後，我為別的事情又到那附近時，想起老先生的玩具店不知現在怎麼樣了？是不是拍賣後改建成新大樓了？還是開闢成停車場了？結果去到一看，我大吃一驚，居然還在。我進去裡面打招呼，看到早川社長正好也在那裡。」

這家玩具店叫做「明記玩具」。照小糸信治的說法，平成元年七月老夫婦因無法履行債務，被第一順位抵押權人向浦和地方法院越谷分部聲請拍賣房子與土地，公開投標，平成二年二月拍定。但是買受人在同年四月，將標到的土地房屋賣給一起不動產。也就是說，在平成二年六月時，舊明記玩具店的店面和土地的所有人是早川社長的一起不動產。

「老先生一直感謝早川社長，老淚縱橫地說，多虧社長幫忙，我們才不至於身無分文地被掃地出門，老倆口得以安享餘年。我不知道被拍賣的物件可以這樣處理，真的很訝異，立刻和早川社長交換名片——」

他一心認為，在這裡遇到了高明的、有「力」的、能夠掌握門路對抗社會制度和法律的人物。

我們會輕易嗤笑小糸信治的想法欠周全。但是，看看他購買千住北美好新城西棟二〇二五號的經緯，以及對於獨生子孝弘的教育的想法，讓人感覺在他的氣質裡，是有這種「強烈認知」和深信此認知不疑的「莫名自信」。他那麼快就信賴早川，也是因為他那一套「這一定是我相信的人物」的獨門理論。

其實，也難怪小糸信治會信賴早川社長。一如前述，明記玩具店的老闆夫婦對小糸信治說，他們非常感謝早川社長，託社長之福，他們才得以達到老後生活的目標，甚至說早川社長是他們的救命恩人。

明記玩具老闆夫婦目前住在埼玉縣北部的國宅，在不公布真實姓名的條件下，他們答應接受採訪，述說當時的情況。以下我們以「A夫婦」稱之。

直到現在，A夫婦還忘不了當年早川社長的恩情。

「我們不知道那是不是觸犯法律，但是早川社長是個好人。但願他別被判太重的罪刑。」

A先生今年七十五歲，太太七十三歲，收入來源只有國民年金，不足的部分就一點一點地領用存款。平成四年（一九九二）十月，A先生狹心症發作，之後就經常往返醫院，交通費又成了煩惱。

幸好還有存款。奉送這筆存款給A夫婦的不是別人，正是早川社長。

「明記玩具情況不好，完全是我一個人的責任，都是我不好，我真的沒話說。那是我繼承家父的店，我卻毀了它。」

A先生牙齒不好，裝了假牙，因此有些語尾聽不清楚。不過他陳述的內容很清楚，語調也活潑。

「我絞盡腦汁，想借力使力，把生意做起來。我需要借錢，可是大銀行不理會我這種小客戶，只能仰賴地方的信用合作社，可是總也借不到滿意的額度。我要改裝店面，批入好賣的商品，在在都需要錢。」

就在A先生六十歲時，往來的客戶介紹了後來成為抵押權第一順位的民間金融公司給他。在平成元年該金融公司聲請拍賣他的土地房子以前，雙方來往了八年。

「其實，那時候我老婆就勸我，與其勉強改裝賭運氣，不如賣掉土地房子，拿那筆錢悠悠哉哉地過日子。她說，你都六十歲了，這年紀在一般上班族來說不也要退休嗎？我們沒有小孩，不需要守著店鋪不放嘛！」

A先生有點心動，但是無法坦然接受，因為明記玩具畢竟是他父親傳給他的店。

「我父親很能幹，他在世的時候不只這家店，別處還有分店。我繼承以後分店就倒了，如果把剩下的這家店也賣了，我死了以後哪有臉去見他啊！我不希望我的人生只是毀掉我父親所有心血的人生。」

當時，A太太委託了當地的不動產業者來估算他們的土地房子能賣多少錢。算出來的數目不大，因為建築已超過耐用年限，只就土地部分估價。

這件事很傷A先生的心。

「我真對不起我父親……我真的很難過！請人估算，人家都不算，不但如此，不動產業者還說，如果上面沒有建築，是可以立刻使用的裸地，價錢可以賣得更好，土地上有建築反而不值錢。這是什麼話？我也是有點賭氣了。好！我就再度讓這家店繁榮起來，即使最後要讓給別人，我也希望能留下『明記玩具』這個招牌。我雖然六十歲了，做生意可沒有屆齡退休這回事，我對自己的健康也有信心。」

就在這時，人家介紹了那家民間金融公司給他。

「那不是一家壞公司，也不是一開始就圖謀侵佔我的店鋪和土地，還非常關懷我們。負責的年輕人很熱心，很了解我們的心情，因此到最後的最後，明記玩具再也撐不下去，要被拍賣的時候，他還跟我道歉說，『老闆，對不起啊！』」

但是，A太太的看法完全不同。

「我先生又老實又呆，到現在還那樣說。我們其實是被金融公司騙了。他們跟我先生灌迷湯，說他一定可以重新振興這家店，哄他借了高利貸，結果店鋪土地都沒有了，被騙了啦！」

A太太口齒銳利，邊說邊斜眼瞄看A先生的臉。但是A先生好像習慣了，慢條斯理地抽著菸，沒有反駁。

「如果沒有遇到早川社長，我們就要被他這筆糊塗賬攪得活不下去了。社長真的是個好人，他也說我們被金融公司騙了，說我們一開始就被鎖定了。」

A夫婦第一次見到早川社長，是在平成元年七月底。當時他們的土地已被聲請拍賣，夫妻倆對未來感到不安，正在開始尋找落腳處。

「那時店已經歇業。金融公司的人告訴我們說，這裡已經不是你們的住宅了，要關掉店面，盡快處理庫存，盡早搬出去。我們那時沒錢，也沒有落腳處，沒辦法，只好繼續偷偷住在裡面。店面的鐵捲門都拉下來，晚上也不開燈，還拉上窗簾，當然，大門也是緊緊鎖上。」

有一天，他們聽到有人在緊閉的鐵捲門外不停敲打，還伴著「有人在嗎？有人在嗎？」的喊聲。A先生夫婦嚇得屏息噤聲。

「那個人接著繞到大門那邊，高喊有人在嗎？我們想繼續躲著裝不知道，可是時間正好是中午，我們正在煮麵，廚房的抽風扇正轉動著，外面看得一清二楚。沒辦法，我們只好去應門，看看有什麼事。」

那人就是早川社長。

「大熱天的，社長還打著領帶，西裝上衣掛在手腕上，滿頭大汗。他說他是看了法院的拍賣公告而來的。」

A夫婦對法院拍賣程序的具體情形幾乎一無所知，以為社長是有意的買家，預先來看看拍賣物件。

「社長卻連連擺手說不是、不是，還告訴我們即使有人要看拍賣的物件，也不能進去裡面，或和住在裡面的人交談，只能在外面看，因此也不容易分辨是不是好的物件。」

A夫婦讓早川社長進屋後，他立刻拿出一起不動產的名片。

「那上面有宅建證照號碼，公司在東京的神田多町，我們立刻放心了。因為乍看社長的樣子，有點懷疑他是不是黑道啊？」

早川社長講話又快又急，內容有點難懂。「他說，這間店的房子土地就要被拍賣了，老闆和老闆娘一定很困擾吧。你們有住的地方嗎？身上有錢嗎？就是年金一時也還拿不到吧？真是可憐！說不定我可以稍微幫上一點忙……」

A夫婦很感興趣，問他怎麼幫忙。

「他說今年內就會投標結束、決定買受人，但如果那個買受人不是太大的不動產業者，是有可能想想辦法的。我們拚命追問是什麼辦法？他說就是放棄這個土地建築，他不但會替我們還清貸款，另外還再多給我們兩三百萬圓。他說，如果買受人決定了，我也判斷這樣可行的話，你們願意照我說的去做嗎？」

A先生說，當時我們無法立刻了解他說的話。

「畢竟淪落到拍賣的地步，我們已經筋疲力盡了，而且他說得有點複雜，我們一時跟不上。」

不過，這並不表示他們夫婦毫無興趣。A先生問他要怎麼做？

「要離開這裡是注定的了，也是無奈，如果還能拿到一點錢，也滿欣慰的。」

社長說很簡單，等買受人一決定後，你們就立刻趁夜搬走，走前把房子租給我安排的人，你們只要在文件上幫我簽名就好。

「那為什麼要給我們錢呢？我很好奇，覺得這種好事有點奇怪。」

早川社長解釋說，如果有人跟A先生夫婦他們簽約租住這棟建築，那麼承買這個土地建築的人或業者，不能隨便把租住人趕出去，必須和租住人好好商量，支付他們相當額度的搬遷費後才能要求點交。

「一定要租住人嗎？我們住著不走不行嗎？」

社長說，不行，因為你們是當事人，如果佔住不走，買受人有權利趕你們走，那是正當的權利，如果你們還不走，就會強制驅離，你們就有罪了。

「可是到哪裡找租住人呢？」

所以啦，這個——

「可不能大肆宣揚哦，我們只是做做樣子，社長這麼跟我們說。他還說，你們不用擔心租約，只是文件而已，實際上住在裡面的人由我來安排。」

照早川社長的說法，和A夫婦簽訂租約的租住人可以主張有權住在這裡，來對抗買受人。買受人雖然也會想盡辦法應付，但點交時間會一再延後，這樣，買受人就受不了了。

「不是支付大筆搬遷費給租住人，就是已經耗盡心力，考慮把好不容易競標得來的土地房子賣給別人。這時，我就可以出場了，社長這樣告訴我們。」

——如果是支付搬遷費，我會把其中一部分給老闆，不過那不會有多少錢。但如果買受人考慮放手，我也順利買下時，分給老闆的錢就多了。

「聽起來好像變戲法一樣，」A先生笑著說，「我問社長有這種事嗎？」

早川社長肯定地說，有的，有的。

——大抵法拍屋的價格會低於市價幾成，如果還要多花一筆錢請租住人走，轉手賣掉或許還划算一點。買受人如果是小型業者或個人，籌措資金有限，不願意多花錢的。

「這事很難讓人馬上相信哩！」A夫婦說，尤其是很氣先生老實的A太太，這時幾乎不相信早川社長的話。

「我可不想再受騙了。」

A先生一味地苦笑。

「我是比老婆感興趣，畢竟是求之不得的好事嘛！社長如果能便宜從買受人手上買下這裡，再以市價轉賣出手，就能大賺一筆，雖然要花一點時間，但確實會賺錢，我們也可以分一點。」

早川社長也這麼說。

——如果你們不喜歡捏造租住人的話，也沒關係，我就找一些品行不好的人住在這裡，假裝是地下錢莊的人，聲稱他們是借錢給明記玩具的債權人，有使用這個土地房子的權利，這對買受人也有相同的效果。

「聽著聽著，我不由得難過起來。我說，如果照社長說的去做，買受人不是很困擾嗎？好不容易競標買到的土地房子，歷經波折後，不是放棄，就是支付大筆搬遷費，兩者都不好過。最重要的是，我擔心法院不會坐視這種糾紛不管。」

早川社長聽了哈哈大笑。

——別擔心！別擔心！

——法院忙得很，即使有糾紛，也不會積極介入，絕對不會啦！不管買受人採取什麼法律手段，我們都能合法對抗。

——通常會競標法拍屋的業者，對這類糾紛都有相當程度的心理準備。如果沒有這些糾紛，法拍屋也不可能這麼便宜。我說老闆啊，你是老實的生意人，運氣不好，事業失敗，店鋪、房子和土地都被拿去拍賣，自己都前途茫茫了，大可不必去擔心覬覦你的財產、想不當廉價買下再轉手賺錢的傢伙。你真是個老好人！

從第三者的眼光來看，早川社長的說法很不當，因為從他批判的「想靠法拍屋撈一票的業者」立場來看，他也是「一丘之貉」。

但是，A先生並不這麼想。就連先前還抱持懷疑態度的A太太，聽到早川社長真心為「認真老實的生意人」A先生的倒楣悲嘆，又批評聲請拍賣他們土地房子的金融公司後，也軟化了。再怎麼說，人家表面上為你們著想到這個地步，還有生人家氣的道理嗎？

——現在景氣還不錯，你們其實可以賣掉土地房子還清貸款，擁有抵押權的金融公司可以用這種方式協助你們，可是他們卻冷不防地聲請拍賣，一點也沒為你們著想嘛！

早川社長越說越氣，用語也越坦率。在A夫婦眼中，這揮舞拳頭為他們打抱不平的早川社長，似乎成了非常值得依賴的人。

「從那天以後，早川社長頻繁地聯絡我們。他跟我們說，不管金融公司說什麼，我們就說找不到去處，繼續住著就可以。所以我們就一直住在家裡不動。」

實際上，平成元年十二月初開始投標，翌年二月一決定買受人後，A夫婦就接受早川社長的計畫，遵照社長的指示行事。

「我們聽社長說買受人已經決定了。社長好像也去參加拍賣，因此他從法院順路過來，給了我們五十萬圓。」

——這筆錢是前金，不要客氣，收下吧！我已經幫你們準備好公寓，你們收收身邊的東西，今晚悄悄搬過去吧！後面的事我會好好處理，不要擔心。

A夫婦照他吩咐地去做。

「結果，經過一年半左右，社長的計畫實現，我們才拿到後面的錢……整整一百五十萬圓。社長那時候也介紹我去做倉庫管理的工作，生活安定了下來。」

聽A夫婦的說法，他們會感謝早川社長，甚至說他是「救命恩人」，自是當然。

但事實上，這是違法行為。在買受人的眼中，情形更是一百八十度的相反。

標到明記玩具土地房子的，是同樣位於草加市內的竹本不動產公司。當時負責這件事的職員樋口久夫，現在聽到早川社長的名字還是非常憤恨。

樋口本身沒有處理法拍屋的經驗，被委託負責明記玩具的投標業務時，「我趕忙惡補一番，看了幾本書，也請教熟悉法拍屋的律師——。當我聽到曾經發生紛爭的案例時，真是越聽越憂鬱。因為我很不想和黑道交手。再怎麼為工作，總也沒有賠上自己身家性命的道理啊！」

竹本不動產打破慣例參與法院拍賣明記玩具，是出於一位長年來往的老顧客要求。

「他也是本地人，經營餐飲店，老早就覬覦明記玩具的土地，心想只要有機會就買下來。沒想到稍一不注意，那地方就撐不下去要被拍賣了。他請我們務必幫這個忙。他是我們的優良客戶，『抱歉，我們不處理法拍屋』這樣的話我們說不出口，只好接下。」

正因為這個背景，少有標購法拍屋經驗的竹本不動產順利得標，成為明記玩具的買受人。因為是「應客戶要求」甚於「賺錢」企圖，設定的投標價格比較高的緣故。

「當然，我們事前也對明記玩具做了種種調查，查封他們土地房子的金融公司風評並不壞，這一點讓我們放心不少。可是我們仍然擔心隨時會有其他債權人冒出來，所以我也常找機會去看看明記玩具的情況。我發現A夫婦已經搬走了，以為那是當然的結果，更加放心……」

我真是太大意了，樋口搔著腦袋。

「律師建議我，要確認原屋主搬走後，是不是有其他人搬進來？也教我直到點交以前，要持續拍照存證。我也拍了照片，可是我拍下來的照片完全看不出建築物裡面有住著簽過租約的房客，害我後來被老闆痛罵，你眼睛瞎啦！但這是早川社長那邊手段太高明了。」

當他一看到那房子裡有和A夫婦正式簽訂租約的房客時大吃一驚。

「你們一直住在這裡嗎？為什麼住在這裡？你們有什麼權利住在這裡？我還真是外行。對方是一家三口，四十多歲的夫妻和二十歲左右的兒子。他們說在這裡開電玩店，還拿出裝潢稍微改變，不只賣遊戲軟體、也有投幣式電動玩具的改變裝潢設計圖。他們還說，根本不知道這裡被拍賣了，如果被趕出去，不知該怎麼辦？」

困擾的才該是竹本不動產。樋口覺得有救的，是這一家三口看起來像普通人，不像和黑道或思想激進團體有關。

「他們是老實人，我還真以為有救呢。你笑沒關係，我是很膽小，因為我寶貝我的生命，討厭糾紛。當初到竹本不動產上班時，就明白說我討厭做業務，只想做文件處理和資料管理之類的工作。」

這一家三口雖然不會惡行惡狀，但也不輕易退讓，交涉一直不順。最後，仲介這份租屋契約的早川社長出面了。

「早川社長——他當然擺出不動產社長的樣子，而不是黑道。他仔細聽了我的說詞，我也聽了他的看法後，立刻去找律師商量。」

律師說這是常見的手法，也是典型的模式。

第八章　妨害執行

「妨害執行有種種手法，在明記玩具和千住北美好新城二〇二五號的案例中，早川社長採用的手法完全一樣。這確實是古老的典型手法，不是很暴力。像明記玩具的案例，他對原屋主A先生夫妻還相當寬厚。說他是一攫千金的掠奪脅迫者，不如說他是有思想性理由的確信犯。這一類型人向來牽扯其中，也是法拍屋妨害執行違法行為的特殊現象。」律師戶村六郎說道。

戶村律師熟悉民事執行法，擁有許多解決妨害法拍物件執行的經驗。這裡我們先聽聽他的說法。

「我在港區的事務所承辦的案子，約兩成是有關法拍不動產的妨害執行，幾乎都由我來承辦。實在很有意思——我這樣說似乎有語病，不過很多案子真的很有趣。在這些法拍不動產和妨害執行的案子中，清楚顯露的不只是經濟問題，也有現代日本社會的種種矛盾和困難。」

——「法拍」和「妨害執行」都不是一般人熟悉的名詞……。

「沒錯，就從這邊開始吧。法院拍賣的不動產有兩種，一種是強制執行的拍賣，另一種是實行抵押權的拍賣，目前多半是屬於後者。明記玩具和小糸先生的房子都是。」

——是實行擔保權的拍賣囉？

「是的。債權人對債務人所擁有的土地建物（不動產）設定抵押權並為登記，做為債權擔保。以明記玩具來說，就是A先生將土地建物設定抵押權給提供貸款的金融公司，而小糸先生則是把二〇二五號的抵押權設定給第一順位抵押權者住宅金融公庫。

「當債務人順利償清債務後，抵押權即被註銷，已經不欠錢了，也不需要抵押了，這是最理想的結果。

但實際上，債務人往往因為種種原因而長期滯繳貸款，或是完全停繳，往後也無望再繳，導致債權人無法回收借出的錢。這時債權人就會經由法院程序，將設定抵押權的不動產拍賣，藉此回收債權，這就是實行擔保權。反過來說，擔保權就是債權人無法收回借款時沒收抵押品或是將之變現的權利。

「明記玩具和小糸的二〇二五號的情況，他們的債權人都判斷他們已無力繳付貸款，因此實行擔保權。債權人向法院聲請拍賣，聲請成立後，法院為防止債務人將拍賣標的的土地建物或公寓大廈的房子賣給非債權人以換取金錢，會採取禁止擅自買賣的查封手續，接著公告拍賣物件的資料，再投標、開標，這就是法院拍賣的程序。」

——拍賣結果決定的得標者就是買受人了。

「是的。買受人有像竹本不動產那樣的專門不動產業者，也有像石田直澄那樣的普通市民。任誰都可以參加法院拍賣——因為它對一般人也是平等開放門戶。

「然而，法拍不動產這個詞是帶有特殊色彩的。一般老百姓總覺得很困難或是糾紛多，不想參與。

但法拍物件的底價通常設定得比實際價格低很多，便宜貨真不少，只是糾紛也多。由於期望一攫千金，素行不佳的業者和黑道都會涉入，所以一般人即使發現好的物件，想要投標，也會受到這些職業競標者的干擾威脅，外行人根本承受不起。這就是一般人對法拍屋的印象。

「事實上也是如此，現在也依然是令人頭痛的問題。也因為這個印象在前，讓優質的買家愈發遠離法拍物件，形成惡性循環。

「於是昭和五十五年（一九八〇）十月一日實施的民事執行法，便設定幾項規則，讓一般人更容易參加法院的不動產拍賣，其中之一就是期間投標制度。這是指把標單封好交給執行法官，或在規定日期以前寄交執行法院，就可參加投標的制度。這在最近已成主流。」

——意思是說，不必親自去法院也可以參加囉？

「沒錯。而且這樣的話，外面的人也不知道誰參加了哪個物件的投標。如此一來，便可以防止一般百姓遭到職業競標者的干擾。

「我認為這個制度也的確有發揮功能，而且是多方著想的善意制度。比起以前，參加投標的一般人是稍稍增加了，但大致情況仍然不變，法院的拍賣物件依然帶有一點危險麻煩的色彩。」

——看了明記玩具和小糸家的的案例，是會這樣覺得。

「是啊，雖然不幸，事實確是如此。我們進入正題吧！

「不只是一般人，就連不動產業者都覺得法拍物件麻煩危險……其最大原因，就是我們現在要談的『妨害執行』。這也可以大致分成兩種，一種是在債權人聲請拍賣物件的階段就進行干擾，另一種是在得標的買受人聲請點交時進行不當妨害。在明記玩具以及二〇二五號的案例中，早川社長做的都是後者。

「因為平常很少大肆報導，大家對這事的關心也是一時的，不過類似的住專（即住宅金融專業公司的簡稱）問題可能會引起全日本人的關心。為了處理住專的大量壞賬，處理機構今後也必須拍賣堆積如山的不動產，到時妨害執行的案例大概會很多。通常進行妨害執行的是債務人或與債務人有關的人，也有可能是趁機攫取利益的第三者，形形色色都有，你注意到最近逮捕了不少相關的人嗎？

「對，他們主要是以『妨害拍賣』的罪名被逮捕。『妨害拍賣』，正如同字面所述，亦即以暴力、騷擾或脅迫行為，意圖妨害拍賣程序的進行。也有不用暴力的案例，就是早川社長的手法。」

——簽訂假的租賃契約？

「對，這是妨害拍賣程序或物件點交時最常使用的手段。

「租賃權有短期租賃權和長期租賃權兩種，一般我們常談的是短期租賃權。當你租住公寓或

大廈時，會和房東簽訂租約，定下兩年或三年的租住期限和租金。租約期限在三年以內的，是受到民法保護的

短期租賃權。

「如果租賃權是在標的物件決定開始拍賣以前設定，則可以對抗抵押權人和買受人，租賃人有權居住到租約期滿。抵押權人和買受人如果想在租約期滿以前請租賃人遷出，必須支付相當額度的搬遷費。

「如果租賃權是在決定拍賣以後設定，情況正好相反。租賃人不僅不能對抗抵押權人和買受人，也無權要求搬遷費，即使非法佔住不走，法院會下達交屋命令，必要時也可強制遷出。

「也就是說，關鍵在於租賃權是在拍賣決定之前或之後設定的。

「因此，為了妨害拍賣或是不當獲得搬遷費，會有人偽造租約，捏造決定開始拍賣以前就設定了租賃權。

「就像我們已經知道的，早川社長在明記玩具和小糸家的二〇二五號的案子裡，都使用這個手法。

「兩個案子都是安排債務人趁夜偷偷搬走，讓假裝是房客的人住進來，並捏造在決定開始拍賣前就簽訂了租約，用來對抗買受人。

「這已經是司空見慣的詐術，糟糕的是，它的效果出奇得好。因為要證明租約是假的，抵押權人和買受人必須舉證租賃契約不是在決定開始拍賣以前簽訂的。要證明『有』的事情『沒

有』，比要證明『有』的事情『存在』困難得多。

「對方以租約為盾，自己這邊只有蒐集狀況證據了。訪問鄰居，確定有問題的租賃人是不是真的以前就住在這裡——但這方法有疏失。

「律師建議竹本不動產的樋口要連續拍攝附有日期的明記玩具土地建物照片，我認為這個指導很確切。過去是有藉著這些照片推翻假租賃權的案例。

「但是拍賣物件不像一般銷售的物件，仲介業者保管鑰匙，買方可以隨時進入建築物裡面參觀拍照。如果拍賣物件是可以立即興建的土地還好，如果是獨門獨院的住宅或大廈裡面的一個單位，很難鉅細靡遺地拍照留存證據。實際上拍到的明記玩具外觀照片也派不上用場。

「縱使是捏造事實或說謊，只要租賃人抬出短期租賃權來對抗點交，法院還是要進行調查，不能隨便下令點交。於是抵押權人和買受人為了排除佔住者，就得傾全力設法揭發這是謊言，證明這是非法佔住，相當耗費心力。

「以這種手法對抗抵押權人和買受人的人，我們稱為『佔住者』，俗稱『海蟑螂』。他們都是職業的，有的採取恐嚇方式，有的和黑道勾結，也有像明記玩具案例那樣假裝善意的第三者，採用各種手法，裝出各種面貌。不論是哪一種，都造成抵押權人和買受人相當大的經濟和心理負擔。尤其是個人買受人，疲於不著邊際的交涉，最後多半以便宜的價格放棄標到的物件，或是照對方開出的價碼支付高額的搬遷費，落得勞民傷財的下場。

「任誰遭到威脅都會害怕，被糾纏不放時就會妥協。遇上這種情況，不論是個人或是法人都一樣。因此涉及妨害法拍不動產執行的人，既不是智慧犯，也不是暴力犯，應該說是智慧暴力犯吧。

「不過，也有稍有思想背景的人會來參與，他們的目的不在賺錢。我想早川社長就是一例。

「有人認為，法院把個人的、也是一般百姓的財產拿去拍賣——注意，這絕不是事實，實際上法院並沒有拿走——他們認為這真是豈有此理，不可原諒，體制所為都是惡，即使違法他們也要對抗這個惡來拯救百姓。就有這類具思想動機的海蟑螂。

「明記玩具的A夫婦對早川社長感激不盡，實際上早川社長也為他們夫婦做了好事，只是卻造成買受人很大的困擾。

「嗯……這實在是很頭痛的問題！

「不過，藉著期間投標制度，廣向一般大眾開放法拍物件，讓多數一般人和民間資金來參與，的確是切實而必要的措施。

「泡沫經濟的後遺症，對我們的社會造成超乎想像的重大負擔。

「一方面，不良債權的不動產過多，但另一方面，也有人想求房子土地而不得。法拍物件比實際價格便宜，如果能讓民間吸收，即使只是一點點，應該也能成為重振日本經濟的下緣力量。可惜實際的情況不如預期。

「期間投標開放了入口，接著要做的，就是盡快弄清楚堵塞出口的種種不透明的、奇奇怪怪的妨害執行的實際情況為何，盡快採取適切的手段。否則擁有某種程度財力的民間人士，永遠不會轉向法拍不動產。現在，外行人都裹足不前，很無奈！

「當然，黑道等危險團體藉著妨害執行獲得資金，也是一大問題。而且他們在這方面，經年累月也累積不少技巧與心得。我看過形形色色的例子，他們真是花招百出。

「例如，幾天前還是一片空地，今天去看時竟然已經蓋上簡陋的組合屋。這還不稀奇，問題是上面還插著像是思想激進團體的旗幟，圍柵內還有德國狼犬巡邏，鄰居都怕得不敢靠近。另一個例子是，他們豎起一個和日本沒有邦交的南洋小國擁有該土地建物的招牌，聲稱那裡有治外法權。雖然荒唐無稽，但因為沒有邦交，想調查也無從查起。

「像明記玩具和小糸氏的二〇二五號那樣，讓第三者租賃人住的例子最多，其中有的租賃人是言語不通的外國人，或是黑道分子，這都是常用的手法。

「如果是山林或工廠土地，妨害人也可能在買受人不知道的情形下，擅自和廢棄物處理業者簽約，幾天內就運進堆積如山的廢棄物。買受人面對這個情況，光是清理乾淨就要大筆費用，設計的妨害人又能名正言順的跟廢棄業者拿錢，真是借花獻佛的最甚例子。

「一般人要知道拍賣物件的概要，必須看所謂的『三點一套』。首先是標的物件的現況調查報告，這是法院執行法官做成的報告，也附有照片。其次是法院選任的鑑定人做的鑑價報告，最後是擔當法官根據前兩項做成的物件明細表。這三樣統稱三點一套。拿到以後先看物件明細表，看看這個物件是否包括點交，能分辨這點的是行家，這不容易。不過研究拍賣物件的資料，基本上就這三個。

「看過物件明細表的備考欄，就可以明瞭大概情況，但即使寫有『佔住者不得對抗買受人』，法院也不見得會下令立即點交。因為，即使是法院，無法下令佔住者交屋的案例也很多。

「有人看了物件明細表的備考欄寫著這個建物有租賃人、但租賃權不得對抗買受人，便以為沒問題，安心參加投標，也順利得標後，租賃人卻主張權利，不肯遷出。當他希望透過法院下令點交而去找律師商量時，律師卻告訴他這個案件法院不會下令交屋，不如打點交官司。但是打官司既耗時間又費金錢，原該是便宜的法拍物件，結果變成經濟上、精神上都昂貴的東西。這種例子多得是。

「我知道法院努力想讓更多的一般人參加投標法拍屋，但不足之處還有很多。

「幸好，民事執行法第五五條、第七七條和第八三條修正後，對濫用短期租賃權的非法佔住者採取比過去更強力的對應措施。

「可是法院的執行法官人手不足，尤其是聲請法拍件數較多的東京，需要更多的人手。現行的方法是，執行法官採取強制執行程序的同時，還要調查拍賣現況，工作太過嚴苛。我認為，法院內部應該設立專門的不動產調查機構。如果不盡快採取對策，未處理的案件如滾雪球般堆積，隨泡沫經濟破滅而破產的賬單很可能癱瘓法院的機能。

「律師中，熟悉民事執行法又有實務經驗的人才並不多。債權人的金融機構，在泡沫經濟破滅前，不愁回收債權，在泡沫經濟破滅後，也不積極採取法律手段回收。目前這都是很遺憾的事實。

「小糸氏的二〇二五號發生的命案本身，或許是極端的個人悲劇。但引發命案的背景，是不容忽視的不動產流通問題、法拍屋問題和鑽法律漏洞的海蟑螂問題。只因為是二〇二五號的買受人就遭到強烈懷疑的石田直澄，可說是這種狀況下的犧牲者。」

第九章　買屋

戶村律師說石田直澄是「狀況下的犧牲者」，這一點確實可以接受。但是石田在案發之初的態度和以後的行動，似乎也超出「單純的倒楣買受人」的立場，以致不得不讓人起疑。石田直澄六月二日晚，在電話上給母親絹江留下「現在見警察就麻煩了」、「我沒有殺人」、「孩子拜託您了」等話以後，即下落不明。直到九月三十日晚上七點多，在江東區高橋的簡易旅館片倉屋接受警方保護為止，大約過了四個月的逃亡生活。

石田為什麼要逃呢？

從正常的情況來判斷，光是逃匿這一點就足以讓人起疑。他自己也該知道逃亡後會讓自己的處境更麻煩。在他行蹤不明的期間，極少媒體報導不把他當做「荒川一家四口命案」的凶手處理。雖然大部分報導是匿名的，但仍有部分報導刊出他的真實姓名。在他逃亡後，搜查本部只到他家搜索一次。可是後來的報導，多半確定他就是凶手一般。

從逃匿就是「心裡有鬼」的想法來看，石田確實有所心虛。在他逃亡整整一天後，搜查本部幾乎確定電梯監視攝影機拍到的可疑中年男性就是他。另外，清楚殘留在二〇二五號大門內側的男性右手指紋，經過比對，也與他留在家中日用品上的指紋一致。

通常事件現場採下的指紋多半會複數重疊，舊的指紋上面覆蓋著新的指紋，辨識困難。在多人同住的房子裡發生的案件尤其如此。這些指紋稱為「潛在指紋」。

但是二〇二五號發現的石田指紋不一樣，是罕見的個例。它不只清晰明白，就像整個右手按在大門後面般，五個指紋和掌紋都清楚印下，很容易辨識。因為毫無模糊曖昧的地方，配合電梯內拍到的錄影帶影像，媒體自然大肆報導。

搜查本部推測，這個掌紋是石田要離開二〇二五號時在玄關絆了一跤，或是穿錯鞋子身體一個踉蹌，伸手撐住門板以穩住身體所留下的。不論是哪一種情況，幾乎可以確定命案當時，石田人在二〇二五號屋內。

後來根據石田的證詞，他在逃跑時，完全沒發現自己在門上留下指紋，而且還被監視攝影機拍下影像。他說當時沒有從容到足以想到這些事情。換句話說，他的逃逸並非縝密思考後的選擇，只是情緒上的本能反應。

再看電梯錄影帶裡的中年男性影像，縮身縮背，雙臂交抱，那姿勢讓人猜想是他的腹部、手臂或腰部受了傷。而且大門外和電梯內都留有血跡。那麼，六月二日那天，石田直澄身上負傷嗎？

當時因為不知道石田的血型，無法拿留下的血跡和他的血型比對，唯一可靠的是他家人和親近人士的證詞。如果石田受傷不輕——因為電梯內的血跡讓人猜想似乎有相當的出血量——那麼，他即使逃亡也會找醫生，這就會是很重要的情報。當然他若是受了重傷，為了他的生命安全，警方更須盡快找到他。

「直到現在，我還是常常夢到當時的情況。我雖然沒看過現場，但是夢中看到好多血，大概是我老爸的血吧！」

石田的兒子直己說。在父親藏匿無蹤的四個月間，獨力守護祖母和妹妹的這個青年，在命案前一天的六月一日剛過二十歲生日。

「二日中午時我出去……和女朋友去看電影，然後去逛街，她請我吃飯慶祝我生日，回家時已經晚上十點多了。」

一進門就看到幾個陌生嚴肅的男人。

「我一開門，一個穿西裝體格魁梧的男人走過來確認我的名字。當時我猛然一想，是老爸出車禍了嗎？」

但仔細一聽，情況好像不一樣，不是車禍。

「祖母在廚房，臉色慘白。我好像也是第一次看見祖母這樣臉上血氣盡失。」

絹江看到直己，好像得到援軍一樣，露出放心的樣子。她抓著直己，沒頭沒腦地問，直澄到哪裡去了？是不是受重傷了？

「我中午時就出去了，出門前並沒看電視，不知道千住北美好新城的命案。如果我在外面知道這個命案，會立刻趕回家的。我後來也知道了老爸的手印留在二〇二五號裡的事。那時，我對老爸是抱持批判態度的。」

直己雖然安慰絹江，等他聽完一連串的事情後，這下換他感到自己全身血氣盡失了。瞬間他覺得腳邊的地板沉沉下陷，一個踉蹌，回神時，旁邊的警察扶著他。

「感覺好像這輩子完了！」

石田直澄身材中等，臉部輪廓明顯，有個酷酷的下巴。直己可能像死去的母親，比直澄高一個頭，長臉，給人有點女性味道的印象。

談到父親和父親遭遇的事件時，直己多半是近乎「面無表情」的平板神色。不過，他不是「沒有感情」。事實上，他眼睛靈動，手腳不斷移位，時而低頭，時而仰頭，整個身體都在表達某種感情。因此，這時候他的「面無表情」，或許可以說是聚集了太多相反或相乘的各種感情，無法用一種表情代表而形諸於外，才乾脆整個切斷表情地說著話。

「這輩子完了——沒錯，我只能這麼想，誰叫我父親做出這種事情！」

聽到這個消息的瞬間，直己懷疑父親嗎？他非常乾脆地點點頭。

「沒錯，我起初是懷疑老爸的，可以說已認定是老爸做的。真的很抱歉……可是，當時的我就像剛才說的，對老爸是抱批判態度的。」

直己受到的打擊太深，當他跌坐下來時電話響了，他清楚感覺到屋內的警官都繃緊了神經。

「我拿起話筒，所有的人都看著我。我心想說不定是我老爸，可是我的喉嚨竟乾澀得怎麼也發不出聲音來。」

不是直澄打來的。是妹妹由香利。

「我全忘了，我答應要去接她的。」

讀高二的由香利參加學校的管樂社團，這個活動頻繁水準也高的社團，研習也嚴格。這天，由香利和幾個朋友一起到同學家做特別練習。

「那個同學和只為興趣而玩音樂的由香利不同，是有志成為音樂家的女孩，家裡有隔音室設備，每逢星期假日，幾個合得來的朋友就聚到她家盡情練習。她們通常會練到很晚，所以都是由香利打電話給我，我再開車去接她。那天由香利比我先出去，臨出門前還特別提醒我，你要去約會，可別忘了晚上要來接我哦。」

她朋友家在舞濱站附近，距離石田家開車約十五分鐘。

「由香利好像也對這案子一無所知，她說還有一個朋友要搭便車……。她什麼也不知道，聲音很開朗。而我……喉嚨像哽住了，什麼話也說不出來。」

直己向注視著他的警察搖搖頭，表示不是老爸打來的，但對方仍然是一副查問的表情，他只好掩住話筒說——

「是我妹妹，我跟他們說明。他們好像先前就已聽祖母說過由香利在朋友家，於是說派一個人和我一起去接妹妹。我心想，啊？我不能一個人去！」

由香利在話筒那頭感到奇怪，便問哥哥和誰說話。

「我有點慌亂地說，我有事情要跟你說，總之我現在就去接你，隨即掛掉電話。那時候我覺得妹妹好可憐……忍不住對父親生起氣來。」

「我嚇呆了！真的，真的嚇呆了。」

石田由香利說。

「老哥常來接我，朋友都好羨慕，我也引以為傲。那天晚上我也是平常心等候，看到哥哥和一個陌生人一起來，而且臉色很可怕。」

由香利和沉穩柔和的直己不一樣，她活潑多話，有點靜不下來，表情變換多端，不停地撥頭髮、摸臉頰、掂捏裙子上看不見的灰塵，非常可愛。這時的她正值說「老爸」、「奶奶」、「老哥」的年紀，當嘴裡偶爾溜出正經的「父親」、「祖母」、「哥哥」等字眼時，每一次都會不好意思。她也知道自己「在家備受寵愛」，「不太堅強」。然而，歷經一連串的打擊後，現在的她依然保持從前的開朗。

「因為我的朋友也在車上，不能詳說。回到家後，奶奶才哭著告訴我二〇二五號的事情，父親好像跟那有關，現在躲起來了。」

直己明說他初聽此事時是懷疑父親的，由香利又如何呢？

「爸爸不回家還逃跑，事情會更麻煩哩！可是我……我沒有像哥哥那樣氣父親，只是……只是感到很不安！」

問她是不是懷疑父親殺了人而感到不安，她凝視指尖一會兒，小聲回答說：

「殺人是我無法想像的事情。再說那不是一個人，是四個人吧？總覺得像小說還是電視劇一樣，不是真的，我沒有親眼看見，很難相信那種事。」

她微偏著頭繼續說。

「那時候，我強烈覺得，想得到那種大廈公寓根本就錯了！」

石田直澄昭和二十五年（一九五〇）生於島根縣松江市。松江市是盛產日式點心的都市，母親絹江是一家小點心舖的女兒，父親直隆是店裡的點心師傅，入贅女方家裡，石田是絹江娘家的姓。

直隆生在島根隔壁的鳥取縣，家裡從事漁業。他是六兄妹中的老大，中學畢業後離家謀生，做過許多工作，最後在石田屋當點心師傅安定下來。結婚時他二十八歲，絹江二十歲。

絹江回憶當時說道：

「我父親也是入贅的。我們石田家一直都只生女兒，女婿都是招贅的。當我生下直澄時，親戚都高興得不得了。」

在祝福中出生的直澄，很早就知道自己的立場，不是幫忙顧店就是幫忙做點心，非常靈巧。

「他小時候長得很快，個頭比附近的小孩都大，因此他彎腰練習做小點心的樣子，滿惹人笑的。」

絹江的父母在七十多歲時相繼病歿，她和直隆夫妻倆接下店鋪。那時直澄已經讀高中，還是熱心幫忙家裡。石田屋的經營狀況良好，他可以去讀大學，但他自己沒這個打算。他早已認定自己將來要繼承家業，書隨便讀讀就好，因此高中時熱中運動，參加游泳社，還是縣運會的游泳選手。

直澄十七歲那年夏天，鳥取老家來通知說祖父過世。鳥取老家由直隆的大弟繼承，他打電話來通知時，絹江問個仔細，才知道公公半年前就已住院，而且直隆應該知道此事。

直隆入贅以後，和鳥取老家疏於往來，絹江陪他回老家的次數也數得出來。即使是中元節或過年時，他們去到，老家親戚的態度也都很冷淡，無話可談，氣氛悶得很。絹江心想這樣也好，不回去倒自在，只是想到直隆知道親生父親重病住院，礙於入贅女家的立場不能去探望，感覺對他很抱歉。

但是直隆告訴絹江不要多心。

「就算我是入贅，現在也已經當家作主了，石田家親戚的眼光也不再像以前那樣苛刻。我如果想回去，隨時都可以回去鳥取老家，也可以去探望老父。我只是不想去，所以沒去。」

那時絹江才知道直隆身世的祕密。

「他們家六個兄弟姊妹，只有他是不同母親生的，我的婆婆是直隆生母離家以後娶進門的。」

直隆的生母為什麼離開鳥取老家呢？

「他老是說我真正的母親被趕出家門，我很好奇，雖然有些顧忌——畢竟結婚二十年來他都瞞著我不想說——最後還是小心翼翼地問了他，是不是爸媽處不好？他說不是，他們只是試婚而已。」

在昭和二十年（一九四五）以前，日本是有所謂的「試婚」風俗。男方在正式迎娶女方以前，先讓女方到男方家裡試婚一段時間。如果能習慣未來的婆家生活，就正式結婚，如果不能習慣，就遣返娘家。這在現代，肯定引得部分女性團體青筋暴露地抗議。

「試婚後，他的生母因為和未來的婆婆合不來，只好遣返娘家。但那時她肚子裡已經有直隆，於是生下孩子才走人，後來也改嫁了別人。」

因此，石田直隆常落寞地說，我從沒見過生母，父親也從沒真心疼愛過我。

「他跟我說，古語說女人沒有安身之處，其實我這個男人才是真的沒有安身之處。有人問我說這裡不是你的家嗎？我只有苦笑。這個家也是石田家寄放在我手上的，我還是沒有家啊！我也說不上自己是無情還是可憐。」

結果，直隆還是沒有參加親生父親的葬禮。

「當時直澄也覺得很奇怪，問父親為什麼不去參加葬禮？父親只說了句很苦啊，就陷入沉思。直澄正值最容易感受人生和生存價值這些字彙的年紀，父親的言行讓他想了許多許多。」

沒隔多久，直澄就告訴父母，他不想當點心師傅，要離家獨立生活。直隆和絹江大驚。

「我趕忙問他，你不是要繼承這家店嗎？我不是要強迫他，因為他從小就一直這樣打算啊！我真的很訝異，到底怎麼了？」

直澄沒有詳細說明為什麼突然改變人生道路的理由，只說自己已經考慮一陣子了，他很羨慕那些到外面的世界去工作的朋友們。

「我不是不明白年輕人憧憬大都會的心情，不能一概說不對。如果是集體就業，學校方面會安排，我也放心。我先生也說，離家一段時間對男孩子來說或許不錯。可是這還是跟以前計畫的完全不同，我很氣餒，狠狠責備了直澄一頓。」

但是，他的決心不變。直隆較早放棄，最後絹江也投降了。在頻頻叮嚀將來一定要回來下，同意直澄離鄉就業。

在學校的協助下，直澄找到幾個優良的就業單位，幾乎都是大阪和神戶的公司。父母都以為直澄會去，沒想到他去了東京。為什麼去東京呢？

「他那時的頑固，連我們做父母的也不了解。究竟是怎麼回事？……。我先生好像有點知道，我是完全不懂。」

為什麼石田直澄突然放棄繼承家業的目標呢？為什麼特意走向距離上和心理上都感覺是最遠的東京呢？直隆又如何察知兒子的心情呢？

絹江整整等了二十年，才從直澄口中問出這些理由。

就這樣，石田直澄高中畢業後，就到東京就業了。

「他過去一直想當點心師傅，所以沒有接受別的職業訓練，我真擔心他能做什麼？」

石田直澄工作的地方在東京都荒川區，是一家合成染料公司。原來叫日本染料株式會社，昭和四十年（一九六五）和同業的泰成化學株式會社合併，成為日泰株式會社。

「我老爸剛上班時在配送部門。」

石田直己小時候喜歡聽父親講公司裡的工作。

「小學生不都是這樣嗎？都覺得自己的父親是這世上最偉大的人。等自己稍微長大一點後，才會思考父親的工作內容，如果是消防員就引以為傲，如果是普通公司職員就覺得有點無聊，也有點抬不起頭來。不過，在十歲以前，大家總是認為父親是最偉大的吧！我也一樣。」

配送部是最難自動化的終端部門，進貨的原料也好，出貨的成品也好，很多是必須小心處理的危險物。裝貨、卸貨、運送到需要的部門、送進倉庫保管，一切都只能仰賴人力，是分配最多新進員工的單位。

在眾多新進人員中，石田直澄很醒目。工作熱心、努力學習，老員工對他的評價都很高。他更勇於挑戰駕駛執照等種種證照考試，也通過單位內的資格考試，甚至拿到補助金去參加那些考試。

石田二十二歲時考取大貨車駕照，調到配送部車輛課。他在這裡也開油罐車，是配送部門的明星。

「他沒有目標、也沒有專長，只是藉著集體就業來到東京，以後就是努力努力再努力的人生——然後慢慢的出人頭地。就是那種故事嘛！」

直己的表情像回到兒時，笑得很愉快。

「小時候的我，真的很崇拜老爸，我覺得他很棒，那真是甜美的年代。」

不久，直澄在車輛部上司的介紹下相親。女方是那位上司的遠親，叫田中幸子，在荒川區的信用合作社上班。

他們交往兩個月後決定結婚。這時，直澄才向松江市的雙親報告。

「我當時只想到，啊！他終究要在那邊組織家庭了嗎？他真的不再回來這裡了嗎？」絹江說。

不過，直隆和絹江很滿意幸子的人品，非常高興這樁婚事。

「我覺得她是個好媳婦，我們真的很高興。」

直澄結婚後搬出單身宿舍，住進公司宿舍。就在那個時候，直隆的身體開始惡化，松江的店幾乎處於必須交給別人的狀態。絹江沒跟直澄說這件事，她和直隆商量善後對策。

「我先生年輕時腎臟就不好，住院好幾次。可能是直澄結婚後，他感到放鬆了，病況便惡化到必須洗腎的地步。他年齡並不那麼老啊！可是病了之後，好像一下子老了很多。我現在回想起來，直澄在東京決定他的人生，我先生雖然感到安心，但也覺得失望吧，因為我也是這樣。」

結果，直隆沒看到長孫直己的面就過世了。那時幸子懷孕八個月。

直澄為父親的死嚎啕大哭。絹江和幸子伸手撫慰他時還被他甩開，他一味痛哭，像唸咒似的不停地說：「我沒出息啊！」問他什麼沒出息？為什麼說沒出息？什麼理由？他只是搖頭。

絹江已有心理準備，直澄對石田屋的存續毫無興趣。不但如此，他還勸絹江離開石田屋，盡快到東京來。

但是絹江無意離開松江。唯一的問題是，她也無法獨力撐起石田屋。

最後，石田屋交給親戚，絹江只帶了隨身用品和手邊的存款，在市內租了一間小房子。她的身體還很健朗，守著丈夫和祖宗的牌位，到另一家老字號點心鋪工作謀生。

「松江市內有很多點心鋪，只要有做點心的經驗，工作很好找。」

在東京的小夫妻頻繁地和獨自留在故鄉的母親聯絡，各自忙碌地過活。絹江常常上東京住幾天，逗弄孫子為樂。在丈夫已經過世的現在，這是她唯一的生存樂趣。但是不論兒媳怎麼勸，她都不肯搬過來同住。

「我不是不滿意幸子……」這個勤勉的老女人視線落在操勞過度的乾枯雙手上，結結巴巴地說：「只是我一想到直隆……想起他說的『沒有安身之處』，就不由得難過起來。」

如果住到東京的直澄家，不管實際情況怎麼樣，還是會給他們添麻煩。

「我總覺得直隆過世以後還在嘆息，我還是寄人籬下嗎？唉！這或許是我自己這麼想，只要繳了房租，擁有這間屋子，雖然只有我和他的牌位，也是他和我的家，不必顧忌任何人。所以我不能離開松江租的房子。」

但是沒隔幾年，絹江就改變心意上東京，和直澄一家一起生活。

「因為幸子突然過世了……」

幸子在生下由香利三天後，因蜘蛛膜下出血猝逝。

「幸子臨盆時，有很多地方要幫忙，我去了東京，那時幸子的媽媽正好住院，家裡人手不夠。幸子死後，她媽媽傷心過度，也跟著女兒去了，那時候真的都是傷心事啊！」

幸子給直澄留下三歲的兒子和剛出生的女兒。

「已經不是囉嗦的時候了，我只有帶著直隆的牌位去東京。從那以後，除了掃墓，我沒再回過松江。」

絹江搬來同住不久，石田一家搬出公司宿舍，搬到足立區內的出租公寓。住在公司宿舍裡，眷屬相互往來，生活上較有照應，相對地，壓力也多。直澄心想，要讓還不習慣大都市生活的母親承擔所有家務，至少該讓她遠離那些壓力。

「我們在那公寓住了三、四年，房子很好，我很喜歡。附近有家小醫院，直己和由香利都給那邊的小兒科醫生看病，我記得她姓木村，是位女醫生。

「雖然我很喜歡那裡，可是那時候……昭和……五十七、八年（一九八二、八三）吧，卻傳說日泰公司要遷廠。直澄回家時我就問他，公司要搬到很遠的地方，那以後怎麼辦？他說車輛課的同事都認為在哪裡也能做司機，如果公司要搬，就趁這機會辭職算了，他自己也考慮這麼做。」

我們在第一章中已經敘述過，日泰合成染料公司遷廠賣地、原址改建成千住北美好新城的經過。正式決定遷廠賣地是在昭和五十八年，但公司內部更早即有傳言，因此絹江的記憶無誤。

昭和五十八年時，一九七六年出生的直己已經七歲，晚三年出生的由香利尚未滿四歲，兄妹倆緊接而來的上學教育費，讓石田直澄相當煩惱。

「公司要搬到千葉縣的市原，那裡本來就有公司的廠房和空地，所以要搬過去。公司的說明會上也說，那邊的土地很大，還夠建宿舍和公園，學校也有新設的，員工可以安心地帶家眷過去。我是覺得千葉那邊比吵雜的東京要好，所以直澄說要辭職時我非常反對。」

絹江是老思想的人，她認為高中畢業就離家上東京就業的直澄，對栽培他成為完整社會人的日泰公司應該心存感激。

「你上班十年來，公司讓你學習，還付你薪水。現在十年過去了，你終於成為可用之材，公司正仰仗你時，你卻要背棄他，怎麼行呢？」

石田直澄對他的工作、待遇和未來的新工作地點並沒有不滿，只是他的直屬上司，也就是他和幸子的媒人，想趁這個機會獨立，要請直澄幫他忙。

結果，石田直澄雖然離了職，卻也沒有去上司創辦的獨立公司，反而成為三和通運的雇員。這之間的經過，意外的，竟然有人很清楚，他就是也熟悉日泰遷廠賣地的榮町的町會長有吉房雄。有吉那時在當地的商店街榮華路上經營餐飲店，石田常和他的上司一起光顧。

「那個二〇二五號命案裡的石田很可疑，八卦週刊寫了一大堆，我一看就立刻想起來，就是那個石田司機嘛！」

有吉認識石田的消息立刻傳開，許多媒體聞風而來採訪。

「和記者談過後，我還真想起不少事情。石田來我們店裡，那位上司，我不能說他的姓名，他本人也不願意吧？被人知道和石田有關也麻煩吧？對，就在日泰要遷廠的消息傳出來前一陣子，那位上司和石田常常來我們店裡，面色凝重地談事情。上司說個不停，石田默默點頭聽著。

通常客人沒招呼我，我就不去打攪——吧台的客人另當別論——我雖然介意他們在談什麼，可是不知道談話內容。後來聽記者說起石田的經歷，又聽他以前的同事說一些，才知道那時候上司在勸石田。」

就有吉房雄所見，石田不太有興趣的樣子。

「我聽說他孩子還小，日泰畢竟是家大公司，他不可能特地辭掉大公司，去跟要獨立創業的上司嘛！這樣勸他，他不是很為難嗎？」

後來這位上司帶了幾個屬下另立門戶，這在公司內算是一種造反行為，沒有跟去而留在日泰公司裡的車輛課員工也都備受質疑，待不下去。

「石田最後還是因此辭職了。還真是倒楣哪！」

有吉房雄記得石田辭職前幾天，一個人到店裡來。

「他說集體就業上東京以來，公司一直很照顧他，這家店他也常來，現在要離開了，還真覺得很寂寞哩！來，請老闆喝一杯！他還說已經決定到物流公司上班，總公司在晴海還是東雲，所以他要搬去千葉的浦安。」

有吉的記憶非常正確，後來他對照週刊雜誌的報導，一一想起這些詳細的地名。

「他說要離開這邊很難過，那時候我們已經掌握消息，知道日泰原址要改建公寓大廈。所以我跟他說，你去當物流公司的司機，憑真本事賺錢，等到存夠了錢，再買間原址蓋的高級公寓搬回來住不就好了嗎？他興奮地說，是嗎？要蓋宏偉壯麗的大廈嗎？了不起！」

有吉房雄話鋒很健。

「石田還說，不管那高級大廈帶來多少新住戶，本地人還是會排斥他們，土地總是比人親嘛！我說沒那回事，客人來了都一樣。他還是笑著說，真的嗎？不會融合的啦！那些住在高級大廈裡的有錢人！結果說這話的人也想加入那些有錢人的行列，打算買間裡面的房子。」

昭和六十一年到六十二年間，有吉房雄的餐飲店窗外，可以清楚看見千住北美好新城東西兩棟高塔架起鋼骨的情形。

「隨著鋼骨越架越高，感覺我這邊越來越矮，覺得很無趣，跟著就討厭起它了。」

由於手邊查到的資料有限，不能確定石田直澄是否在千住北美好新城興建時來看過。而且根據石田家人的證詞，他們知道西棟二〇二五號是在它成為法拍屋以後。但是有吉房雄則說，在千住北美好新城興建的期間，曾經在榮華路上看到石田直澄。

「我記得突然碰到他，嚇一大跳，問他怎麼來啦？他笑著說蓋得好大啊！我開玩笑說，我們這邊的光線就變差了，受不了啊！他說別這麼說，真服了它！那時我覺得他好像有煩惱，後來回想起來才發現，他從那時候起就決心要買那個大廈的房子了，像燃起一種執念，沒想到也為此而捲進那個命案裡。人啊！還是不要太執著一件事的比較好，真的！」

石田直澄真的從那時起就很關心日泰原址蓋的千住北美好新城嗎？

石田家人透露的訊息和有吉房雄的記憶有相當的差距。首先，絹江是這麼說的：

「直澄轉到三和通運上班，薪水增加很多，雖然是雇員，但論件計酬，做得越勤，賺得越多。所以直澄也得意地說，可以貸款買房子了，便好幾次帶著孩子到埼玉或千葉郊外的售屋工地看房子。」

直己對這方面也有記憶。

「我說想養狗，像聖伯納那樣的大型狗。老爸說那就需要院子了，所以我們看的都是獨門獨院的房子，根本不考慮大樓公寓。」

石田在三和通運的司機同事也想起如下的一段談話。

「石田到我們公司半年後，有次喝酒時說，也該買棟自己的房子了。我有個親戚在房屋公司上班，或許可以提供他想要的資訊，於是我就介紹給他。談了兩三次都沒有結果，後來石田很愧疚地跟我說，那家大房屋公司的價格太高，他付不起，很抱歉。」

當時石田買房子的熱情，似乎專注在獨門獨院的住宅上。

「他是想要買有屬於自己的地面的房子，我聽他說過。」

但是有吉房雄堅持他先前的說法。

「就算是你，現在也不見得會跟家人說真心話吧！他老早就想要那棟大廈的房子，只是怕人家笑他自不量力。真相只有明眼人才看得出來。不論別人怎麼說，我那時候確實見過石田。這是事實！」

或許真的如有吉所說，真相只有明眼人才看得出來。那麼，石田家一直專注找獨門獨院的房子，最後卻沒有買，理由何在？

按理來說，如果真的照直澄從日泰跳槽到三和通運時所期望的，買一棟獨門獨院的房子安定下來的話，十年後，石田家也不會捲入千住北美好新城西棟二〇二五號的命案了。

「真的，現在回想起來，那時如果買下房子就好了。本來也就打算買的嘛！可是，剛好那時候——」

不是發生一件命案嗎？石田絹江說道。

「神奈川縣的哪裡啊……是大船還是厚木吧？那也是一棟獨門獨院的房子，先生在外地上班，家中只有母女兩人。小偷闖進屋後，發現屋裡只有女人，於是變偷為搶，最後還殺了那對母女。」

靠著絹江的記憶，查出那是昭和六十二年（一九八七）八月發生在神奈川縣藤澤市的強盜殺人案。凶手是闖空門的慣竊，前科累累，以前的犯案手法還算溫和，唯獨此案非常凶殘，結果令人不忍卒睹，是轟動一時的案件。

「直澄相當害怕，他說，奶奶，我們興致勃勃地要買房子，恐怕不妥哦！多數時候我晚上不在家，我不在時家裡就只剩下你們祖孫，要是強盜來了就不妙啦！」

發生強盜殺人命案的那戶人家不在熱鬧的藤澤市區，而在稍微偏僻的新興住宅區，這點也讓直澄擔心。

「那時，我們看的房子都是新開發的住宅區，房子蓋得很鬆，感覺是很舒服。但是發生這件事後，我們反而擔心住宅棟距太大，到時喊救命也沒人來，不是很恐怖嗎？」

藤澤這件命案，鄰居聽到母女求救的慘叫聲並沒有立刻打一一〇報警，是一大問題。新興住宅區裡人情淡薄鄰居疏於往來，被視為命案的遠因。

「幸子死後，對直澄來說，兒女比自己的生命還重要，因此在這方面特別謹慎。那件案子發生後，他就覺得獨門獨院的房子不行，買房子的熱情一下子冷掉了。」

對一般老百姓來說，買房子是一輩子的大事。一旦因為某個理由錯過時機後，就很難再有下文。

石田家也一樣。曾經熱中看遍各處建築工地和預售屋，一旦失去熱忱後，突然覺得累了，買房子的事就中途作罷。

「那時我們住在浦安的公寓裡，房東很好，生活機能很健全，買東西方便，小孩上學也近。既然不買獨門獨院的房子，住公寓的話，到處都一樣是水泥盒子，不必勉強去買，就繼續住在這裡不是很好嗎？」

石田絹江滑稽地笑笑。

「我們決定不搬家，繼續住在這裡時，由香利跑來跟我說，奶奶，我們不搬家太好了。我問她為什麼，她說這裡離迪士尼樂園很近啊！小孩子都是這樣。」

買房子除了需要慎重的計畫和資金安排外，還必須想得開，絹江繼續說道。

「我們就這樣想開了，而且直己和由香利也慢慢長大，讀書需要花錢，一時也顧不到買房子的事。等到直己上了大學，經濟稍微安定一點後，直澄又開始想買房子了。我覺得奇怪，怎麼現在還在想？」

距離最初的買房子熱過了十多年後，石田直澄又想要買房子的心態就由他的兒子直己來說吧！只因為他說：

「是我促成老爸執意要買房子的決心的。」

第十章　父與子

石田直己現在就讀千葉縣的私立東洋工科大學建築工學系。學校本身沒什麼知名度，卻是他的第一志願。

「我很早就跟高中老師說，我想當建築家。級任導師告訴我，有很多條路可走。可以上大學讀建築系，只要成績好，將來可以到大建築公司就業。或者不唸大學，直接到建築事務所上班，累積現場經驗，拿到一級建築師的資格，將來獨立創業。重要的是，你想當什麼樣的建築家？有什麼具體的夢想和想像？」

直己當然有。

「那時我讀了茗原老師——我現在的指導教授，當時還是副教授——的著作。茗原老師專攻公共建設，主要是政府機構、醫院和福利設施等的設計。他的文章平易近人，連高中生的我也能明白。書中指出，現在的公共建築在設計建造時完全不考慮居住者的心理和生理，因而產生種種問題。我這才知道，我過去以為只是單純居住空間的建築，竟會影響裡面居住者或工作者的內心。這激發我無限的興趣，很想跟這位老師好好學習，也希望成為像老師那樣的建築家。」

於是在升學指導開始前，直己直接寫信給茗原副教授，表達他閱讀該著作後的興奮、感動，以及想跟隨他學習的希望。茗原簡潔明快地回了一封信，介紹他教的課程和主持的研究內容，直己更加感動。

「老師說我們學校考試並不難，門檻也不高，如果真的有意來讀，就好好努力考上。我看了好高興。」

直己的高中成績非常優秀，升學指導老師勸他讀比東洋工科大更有名的大學，直己完全不理會。

「東大啦，慶應啦，早稻田啦，都是好大學，但是對我來說都沒有意義，因為茗原老師只在東洋工科大。」

直己忍不住笑出來。

「其實我這種堅定信念的頑固，跟老爸一模一樣。」

這一對頑固個性相似的父子，在直己升大學以前，幾乎沒有發生過衝突。

「考大學以前，我們不能說是感情特別好，可是也沒有爭吵過，我不會無視父親的存在，父親也不曾看我不順眼，就這樣。不過看到同學家父子相處的情況，我覺得我們家這種情況好像很少見。」

談到和父親的關係，直己放棄「老爸」的稱呼，改稱「父親」。我指出這點後，他又笑開了。

「好像小孩子一樣，不好意思，我一直喊我父親『爸爸』，『父親』或『老爸』對我來說，都是很不自然的字眼，所以現在還是覺得不好意思。」

直己即使正值叛逆期，也還是一直喜歡喊「爸爸」這個稱謂，一點也不衝突，究竟有什麼原因？

直己偏頭想了一下，他的纖細輪廓雖然像母親，但是側面也帶有父親的影子。

「不只是和父親，我和祖母及妹妹也幾乎沒吵過架，這是大家公認的。」

絹江和由香利都證實他的說詞。不過，絹江對孫子這種溫和的態度反倒有些不安，擔心直己是不是為了和家人和平相處而太過壓抑自己？

直己也承認，「或許是有點壓抑，但現在不同啦！以前我會不自覺地壓抑自己，讓全家人和樂相處。」

為什麼要這樣做？

「因為要習慣死亡太苦了。」

直己直截了當地回答。

「我母親很早就死了，對我影響很大。那時我才三歲，還不明白道理，也不知道死是什麼。只是母親突然不見了，不再回來了——後來我才慢慢懂得這就是死。」

他雙臂交抱胸前，臉帶微笑。

「我女朋友是讀心理學的，她說我確實有極力避免和他人衝突的傾向。」

這是因為幼年喪母的精神創傷。

「我自己是沒有記憶。可是她說，三歲時候的我一定有調皮不聽話而被母親罵過，然後母親突然消失不見，不再回家了，因此三歲的我無意識中認為，是因為我不聽母親的話，母親才不見的。由於這個想法沉澱在心裡不去，所以直到現在也不願意和別人衝突。因為我會認為，一旦衝突，那個人就會消失，不再回來了。」

好像是這樣吧——他笑一笑。

「我和家人不曾有過重大爭吵或嚴重衝突。正因如此，為了上大學一事，我和父親意見不同時，起初並不覺得這是爭吵。主要也是因為我完全不曉得親子吵架的方法，所以即使處在爭吵狀態、與父親嚴重對立了，我也完全不自覺。」

石田直澄堅持直己該去唸升學指導老師推薦的有名大學。

「他生氣地說，你為什麼要白白糟蹋這個難得的機會呢？東洋工科大聽都沒聽過，又是私立的，有特地要去讀的價值嗎？他一直吼著去東大、去東大，我那時真的很驚訝。」

他說其實很不想回憶那一段經過。

「父子倆第一次正面衝突，雙方都不知道怎麼拿捏分寸。老爸對我說了一些重話，我也重重的反擊回去。那樣的言語衝突，如果不是父子，恐怕不會再言歸於好了。」

他說，感覺好像被父親背叛了。

「傻瓜！要唸大學就唸東大，東大最好，東洋工科大是垃圾！我沒想到父親竟然抱持那種價值觀。前面我不是說過，從小我就很尊敬他嗎？這不是客套話，因為他辛勤工作養活我們兄妹和祖母。可是他對我說去讀有名的大學、不去的就是傻瓜時，我感到這種說法的背面，不正顯示他不認為自己的人生有什麼價值嗎？沒有學歷，沒受教育，只是普通的司機而已。」

他最訝異的是這點。他感到很洩氣。

「我就逼問他，那爸爸的人生算什麼？爸爸沒有值得自豪的嗎？他又氣得罵我，現在不是談我，是談你！我只覺得父親是在逃避我的質問。」

絹江慌得想來勸解，直澄也對她怒吼。

「現在想起來，我和老爸都因為這次衝突有點失常。你一言我一句的，不斷的白熱化，許多無心的話也衝口而出，只是當時的我都不自覺。」

毫無困難的，他能夠輕鬆對第三者述說此事。

「他對我說，你知道我養你們多辛苦嗎？你不想讀個好大學、到一家好公司上班讓我高興嗎？你不想讓我揚眉吐氣嗎？你這無情冷酷的傢伙！」

對直己來說，這下也不得不感情用事了。

「我反駁說，說辛苦有恩什麼的根本沒道理。父母那樣說，做孩子的也只能那樣回答吧。我說又不是我求你們生我，是你們擅自生下我的，我為什麼要為了你的虛榮決定我的人生？開玩笑！」

直己幽幽地說，真不好意思，想起來就恨不得有個地洞鑽下去。

「我跟他說，好大學！好大學！爸爸以為只有好大學才能決定一個人的價值嗎？你不認為你自己、你的同事都是有價值的人嗎？你在心底一直輕蔑著自己、輕蔑著朋友，這樣毫無價值的人生、毫無價值的生活就好像垃圾一樣，多麼悲哀啊！」

石田直澄氣得臉色鐵青，渾身發抖。

「你什麼時候變成專講歪理的高人啦！」

直己堅持說那不是歪理。

「我還說，爸爸是可憐人，不以自己的生活方式為榮，所以一事無成，所以只是一個司機。爸爸活得對自己對社會毫無幫助，卻要把這份虧欠算到我頭上，太卑鄙了——。聽祖母說，我那時也一臉蒼白。」

直澄說不過他，衝出家門，直到第二天早上才回來。

「我們家父子爭吵，結果是父親離家。還真是奇怪呢。」直己笑著說。

畢竟是一場激烈的爭吵，互相丟出來的狠話餘響，縈繞腦中不去。那一晚，他也失眠了。

「我整個晚上關在自己房間裡——。父親天亮時踉踉蹌蹌地回來，我立刻察覺。我沒出去見他，也沒招呼他。我覺得我們父子之間完了，父子之情斷了。看！我就是這個毛病，會這樣想。」

不論父親如何強烈反對，直己依然不放棄讀東洋工科大學。跟直澄的爭執，也讓他鬧彆扭。

然而，現實問題，如學費、生活費等，在在需要依賴父親的地方多如山高。

「當時我不但不和父親說話，連看都不想看他，我只跟祖母談……」

絹江好好地斥責了他一頓。

「祖母跟我說，我明白你的心情，可是跟爸爸說話不能沒大沒小，快跟爸爸對不起！可是我還是氣憤難平，便告訴她說，算了，我再也不跟你們商量，我走好了。這下祖母哭了。」

她跟直己說，在這個情況下離家，你就回不來了。

「我生病了你也不能來看我，我死了你也不能來參加葬禮，這樣我就是死也死不瞑目啊！祖母代替老媽一手撫養我長大，她最清楚我的弱點。」

結果，絹江扮演了石田家的停戰監視人角色，在直澄和直己父子之間居間傳話。

「老實說，我就是拚命打工，也賺不到讀私立大學的學費和生活費。可是我就是彆扭，不想靠父親。於是我提議說，在我長大成人前先借我學費，我將來一定會還，至於生活費，我自己賺。」

對此，直澄是這麼回應的：

「我可以借你學費，但是有個條件，你不能搬出去住。家裡有奶奶還有妹妹，你要放棄對她們的責任，自己逍遙，沒有這個道理。」

絹江也哭著求他。

「你爸爸說責任什麼的，其實就是想要你留在家裡，他也是彆扭的人，不會直接說出來，你就先低頭嘛……」

直己苦笑地搔著腦袋。

「在為升學的事情爭吵前，我還在想，到時通車很麻煩，想住學校宿舍，骨子裡也有利用這個方式離家獨立的打算。可是這一吵，壞了我的如意算盤，我反而被釘在家裡了。」

和直澄大吵以前就打算離家獨立了──這是為什麼？

這麼一問，直己笑了。

「為什麼……也沒什麼特別的理由，只是覺得已經是可以獨立的時候了。」

和家人住在一起，尤其是男孩子，飲食方面不是很方便嗎？

「確實如此，但人生不是只有吃飯啊！」

這麼回答後，直己輕輕地搔著頭。

「那些都是非常表面的……」他小聲說道，「其實是我對要顧慮祖母和老爸的生活有點累了。」

怎麼說呢？你可以再說得更詳細嗎？

他急忙搖頭，慌張地繼續說道：

「不，顧慮著別人的心情而過日子的不只是我而已。我們大家都彼此顧慮。我的意思是，我對這樣做感到累了。」

你是說石田家的人不能不顧慮彼此嗎？

「我們家畢竟不是一般正常的家庭。母親不在，祖母同時身兼主婦。」

你的意思是有欠缺嗎？

「不是……說欠缺是很大的誤差。不是這樣……怎麼說呢……」

他找尋語彙，困惑地眨著眼睛。

「我也和祖母談過這事。大吵過後，祖母夾在我和老爸之間，拚命斡旋我們。祖母說，你們不是感情很好的父子嗎？怎麼會變成這樣？我就跟她說，對不起，奶奶，你為我們辛苦了。祖母卻傷心地說，我終究不能代替你們的媽媽，我盡心盡力想要彌補你們，可還是出了這種紕漏。」

起初直己不太明白絹江說的是什麼。

「我很感謝祖母，對她沒有不滿，她那樣說反而令我不安。是不是我和由香利的態度在不知不覺間傷害了她？」

但絹江說不是。

「你媽媽剛死的時候我當然不能放你們不管，我只想著過幾年一切安定下來後，還是回松江比較好。如果我硬待在這裡，這個家就不會正常，你爸爸無法再娶，你們也不會有想要新媽媽的心情，這就不正常啊！」

絹江還說，爸爸、媽媽和孩子在一起才是個「家」，奶奶永遠不能取代媽媽。我一直為這一點感到虧欠，可是現在要我離開這個家，孤獨過活，我又受不了，所以就假裝沒事人般繼續住在這個家裡——

「我聽了大吃一驚。」

石田直己像重現當時的情緒般雙手掩面，隔了一會兒，透過指縫說道：

「祖母覺得是她賴在這個家裡，我真想不到。我——我和由香利忍受沒有媽媽的種種不便，畢竟有代溝，有些事跟祖母怎麼說她都不懂。我們也有一段時期覺得教學觀摩、遠足和校運會時祖母來參加很丟臉，但是我們懂事以後，我們談過，不可以對祖母發牢騷，否則會有報應。她已經是可以快樂退休的年紀，為了我們做家事，料理家計，自己完全沒有娛樂。所以我們只有感謝，不會覺得有所不足……老實說是我們不能沒有她，可是她卻跟我說對不起，賴在我們家。」

他一口氣說到這裡，放下蒙臉的雙手，微垂著頭。

「我們家人對彼此都一無所知，只是住在一起而已。這個問題因為我和老爸的對立，一下子凸顯出來。就在那次大吵後不久，老爸突然姿態很高地宣布要買房子。」

兒子正要考大學，明知以後花費很大，卻突然宣布要買房子，石田直澄的這個舉動，在家人眼中顯得很奇妙。

石田由香利想起第一次聽父親說買房子，是在他和哥哥為了升學問題大吵的後遺症最高潮時。

「那時爸爸和哥哥在廚房或浴室碰到時，都故意不看對方。他們吵架的時候我不在場，是後來聽奶奶說的。看他們那個樣子，我猜他們一定吵得很厲害。」

和兒子展開頑強冷戰的父親，對女兒卻是很直接地表達感情。

「因為那樣子太難過，我有一次試著問他，是大吵後三、四天吧，爸爸是不是可以讓步和哥哥和好？他聽了，苦著臉說，你哥哥不會原諒爸爸的，要和好太勉強。」

他說的不是要原諒直己，而是直己不原諒他。

「爸爸一直嘀咕，對那小子來說，我是無情的父親啊！爸爸平常即使喝醉酒也不會發牢騷，他醉了就睡。那時候他沒喝酒，和我在廚房喝著咖啡，不停地嘀咕同一件事。爸爸沒用、沒有本事，什麼也不能給你們。」

由香利變得好哀傷。

「他說我什麼也不能給你們，可是我喜歡我們家，覺得我的孩子最好。媽媽不在，雖然寂寞，可是奶奶一直在我們身邊，這是我的家，我一回來就能放鬆。爸爸就是這樣吧，他說了好多。」

由香利說石田直澄一直說「我沒用、我沒用」，是想得到「不是這樣啦」的安慰。

「他像個小孩子，想到他和哥哥吵架受傷那麼重，我就笑不出來。」

這個父親問女兒，家是什麼啊？

「爸爸變得好沒自信……。他說我很想了解直己，他不願意當爸爸心目中的好兒子，一定是爸爸犯了許多錯誤，他一定很瞧不起爸爸。他一直說直己這樣說、直己那樣說。」

這還是一個家嗎？家不是應該更溫馨一點嗎？由香利對自怨自艾的父親有點生氣。

「我說你那麼介意吵架時說的話，哥哥不是很可憐嗎？你一定也對哥哥說了很殘酷的話，這樣不是扯平了嗎？爸爸聽了眼眶含淚，有點訝異。」

由香利瞪圓了眼睛，表情嚴肅。

「他紅著眼睛說，混蛋，只有吵架的時候才會說出平常說不出來的話，那些都是直己的真心話。」

這就像爭論醉漢的狂言究竟是借酒裝瘋還是酒後心聲一般，說來說去只是來回兜圈子，不會有答案。

「爸爸說，那小子說要離開這個家。我聽了嚇一跳。我不是訝異哥哥要獨立，而是訝異爸爸認為這樣做簡直是背叛。我早就認為哥哥讀大學時一定會搬出去獨立生活，雖然沒有特別跟他談過，但是從他的態度就可以感覺到。我自己也想讀大學時離家獨立生活，我想每個人都嚮往這樣吧！也不是對家裡有什麼不滿，只是長大了就想獨立生活，就是這種心情嘛！」

由香利純真地認為，獨立生活現在很普遍，認為孩子離家生活就是叛逆的想法是錯誤的。她心裡這麼想，也就率直地脫口而出。

「我說哥哥才沒有想那麼多，不是背叛啦！我自己讀大學時也想自立啊——我很輕鬆地說出來，可是爸爸的臉卻越來越陰沉，害我我講到一半就停了下來。」

你也打算離開這個家嗎？石田直澄繃著臉問。

「我趕緊說我只是嚮往獨立生活嘛！」

由香利沮喪地繼續說。

「我不是討厭家裡，爸爸想得太多了。我發現話題轉到奇怪的方向，我想要挽回，拚命陪著笑臉說，爸，這不是很好嗎？我們家不像奶奶以前在松江做生意的家，有一大筆財產要人來守，大家都可以自由生活，我也可以做我想做的事，哈哈哈。可是，這話說得好像很不妙。」

這時，請由香利再看一次這一段發言，得到她的確認，做女兒的她確實對石田直澄說過上述這段話。

只挑部分內容來看的話，由香利這時確實對父親說過「我們家沒有財產」。但那不是否定的負面說法，當然也不是諷刺。她只是在表達，如果家裡有財產，家中就要有人為守家產而縮小人生的選擇範圍，現在他們家沒有這個限制，哥哥和她都可以自由發展，這樣很好。

但是，在石田聽來完全相反。

「他兩眼發直地說，對呀，爸爸沒有一點財產。」

所以直己不尊敬爸爸，爸爸沒給你們一點像樣的東西——

由香利好想哭。

「他怎麼會那麼想呢……真是夠了，怎麼會有這麼彆扭的爸爸呢？」

意外看到父親卑屈的一面，由香利感覺心裡面有什麼碎裂了。

「後來他就開始想，是嗎？有財產還是好吧！那個想法也促使他去買房子。」

第十一章　賣屋

就這樣，由第三者看來兩邊都值得同情的父子爭吵，和女兒天真的發言，在在讓直澄認真起來要為石田家置產。

「我以為爸爸說的是氣話，心想只要不理他，這興頭就會慢慢冷卻，沒想到不是這樣。」

石田直澄很認真。他和由香利談過後，第二天上了整夜的班，下班一回家，隨即又要出去，絹江很訝異。

「我問他，覺也不睡，那麼急著去哪裡？他亢奮地說要去兩三家房屋仲介公司看看。」

絹江那時候才知道直澄的計畫。

「買房子不是壞事，但也不用這麼急嘛！」

絹江說著，微微一笑。那是老母親的笑容。

「直澄從小就是這麼急躁……」

大約一個月的時間，直澄熱心地到處跑房屋仲介公司。

「爸爸買了一大堆住宅雜誌、房屋資訊什麼的，堆在客廳角落的桌子上。他送貨的地方要是有預售屋工地，他也會立刻去拿廣告傳單。」

石田由香利笑得天真，這還是小女孩的笑容。

「他拿回來的傳單不只是預售屋的，還有墓園的，而且不是人的墳墓，是寵物墓園。奶奶整理房間時發現了，大驚小怪地說，現在連貓啊狗啊都有墳墓了嗎？真逗！她都不知道外面已經是什麼世界了，好可愛。」

絹江還說，我死了以後想埋在松江，可是太遠了，你們掃墓不方便，所以放在廟裡就好，我和爺爺在一起，也不會寂寞的。

由香利只是曖昧地笑笑，沒有回應。

「奶奶一邊收拾那些傳單雜誌，一邊嘆氣說，爺爺在下面等得好久，我不早點去，他也好可憐。」

想買房子、到處看房子的石田直澄是怎麼看中法拍屋的呢？是有人給他建議嗎？要知道答案，問本人最快也最正確，可是石田不願意談這件事。

他說在西棟二〇二五號命案前後，自己好像變了一個人。他雖然不忌諱說當時的情形，唯獨這一點，還是有所保留。至少，他不能說——

我們就把石田本人的說詞留到後面，這裡先看他有意標購法拍屋時對家人、同事是怎麼說的？

耐人尋味的是，這中間有些微妙的差異。首先從他的家人開始吧。

石田直己說：「他沒頭沒腦地問我知不知道法拍屋？我完全不知道，而且我們還在冷戰中，我便冷淡地回答說不知道，他就得意地說過一陣子會給你一個驚奇。」

他對由香利的說明就稍微親切些。

「他說有一種比向普通仲介公司買房子更便宜的方法，我以為是他們公司介紹的，他笑著說不是，要有門路，透過法院來買。我說如果是法院那就可以放心，因為那是政府機關嘛！」

直澄對由香利的反應似乎相當滿意。

「現在回想起來，那時候爸爸自己也很不安吧！要買法院拍賣的房子，他必須自己調查和學習很多事情吧？應該比只靠房屋仲介公司要麻煩吧？我那時候根本不懂，真傻！還單純地認為是政府機關經辦的，那很好啊！還這樣說出來。爸爸一定是想聽到我這種單純的想法讓自己安心吧！所以他也說，沒錯，就像由香利說的，是公家辦的，沒問題，我一定能弄成的。」

他對絹江的說明很乾脆。

「他說要透過法院買房子。是什麼時候啊……離命案發生還很久哩！」

絹江問他透過法院是什麼意思？

「他卻回答說，這問題很複雜，就是跟你說你也不會懂，你就別說話，交給我辦吧！可是就算我沒讀過什麼書，也知道法院不是幫人買賣房子的地方啊！於是問他，你不會上當吧？」

石田一臉怒氣。

「他說這社會複雜得你不懂。我說那你就懂嗎？他說當然……」

絹江這個做母親的趕緊叮嚀他，買房子是一輩子的大事，要動到大錢，也要背負龐大的貸款，疏忽不得的。

「我還說，萬一有什麼問題，你就是看文件資料也不見得懂，去問問直己，好好商量一下。我們家過去都是這樣，簽訂或更新租約時，直澄看了契約也不懂——我也不懂——所以都是直己幫忙。」

但是直澄怒吼，直己他懂什麼？

「他像個小孩子似的很認真。如果那時候就阻止他，後來也不會捲入那件事情了。」

在家人面前氣勢滿高的石田直澄，好像有點幼稚。那麼，他在職場裡又如何呢？

三和通運的雇員司機不是編制內員工，所以相對地也具有獨立性。雖然有人分派他們工作、幫他們排班，但是他們沒有一般上班族所謂的「上司」觀念，每個人都是獨行俠。

不過，在任何世界都一樣，資歷豐富的年長者自然會擔起頭頭的領導與照顧任務。這個位子不是公司規定的，但仍有「上司」的威嚴，自然也會有一批屬下跟隨。

當時的雇員司機有十三人，以三和通運的晴海貨櫃場為根據地。石田在裡面年紀最大，是實質上的頭頭，叫他總管也可以。其他司機都只有二、三十歲，在他眼中都是年輕人，駕駛資歷也淺，石田相當照顧他們。

「我們都叫晴海幫是石田幫，沒有石田，這個幫就不能成立。」

三和通運晴海倉庫的一般物流控制室出貨課課長田上辰男這麼說。

「我的頭銜很長吧！名片都寫不下。其實也沒什麼，只是負責調度出貨現場而已。」

田上比石田直澄整整大十歲，山形縣米澤市人。老家是專賣米澤牛的牛排餐廳，家業由胞兄繼承。

「我中學畢業後就到東京，起先待在收音機裝配工廠，可是工作無聊，薪水也少，又還是年輕好玩的年紀，想做一點時髦的工作。這樣東做做西做做的，快三十歲時才固定下來開大貨車，和三和簽約。後來因為腰痛，調到出貨部門，花了四年時間才考取正式員工。」

如同前面所說，雇員司機的年齡比較輕。尤其是三和這樣的大公司，這種傾向更強烈，田上說道。

「因為司機是論件計酬，可以賺很多，很多人都想努力幹個四、五年，攢夠本錢，就可以獨立創業了，所以大家都跑得很勤快，不過也因此做不長久。工作上難免有競爭，競爭起來也相當激烈，石田幫也是如此。石田的存在很重要，他著實幫了我不少忙。」

晴海倉庫還有另一位出貨課課長金井晃良，他和石田直澄同年，是以正式員工身分入社，從事務部門轉到倉儲部門。

「金井負責冷凍車的出貨排班，上班時間和我一樣。在一堆年輕人中，就我們三個四、五十歲的老頭子，所以感情特別好，常去門前仲町和月島那邊喝一杯。我酒量最差，石田還好，金井最好。」

田上和金井第一次聽到石田提起買房子的計畫，是在二〇二五號命案發生的前兩年，也就是一九九四年春。

「要問我怎麼會記得那麼清楚呢？因為那天有慶祝嘛！石田的兒子直己君考上大學，可喜可賀，三個人就去喝酒。那天我們是去門仲那邊一家叫花菱的店，是家好館子。」

那是他們常去的酒館。

「那邊的家常菜很好吃，氣氛很好，最適合慶祝。我和金井都很高興，把石田拖去，叫他想吃什麼儘管點。我還笑著說，做老爸的要更拚了，私立大學的學費很貴喲！」

金井沒有孩子。田上婚後生了一男一女，但兒子六歲時就病死了。

「金井不停地羨慕說，有孩子還是比較好，將來才快樂。我呢，兒子已經死了，聽到石田的兒子考上私立大學，還多事地暗自為他擔心學費問題。不過，聽說他兒子是考上心目中要讀的大學，還是替他高興。」

直己考上的就是引起父子爭執的東洋工科大學，因此石田直澄很難為直己的金榜題名痛快慶祝，他說出心裡的想法時，田上很意外。

「哦？為了升學的事情吵架，看不出來哩！因為直己君向來是石田引以為傲的兒子，不，即使是現在，也還是他引以為傲的兒子。」

礙於做父親的顏面，直澄在直己面前會硬撐說狠話，但心裡想的未必如此。

「石田很高興地喝酒，我們也安慰他說，你老婆死得早，撐到現在真不容易哩！」

席間，他說起想買房子的心願。

「我的房子是老婆繼承娘家的——老房子啦！——我從來不知道買房子有多辛苦，但是金井背貸款背了十年，知道個中辛苦，就說，石田啊，很辛苦喲，你女兒還要唸大學，以後還要風風光光地出嫁呢。日子的確不好過，承擔整個家庭經濟的父親們聚在一起，煩惱的都是錢。」

石田直澄說他以前也有買房子的計畫，多少有一點頭款。

「我說不論如何，還是慎重一點比較好。不喜歡的千萬不要勉強。」

石田邊聽邊點頭。

田上歪著頭說：「他當時絲毫沒有提到法拍屋。石田是從哪裡得到那個消息的呢？」

這個謎底由金井解開。

可能是事務部門出身的關係，常識、知識較多，他比田上和石田細膩一點，雖是物流公司的員工，卻帶有學校老師的氣質。

「慶祝直己君考上大學三個月後吧，石田在出貨的空檔到我辦公室，說有話跟我說。」

石田開口就問說，金井桑，你是不是有親戚當律師？

「我的堂哥是在名古屋當律師，可能我跟他說過吧，可是他記錯了，以為在東京。我告訴他說不是，是在名古屋。他就失望地說，那不能找他了，東京和名古屋的情況可能不一樣。」

金井問他有什麼事需要諮商嗎？

「石田說不是要諮商，是要請教一些事情。我說如果不介意的話，可以跟我說說。因為我看他頗憂心的樣子。」

於是石田問說，法院也拍賣房屋是真的嗎？

「我也是第一次聽說，反問他怎麼回事？石田說半個月前他們開小學同學會。」

有一個三十年不見的老朋友如今混得很好，開了好幾家餐館。兩個人敘舊時聊得很投機，聊到房子的話題，石田透露想買房子的心意，那個朋友就說，你現在絕對要看法拍屋，裡面有一堆比市價便宜好多的好東西。石田說明著。

「他說，我不知道這是不是真的，我想律師應該知道，所以才來問金井桑看看。我說我是完全不懂，我幫你打電話問我堂哥好了。」

金井的律師堂哥說法院是有拍賣房屋，可是他不處理那方面的案子，婉拒進一步說明，只建議好好找個專家商量後再參加投標比較好。

金井立刻打電話給石田，告訴他這件事。石田正好在家，很感謝金井的忠告。

「我說如果要買法拍屋，一定要仔細調查，慎重考慮後再出手。可是我堂哥也說了，要找熟悉法拍屋的律師和不動產業者並不容易，看來要順利完成，恐怕還得花一筆錢。

「因此我也說了其實不必說的話，我跟他說外行人還是不要自找麻煩的好，何況我們都是和法律規制這些艱難事務無緣的人，還是老老實實地買普通房子好。」

金井搔著腦袋，表情糾結。

「我介意的是挑唆石田的那個小學同學——說是挑唆可以吧，因為他說去買法拍屋怎麼算都划得來——我還跟他說，石田啊，不能毫不考慮就完全接受別人說的東西。由於那是他的老同學，我也不便批評什麼。」

石田直澄一直笑著回說「是啊，是啊」。

向石田本人確認時，他承認有向金井打聽律師這事，他也清楚記得那時候金井勸他不要大意。

可是，他退不回去如金井所說的「老老實實地買普通房子」的心情。

「我想父親是要賭一口氣。」

石田直己這麼解釋。

「別人說買法拍屋很難，他反而更來勁，想讓大家看看他的本事。」

石田由香利的意見則完全不同。

「爸爸人太好了，只是聽信同學的鼓動，一頭栽進去而已。」

石田絹江又是怎麼看的呢？

「都是為了錢啦！」老媽媽斷然地說：「不是說過了嗎？要讓直己讀私立大學，還要買房子，負擔很重呢！能便宜一點買到房子，還有比這更好的事嗎？我知道直澄一直這麼想。」

石田直澄的說明是，他們三個人都猜對了，但不只是這樣。

是錢——也就是買房子的資金問題。這裡，我們再度請教戶村六郎律師。

「法拍屋確實比市價便宜很多，有時候只有市價的一半。」

可是標購的條件很嚴格。

「法拍屋必須繳納價金後才能辦理移轉登記，但如果不拿業已登記完畢的不動產做抵押，金融機構是不會貸款給個人的……當然，金融公庫等的貸款組合也不成。所以，認真說來，實際上要買法拍屋，不管房子多便宜，手邊沒有足夠閒錢或寬裕資金的人，還是出不了手。」

石田直澄要繳納二〇二五號的價金時，除了自有資金，不夠的部分都是跟熟人好友借。這些人都和他一樣是雇員司機，或是自己有大貨車自行承攬貨運的個人司機。絹江記得那時候石田不停地到處打電話，和人家碰面。由於他們做的算是論件計酬的工作，收入比同年齡層的上班族多，有人手上有大筆現金，因此很快就湊齊了錢。

這些錢都是極短期的借款，石田打算一等標到二〇二五號，辦好移轉登記，再用房屋做抵押，向信用合作社貸到款項後，就立刻還給朋友，算是暫時應急的借款。

「石田氏很努力吸收有關法院拍賣的資訊，也因此受惠。」戶村律師說。

「我說受惠，或許從後來的點交糾紛看來，有人會反駁說哪裡有受惠？但是石田的案例在法拍屋糾紛中，是相當罕見的案例。首先，拍賣物件非常漂亮吧？物件是住宅，而且是個人屋主繳不起貸款而被拍賣的簡單個案，這種事很少有。石田氏能發現這麼漂亮的物件，又能得標，這事本身確實非常幸運。

「嚴格來說，在二〇二五號這個案例中，石田也不是真正遭到惡質的妨害執行。的確，在早川社長的教唆下，聲稱是租住人的人住在裡面，但那些人——就是後來遇害的四個人——並沒有對石田暴力相向或威脅他。」

這點石田自己也承認。或許這是一手策畫這事的早川社長認為，如果用暴力手段對付完全外行的對手而招致警方介入，反而不利。總之，只要一請他們走路，他們就苦惱地要求個什麼保障，以此來纏住石田，那石田就會很難辦了。

「沒錯，他們是以善意第三者的無辜姿態出面，石田沒有陷身危險的情況。如果是真正惡質難纏的對手，不會這麼簡單就完事的。」

他繼續說，即使沒有伴隨暴力和脅迫行為，但也不是買受人單方面努力就可以解決的。

「法拍物件的買賣終究是人和人之間的行為，不管佔住人是否造成對方恐懼，或是買受人仗恃法律而立場強硬，終究也有無法把對方趕走的情況。是感情使然——因為我們人都有一顆心啊。」

例如債務人本身或其家人霸住拍賣物件時。

「比如說那個半身不遂的老太太向執行法官和買受人哭訴，如果一定要沒收這個房子，就先殺了我這個老太婆吧！讓大家狠不下心來。碰到這種局面，即使自己有法律支持，氣勢也很弱吧！有時候反而必須感同身受地安慰對方，說服對方，甚至還要試著理解對方。像二〇二五號的買受人石田先生，不也是非得如此做不可？

「這些都是沒有親臨現場就無法知道的糾紛。而且不論你看了多少法拍物件的投標須知，就算依據民事執行法和委託不動產交易專家，你也還是無法獲得速速有效的解決方法。

「說起來，二〇二五號裡面也有一位老人家，是老太太吧？我記得她坐輪椅。假如說像那種老太太向你苦苦哀求，讓他們住下去，因為他們沒有別的地方可去，身上也沒有錢，你還能趕他們走嗎？

「前面我說過，希望法拍物件能更廣為大眾理解並獲得官方協助，但說真的，看了這麼多糾紛，或許一般人還是少碰為妙……」

戶村律師為理想與現實之間的鴻溝而苦笑。

石田直澄不太跟家人談到和二〇二五號霸住戶交涉的情況。

石田直已說這是因為他覺得很沒面子。

「他擅自去標法拍屋，捲入糾紛——不過，我希望你不要誤解，我們當時對父親的看法並不是這樣冷淡。麻煩的是，他沒有坦然告訴我們他需要幫忙，他就是這個樣子。」

石田絹江是知道一些。如同戶村律師推測的一樣，石田直澄最煩惱的就是那一家四口中的老太太。

「他特地跑來問我，媽，如果你年紀大了，走不動了，有人跑來告訴你，你沒有權利住在這間屋子裡，如果不趕快搬出去就違法了，你有什麼感受？

「他原本心想等到手續辦好，向朋友借來的錢也還清，以後只要慢慢償還貸款就好了，能便宜買到那麼好的大廈公寓，他真的是很得意。可是……才不到一個月他就一臉愁容，那時候我怎麼問他，他都不說。後來，也許是一個人煩這些事太難受了，他才透露了一點給我知道。」

他說現住戶不肯搬。

「我很驚訝，法院不是把那間房子拍賣給直澄了嗎？我說你可以叫他們搬啊！他說我知道，可是那個老太婆哭哭啼啼的，好像我很殘忍。」

絹江覺得令人生氣的直澄有點可憐，心情很複雜。

「我問他那家人到底是什麼樣的人？」

石田直澄搖頭說我也不知道。

「他說只是覺得有什麼隱情，感覺事情不簡單。我聽了之後就有不好的預感。」

第十二章　小媽媽

六月二日那天緊急住院後，寶井綾子在醫院整整住了一個星期。

託迅速送醫之賜，住院以後，她的身體狀況立刻開始好轉。當高燒退了、激烈的咳嗽發作間隔也延長後，她便沉沉睡去。看到她那睡臉，康隆聽到母親敏子低聲說，一定累壞了。

祐介交給母親照顧，綾子似乎很放心，並沒有擔心嬰兒的情況問東問西，自己反而像回到幼兒的狀態似的，對病床邊的護士和父親說些幼稚任性的撒嬌話。

康隆心想，姊姊卸下心裡的重擔了吧。那天晚上——只有康隆聽到她邊咳邊吐、高燒囈語中一口氣傾吐出來的告白。一切說出來的瞬間，壓在綾子身上的漆黑重擔立刻移轉到康隆肩上。這簡直就像她在說「欸，幫我一下」時，就把背上的祐介移交給康隆一樣。

——誰叫我那麼傻！

康隆自嘲地想。

——自己主動把背部靠過去說要幫她背。

綾子住院期間，康隆進進出出醫院幫她帶換洗衣物，極力避免姊弟倆單獨相處的機會。只有綾子住院的第四天，也是他聽說綾子體溫降到三十七度以下的翌日，他放學時順便帶了綾子愛吃的冰淇淋去看她，那次除外。

綾子靠在床頭，高興地吃著她最愛的薄荷口味冰淇淋。康隆注意她的情況，也拿著湯匙一起吃，可是幾乎食不知味。本該在口中立即融化的冰淇淋卻不可思議地哽在喉嚨。

「姊！」

病房裡漸漸西斜的陽光染紅窗帘，康隆小聲喚著。

綾子抬起臉，瘦削的尖下巴使她看起來像個少女。

「你記不記得你被送來醫院那晚跟我說的話？」

綾子慢慢地眨眼，用湯匙攪弄杯裡的冰淇淋後，舀了一大匙放進嘴裡。

「記得啊！」她也小聲地回答。

「那不是高燒作的惡夢吧？」

綾子看著康隆的臉。他也盯著姊姊的眼睛。

「那不是你捏造的故事吧？」

綾子舔著乾皴的嘴唇，融化的冰淇淋沾在下巴尖。

「如果那是捏造的，不知有多好啊！」

「是嗎……」

「我在這裡看不到新聞，現在怎麼樣了，你都知道吧？」

康隆點點頭。「報導很多很多。」

綾子表情畏怯地問：「鬧得很大吧？」

「那當然，是大新聞啊！四個人都——」

康隆轉頭看病房門口，護士正好經過。離晚餐還有一段時間，護士隨時會進來量體溫和檢視情況。

康隆迅速起身關門，關門前還探頭出去，四下張望。走廊上沒有人影。

心臟撲通撲通地跳，康隆突然有點時空錯置的感覺，差點笑出來。

他中學二年級時和好朋友玩過逃票的遊戲，兩人只買月台票就上車，到站時再混過收票員的視線順利出站。這是很老套的逃票手法。省下的車資兩個人加起來也不過一千圓左右，但一路上可以嚐到不成比例的刺激和緊張感。

那個時候也是電車速度一放慢就心跳加速，廣播一說到站了就背脊發涼。此刻感受到的緊張跟當時無異。

只是加速他心臟悸動的「理由」大不相同。一個只是逃票，一個卻是殺人。蓄意逃漏五百圓車資的恐懼，和知道至親殺人的恐懼不可能相同，但是身體顯示的反應都一樣，就只是心跳加速而已。

或許人是出乎意料地單純。

綾子小聲喚他。姊姊很少直接叫他的名字，尤其是生下祐介以後，總是半開玩笑地叫他「舅舅」。

「康隆——」

「對不起哦！」綾子說。

康隆心想姊姊什麼時候會跟他道歉呢？總是在她惹下麻煩又必須推他出面善後時，會說對不起。

綾子中學時，每次學校找家長去，綾子就會先跟康隆說明，央求他去跟爸爸媽媽說好話，然後笑著說謝了、對不起哦，我只能依賴你嘛！她偷東西要接受輔導時，也央求康隆在她快要挨揍時過來救她。結果睦夫氣得揮拳要打綾子時，康隆擋在前面挨了那拳，門牙斷了一顆。

綾子還沒決定和那傢伙——八代祐司——結婚，肚子裡已經有孩子的時候，也是先讓康隆知道，要他轉告父母。我對老姊真是仁至義盡得自己都訝異！我寶井康隆真是全日本最好的弟弟！別笑，真的！

可是這回不是好笑的事。既不是姊姊偷東西，也不是輔導老師要找家長溝通。是殺人的大事啊！

這事要怎麼告訴父母呢？這話要怎樣才能精確傳達呢？

聽了綾子的告白後，康隆拚命蒐集命案的相關報導，看新聞，並試著觀測搜查朝哪個方向進行。對綾子來說，幸運的是，警方的目標朝向逃離現場的可疑中年男子。知道那個中年男子就是那間房子的「買受人」後，各界對他的懷疑更深。不到幾天的工夫，所有報導幾乎都把他視為命案凶手了。

在安靜的病房裡，康隆注意自己的音量，說明這一切經過。綾子專心聽著，可能是累了，聽到一半便躺下來。

「這麼看來，我暫時不會被抓了。」她望著白色天花板呢喃。

「你太大聲了。」

康隆提醒她。緊急呼叫鈴的麥克風就裝在天花板上。

「那個歐吉桑是這樣的人啊……」

綾子口中的「歐吉桑」，大概是逃離現場的買受人「石田直澄」吧。

「姊，你認識石田？」

「那天晚上是第一次認識，可是以前見過。」

「在哪裡？」

「有一次我去看祐司時，他們站在大門口。看起來像在爭吵，兩個人你一句我一句的。」

「什麼時候？」

綾子想了一下，「一個月前吧。」

到了這個地步，有個問題不得不問了。康隆在偏袒至親和「良心」的理智之間搖擺，努力擠出聲音來。

「姊，我可以問你嗎？」

綾子轉頭望著康隆。

「你想向警方自首，老實說出真話？還是就這樣保持沉默？你選哪一個？」

感覺上她想要對這個問題暫且保持沉默，綾子沒有回答。

「如果能夠，我會掩護你。」康隆說。他是很想說得堅定有力，但因為是壓低嗓子，聽起來或許欠缺魄力。

「可是，如果你保持沉默，這個石田就麻煩了。如果你去投案，石田或許就不用四處躲躲藏藏了。」

他把思考的材料拋到綾子面前，希望她好好想一想。

但是，回應他的是「感情」。

「我不想離開祐介，不想。」

綾子仰望天花板。康隆凝視著她，只見她眼睛流出淚來，順著眼尾流到耳垂。

「怎麼會變成這樣呢？我自己也不知道，我也不知道以後該怎麼辦？可是我不想離開祐介。要是離開那個孩子，我會死。」

綾子拉起罩著白色床單的毛毯蒙住臉，在毛毯下低喃。

「康隆，對不起、對不起哦！」

康隆也想哭，但在這裡一起發愁，也無法突破現狀。他拚命激勵自己，又開口問道：

「只要你不說真話，石田就會一直是嫌犯，那樣好嗎？姊，你不痛苦嗎？」

綾子在毛毯下哭了。她抽抽搭搭，像在責備康隆似地說道：

「你問我幹什麼？痛苦？我早就痛苦死了！」

陪著哭泣不停的綾子，康隆茫然呆坐。晚餐時間已近，走廊漸漸熱鬧起來。手推車輪子的轉動聲，餐具的碰撞聲，電梯的運轉聲。

「真想殺了他！」康隆低聲說。話在無意識中脫口而出。

綾子悄悄拉下毯子，露出淚濕的臉龐。她的氣色如土，嘴唇發抖。

「康隆——」

「真想殺了八代祐司那傢伙！」

綾子的聲音幾乎聽不見。「他，已經死了。」

康隆用胳臂擦擦臉，站起身來。

「我去洗把臉，順便拿晚飯，你早上到現在只吃了稀飯吧？」

走出病房，一陣激動襲上心頭。康隆就那樣握著門把呆立，渾身發抖。

緊急住院那晚聽到綾子夢囈似的告白時，還沒有充分的現實感。因為住院這件事本身就不是日常的情事，因此在那之間交換的對話和做出的動作，感覺都像是稍微經過一點時間就會忘記的夢幻般不可確信。

然而這是事實，是必須面對的事實。寶井綾子，康隆唯一的姊姊，殺了人！雖然對方是死不足惜的人，但確實是她下的手。

綾子說，我把他推下陽台，感覺那時不這麼做我自己會被殺掉——我揮擺被他抓住的手臂，那時他的眼睛凶狠得像野獸的眼睛一樣，我只記得拚命揮動手臂，他就掉下去了——

康隆心想，如果時間能夠倒轉，他願意代替姊姊到那地方，揮動自己的手臂，痛毆那個傢伙，抓住他的肩膀，把他摔到地獄深淵。不，應該回到更早更早以前，在那傢伙遇到姊姊以前，就毀斷他的人生，抹消他的存在。

站在雪白光滑的醫院走廊，他感覺像失卻方向。這是事實。康隆找不到要去的方向。我必須保護姊姊。我必須掩護姊姊。可是，可是——

那真的對嗎？

康隆額頭頂著牆壁，閉上眼睛。八代祐司的臉浮現眼前。姊姊的情人，祐介的父親，也是姊姊殺死的人。

康隆沒有跟他親切交談過，他們只在寶井家見過一次。而且他那次來訪是為了聲明他無意和綾子結婚。雖然綾子的肚子裡已經有他的孩子，那傢伙卻來告訴我們：

「我完全無意和綾子結婚。」

康隆清楚記得父母迎接女兒結婚對象的緊張感瞬間鬆弛下來的表情，母親驚愕得不敢置信，還差點笑出來。

「那……是什麼意思？」

母親敏子還傻傻地問他，口氣是她少有的客氣，可見她的慌亂。

八代祐司低下頭。他坐在椅子上，額頭幾乎碰到膝蓋的深深鞠躬道歉。

「我不是對綾子不滿意，而是我不想結婚，不想有家庭，這是我的人生方針。所以，我不能娶綾子。」

啊！愣愣地應了一聲，敏子便沉默不語。父親睦夫先前一直放在膝蓋上的雙手緩緩抬起，交抱在胸前，開口說道：

「你覺得這種理由可以讓人心服嗎？你的方針比綾子的心情和她肚子裡的孩子重要嗎？」

睦夫直視八代祐司的臉。康隆心想，如果他是八代祐司，一定會把視線挪開吧！他無法直直回視，因為他覺得心虛愧疚。

可是八代祐司不一樣。他揚起下巴，正面迎接睦夫的視線。

「雖然不能服人，但也沒有辦法，我無意扭曲自己的方針，我已經跟綾子說過了。」

睦夫突然無力地鬆開雙臂，立刻轉頭看女兒的臉。

綾子垮著肩膀，睜著空虛的眼睛，茫然望著桌子。康隆發現姊姊的眼眶有些濕潤。那是當然，這樣還能不流淚嗎？

可是綾子的眼眶始終只是濕潤而已。淚水沒有沿頰而下，僅僅留在她的眼眶裡。康隆認為那是姊姊對一切死心的證據。

他終於了解綾子剛才格外安靜緊張的理由。綾子等待的是八代祐司的這些話和這個態度。綾子已經預想到，他今天會在這裡說這些話，因為他已經告訴她，他打算這麼說。

但另一方面，她還是抱著一絲期待，希望他的人生方針會有所改變。這是因為八代祐司特地到寶井家來。他如果百分之百要拋棄綾子和嬰兒，早就逃之夭夭了，不會特地上門來解釋。他既然要來，表示他的心還有一般人的感情。他應該還有對綾子和嬰兒的愛情——是同情也好責任也好，這時候什麼都好，只要是人的感情。

直到剛才，綾子還那樣期望。她雖然已經預想到八代祐司的無情話語和殘忍態度，卻沒有心理準備。

八代祐司毫不猶豫地摧毀了綾子的期望，侃侃而談自己的方針——你要是不接受，我也沒辦法。

因此就在這一瞬間，綾子對一切死心了。啊！這下都無所謂了！無依無靠了！因此，現在沾濕綾子眼睛的淚水，一定和家人還不知道時她內心獨自糾結悲嘆的淚水不同。這不是悲傷憤怒的淚水，而是伴隨割離的痛心之淚。

綾子割離的不是八代祐司這個活生生的人。綾子割離的，是愛上他以來對他抱持的柔美感情和燦爛的未來之夢。沒錯，綾子割離了自己一部分的身心。

那有多痛啊？但綾子只是眼眶濕潤地靜靜坐著。她雙手捧腹，像護衛孕育在裡面的嬰兒，尋求嬰兒的溫暖慰藉。

想起當時的情景，康隆的眼睛也濕潤了。他用力吸口氣，拭去淚水，特意發出嘆息聲，快步走開。

推著餐車的員工正好坐電梯上來，康隆接過綾子的餐盒，向右折返。餐盒冒著溫熱的蒸氣，味道好香。最近醫院供應的伙食改善很多，冷食熱食都有。

那天，八代祐司沒吃寶井家準備的任何東西，連敏子端上的熱茶和康隆泡的咖啡都沒碰。那些東西在說是頑強不如說是面無表情、坦然述說自己人生「方針」的八代祐司面前慢慢冷去。兀自冒著蒸氣漸漸冷掉的飲料，和對它們不屑一顧的八代祐司的冷酷表情，成了鮮明的奇妙對比。

——好任性自私的人啊！

睦夫這麼批判八代祐司。幾乎也只能這樣形容他了。

——既然一開始就不想要家庭，為什麼還要和綾子有這麼深的關係？你又不是小孩子，怎麼不知道那樣可能懷孕？

面對睦夫的質問，八代祐司不動聲色。他的臉皮非常光滑，內心的感情——後悔、愧疚、憤怒、悲傷、衝擊等等，在他那男人中少見的細嫩額頭和臉頰上沒有留下任何一條皺紋。

八代祐司的樣子，讓科幻迷的康隆突然想到「複製人」。人造的人類，和真人一模一樣的假人。當然，他們沒有生殖能力。因此，面對睦夫的質問，這樣的八代祐司如此回答就不奇怪。我沒想過那個事，因為我根本就不會生——

但是現實中的八代祐司不是複製人，是活生生的真人。他說：

「我根本不要孩子。那是不小心的。」

睦夫張著大嘴愣在那裡。不小心。好像操作機械一樣。對不起，我按錯鍵了。

「她要生孩子了——是你的孩子耶！和你血脈相連啊！你不疼惜嗎？你要拋棄他嗎？」

敏子忍不住嘀咕，語氣中帶有懇求。她雙手緊握，像是要防止自己做出什麼急躁的動作——撲向八代祐司，或是抓著他的肩膀搖晃。

八代祐司望了敏子一眼，立刻移開視線。那一瞬間，康隆抱著一絲絲期待。他是不是有些動搖？為敏子的話感到心痛？

然而不是這麼回事。八代祐司的眼中露出強烈的輕蔑之色，他討厭為女兒哭泣的母親的模樣。

這下完了——康隆心想。

「我看再說什麼也沒用了。」

睦夫無力地說。八代祐司默默地輕輕點頭，然後起身，靜靜走出客廳。沒有人送他。綾子也沒有。

驚愕的沉默籠罩著寶井家的客廳。甚於憤怒和悲傷，那是碰到某種極不可解的奇妙生物的感覺。康隆不停想著複製人的問題。

「對不起，」綾子輕輕地說，「你們不要生他的氣。」

睦夫慢慢扭轉身子面對女兒，表情像挨打了一般。

「你還要袒護那傢伙嗎？」

「不是啦！」

綾子捧著肚子搖頭。

「我不是袒護他，我只是說真話。他很可憐，跟父母處不好，從來沒有家庭的溫暖，所以不知道家庭、父母、兒女這些親情的溫暖，因為沒有人教他。他也很迷惘，不知道怎麼面對有孩子這件事，說話才會那樣冷酷。」

真的……說著，她哭了出來。

康隆認為那是太天真的解釋。姊姊太善良了。

睦夫搖搖頭。他知道女兒有天大的誤解，可是他也不知道該怎麼說，才能讓女兒明白。

敏子比較實際，她擦掉眼淚，果決地問，「綾子，你想生嗎？」

綾子毫不猶豫地用力點頭。

「為什麼要生？因為是他的孩子？你以為只要有孩子，總有一天他會回心轉意是不？」

好殘酷的問題，連綾子也感到畏怯。

「那樣……那樣說的話，你是要我拿掉孩子？我不想啊！」

她語無倫次地回答。敏子緊盯著她的臉又問：

「真的？你真的想保住這個孩子？」

「真的！」

「你為什麼想生？是那個男人的孩子？你不是聽到那傢伙說的話了？他把你當成什麼了？你被那個男人甩啦，知道嗎？為什麼還要生下他的孩子？」

「可是，那是我的孩子啊！」綾子滿臉都是淚水，她大喊，「我不能殺死他！絕對不能！」

睦夫幽幽地說，「我看生下來對綾子的身體比較好，生下來再送出去也好——」

綾子激烈地打斷他的話，「我不要！我要親自撫養他，我絕不放手，那是我的孩子！我要說幾次你們才懂？」

敏子站起來，繞過桌子，坐到女兒旁邊。她摟著綾子，溫和地說：

「我知道，我們很了解你的心情。好了，別再哭了……」

之後的半個月間，在康隆看不見的地方，父母和姊姊、父母兩人、母親和姊姊談個不停。最後的結論是，綾子把孩子生下來。就當做是寶井家的孩子，大家一起疼他養育他。

這樣，綾子應該可以忘記八代祐司，走上和他無關的人生了。

綾子進入分娩室時，在外焦心等待的敏子憂心忡忡地對康隆說：

「雖然已經到了這個地步，媽媽還是很擔心。」

「擔心什麼？」

「你看，綾子真的死心了嗎？」

「死心——和那傢伙的事嗎？」

「嗯。」

「死心了啦！絕對是。他不是一開始就說了嗎？他不要孩子。」

「話是這麼說……可是，也有別的意思啊。」

「別的意思？」

「綾子不會和那個男人斷吧？」

敏子說綾子曾經袒護八代祐司似地這麼說——他不知道家庭的溫暖，好可憐。

「我很在意那番話。綾子好像不認為那人性情乖僻，也不覺得自己被那玩弄女人的不負責任男人給騙了。我知道，有些處境和綾子一樣的女人，即使被騙了，也不會怪罪對方，總認為對方是栓不住的男人，應該隨他去。可是我們絕對不能同情對方，現在如果表示同情，綾子又割捨不斷了。」

「媽……」

「綾子太善良，還為那個男人難過，說什麼他不知道家庭的好，養成了冷酷的心，其實是個可憐人。可是，這種想法很容易掉入陷阱。就是以為自己可以為那種人做些什麼的陷阱；以為他會因此為我、為我和孩子做些什麼的陷阱，這才是真正可怕的陷阱。」

堅強好勝的母親露出恐懼的眼神。康隆也感到一股靜謐的恐怖。

「綾子那樣的女人根本無法左右八代祐司那樣的男人，怎麼樣都沒用，不牽扯上他是最好的辦法。所以我覺得這種結果最好。再說，現在的未婚媽媽也不少啊。」

「是啊，真的。」

康隆用力點頭，像鼓勵母親似的。

「問題是，綾子真的會這麼想嗎？媽媽很擔心，她和孩子在我們家裡過得越幸福，她就越會開始想八代祐司。現在她嘴巴說已經不想那個人了，可是心裡怎麼想，誰知道？她很可能還掛念著他，那種心情比起依戀還難處理。」

康隆笑著說姊姊很聰明，沒事的。敏子無法立刻恢復笑容，直到護士推開產房大門走出來說「恭喜！是個男孩」時，她才露出夾帶嘆息的微笑。

康隆在病房裡看著慢慢把食物送進嘴裡的綾子，想起母親當時的憂慮。母親的憂慮成真。姊姊沒有和八代祐司分手，還和他繼續來往，瞞著家裡抱著祐介去看他。

結果自己還陷入殺了他的困境。

「命案那晚的情形，你可以再說詳細一點嗎？」

康隆一說，綾子愕然抬頭。

「前些時候你病況還很嚴重，無法為我細說。可是我還有許多地方想知道，可以嗎？」

綾子放下湯匙，垂下憔悴的下巴。

「非現在不可嗎？」

「沒有其他人在，不是比較好嗎？」

「你沒跟爸媽告狀吧？」

康隆略為苦笑，「告狀」這個詞彙的幼稚還真像綾子用的。

「什麼也沒講。」

「為什麼不講？」

「你都快因為肺炎死了，爸媽照顧祐介正手忙腳亂的時候，我不想多惹他們操心。」

當警察循線查出綾子牽涉命案後，到時父母也會知道一切，康隆決定保持沉默到那個時候。

現在搜查之手還沒觸及綾子，到時再說吧。

「你費心了。」

綾子微微縮著脖子。

「再說，如果要告訴爸媽，還是姊姊自己講吧！」

「知道我為什麼要先跟你說？」

「比較輕鬆啊！」

綾子微笑說，「是啊。」

「可是要掩護姊姊，光靠我的力量不夠，必須爸媽也幫忙不可。」

「那你去說啊！」

「你希望這樣？」

綾子想了一下——不，是假裝思考。

「嗯，拜託囉！」

「那你告訴我為什麼會變成這樣？好好給我說清楚。還有，你什麼時候開始又和那傢伙見面的？」

綾子舔舔乾燥的嘴唇，頓了頓，好像還是有點愧疚。

「剛剛你怎麼不問我為什麼又要和他見面呢？」

康隆嘆口氣，「好吧，理由何在？」

綾子端起餐盒放到床頭櫃上。她還很虛弱，幾乎拿不住餐盒，康隆趕緊伸手幫忙扶住。

「我很擔心呀！」綾子喃喃說道。

「你不也是這樣嗎？看到迷惘的人或是寂寞的人，你也沒有辦法掉頭不管吧？我擔心祐司，無法放著他一個人不管呀！」

康隆突然覺得身體變重，連人帶椅子沉入地板。事情的進展太像畫畫一般，輕率中又帶著一點愉悅。

媽媽果然厲害——他心想。果然和媽媽憂慮的一樣。她早就看穿了。

「因為那傢伙不知道家庭的溫暖嗎……？」

康隆的呢喃讓綾子精神一振，彷彿在說你果然了解。

「是啊！你也這麼想？他並不是骨子裡無情的人，只是不知道什麼是溫暖而已。我想幫他，我一定能幫他做什麼。我……他說過，和我在一起時有不一樣的感覺。我相信他，忘不了他。」

康隆想說的雖然很多，但是說了會岔開主題。他只有壓抑自己，質問綾子。

「你不是跟他分了嗎？就在那傢伙來我們家宣稱他無意跟你結婚時。」

「嗯……。他走了以後，我是不想再和他見面。」
「什麼時候舊情復燃的？」
「很久以後啦，生下祐介一個多月以後吧。」
「怎麼聯絡的？」
「——打電話啊，打到他的手機。」
「為什麼要打電話？」
綾子緊緊閉口，伸著下巴，瞪著白色被單的毯子。她不是討厭毯子，她真正想瞪的是康隆。
「想告訴他寶寶平安無事生下，養得很好？」
她沒有回答康隆的問題。
「你想知道那傢伙現在怎麼了？你以為他新交了女朋友嗎？」
還是沒回答。
「還是，你想說我仍然喜歡你？」
綾子縮回下巴，認真地看著康隆，然後一個字一個字地說道：
「對，你說的都對！可是，你根本不懂！」
冷不防她這麼一反擊，康隆有些驚愕。
「幹嘛？幹嘛生氣？」
「我沒有生氣，我只是說你根本不知道真相，你根本什麼都不知道！」

康隆心想真是不講理，血液急衝腦門，咧嘴反駁道：

「是啊！我是不懂！殺人的心情欸！姊，你沒忘了自己做過的事情吧？說什麼喜歡他、放不下他，結果卻殺了那傢伙——」

康隆突然噤聲噤氣。晚餐時分整個醫院氣氛雖然亂哄哄的，但是不小心大聲嚷嚷，誰知道會傳進誰的耳朵裡？

綾子像洩了氣的皮球般垮在那裡，如土的臉色霎時變得像紙一般的慘白，雙手抓著毯子發抖。

「對不起。」康隆趕緊說。他自己也覺得彷彿反覆急速升降一般的頭暈噁心，姊弟倆好像被塞在茫無目標的小船上漂流到大海裡。

「你根本就不懂！」

綾子的牙齒打顫，聲音發抖。

「你還沒有真心喜歡過一個人吧？你喜歡窩在家裡，沒有真正和女孩子交往過吧？大頭鬼！你這樣的人怎麼會了解我的心情呢？」

像變戲法似的她的淚珠滾滾落下。她把毯子拉到頭頂，憋著聲音哭泣。

康隆再度覺得連人帶椅子陷入地板裡。在被惹哭姊姊的罪惡感擊垮前，他自己也深深受傷。

——怎麼會這樣？

他撫摸自己的臉，指尖顫抖。

「總之，是你主動打電話給他的？」

他鼓起勇氣問。綾子依然蓋著毯子不動。

「結果，他見了你，不再躲著你。從那以後，你們就常常見面囉！」

躲在毯子下的綾子終於點了點頭。

「他就住在那棟大廈裡？你去過幾次？」

綾子在毯子下說了些什麼。康隆反問，「什麼？」綾子胡亂地扯下毯子，大大呼氣。

「我連那晚只去過兩次。第一次去時我很訝異，那真是好漂亮的大廈！他是跟我分手後才搬過去的。」

康隆暗自咋舌。要是在以前，只要搬了家，綾子再想見八代祐司，也不知道他住哪裡，或許就會這樣永遠分手了。可是現在有手機，綾子可以毫不費力地聯絡到他，結果舊情復燃。

「那傢伙為什麼搬家？」

康隆心想，八代祐司也可能想忘記綾子做個了斷吧。會因失戀而搬家的，不只是女孩子而已。雖然，八代祐司的情況並不是「失戀」。

綾子凝視天花板，茫然地回答：

「配合他爸爸的工作……」

康隆噗嗤一笑。「什麼嘛！這是成年男人說的話嗎？因為爸爸調職，所以我也要搬家，什麼嘛！這裡面絕對有鬼。是不是就因為這樣，親子大吵一架後，失手殺了自己的父母和祖母？那傢伙！」

綾子對弟弟的挑釁語氣面無表情，仰望著天花板。那種有意涵的沉默阻止了康隆往下說，康隆覺得有點坐立難安。

「我……」

綾子小聲說。康隆走近床邊。綾子沉著因病憔悴的臉，專心凝視天花板。那樣子就好像有一張臉在上面，如果瞪輸了那張臉就糟了。

「我還有事情沒跟你說。」

「啊？」

「起初跟你說的時候，我竟是那樣的狀態，沒辦法好好說清楚。」

「可是，我只問我該問的。你去見那傢伙，抱著祐介，想和那傢伙重修舊好，想組織三人家庭。可是，那天晚上你偷偷跑去一看，那傢伙的家裡一塌糊塗，那傢伙的爸媽和祖母的屍體散落各房間。那傢伙還想殺你和祐介，你為了保護自己和嬰兒，才把那傢伙推下陽台——」

「不對！」綾子斷然否定。

「不是這樣的。他殺的不是他爸媽和祖母，不是！」

第十三章　沒有照片的家庭

在早川社長的教唆下，頂替小糸信治一家住進西棟二〇二五號的一家四口，究竟是什麼來歷呢？

警方找到早川社長製作筆錄後，初步得知他們的身分。早川社長說他們是他的朋友，姓砂川。

「戶長砂川信夫在和我們有業務往來的搬家公司服務，帶領一批打工的弟兄，我們是這樣認識的。不過這是我頭一次委託他幫忙，不是蓄意佔住。砂川也很清楚情況，願意幫忙。」

早川社長指出，一九九五年九月左右，砂川信夫來到他的辦公室。

「他說因為腰痛，不能再幹搬家的活兒，問我有沒有適合的工作介紹給他。我一時也沒有門路，幫不上忙。剛剛也說過，我和砂川只是工作上往來，交情並不深。」

砂川信夫好像也常去早川社長情婦經營的麻將館，但不是好顧客。

「他說家裡有老人要照顧，醫藥費吃不消。不過他並不愛發牢騷，工作也認真，我還滿喜歡他的。只是現在那麼不景氣，四十多歲的人，沒有專長，又有腰痛的老毛病，是不好找工作。他自己也說，要不是腰痛，想去開計程車，因為那是算日薪的。聽他的口氣，好像年輕時開過計程車。」

早川社長當時只希望砂川信夫能幸運找到工作，隨即忘掉砂川來找他這回事。過了年後的一月中時，砂川又來找他。

「他這次來說房東要趕他搬家，可是家裡有老媽媽，沒地方住很麻煩。工作只能將就著做，沒辦法，他要照顧老媽媽，老婆白天在超市當收銀員，晚上到酒館打工，很辛苦哩。」

一九九六年的這時候，早川社長已經有關於二〇二五號的計畫，正在找尋必要期間住進小糸家的家族。

「家裡有個病弱的老人，剛好可以大大的為難買受人。於是我跟砂川提起這件事，他立刻答應。當然，我有跟他明說這是違法行為，他說沒關係，可能相當缺錢吧。」

不過早川社長也很介意砂川現在的房東為什麼要趕他們搬家？

「他說老媽媽的腿力不行，買了輪椅給她坐。可是公寓的房間高低不平，空間也不夠迴轉，他沒跟房東說一聲，就把門檻敲掉，地板填平，這樣就違反租約了。真是麻煩，他擅自改裝房子，已經違約，房租又老是遲繳，房東早就在找機會想趕走他們了。還有，他們住在二樓，老媽媽的輪椅整天在一樓的天花板上咕嚕咕嚕響，一樓的房客受不了，三天兩頭向房東抗議，房東當然更火。」

在說到這情形的時候，早川社長笑得很厲害，接著他繼續這樣說道：

「我不是挖苦他，如果砂川家繼續住在那公寓裡，房東也可能要強迫他們搬家。不論搬到哪裡都背的人，運氣就是背到底。」

就這樣，砂川信夫和他家人按照早川社長的指示，搬進二〇二五號。

「我要小糸趁夜搬走前，先到我辦公室和砂川家人見個面。砂川家只有他和老婆兩個人來，老媽媽不方便出門，兒子要上班。小糸家也是夫妻兩個人來，孩子還小，所以沒來。小糸太太不滿意砂川夫婦，見面時一直沒好氣地斜著眼。等砂川夫婦回去後，她就氣呼呼地跟我說，不希望讓那種人動用他們家重要的家具和餐具，連一根指頭都不能碰。好兇啊！」

在第七章〈買受人〉中已說過，小糸信治夫婦和二〇二五號的佔住人見過幾次，早川社長介紹他們是「砂川夫婦」。這兩家之間處得不好嗎？

早川社長手邊的二〇二五號偽造租約上，附有租屋人砂川信夫的戶口名簿。直到此時，我們才能得知全家被殺害的二〇二五號的佔住人整個「家族」成員的全名。

根據戶口名簿的記載，戶長砂川信夫，一九五〇年八月二十九日生，死亡當時四十六歲。妻子砂川里子，一九四八年二月十五日生，比先生大兩歲。他們兩個死在客廳。

兒子砂川毅，一九七四年十一月三日生，死亡當時二十一歲，他就是從陽台墜落地面死亡的年輕人。

第四個人——早川社長口中的「老媽媽」，砂川信夫的母親砂川都梅，就是死在六個榻榻米大的和室裡的老太太。一九一〇年四月四日生，死亡當時八十六歲。

早川社長說道：

「我也了解小糸太太神經緊繃的原因，因為是夜逃，二〇二五號裡的家具、衣服、擺飾、餐具等幾乎都留下來。我囑咐他們只能帶最低限度所需的行李，不能讓鄰居知道他們什麼時候走的、砂川家族又是什麼時候搬進來的。那個社區雖然很大，即使是晚上帶著大件行李離開，也難保不被人注意，所以我特地吩咐他們絕對不能帶皮箱，留下來的東西我負責保管，也會交代砂川他們小心使用。」

但是小糸靜子堅持不能交給砂川夫妻——

「她說誰知道那種窮人會不會偷東西，我幾度保證不會發生那種事情。那個太太還真是嚴格，不准砂川他們睡在床上，只能睡地板，也不能泡浴缸，免得弄髒弄亂。當她知道砂川家還有一個二十多歲的兒子和一個快九十歲的老太太也要一起來住時，更氣得咆哮。到最後我不得不威脅她，你再囉嗦的話，我就放手不管啦，我如果放手，你就永遠跟那間豪宅說再見吧。她那張碎嘴總算乖乖閉上。」

前面也說過，夜逃以後，小糸夫妻還數度回二〇二五號訪查，鄰居也有人目擊。鄰居看到砂川里子和小糸靜子站在二〇二五號門口說話，以為她們是姊妹吵架，很自然地認為砂川里子是姊姊，小糸靜子是妹妹。

「是小糸太太打扮比較年輕的關係。」早川社長說，「不過砂川把戶口名簿拿給我時，我還訝異他老婆才四十八歲嗎？我以為更老呢！女人日子過得苦，是會比男人老三倍，我並不在意，人家的老婆嘛！我在意的是砂川太太能不能把佔住人的角色扮演妥當？她會不會盡量讓那房子保持乾淨，以免和小糸太太發生糾紛。」

社長說小糸夫妻會去二〇二五號查看，也是擔心同一件事。

「小糸太太不相信我，也討厭砂川家人，當然會去查看。我覺得很不妥，告訴她被鄰居看到就麻煩了，萬一被執行法官看到更糟糕！她就說她會一大早或是很晚時才去，不能不去。」

就早川社長所見，砂川家人謹遵指示，房子保持得很乾淨。

「砂川暫時不再找工作——當時他的工作就是住在那間房子裡，因為要應付買受人石田先生，戶長失業在家比較好。他說他整天在家打掃，實際上我也去看過，那裡乾淨得就像附有家具的樣品屋一樣。」

砂川里子白天在超市打工，晚上也到酒館打工。早川社長不能完全負擔砂川家的生活費，里子也無意這樣要求。

「小糸太太抱怨老太太的輪椅會傷到地板。我想她們吵架可能是為了這個吧。」

小糸靜子確認了這一點。

「一提到這件事，我就要發飆。」

她氣憤地說。

「我確實抱怨過幾次輪椅的事情。那個老太婆又不是腰腿無力到不能自力行走的地步，他們太寵她了。我只是告訴他們，在屋子裡不要用輪椅嘛！」

是不是和砂川夫婦合不來呢？

「在許多事情上，他們的想法和價值觀都和我們不同。我也問過早川社長，能不能找別人呢？」

早川社長不理會她。

「他挖苦我說，太太，不會有西裝革履的有錢人幹這種勾當吧！」

事實上，早川社長清楚地告訴她：「你還搞不清楚自己處在什麼立場嗎？」

不過，小糸靜子不記得早川社長這句露骨的諷刺。

「他是有笑我千金小姐出身，不諳世事。」

客觀來看，保持家具清潔，不要弄壞地板，這幾乎都是正規（而且挑剔）的房東對正規房客的要求。這或許是小糸靜子還未確實感到自己幹下叫人霸住二〇二五號、向買受人施壓的「壞事」的證據之一。

「我總覺得那些人非常詭異，一開始就有著不尋常的氣氛，不正經——該說是水平低吧！」

小糸靜子痛罵砂川家人。

「所以後來那麼多事弄清楚後，我反而不太驚訝，還有鬱憤獲得抒發的感覺。當時我還跟我先生說，看！跟我說的一樣吧！我就覺得那一家人不對勁。不過同情地來看，他們家裡雖窮，只要不做像佔住人那樣違法的事情，別人也不會對他們怎麼樣。也沒有人強迫他們這麼做啊！墮落的人終究是自甘墮落嘛！」

但是她這番任性逞強的話語背後，總讓人感到空虛畏怯的回聲。

「小糸夫妻為錢所困，繳不起貸款，落到房子被法院拍賣的地步，卻還嫌砂川家窮困悽慘卑賤，有這種道理嗎？可是做壞事的是我和砂川夫婦，我們也只能採取一般常識人的態度，不計較她說什麼。現在想起來，小糸太太老是說充滿矛盾的話，大概是想逃避現實吧。」

讀者應該還記得在第四章〈鄰居〉中提到，西棟八一〇號的少女篠田泉在垃圾堆置場遇到小糸孝弘，想要撿走他丟棄的新的（看起來還是全新的）收錄音機，和阻止她的小糸靜子發生爭執。篠田泉對這事的記憶鮮明。她說好可怕哦，感覺那歇斯底里的小糸靜子會隨時轉過身來打她。

這件事發生在早川社長指示小糸家夜逃前不久。當時，經濟的壓迫已經到無法承受的地步，小糸靜子會變得神經質也是無奈。奇怪的是這個新收錄音機的出處。

直接問她本人，她只回答說「我不記得有那件事」。不過，意外的是，早川社長倒知道這件事。

他先聲明這是聽她先生小糸信治說的。

「那時候她也向地下錢莊和信用卡公司借錢——都是小額借款，總之是缺生活費而借——那一陣子頻頻遭到催繳。唉，這還是和『收購業者』有關。業者寬鬆地核發信用卡後，要持卡人用卡片去買家電產品，再用以物償債的方式，把買來的東西交給業者換取現金以償還借款。其實大可不必用這種方式還錢，可是人在走投無路的時候判斷就會失準，連那樣精明的太太也陷入這個窘境。」

那麼，全新的收錄音機應該要交給收購業者，怎麼會丟掉呢？

「就是啊，不知情的兒子拆了包裝。」

聽了早川社長的說詞後，再度向小糸靜子求證時，她依然堅持不記得有那件事。這時，最迅速確實的方法就是直接問小糸孝弘。

可是沒有監護人小糸靜子的同意，不能夠採訪孝弘。經過數度交涉，小糸靜子終於通知說，孝弘願意說了，可以見他。但孝弘希望訪問時靜子不要在場。

他的記憶也鮮明得不輸篠田泉。自己的母親不忌諱別人眼光而發怒吼叫的樣子，一定對青少年的心理造成相當衝擊吧！

——收錄音機那件事和早川社長推測的一樣嗎？

「是的。那時候我們家裡堆著各種家電產品，媽媽說絕對不可以動那些東西。因為收錄音機放的位置比較偏離那些家電產品，我以為沒關係。」

他是個聰明的少年，長相酷似母親，身材像父親。

「我撕開包裝，媽媽回來看到後，非常生氣。我想恢復包裝原狀，可是怎麼弄也弄不好，媽媽變得歇斯底里，吼著說拿去扔掉。我想媽媽也不知道該怎麼辦，因為我拆了必須原封不動交給別人的東西。」

當時他並不知道母親聽命收購業者以信用卡大買家電產品，只是每天冷眼旁觀送來的收錄音機、電子鍋和迷你組合音響等，再觀察來收貨的人，感覺很不對勁。

「媽媽很怕那些人，他們像黑道一樣，我也很害怕。」

透過小孩的眼睛，似乎可以窺見當時小糸家所處的狀況。這也讓人想起小糸家還住在二〇二五號時，鄰居說有看到像是黑道的人士出入社區。

——當你被告知必須夜逃時，你有什麼感受？

「爸媽沒有跟我說要『夜逃』，只是說必須暫時空下這個房子，而且也不能讓鄰居知道我們不在這裡，所以只能帶隨身用品悄悄離開。」

他無奈地笑笑，笑起來時眼尾的線條比母親更柔和。

「可是我知道這就是夜逃。傻瓜也知道啦，這種事情！」

好慘，他說。

「感覺自己的人生好像已經完蛋了。」

——你還只是中學生啊？

「我想，在這種家庭長大，將來也不像樣的。」

——不像樣？

「嗯，父母為我鋪設的軌道歪了，所以有這個前提的我將來也就不像樣，就好像抽到下下籤一樣。」

——很有意思的想法。

「是嗎？我們做子女的一切都由父母決定，自己不能選擇。父母一旦失敗，孩子就要承擔一切後果。」

孝弘淡淡地說完，又冒出令人意外的話來。他說夜逃以後，砂川家人住進去以來，他好幾次回去二〇二五號。不過，他都是一個人去。

「夜逃時走得匆忙，參考書和體育服這些不太重要的東西還是忘了，必須回去拿。雖然可以託媽媽去拿，但是我也想知道那個房子怎麼了？那時候我還不知道爸媽有什麼計畫，去到二〇二五號時，看到陌生的阿姨，我嚇了一大跳。我以為裡面沒有人，我自己有把鑰匙。」

——那位阿姨是砂川里子吧？

「嗯。」

——她看到你也嚇一跳？

「她問我是誰家的孩子。我心跳得好厲害，沒有說話，她就問我是不是小糸家的孩子？」

——她讓你進屋了嗎？

「我說有東西忘了拿，她就開門說進來、進來，好像怕人家看到。」

小糸孝弘去翻找自己房間的壁櫥和鞋櫃時，砂川里子完全沒有阻止他。

「不久，從前面的房間裡出來一個坐著輪椅的老婆婆，我又嚇一跳。」

——是砂川都梅嗎？

「她跟我說你好。老婆婆身軀瘦小，滿臉皺紋，有點恐怖，不過一直笑咪咪的。」

——她笑咪咪的，是知道你是誰嗎？

「好像不是，她好像誤以為我是什麼人。阿姨走到老婆婆身邊大聲說，奶奶，這是小糸家的少爺，說了好幾遍。可是老婆婆好像耳朵不好，還是誤會的樣子。阿姨不好意思地笑笑，跟我說抱歉。」

——砂川都梅好像有老人癡呆症的樣子。

「對啊，我後來聽說了。」

——砂川里子沒有趕你走，還很親切對你？

「對，她看我要拿走的東西很多，就說裝進袋子裡比較好拿，還幫我用繩子綁好。」

——孝弘君，對你來說，當時候不會很困惑嗎？又不知道他們是誰！你沒有問砂川里子說，你是誰？為什麼在這間屋子裡嗎？

「有點難以啟齒，氣氛怪怪的，我怕問了會對不起爸媽。」

——說的也是！

「不過，我在找東西的時候，阿姨說我們跟你爸媽借住這間屋子，回去後幫我們問候他們啊。」

——孝弘君相信嗎？

「才不！哪有自己都夜逃了還把房子租給別人住的？所以我就說，騙人，阿姨騙我！」

──那砂川里子說什麼？

「她好像為難地不知如何是好。我則相當的不高興，感覺她把我當成很不懂事的小孩子，好像認為跟我說真話我也不懂似的。我討厭人家唬弄我，收好東西就要走，這時阿姨說，在你爸媽同意以前，你不能再一個人來這裡哦！」

──她是叫你不要接近二〇二五號？

「對。我沒有回答轉身就走，剛走出大門時聽到後面傳來老婆婆的喊聲──祐司、祐司，然後又聽到阿姨說，那個孩子不是祐司。我雖然覺得奇怪，可是那時候我真的好害怕，只想盡快離開那裡，便拔腿跑向電梯。」

害怕著原是自己的家卻住著不認識的家族的小糸孝弘，瞞著父母自己擅自回去過二〇二五號一事。他相信如果明說的話，一定會狠狠挨罵。

──二〇二五號裡面住著不認識的人，那時你對這個情形怎麼解釋？有能說服你自己的想法嗎？

「解釋？哪有辦法啊！」

他激烈地搖頭斷然說道。

「只是感覺不爽，多想也沒用！因為爸媽只會吵架，不能好好地跟我說明。」

──當時是住在日野的外公外婆家嗎？

「對，那地方到學校很遠，我每天都累死了。我跟媽媽說，我好想自己一個人住。」

——你自己一個人？租公寓住嗎？

「嗯。」

——為什麼？

「因為，通學太辛苦了。我想住在學校附近。」

——你父母說了什麼嗎？

「我沒跟爸爸說，只跟媽媽說。媽媽反對啊。其實，一開始我就知道會這樣。」

——即使知道會遭到反對也要說看看？

「對，就是想說嘛！」

——你是希望他們知道你通學很累嗎？

「不是，我是想讓他們知道，我再也不想跟你們住在一起了！」

他沒有激烈的語氣，只是乾脆地說出來。他說「不想住在一起」的瞬間，瘦削的肩膀微微聳起，但穩靜的氣氛幾乎不變。

——你想離開父母了？

「我覺得夠多了。」

——什麼「夠多」？

「各種失敗啊！蠢事啊！」

——你是指父母陷入經濟窘迫嗎？

「是啊，還不只是這樣。」

他一副筋疲力盡的表情。

「剛才說的收錄音機的事情就很蠢吧？那樣做也不可能還清多如山高的借款啊！可是媽媽卻不在乎地接受，一點也不知道自己有多蠢！」

這批評好辛辣。

「我爸媽就只會耍嘴皮子。他們好像嘴巴上很了得，就自以為了不起，可是做出來的事都很愚蠢。我已經厭煩老是被捲進去。」

——可是你父母很擔心你呢。

「擔心我什麼？我一切做得好好的，是他們把我弄得亂七八糟的。」

——可是你終究沒有獨自生活。二〇二五號發生命案，警察要到你外公外婆家偵訊時，你父母急忙帶著你逃跑，你還記得當時的情形吧？

「嗯……」

——我想那是很難過的經驗，不過，那時候你還是跟父母一起行動啊！

「他們硬把我帶走的。」

——是嗎？你母親不是這樣說。

「她怎麼說？」

——你母親想阻止要逃跑的父親，她說她並不想逃，可是你說不管父親的話，父親很可憐，所以才一起走的。

小糸孝弘像趕蒼蠅似的扭扭頭，吁口氣。

「哈！撒那樣的謊。」

——你母親說謊嗎？

「我只能說是媽媽自己想的。媽媽就是這樣，心裡怎麼想就怎麼認定，然後就說得和真的一樣。」

——那麼在你看來，那天逃亡的真相是什麼？

「就是被強行帶走的嘛！爸爸說你一個人留下來也沒有用，孩子必須跟著父母。我雖然不願意，還是乖乖跟著，心想反正逃不了多久就會被捕的。」

——你很冷靜呢。

「是嗎？我只是厭煩而已。」

——逃亡時，你母親怕你父親絕望之餘會做出什麼事情來，非常害怕。

「我看不出她有害怕的樣子。」

——你母親說，你父親最後願意到警局出面，是因為你的勸說。

小糸孝弘垂下眼睛，首次教人感到無防備的小孩的脆弱。

「我沒有說服他……」

——可是你有勸你父親吧？你說了什麼？

「我只是說我很擔心。」

——擔心。擔心誰呢？

「住在二〇二五號裡的人啊！聽說他們都被殺害了，我想知道是不是真的。我太……震驚了，真的很擔心。」

——照前面說的，你只見過砂川里子和都梅，而且只見過一次。再說，你對她們印象不怎麼好，不是嗎？

小糸孝弘低著頭沉默不語。只有等他主動開口。

大約過了一分鐘半，他眨了幾次眼。或許是為了掩飾淚水吧，但是當時無從清楚判斷。

「我後來還見過阿姨幾次。」

——砂川里子嗎？

「嗯，我又去了二〇二五號。」

——不是只有一次？

「嗯，我記得去了四、五次，或者更多次吧。」

——你去幹什麼？又去拿東西嗎？

小糸孝弘不停地用手指搓揉鼻子，又窸窸窣窣地抽吸鼻子。

「我第二次去時，是想拜託他們可不可以還一個房間給我？」

——把你在二〇二五號的房間還給你？

「是。」

——當時你已經知道砂川里子他們為什麼住在那裡了？

「我還不知道。只是覺得只要堅持那個房間是我的，或許可以要回來，雖然我也不知道有沒有用。」

——那是你要求租間公寓獨自生活的願望無法達成以後的事嗎？你以為獨自搬回二〇二五號就可以獨自生活了嗎？

「嗯，是啊。那比從外公家去學校輕鬆多了。」

——砂川里子怎麼說？

「她很為難。」

——她沒有生氣或笑你？

「沒有，因為我拚命地說明我的想法。」

——她都仔細聽了？

「比我媽好多了。」

——可是，你想一個人回到二〇二五號和陌生的砂川家人一起生活嗎？

「那不會很難吧。」

——是嗎？我想這和家人一起生活很不同哦！

「會嗎？我覺得和父母一起生活更難過哩！只因為他們是父母，我是小孩，就任憑他們莫名其妙地安排我的一切。如果和外人住一起，只要遵守規約，反而輕鬆。」

——你把這話跟砂川里子說了嗎？

「說了。」

——她很驚訝？

「她說，跟我們一樣啊！」

——跟我們一樣啊，這話……

「嗯，可是那時候我還不知道阿姨說的是什麼意思，我對砂川家也一無所知。跟著，阿姨告訴我，我們其實也是沒有血緣關係的一堆人住在一起而已，阿姨的名字也不叫砂川里子。」

——這下換你吃驚了？

「嗯，我嚇一大跳。只有伯伯真的是砂川信夫本人，阿姨只是借用伯伯家人的名義——說是為了這棟房子——我聽了，一時還搞不清楚。」

——可是聽了這話以後，你不會更想獨自搬回二〇二五號嗎？

「想啊。可是阿姨跟我說，事情沒那麼簡單……。這時她才毫不保留的告訴我，他們為什麼住在二〇二五號，還有拍賣佔住等等事情。」

小糸孝弘不是從父母口中，而是從佔住人之一的砂川里子那裡知道這一連串內幕的。

「她說，我了解你的心情，可是這事早川社長有安排，我們不能把你納入這個家族裡。聽了她的解說後，我也知道沒辦法囉。」

——你很失望吧？

「可是也有點高興，我發現還是有人感覺和我一樣。」

——你是指覺得和外人一起生活比和家人一起生活幸福嗎？

「對。我雖然是小孩，可是想離開爸媽，希望從爸媽的束縛中獲得解放。一般的小孩不都這麼希望嗎？」

——你覺得自己的遭遇不尋常所使然吧？

「我現在還是這樣想。人生很荒謬！」

——那要看你怎麼想了。你後來又去過二〇二五號幾次？

「因為阿姨說，你想獨處的時候就可以過來，她把裡面的房間空給我。所以，我放學後常常跑到那邊，直到傍晚阿姨趕我回家時才走。」

——她說很晚了，快回日野的家吧？

「對。不過，她常常請我吃飯。」

——砂川里子幫你準備吃的東西？

「嗯，她說男孩子很容易餓的。可是阿姨也在上班，好像很忙，我有點不好意思。」

——她白天在超市上班，晚上在酒館打工。

「是啊！我去二〇二五號的時候大概是下午四點或四點半，那時候阿姨回來了，又要照顧老婆婆，又要準備晚飯。」

——你見到其他的人嗎？砂川信夫和砂川毅？

「我見過伯伯兩次。」

——感覺怎麼樣？

「人有一點陰沉，可是對我很好，還像對大人說話似的對我說，你也很辛苦哩！」

——砂川毅呢？

小糸孝弘的臉色突然罩上烏雲，視線落在膝蓋上，眼珠子在眼皮下咕嚕咕嚕地轉。

——你沒見到他？

「沒有。」

——你對他沒興趣嗎？他是立場幾乎和你一樣、也有同樣感受的年輕人啊！他不是最能認同你認為父母沒有權利擅自左右子女人生的人嗎？

「……我不知道。」

——他也住二〇二五號吧？

「阿姨說他幾乎都只是回來睡覺而已。」

——砂川里子怎麼看砂川毅？

「我不知道。阿姨……好像很擔心。」

——她沒說他們有吵架？

「她沒有跟我說。」

——我們再回到原來的話題。你父母帶著你離開日野的家逃亡，你聽到二〇二五號的命案時，跟父親說你很擔心砂川家的人，你說想確定一下他們是不是真的遇害了？

「是。」

——你父親聽了怎麼樣？他也擔心砂川他們嗎？

「他說和那幫傢伙扯上關係是個錯誤。」

欠缺抑揚頓挫的語氣，即使是引用父親的話，小糸孝弘也不忍心用「那幫傢伙」來形容砂川家人。

——你父親聽你說認識砂川家人時不訝異嗎？

「那時候他似乎沒有餘裕注意到這件事。」

——可是你父親還是向警方出面了。

「這樣逃亡，人家會認為是爸爸殺了砂川家人，因為那時候還沒有人知道買受人石田也逃亡了。」

——你父親並沒有殺害砂川家人的動機啊！

「我不知道。或許有。爸爸很討厭砂川家人。」

——為什麼討厭？跟你一樣，他也知道砂川家的特殊情況？

「他不知道。爸媽都是看到新聞報導後，才知道砂川家不是一般家庭。這點事前只有我知道。」

——你沒告訴父母親？

「沒有那個必要。」

——聽了你的話，覺得至少在當時，你對砂川里子好像比對父母有親近感。

「怎麼說呢？我也不知道。」

少年歪著頭，臉色陰沉，突然像嗆到似的繼續說。

「我不知道是不是親近感。只是阿姨願意好好聽我說話，她都整個聽完我說的話，不會像我媽那樣，只照她喜歡的意思扭曲我的話，所以很容易溝通。她雖然不了解我，可是她不像我媽只聽自己想聽的話。」

事實上，砂川家人的遺體被運走後，搜查二〇二五號的刑警很快就感到哪裡「不對勁」。這個家庭不是普通的家庭——有一種暫時居住的感覺——家具和電器像是別人寄放的東西——實際上，走廊旁邊的臥室裡面、沙發和桌子都蓋上布罩，不像有使用的樣子，反倒像是被保管的樣子。

儲藏室裡這個不對勁的感覺更強烈。整整齊齊塞在紙箱裡的是幾本家庭相簿。我們先說結論，這些相簿是小糸家留下來的，因此照片上的人物都是小糸家人，並沒有已死的砂川家人照片。

砂川都梅陳屍的和室壁櫥裡，只有一些看似隨身換洗衣物，都以手提袋和大型紙袋裝著。客廳的桌子鋪著很大的桌巾，一塵不染。組合音響的電源拔掉，電線收好外，還罩上塑膠套（塑膠套上濺有許多血跡）。怎麼看都像活在這屋裡的人如同小心翼翼地踩在一堆雞蛋上，不敢弄壞弄髒任何東西。

此時，刑警找不到這些死者的照片。他們究竟是誰？翻遍整間屋子，就是找不到一張他們的相片，也沒有別處寄來的信件。後來抓到早川社長，從偽造的租約和戶口名簿查明死者的身分後，還是沒有他們的照片。要從他們死亡的臉龐推斷出生前的表情，需要很大的想像力。二〇二五號姓砂川的這四個人，有很長一段時間是沒有長相的人。

大家能清楚看見他們的長相，是在報紙開始大肆報導以後。

「媒體開始騷動時，整個日本不感到驚訝的，大概只有我吧！」

小糸孝弘微笑地說。

——是啊！就連早川社長也相當驚訝。你是砂川家人死前唯一和他們分享祕密的人。

少年臉上的淡淡笑容消失了，換上一副快哭的表情。

「可是，我不能獨處了。阿姨已經不在了。真的不在了。」

第十四章　生者與死者

小糸孝弘說的「媒體騷動」，是在早川社長接受警方偵訊，揭開二〇二五號砂川家人身分，並經媒體詳細報導的三天後，也就是六月八日那天開始。

埼玉縣深谷市，一個距離大東京市中心約八十公里，高崎線沿線的小都市。古老城鎮的風貌還留在僅存些許的深谷城牆遺跡一帶。這裡本來是上越新幹線的一個站，但這地位被隔鄰的熊谷市取代以後，失落的城市情緒漂浮市區各處。幸好還有不怕長途通勤的「首都圈民」的堅持，深谷市仍然是東京的市郊住宅區，因此深谷車站入口處櫛比鱗次的小餐飲店和麵包店的開店時間都很早。

三明治店「蘆邊」也是其中之一。它位在深谷車站入口的巴士站北邊三十公尺處。十年前開張時，撐不到半年就差點倒閉。畢竟位置不佳，趕搭第一班電車的通勤族下了巴士，不願多花幾分鐘來回這三十公尺一趟的路。

的是乏人問津。

剛開始時，蘆邊的經營一直不上軌道。不過，這裡的三明治、御飯糰和豆皮壽司風味極佳，價錢也比其他店便宜三十到一百圓，紙杯咖啡是真正的滴漏式咖啡，如果事先要求，還可以幫客人裝進保溫杯或保溫壺裡，也接受訂做午餐便當。這麼多好康的賣點，在顧客口碑傳開以前，真的是乏人問津。

蘆邊的老闆伊澤和宣及太太總子，都是深谷市人，他們是青梅竹馬。雙方家族都經營餐飲業，他們高中畢業後各自幫忙家業，二十歲結婚後獨立創業。他們先開什錦燒烤店，然後開咖啡廳，接著換開串燒店，總是開了又關，關了又開，一連串的創業史。

伊澤和宣說，或許他有經商才幹，也或許他是相當走運，雖然常常改業，但不曾虧損過。蘆邊也一樣。蘆邊是他們夫妻開的第七家店，店面也是最簡單的一家，擺架都是舊的。因為位置不好，附近的店家都冷言冷語地說，伊澤這下要失敗了吧！經過半年的苦撐，蘆邊生意開始興隆後，他們才半驚愕地相信伊澤的不敗神話。

純粹為興趣開店的伊澤夫妻成功的祕訣，一是不講究店面裝潢，二是不節省人事費用，同時精心培養員工。他們過去開店時，即使是只有四、五坪的小西餐店，也一定另外雇請員工。伊澤相信，如果只是夫妻兩個人做，一定早晚忙不過來，經營受阻。

因此這十年來，伊澤夫妻最倚重的店面幫手就是砂川里子，開蘆邊這家店自也不例外。

砂川里子生於一九四八年，今年四十八歲，埼玉縣朝霞市人。父母雙亡，小她兩歲的妹妹一家三口還住在那裡。里子高中畢業後上東京，在新宿的百貨公司上班。二十五歲時經上司介紹，相親結婚，兩年後生下兒子毅。毅現在二十一歲。或許是同困共苦的關係，母子感情非常親暱。

千住北美好新城西棟二〇二五號的命案消息在砂川里子眼裡，起初很有意思。就和與命案沒有直接關係的人一樣，里子也是從電視報紙蒐集資訊，根據這些片段的事實去拼湊推測真相。

里子在蘆邊的工作，是和伊澤總子一起採購食材、烹調、販售。凌晨三點就要上班，她都早半個鐘頭起床。蘆邊在清晨四點開店，之前的一個小時都是忙得團團轉的，沒有時間看電視報紙。事實上，凌晨三點電視也沒有新聞，連報紙都還沒送來。砂川里子每天默默起床，默默去上班。伊澤夫妻也一樣。

當蘆邊開店做起生意，客人陸續上門後，日常的生活對話才開始。大部分顧客都是要到大東京市中心的上班族，他們多半腋下夾著報紙，有的是在公車站附近的書報攤買的。那天早上，一個上班族從砂川里子手上接過三明治，付了錢，等著找錢的時候，突然對里子說：

「阿姊，你在荒川區被殺了，你知道嗎？」

砂川里子愣了一下。因為緊接著要應付下一個客人，她沒聽清楚剛才那人說的話。

「啊！什麼？」

「這個呀！上面都登了。」

中年人拍拍腋下的報紙。

「荒川區的高級公寓大廈不是有四個人被殺嗎？被害者的身分已經查出來了。」

「啊呀！真的啊？」

「跟你同名同姓呢！害我嚇一跳，雖然是巧合，但你不會好受吧！」

伊澤兩夫妻都有廚師執照，十年前在他們的鼓勵資助下，里子上班不久後也去考了執照。因此，蘆邊的牆上貼有他們的執照，好讓顧客知道這家店的食品都出於有執照的廚師之手。

伊澤總子笑說做這種外賣生意，還有其他好處。雖然已經是歐巴桑了，可是同年齡的男顧客都稱她們「阿姊」。客人看到牆上的執照，知道她們的名字，又聽到她們稱呼彼此，自然知道誰是砂川里子，誰是伊澤總子。但他們還是習慣稱呼她們「阿姊」，她們也習慣了。

所以這時候，砂川里子對客人能根據新聞報導的內容，把她本人和名字連在一起，感到有點不好意思，靦腆地笑著說「是啊！」打發了他。

可是隔沒多久，一個來買牛奶和三明治的年輕人也說了同樣的話。

「阿姨，你的名字登在報紙上囉。」

這個年輕人大概一個人住吧，是每天來蘆邊買早餐的老顧客之一，也常常訂做午餐便當。他有著略顯性格的凹下巴和討人喜歡的笑容，總子和里子都感覺他像兒子一樣。

「剛才也有人說了。」

里子笑著回答。年輕人把手上的報紙遞給她，是《日本日報》。

「看！是不久前才鬧得很大的命案，記得吧？荒川一家四口命案，遇害的一家姓砂川，女主人的名字叫砂川里子，你看了沒？」

「啊，不用，我等一下去買。」

「沒關係，這個給你，我已經看過了，而且你也常常算我便宜呀。」

說著，年輕人手上的報紙換過三明治，然後又笑著說：

「阿姨，你今天一定會聽到很多人說同樣的話。居然有這種巧合！」

事實上，後來是有幾個老顧客也跟她說，「看報沒有？」「阿姊，上報囉！」早上的匆忙時刻，大家都忙，沒有深入交談的餘裕，只能適當地敷衍說「討厭！」「欸，知道啦！」就好。客人也不是特別慎重，只是半親切半調侃地說「真是不吉利的巧合」而已。

砂川里子在認真工作的時候並沒有深入多想，年輕人送她的報紙，在早上的忙亂時刻結束以前，連瞄一眼的時間都沒有。

「到底寫了什麼東西呀？」

好不容易得空了，她嘀咕著翻開《日本日報》，已是九點過後的事了。這時，蘆邊會暫時關上櫃檯，休息兩個小時。這段時間，砂川里子和伊澤夫妻習慣到停在狹窄店面後方、車身漆著「蘆邊」大字的麵包車裡吃遲來的早餐。早餐向來都是總子準備。那天吃的是御飯糰配味噌湯。

里子喝著總子從保溫壺倒在馬克杯裡的熱茶，翻看報紙。頭版以晚報特有的標題方式寫著：「荒川一家四口命案　遇害者一家身分查明」。報導內容放在二版，但篇幅不大。這也難怪，又不是抓到凶手，或是找到凶嫌發布全國通緝，只是查明被害者身分而已，通常不會是大新聞。

里子不待仔細看完報導，就看到「砂川」字眼，也找到自己的名字所在。從里子背後探頭一起看著報紙的總子說：「真的耶，是姓砂川哩。」

那時里子的腦子正好一片空白，沒有回應總子的話。她左手拿著報紙坐著不動，跟著握著馬克杯的右手一斜，熱茶灑到膝蓋上。

總子趕緊扶住里子的右手，接住差點掉落的馬克杯。

「里子，怎麼啦？」

「會燙傷呢！你幹什麼啊？」

如同總子所說，茶水還很燙，滲濕里子穿的混紡長褲，膝頭印出一個有如繪本中的無人島形狀的水漬。里子渾然不覺，右手沒了馬克杯，她很自然地抓住報紙另一邊，好像不緊緊抓住，這張薄薄的報紙就會從她眼前溜走一樣。

「砂川太太——」

伊澤夫妻面面相覷。

「到底怎麼了？」

總子輕搖里子的肩膀。里子像沒有脊椎般上身搖晃，然後像想起什麼似的放下雙手，視線離開報紙，看著身旁的總子。

里子臉上的血氣盡失。

「——是我老公。」

她喃喃的說。總子沒聽清楚，感覺里子像在嘖舌。

「啊？什麼？」

伊澤和宣的耳朵比較尖，坐在麵包車前面的他轉身問里子：

「那不是巧合吧？真的是你老公嗎？」

里子又恍惚地攤開膝上的報紙，呆呆地猛眨眼。總子把報紙拿過去，急速查看版面，激動得一直看不進文章。

「——遇害的四人推測是砂川信夫（46）、妻里子（48）、兒子毅（21），以及信夫的母親都梅（86）。」

總子把這段看了兩遍，上面是寫著里子的名字。她看到（48）這個數字時，本能地去想里子現在幾歲了？伊澤從她手中把《日本日報》拿過去。

「這是你那個失蹤的老公嗎？」

里子雙手按頰，愣愣地點頭。那樣子看似少女般無助，總子突然覺得她好可憐，靠過去摟著她。

「不要緊吧？振作點，或許是弄錯了。」

里子搖搖頭。「我完全不知道，」她幽幽地說。

「什麼不知道？」

「可是這的確是我老公的名字，年齡也一樣。」

她慣性似的繼續搖頭。

「而且也登出我的名字，連毅和婆婆的名字也都登出來了。」

「欸？怎麼回事？」

總子的嘴巴湊近里子耳邊，聲音尖銳的說道：

「你老公的名字和里子你的名字都一起登出來了？然而，不只是里子你？連毅也都登出來了嗎？」

伊澤臉色凝重地瞪著總子。

「我看你最混亂了，搞不清楚什麼是什麼。」

「我是不清楚嘛！」

總子又把報紙搶回來，但是不待重讀報導，她腦筋裡已經整理出里子在說什麼、那段報導是什麼意思了。

砂川里子的先生信夫拋棄家庭離家出走，到今年已經十五個年頭了。按照現在的說法是「失蹤」，但在伊澤夫妻和里子的年代，他們稱這種行動是「蒸發」。多年來，里子獨力扶養兒子。伊澤夫妻十年前開始雇用她，那時她比現在瘦很多，一看就知道是經濟陷入困境，整個人散發著疲累困頓的氣息。是雙方都認識的人向他們請託，說有位太太被不負責任的老公拋棄，生活困頓，請他們雇用她。

他們這裡又不是需要填履歷表又要面試的高檔工作，於是約了她在附近的咖啡廳喝茶見面。不到一個小時，他們決定錄用她。他們不是同情里子的不幸遭遇而給她這份工作，他們沒那麼天真，而是覺得對她的人品有好感和信賴感。

里子在述說自己的艱辛遭遇時，並沒有亂說突然蒸發了的丈夫的壞話。關於這點，倒是介紹里子的那個熟人說得非常刻薄。

「我猜他外面有女人了，才會突然就這麼消失不見，再也沒回來過。連那個月的薪水他都一毛不剩地帶走，害里子他們的生活立刻陷入困境。那種老公，簡直是人渣！」

但是，里子沒有這樣說。她只是語氣平靜地敘述，她不認為丈夫另外有女人——不，也或許有，但不認為他會為那個女人離家出走。她說丈夫蒸發的原因可能在於砂川的家庭關係。

「他對我是有不滿，但他不是那種會開口挑剔抱怨的人，只好默默離家。我和孩子雖然苦，但他的日子也不會好過吧。」

總子在她的語氣中感到有如姊姊對弟弟的關懷之情，後來知道里子的確比先生大時，心想果然如此。

總之，里子的丈夫砂川信夫下落不明，失蹤至今，突然變成東京都荒川區高級公寓大廈裡的遇害者登在報紙上，而且和他一起遇害的家人姓名，就是他真正的家人姓名——里子和毅。

「里子沒死，毅也活蹦亂跳的，這一定弄錯了。」

伊澤無視呆呆指責報導的總子，問里子說：

「你婆婆的名字是都梅嗎？」

里子點頭，「是啊，信夫的媽媽是叫都梅。」

「那這一切不是都很吻合嗎？」

「可是明明就不對嘛！」

「你還搞不清楚，就安靜一下吧！」

伊澤這麼說了總子後，皺著眉頭再問里子：

「怎麼樣，砂川太太，你看是不是該好好確認一下？」

里子茫然地睜大眼睛，「確認什麼？」

「看這是不是真的？」

「我們再看看別的報紙吧！」總子趕緊提議，「這家報紙常寫八卦，看看《朝日》還是《讀賣》怎麼寫？」

伊澤也帶勁起來，「去報攤買吧，好想知道得更詳細一點。」

「對啦，對啦，還有，里子，問一下毅吧？快打電話吧。」

「對，」伊澤也同意，「用這個打！」

伊澤取出腰間的手機遞給里子。里子接過手機，手在發抖。她指尖顫抖地按著手機的小小按鍵，一直按不好。總子看不過去，伸出手。

「我幫你打，阿毅已經上班了吧？」

砂川毅在大宮市內的裝潢公司上班。

「會不會去工地了？」

「那孩子——也有手機。」

里子夢囈似的說出手機號碼，總子按完鍵，等待接通。這時候必須很有耐性，沒辦法，因為是打給上班中的人。

鈴聲響了十遍，毅才接聽。總子感覺自己的呼吸差點停頓。

總子報上姓名後，語氣不太耐煩的毅立刻變得討好起來。

「啊，阿姨，早安。」

砂川毅叫伊澤夫婦叔叔阿姨。從那開朗的語氣聽來，他還沒看到報紙，也沒看到電視新聞，同事也還沒跟他說「你的名字上報了」。

問候完，毅的語氣一變，「怎麼了？我媽有什麼事嗎？」

「沒有，你媽就在我旁邊。」

總子趕忙說，同時斜眼看里子的表情。她還是垂著頭坐在那裡，視線緊追著《日本日報》的報導。

總子很快地把事情敘述一遍，毅不時發出質疑的聲音回應，他也覺得不是開玩笑的。

總子還在跟毅說話的時候，伊澤抱了一疊報紙回來，還有幾本週刊。總子心裡想，現在店頭賣的雜誌怎麼可能有今天才上報的新聞報導分析呢？這個人還真蠢。

「阿毅，公司裡還沒人跟你說什麼吧？」

「沒有啊……。我今天是直接到工地。」

他說還沒跟公司裡交情不錯的同事碰面。

「你媽有點嚇到了，臉色很差。」

毅的聲音裡滿是擔心，「不要緊吧？」

「我們陪著她，沒問題的。不過，你今天很晚下班嗎？能不能提早？」

「不行啊……有點難呢。」

伊澤晃著小肥肚皮探身過來，拿走總子手上的手機。

「毅君，是我。」

「叔叔，抱歉。」

「你媽媽和我們在一起，你下班後今晚到我們家來一下。這個報導是不是真的，不確認一下不行。我們會先查證一下，但還是要好好談一談。」

砂川毅答應了，還說自己馬上去看報紙。伊澤用眼睛問里子「要不要聽電話」，里子伸過還發抖的手抓住手機。

「喂，是毅嗎？」

「媽？你不要緊吧？」

「嚇壞我了……」

「很可能是老爸，或許是真的，可是把你、我，還有奶奶的名字也登出來，很奇怪吧？或許是天大的誤會，或許是警方找到老爸了，就斷然做出結論吧？這樣吧，你先和叔叔阿姨好好商量，我得空時立刻趕過去。」

里子頻頻點頭，更加垂頭喪氣，有些淚眼矇矓。

「遇上這種事真麻煩！可是你爸爸死了，他們會打電話通知我吧？我還得去認屍，要確認他的臉啊。」

「媽，你不要胡思亂想，或許是報紙搞錯了，畢竟我和你都沒死啊——對了，打電話到奶奶的醫院問問看。那裡人更多，恐怕比我們這邊鬧得還大，護士都會看報紙的。」

里子結束通話，伊澤坐回駕駛座。

「毅君說得沒錯，但打電話不如直接過去看看。你婆婆住的醫院就在附近嗎？」

砂川都梅住的是特別養護老人院，從蘆邊所在的車站前向市區北邊開車約三十分鐘。對習慣每個週日下午去看婆婆的里子來說，這是條已走習慣的路。道路很空，伊澤開得很快。

途中他打開收音機，正好開始播報新聞。新聞報導說荒川一家四口命案的被害者身分已查明，但是沒有報出他們的全名，只說警方認為「是砂川信夫，無業，四十五歲，及其家人」。車上的三個人都豎起耳朵，直到新聞轉到下一條消息後，伊澤總子嘆口氣。

「剛才都沒有清楚說出身分啊。」

「廣播新聞的時間短，省略了吧。」

砂川里子想著伊澤剛才買來的各家報紙，寫法也不盡相同。有的清楚寫出一家四口的名字，有的雖然寫了四個人的名字，但都加上「認為是」「推定是」的字眼。有的只有寫出戶長砂川信夫的全名，有的只寫出「早川社長認識的無業男性」，連年齡都省略。

這樣眾說紛紜的報導，大概是根據警方記者會或是其他管道發布的消息所寫，裡面也摻雜了一些推測。

自從砂川信夫失蹤以來，對里子來說，「辛苦」就是「生活」，而且每天的生活都是處在「相當艱辛」的水平，絲毫沒有喘口氣的餘裕。

然而，里子並不怨恨離家出走蹤影全無的信夫，有時候還會為他擔心。雖然有時候也會氣他，但真的不曾恨過他。

大概沒有人能了解這樣的心情，所以她也不跟人提，只是默默過著日子。丈夫走後，她還是繼續照顧婆婆、獨力扶養兒子，同情她的善意關懷和追根究柢的惡意探索隱私，多半都是對她的誤解。

對於里子仍和婆婆共同生活的情況，善意的人都說：「里子真了不起，沒有拋棄婆婆。」惡意的人則冷笑說：「一定是覬覦婆婆的財產吧。」

信夫剛失蹤的兩、三年，這類臆測流言不斷傳進里子婆媳的耳朵裡。每回聽到，她們只能苦笑、失笑、大笑、相對而笑、獨自發笑，或是為了讓為她們不平的朋友發笑而笑。

事實上，是里子和都梅找不到分開居住的理由而繼續住在一起。因為少了信夫，她們更需要彼此。里子出去工作時，需要都梅做家事照顧毅。都梅當時剛過七十，身體還很健朗，更怕孤獨寂寞地獨自生活，希望留在里子和毅的身邊。

此外，她們兩個也合得來。雖然偶爾也會吵架，互相嫌煩，但基本上還是很合得來。比如說在食物的調味、打掃的方式、收納的方式等生活中極其實際的地方，兩個人的想法都一致。她們都喜歡打掃，擅長收拾整理，尤其注意浴室廁所的乾燥整潔。在煮飯方面都不那麼帶勁，像天婦羅和炸豬排等會濺油弄髒廚房的菜色，她們都認為到外頭吃或是買回來吃較好。女人只要在這個部分好惡一致的話，資本主義者和共產主義者都可以一起生活了。

對雙親早逝、親友無幾的里子來說，都梅是她唯一可以喊「媽」的親人，都梅的存在當然很有份量。毅雖然是祖母帶大的孫子，但沒有不良的影響。即使信夫不在，里子、毅和都梅三個人仍然組織了一個不錯的家庭。

而她們的想法，就是家人要住在一起。

都梅常常向里子抱歉——當然是為了信夫的事。我怎麼養出這個拋妻棄子的兒子？里子，對不起。她一邊道歉，也不忘咬牙切齒地罵信夫，那個不成材的兒子！不是生氣始而道歉終，就是道歉始而生氣終。

毅上高中時，曾經評論都梅這種感情爆發的模式：「那已經成了奶奶的嗜好，幾乎已經是她的生存價值了。」里子常常覺得都梅很奇怪，但也只能尷尬地笑著，無法阻止她。

都梅生氣時滿不在乎地詛咒信夫不得好死，甚至說那傢伙要是敢回來，我就殺了他。

里子並不驚訝，因為她知道信夫的蒸發，也是對和這個個性強悍的母親長年累月的爭執感到累了。

信夫沒有留下隻字片語，也沒打電話，就這麼一去不回。只是，從他收拾隨身物品帶著旅行袋出門的舉動來看，可以判斷他是主動離家的。存摺也不見了。

那時候里子在感到慌亂憤怒、悲嘆不安之前，竟是想到：

——啊！爸爸真的這麼做了！他終於下定決心走了！

然後才感到很傷心，眼中泛淚。

差不多有一個月的時間，她晚上都睡不好，老想著沮喪氣餒的信夫會不會拎著旅行袋回家呢？聽到一點聲音就醒過來，起床去看是什麼聲音時，只見穿著睡衣的都梅站在門口回頭望著她。

「我好像聽到敲玻璃的聲音。」都梅露出可怕的神情說道。

「信夫是個窩囊廢，回來的話一定半夜三更偷偷溜回來。他敢回來，我就把他打出去。里子，你可別袒護他啊！」

哦，我不會袒護他的。里子搪塞過去，又回到床上，但總是豎著耳朵直到天亮。有沒有信夫回來的動靜？她心裡想著，要是他回來，我沒比奶奶先發現的話，他就可憐了——他和奶奶都可憐！

這種睡眠很淺的夜晚，隨著時間的經過而漸漸減少，間隔也越來越長。雖然不能說是完全沒有，但是不想信夫的日子增加了。她也習慣了。

可是，她不曾恨過怨過。

砂川信夫死了——而且好像是被殺害的。里子不只沒想過他會比奶奶先死，甚至沒想過他會死。

里子認為，信夫是為了逃避殺死母親都梅、和都梅一起死、為逃離都梅而自己去死這些毀滅性的結果才離家出走的。因為信夫相信那是最和平安泰的路，所以蒸發了。拋棄里子和毅，也是為了逃離都梅而不得不然。里子不恨信夫，是認為信夫對他們母子不是沒有愛。

里子曾模糊勾勒出的砂川家未來是這樣的：都梅壽終正寢，安詳地過世。她拿出存款，盡可能幫都梅刊登版面較大的訃聞，希望能讓信夫看到，報知他母親亡故了，也告知他自己的居處。這樣做，信夫一定會來見她，他們重新建立新的人生和新的家庭的時候一定會到來。都梅死後，面對母親的牌位，他一定有許多心裡話要說。

可是，里子後來又覺得，即使信夫回來，自己也不可能再和他一起生活了，甚至認為他回來的時候就是他們真正要離婚的時候。

三年前的新年過後，她的想像有一部分破滅了。那就是都梅病倒了。當救護車把她送到醫院後，診斷說是腦中風。雖然性命無礙，但她幾乎不能言語，而且右半身癱瘓。里子聽了醫生的說明後，心想奶奶不會死了。

都梅住院時努力復健，但是八十多歲發作的腦中風嚴重影響身體各處，除了中風前的重聽和慢性腰痛外，整天她都喊著這裡痛那裡痛，不久就出現輕微的老人癡呆現象。住院半年後，主治醫師說再多做住院內科治療已經沒有意義，居家看護也不方便，建議把她送去專門的養護中心。

里子搖搖頭，心情上她是不忍，經濟上是沒有這份餘裕。於是主治醫師再建議他們利用市政府的看護支援制度，並申請特別養護老人院。因為醫生幾乎可以斷言，都梅的症狀往後既不會惡化，也不會改善。

都梅出院回家那天開始，里子的生活更忙了。也因為醫療費用的增加，經濟上更加拮据。

伊澤夫妻雖然關懷有加，但是也不能老是依賴他們的善意。當時還是高中生的毅也開始早上送報，放學後到建築工地或便利超商打工，幾乎沒有休閒的時間。有時找到特別好的打工機會，還會偷偷翹課去上班。他自己一開始就說要放棄唸大學，後來又想索性高中也休學去工作吧。只有這點，里子拚命讓他打消念頭，因為不希望他將來長大成人了卻後悔高中都沒畢業。

那時候，看到毅在朋友去玩的時候卻忍餓挨睏在建築工地現場指揮交通的樣子，再看看一天只能睡四個小時下眼眶烏黑的自己的臉，里子忍不住感到頹喪疲累：就我們母子這麼辛苦嗎？然而最令她傷心的是，必須日日目睹那曾經心高氣傲、克己苛人的都梅已經完全是個病人的事實。

把害怕獨處的都梅留在家裡自己出去工作，也讓里子感到難過。不論看護多麼用心，都梅還是無法輕易熟悉接納她們，她就像孩子尋求母親般盼尋里子的身影。在她身上，早已不見當年厲害婆婆的面貌。

因此，當都梅偶爾以讓看護訝異的強烈憎恨語氣破口罵人時，里子反而很高興，這讓看護更驚訝。這些巡迴各個家庭的協助看護都是社會經驗豐富的人，她們都以為里子和都梅是母女，這也讓里子覺得好好玩。當她們驚訝地說「啊！你是媳婦啊？」時，里子就有一股痛快得意的感覺。

里子和毅努力維持了兩年這種有如走鋼索的生活。毅高中畢業後順利就業，也度過了成人禮。但是都梅的癡呆症狀繼續惡化，里子如果不辭掉工作回家全天照顧她，已經難以確保她的安全和安樂了。

正好這時深谷市郊的特別養護老人院來通知說有床位了。

「這真可以說是奇蹟哩！」伊澤總子大大噓口氣。

「簡直就是有人伸出援手來嘛！」

里子對這份幸運毫無異議，但是心裡百感交集。里子和毅都累了，老實說，現在要能把都梅送去專門的安養院，不知有多好！可是另一方面，拋棄都梅的罪惡感也折磨著她。

而且里子想，可能還有比我們更辛苦、更迫切需要特別養護老人院床位的家庭吧……

這想法惹得毅大笑。「媽，別傻了！在別人眼中，你已經是艱辛困苦的冠軍了。」

他雖然這麼說，但也不是笑著贊成把都梅送進安養院。

「進去以後，癡呆會更嚴重吧？」他不安的說道，「如果我日夜兼差，媽就可以辭職嗎？媽如果在家陪奶奶，她就不用進安養院了吧？」

里子當然斥消他這個念頭。毅再年輕，這樣日夜工作不好好休息，總有一天會出問題的。到時候，毅也病倒了，里子更不知如何是好了。

真的是難得的機會。住進醫療設備完善、隨時可以有醫療照護的安養院，對奶奶來說比較好——伊澤夫婦這樣勸里子後，她還是花了好幾天工夫才下定決心。即使下定決心了，又動不動就想改變主意。

還有，說服都梅也是一件大事。里子認為都梅一定會說不要去安養院，要留在家裡。

里子並沒有要把哭鬧的都梅硬送進安養院的強烈意志。如果都梅責備她說，「里子，你不要我了？」她會無言以對，因為這是事實。不管以什麼方式，不論過去如何盡心盡力，只要現在把都梅送進安養院，就是拋棄她——

然而，出乎意料的，都梅很爽快的答應要住進安養院，甚至還催著快去。

「要去的話，越快越好！我想要快點治好，就去安養院吧！」

里子驚訝不已。都梅知道自己有病，也想快點治好，讓里子有些難過。

安養院的職員告訴里子，在適當的設施裡面接受照護，加上團體生活的刺激，有時候是可以改善老人癡呆症狀的，里子這才下定決心。雖然心裡還是有一抹罪惡感，但以後盡量常來看望都梅，至少可以做些彌補吧。

幸好，都梅很快就習慣安養院的生活。這也因為她有「想要治好」的積極心態。里子來這裡看過以後，才發現都梅過去每天獨自關在家裡、看家做家事的生活其實很無聊。都梅的癡呆沒有好動亂走亂吃東西的傾向，而是靜靜地封閉自我，變得像植物般無感情、無反應。她也不是日復一日真正完全的自我封閉，有時候她也會說些比較開朗的話，行動也會突然很敏捷，症狀時好時壞，但基本上她的身體和大腦確實在慢慢老化，把她自己關在「靜謐的牢籠」裡——里子認為，我們家的奶奶是這一型的「癡呆」。

因此，里子會讓都梅高興，主動給她一些事情做，讓她有些責任，不會亦步亦趨地跟著她。她們家附近也有一位照顧婆婆的主婦，她的婆婆是好動型的癡呆，她常常抱怨照顧得很辛苦，好羨慕砂川家的老太太那麼安靜。里子聽了，多少感到安慰些。

在安養院裡，日常性地受到外面世界的刺激，讓都梅復甦過來。至少掌控她感情生活的那部分，從長眠中甦醒，又開始活動。里子星期天去看望時，她會生氣地說某個護士心地好壞，或是害羞地說幾號房的老爺爺對她很溫柔，會推著她的輪椅到中庭散步，或者是流著眼淚說她看到麻雀雛鳥掉到地上摔死了，在在展現已經消失許久的感情流露。

不過，本來應該是可喜的事情，卻意外地出現了麻煩問題。

都梅住進安養院半年後，一如往常里子在星期天的中午前去看她，當時都梅坐在床上看電視。她看得很入迷，沒聽見同房老人說話的樣子。究竟在看什麼？里子心想，便也好奇地看看電視。

是個和觀眾互動的「尋人節目」，畫面中正好是一個三十歲左右的女性，含淚訴說想找尋二十年前和她父親離婚後再也沒見過面的母親。

都梅身體傾向前，盯著電視機不放。里子出聲喊她：

「奶奶，我來啦。」

都梅沒有察覺，嘴裡喃喃說著什麼。

「啊，怎麼？我說奶奶呀，電視那麼好看嗎？」

都梅突然坐直身子，轉頭看到里子，抓著她的手臂指著電視。

「里子，里子你在幹什麼？快點寫啊！」

里子一頭霧水。電視螢幕上，主持人和女星來賓，以及剛才那位尋母的女性都一起眨著紅潤的眼睛。

「寫，寫什麼？」

都梅焦急地手腳亂舞亂揮。

「你看到那些字嗎？電話號碼在那裡，快點寫下！打電話過去。」

螢幕下方流過「募集尋人」的字幕。「生離的家人、忘不了的初戀情人、昔日的恩師——我們幫你找到他們，真情相對！」

都梅指著字幕。

「里子，快點寫下來，拜託他們，可以幫我們去找。」

「找，要找誰啊？奶奶。」

都梅露出許久不見的厭惡表情。

「找誰？太無情了吧！這麼說來，你一點都不想找他囉，肯定是這樣的！」

「我說奶奶呀……」

「找信夫啊！」都梅說著揉搓濕潤的雙眼。「請電視台幫忙找信夫啊！那孩子一定也很想回家的。」

里子太過驚訝了，感覺像失掉方向一般，一時之間不知怎麼回答都梅才好。

信夫蒸發以來快十五年了，這是都梅第一次提起這事。

「找信夫！」

「那孩子一定也想回家的。」

里子不能不懷疑自己的耳朵。都梅直直瞪視她的厭惡表情，也讓她受到莫大的衝擊。

在砂川家裡，都梅的憎惡、都梅的焦躁、都梅的嘆息，永遠是針對信夫。都梅的口不擇言，或許就是信夫自認人生不幸的原因。她總是公然地表示對這「不成材的兒子」的憤怒，以及這「不成材的兒子」不了解我不得不忍辱偷生的委屈。

她從不顧慮信夫的感受，當面這樣數落他，甚至像用言語鞭笞信夫般故意說給他聽。

里子嫁進來之初，覺得他們是對奇怪的母子。信夫是上司推薦的相親對象，里子本身對信夫的確沒有強烈的思慕與愛情，只是覺得他這個男人認真老實而親和。

本來應該會誇讚兒子，稍有不對便苛責媳婦——至少世間都有這習慣——的婆婆卻對里子說：

「你能嫁給信夫，真是感恩哪！可是里子啊，看來你也是可憐人，選擇了背負辛苦哦。」

不只是這樣，她還嚴厲地斥責兒子：

「人家肯嫁給你這樣的人，要是不好好對待人家，會有報應的！」

不管母親說什麼，砂川信夫不是裝做沒聽到，就是隨口「是、是」地敷衍過去。這也讓里子很難理解。婚後不久，她忍不住問信夫，「你怎麼受得了媽媽那樣刻薄的話語？媽媽又為什麼要那樣整你呢？」

砂川信夫懦弱地笑笑，疲累地撇撇嘴角說，「沒辦法哪，我就是這種角色，你不用在意我媽說什麼。」

「不行呀！你是我老公，再怎麼樣我也不希望媽媽這樣說你。」

看里子說得堅決，信夫的笑容也從剛才掩飾脆弱感情的假笑換成真心的笑容。

「真的？我很高興你站在我這邊。」

里子記憶中，信夫最好看的表情就是這時的笑容。

里子的記憶中，還有另一個總是和這個笑容呈對比的表情。那是婚後的第一個新年，在砂川的老家——當時是都梅一個人住的木造平房——門前拍的照片中信夫的表情。那天他們拿著相機出門，正好碰到隔壁那對夫妻經過，於是請他們幫忙拍照。都梅、信夫和里子三人並肩而立。

通常這時候會是信夫在中間，都梅和里子站兩旁。可是這張照片裡，都梅站在中間。這種排列如果是都梅偏離里子而緊緊黏著信夫，別人也很容易理解，這是鍾愛兒子佔有慾望極強的母親。可是砂川家人不然，都梅是偏離信夫而緊緊靠著里子。

照片中，猶是新婚少婦穿著和服的里子，被使勁抬高下巴身材厚實的婆婆挽著，生嫩地看著鏡頭。信夫也穿著剛做好的毛料套裝，和母親之間空出半個身體的距離，微微低頭，嘴角帶著淡淡笑意。

他雙手垂在身旁，像是毫無自我主見。他的笑容裡也沒有一絲主見。那是從小為了無奈地接受無奈、為了欺騙自己——我現在受到的對待不會傷害我，我不在乎——而浮現的笑容。讓里子傷心的是，對信夫來說，他面對她時的開朗笑容，和他習慣性浮現的空虛笑容，都是真實的。

都梅和信夫的母子關係一直是這樣，里子經過很長的時間才習慣。

正因為如此，她才受到都梅話語的衝擊。都梅剛才認真地說要找信夫，還指責到現在都沒去找信夫的里子「無情」。

到底是怎麼了？

都梅不是一時高興而說的。她也沒有精神錯亂。是安養院的生活讓都梅變了一個人。是有什麼扭曲了？還是原本扭曲的東西變直了？她接受了什麼？長眠內心中的什麼甦醒了？狂暴的什麼又靜靜地睡去了？——誰也不能正確知道都梅身上發生了什麼事。醫師也無法診斷出來，只知道都梅變了這個事實。她從過去徘徊愛恨兩極之間的都梅，變成了鍾愛兒子怨懟媳婦的普通婆婆砂川都梅。

雖然這很正常，但對里子來說，卻是辛苦日子的開始。

此後，都梅的日常是以對里子發洩不滿鬱憤為驅動力而轉動。安養院裡的職員、護士和同房的老人，對曾經那樣仰仗媳婦的都梅突然變成開始抱怨媳婦的惡婆婆，一樣感到驚訝。他們有的會安慰都梅，或者附和她也說起自己媳婦的壞話來，有的會責備都梅，或是拉著來探病的里子勸她安慰她。大家的反應各式各樣。

都梅雖然變了，可是里子自己不能變。不論都梅用多難堪的話責備她，或是用幾近捏造的謊言污衊她，她都覺得此時此刻更不能拋棄都梅。

再說，里子也很想知道都梅內心究竟發生了什麼事，會突然對信夫又愛又憐。她會認為信夫突然蒸發了是因為和里子不和嗎？她也會說從來不去找信夫的里子是鐵石心腸的女人吧？在都梅漸漸衰弱的腦子某處，產生了對她過去苛待兒子的排斥反應嗎？她在沒有清算這一切以前不能死——即使是用「謊言」和「欺騙」把責任推卸到別人身上，不清算個明白她就無法安心地走——是這個衝動戲劇性地改變了都梅嗎？

信夫蒸發後這麼久以來，里子頭一次盼望他回家。她也真的夢見信夫在家，夢中的他笑著。

（儘管如此——）

為什麼這麼諷刺？信夫死了，不，是被殺死了。

（不，他是不是真被殺了還不知道。沒錯，被殺非同小可，還不知道他是不是真被捲入那種事情裡。）

很長一段時間音訊全無的丈夫突然有了消息，不論是「死了」還是「被殺了」，都很難讓人立刻接受，也湧不起任何感情。里子怎麼也想像不到老實的砂川信夫會死在別人手上。而且，那個荒川一家四口命案好像有牽扯法律的複雜背景。信夫怎麼會扯上關係呢？

十五年的歲月，無聲無息地從里子身上輾過。因為日子過得忙累，她無暇傾聽時間通過的聲音，也無暇注意時間擦身而過後留在身體和精神上的痕跡。結果就是時間消逝了，里子卻毫無實際感覺。她太忙了，即使此刻看到鏡中老了十五歲的自己，也想不起十五年前的自己是什麼樣子——這都是因為太忙了——啊呀！我都變成了這等老太婆了，甚至連這樣苦笑自嘲的餘裕也沒有。

里子心想，如果信夫回來了——有一天他回來的話——歲月的痕跡一定深深刻在他的臉上。

「車子可以停在正門前嗎？」

伊澤問她，里子回過神來。都梅住的特別養護老人院「黎明園」的三層樓建築就在眼前。

里子指示伊澤把車子停到後面的來賓用停車場。車子一停妥，她就率先下車，也不等伊澤夫婦，便小步跑向正門的接待處。即使可能是天大的誤會，但信夫或許是荒川區遇害者之一的消息都讓她緊張不已，更何況是婆婆。她怕裡面有人不小心告訴都梅這個消息。或者是都梅真的聽說了，但最好是仍處在一時會意不過來的茫然狀態。

里子和黎明園的職員很熟。尤其是今天坐櫃檯的中年男職員，跟里子頗合得來，每次她來探望時都會和她聊聊。

一看見里子走進自動門，該中年職員立刻起身。

「啊，砂川太太，你來得正好。」

「早。」

里子氣喘吁吁，一路跑來不知道為什麼心跳得很厲害，好像有什麼事情發生的不好預感。

「剛剛，山口醫生才打電話給你呢！砂川太太，你看到新聞沒有？」

這麼說，已經在園內引起話題了嗎？

「我先生的名字……是荒川一家四口命案的新聞嗎？電視新聞也播了嗎？我是看報紙知道的。」

那名職員雙手撐在櫃檯上，傾身向前。

「是今早的新聞廣場，還報出都梅婆婆的名字，結果引起一陣騷動。都梅婆婆明明在這裡住得好好的嘛！」

「我也嚇一跳……」

這時，伊澤夫婦趕到。里子忙對他們說，「這裡還是傳開了。」

「老奶奶知道了嗎？」伊澤總子問道。她的目光和櫃檯職員對個正著。

「還不知道吧！」職員答道，「都梅婆婆今天早起就不舒服，早飯也沒吃，昏沉沉地躺著，我們以為今天又是那種日子。」

都梅不時會出現「嗜睡」的週期，嚴重時整天都不吃飯，只是睡個不停。護士說這樣對身體不好，要餵她吃飯，她也是邊吃邊打瞌睡。

「山口醫生呢？」

「我來問醫事局，你等一下。」

櫃檯職員正要拿起內線電話時，電話響了。

「喂，櫃檯——啊，山口醫生，電話當然沒人接，砂川太太現在就在這裡。啊？……我知道了。」

「奶奶怎麼了嗎？」

「沒有，都梅婆婆沒問題，她還在睡。山口醫生請你到三樓的護理站。」

里子立刻奔上樓去。

第十五章　回家

——這麼一來，黎明園的所有職員都發現荒川一家四口命案的被害者姓名中有砂川都梅的名字而慌做一團囉？

「嗯，最先發現的是負責我家奶奶那個樓層的護士，她不但知道奶奶的名字，也知道我先生失蹤十五年的事情。她看到電視後直嚷著說，這不是很奇怪嗎？後來，這話也傳到主治醫師山口醫生的耳裡。」

——大家都很驚訝吧？

「這……荒川的命案是個大案子，大家本來就很感興趣，但都沒想到會出現砂川的名字。」

里子的這段訪問，是選在她的休假日於深谷市郊的「深谷紀念公園」附設咖啡廳進行。時間是在荒川一家四口命案破案一個月後。

砂川里子身高一六五公分，在她那個年紀，個子算是高的。由於她很瘦，看起來更高一些。

買成衣時九號的大小還可以，但是袖長和裙長不夠，所以她都買十一號的衣服。

「我的衣服都是寬寬大大的，婆婆總是嫌我穿衣服邋遢。」

她今天穿著灰色針織套裝。精緻端莊的套裝看起來是新的，但腳上穿的是白色舊運動鞋。

「已經習慣了！在我照顧婆婆的那段期間裡，需要穿行動方便的衣服，以及必要時可以快跑的鞋子。衣服雖然可以換，但是我的腳已經習慣這種運動鞋，現在根本不會穿高跟鞋了。」

她笑著低頭說，抱歉穿得這麼邋遢，跟著猛然像想起什麼似的。

「我那天匆匆跑到黎明園時，也是穿著這雙運動鞋。」

——我們還是從那天開始細說起吧。你在三樓的護理站見到山口醫生？

「是啊，醫師也對砂川家人的名字出現在那個命案裡很驚訝。不過，他打電話給我不是為了這事。」

——是有什麼其他理由嗎？

「如果只是電視、報紙登出砂川家人的姓名，雖然造成話題，但安養院這邊也不能立刻叫我來處理。就算真的是我先生，他們也不能開口指揮我該做什麼。」

——是吧。

「話說回來，在兩、三天前，山口醫生就在猶豫要不要打電話給我了，是有關——我先生的事情。」

——在遇害者身分的報導出來以前，黎明園裡發生什麼和砂川信夫有關的事嗎？

「我婆婆說她夢到信夫。」

——夢到？

「她說信夫站在她枕邊。」

——什麼時候？

「就是報導出來的兩、三天前，山口醫生猶豫著要不要告訴我。」

——的確，只是夢到他和夢到他站在枕邊，意義多少有點不同。

「是啊！但她畢竟是老人家了，醫師起初也不知道她在說什麼，但她不只晚上夢見，睡午覺時、打瞌睡時都有夢到，次數很多。那時候我婆婆一天大半的時間都睡著，或是躺著看電視，一天都夢到好幾次。」

——砂川信夫都有出現嗎？

「嗯，起初醫師跟我婆婆說，兒子出現在夢裡，或許是兒子要回來的預兆。可是我婆婆卻問醫師，信夫是不是死了？他是臉色慘白地站在我枕邊哩，而且就這樣茫然地站著。」

——都梅婆婆確定那是信夫嗎？

「她很肯定。但是信夫沒有說話。她說，信夫垮著兩肩，悲傷愧疚地望著她。」

——山口醫生很在意這事嗎？

「對。醫師說像我婆婆那樣的癡呆老人常常捏造故事，說是夢見或是真的看到失蹤的兒子，只是他們自己並不認為那是捏造的，他們都相信自己是真的夢到、看到了。」

——哦，哦。

「就像和我婆婆同房的另一位老婆婆堅持說，夜裡地板上開滿了美麗的花，可是只開三十秒左右，然後又凋謝了，說像夢一樣美。其實那本來就是夢。」

——算是一種幻覺嗎？

「我不知道。只不過醫師說，我婆婆夢到信夫的內容比較陰暗，讓他有點擔心，所以才想通知我。」

——他聯絡你是因為那個報導吧？

「是啊！即使是偶然，也太過巧合了。醫師說站在你婆婆枕邊的信夫或許真的死了。我聽他說這話的時候，渾身起雞皮疙瘩。在那之前，我還半信半疑，當下那一瞬間，我也不由得相信信夫死了。」

——於是你就和警方聯絡？

「是的。山口醫生和老闆都這樣勸我。可是我有點怕，一直鼓不起勇氣，我怕這只是我們自尋煩惱，會惹警方生氣。」

——那天你見到都梅婆婆了嗎？

「見到了。我先聯絡警方，然後才去看我婆婆。她還在睡，我就坐在床邊，隔壁床的婆婆告訴我，都梅婆婆今天早上跟我說她夢到兒子坐在枕邊——就是你現在坐的位置。」

——床邊的同一位置嗎？

「對。那是四人房，通道很窄，床邊擺滿了照顧老年人的各種器具，又擠又亂，沒有靠背的圓椅子勉強放在其間。我婆婆跟她說，信夫就坐在圓椅上。」

——都梅婆婆清楚看見了嗎？

「看見了啊。我想了一下，他不會真的回來坐在這個圓椅子上吧？可是婆婆夢中的他就坐在這裡。我在想的時候，婆婆醒來，問我你在幹什麼？今天不是你來的日子啊！她腦筋清楚的時候很清楚這些事情。我告訴她，我是聽說你夢到信夫而來的。」

——都梅反應怎樣？

「我有心理準備她會責罵我，因為從她住院以後，她就一直把我當成不去尋找丈夫的冷酷壞女人。但是她那天一句話也沒罵我，心情很平和。她問我，信夫來看我了，有沒有去看你？他應該會去看你的。

「我就問她怎麼回事？她說夢見信夫站在枕邊。然後她清楚地跟我說，信夫站在我枕邊，他是不是死了？」

——她真是固執哩！都梅婆婆應該不知道新聞報導吧？

「她不知道。老人家嘛！然而，看著她說信夫死了，總覺得帶有一股淡淡而絕望的感覺。於是，我立刻下樓去告訴伊澤老闆，直接去跟警方說比打電話好。老闆也嚇一跳。我想婆婆既然這麼清楚地預感到了，就應該跟警方聯絡。」

——所以，你們就去了荒川北署？

「是的，不過是第二天去的。」

砂川里子話語中斷，瞇著眼睛。

「即使很多事情都弄清楚了，他終究沒來夢中看我。」

——你一個人去荒川北署嗎？

「怎麼會？我一個人哪有勇氣去？是老闆夫妻和毅陪我一起去的。」

——警方立刻願意聽你說的嗎？

「他們客氣得讓我驚訝。我原以為他們會說我胡說八道，叫我回去，可是他們沒有。」

——你有帶證明身分的文件嗎？

「我是沒有想到，不過毅帶了戶口名簿和戶籍謄本，還有駕照。老闆也帶了我的履歷表，安養院那邊也提出砂川都梅確實住在該院的簡單證明。」

——搜查本部的人都很驚訝吧？

「只是最初一下下，並沒有特別驚訝。跟我們大致談過後，警方請老闆夫婦暫時出去等候，又個別對我和毅問話。我要求看該命案中遭殺害的男人的照片。」

——他們立刻給你看嗎？

「刑警起初說那是他死亡時拍的照片，頭部受到重擊，臉部變形，而且十五年沒有見面可能無法辨識是不是他，問我還要看嗎？我說當然要看，警方又說如果真的是你先生，你一定很難過，而且屍體照片的感覺也不好，真的要看嗎？可是說什麼我都想要確認清楚。」

——有幾張照片？

「他們給我看了四張，有從臉部正面拍的，還有全身照，和從左右側拍的各一張。」

——怎麼樣呢？你能立刻辨識嗎？

「……起初，我覺得可能弄錯了。那些照片，就像刑警說的，讓人不忍卒睹。那臉比我記憶中的信夫的臉大很多，但畢竟是死掉的人——被殺害的人的屍體照片，我看了會怕，沒辦法仔細看。不過，從右側照的那張，側面的線條和信夫很像。」

——你認為是砂川信夫？

「我覺得大概是吧，只是死者比較胖。」

——你看過照片後，毅也被叫進去？

「是的。刑警叫我去別的房間，囑咐我在毅看過照片以前，不要跟他見面說話，避免把我的想法傳達給他。」

——是怕你影響他吧？

「是啊。可是我很擔心。毅雖然比我多懂很多事，但是信夫離家時他才六歲。而且信夫走後，我婆婆很生氣，把相簿全都燒了。他沒看過父親的照片，所以我認為他無法辨識父親的臉。」

事實上，砂川毅在荒川北警察署內，面對刑警看到遺體照片，當他回答說無法判斷是不是父親時，於是焦點又集中在砂川里子身上。

「毅看了照片後不停地說，抱歉，媽，我不知道。我跟他說，這很合理，要是奶奶沒有癡呆的話，她一定馬上知道。畢竟是母子嘛！」

——搜查本部都沒向都梅婆婆問話嗎？

「就是問了，她也無法好好回答。不過，刑警去過安養院幾次，也聽說了我婆婆做的夢。」

——就是夢到砂川信夫站在枕邊的事嗎？

「對，刑警也沒把這些當笑話聽。我覺得很奇怪，如果信夫真的在她夢中出現，時間不是應該要更早一點嗎？可是有一位老刑警熱心聽我婆婆說完後，很認真地告訴我，太太，是有這種事的，死去的人會向親人托夢的。但那已是很多事情搞清楚以後的事了。那位刑警還跟我說，砂川先生一定是想回到你們祖孫三代同住的家裡。」

——除了遺體照片，也確認其他隨身物品嗎？

「有，但都是照片，不是實物，拍得很清晰。」

——有些什麼東西？

「遺體穿的襯衫、長褲，還有手錶，房間裡面的衣服、鞋子、拖鞋、舊書。信夫住在那棟高級大廈的公寓裡是有什麼隱情，他完全像在借住，隨身衣物都裝在紙袋和紙箱裡到處散置。衣櫥茶櫃都很豪華，可是裡面空空的。」

——小糸太太很囉嗦，不能動用家具和其他用品。

「好像是吧，所以也拍了紙袋和裡面裝的東西。」

——你看了感覺怎麼樣？有記憶中的東西嗎？

「完全沒有。十五年了，西裝都要變吧！他走時戴的手錶是我上司送的結婚禮物，我一看就會知道，可是沒發現。」

——筆跡呢？

「我有看到一張日曆紙，裝在塑膠袋裡，不准觸摸，放在桌上，可以很近地看。那是一大張的薄日曆紙，通常不好寫字，但是上面清楚用原子筆寫著『早川社長2點』、『石田來』等字眼。畢竟十五年沒看到了，我不敢肯定是不是信夫的筆跡。我記得他的字很醜，結婚時他曾經在貨運公司做過很短的一段時間，因為公司說完全看不懂他寫的傳票，像密碼一樣，他就氣得不幹了。不過日曆紙上的字很漂亮、很整齊。」

——這麼說，只是側面有點像，但從照片無法確定囉。

「是……。直到看了遺體才弄清楚。」

訪問到這時，砂川里子的眼睛才開始濕潤，半晌沒有說話。

——遺體是冷凍保存嗎？

「是的，凍得硬梆梆的。」

——搜查本部能確認四具屍體身分的資料只有早川社長手邊的戶口名簿，不過他們也覺得不太有把握，所以沒有正式公布遇害者的身分。因此之故，你們當時看到的新聞和報紙都很少清楚斷言他們的身分，多半加上「推測是」「認為是」的說法。

「是啊。我們去警局打聽時，他們好像也是這麼說的。」

——你看到遺體時立刻就知道了？

砂川里子沒有馬上回答。咖啡廳外是一大片鮮綠草坪的庭園，禁止踐踏的草坪上有三個小學生在玩顏色鮮豔的海灘球，她看著他們好一會兒。

「我們的婚姻生活真的很短。」

——結婚七年兩個月，信夫就離家出走了？

「對。說真的，我不太了解他，我們不像一般的夫妻。」

——可是你和信夫之間並沒有不和。

「我們的感情可以說特別好，從沒吵過架。可是他和我婆婆完全處不來，我是嫁進砂川家的人，反而成了他們母子之間的緩衝墊，或許這是我和他根本沒有爭吵的餘地的原因所在吧。

「在我看來，他就像個弟弟，和母親合不來的話，在家裡自然沒有立足之地。他身上總是伴隨著軟弱、氣息奄奄的影子。我看到冰凍的遺體時，那和照片不同，就在眼前看個仔細，果然風貌依稀。啊！這就是信夫。我心裡想，即使變成這樣了，他還是那個怯弱的樣子，像避諱世人一樣。想到他做的事，這也當然。」

砂川里子和毅現在還住在當時住的深谷市出租公寓裡，自有房屋對這對母子來說，還是遙遠的夢想。砂川信夫「所做的事」，就是受雇佔住那間超高層的豪華大廈公寓。

——確認信夫的遺體後，你去看過千住北美好新城的西棟嗎？

「是的。我心想去看一次也好。不過距離命案已經很久了，是最近的事。」

——你是想親眼看看丈夫死亡的地點？

「那也是原因之一，可是我還是無法實際感受他究竟在幹什麼？佔住這種事應該和我們扯不上關係啊！何況是那樣高級的公寓大廈，根本就是另一個世界。」

——你去時情況如何？有進屋嗎？

「進去了。管理員很親切，聽說是他最先發現我先生的。佐野先生盡量不讓我感到難堪尬，告訴我當時人倒在哪裡，又是什麼狀況。」

——很豪華的房子嗎？

「是啊……。不過，我先生他們在裡面不能大搖大擺地生活，感覺不怎麼樣吧。我總覺得他到最後的最後，還是要看某個人的臉色而卑微活著，實在悽慘可憐。雖說稟性難移，但他從小就看我婆婆的臉色長大，終究無法擺脫這種心理。他不就是為了結束這樣的人生才離家出走的嘛！」

里子再三提到砂川信夫和母親相處不來，要靠她在他們母子之間折衝調停。里子也相信信夫的蒸發其原因是和母親的爭執。

但他們母子兩人為什麼會這麼不和呢？原因何在？

——信夫和都梅婆婆為什麼處不好？能聽聽你的想法嗎？

砂川里子不時猶豫似的眨眼睛。剛才草坪上的那些孩子留下海灘球，不知跑到哪裡去了。咖啡廳裡非常的安靜。

「怎麼說呢……我想，是砂川家的複雜背景連累了他，至少信夫這麼相信，也這樣告訴我。」

——他本人嗎？

「是，我不是說過了嗎，他和婆婆的感情極壞，我覺得奇怪，問他婆婆為什麼要這樣對待他？他說，因為我長得像百般虐待我媽的爺爺，都是為了那些我根本無能為力的很久很久以前的事情。」

也就是說，要追究砂川信夫母子感情不睦的理由，就有必要追溯一下砂川家的歷史。

砂川都梅的娘家姓中村，在深谷市郊務農，生活貧困。母親在她六歲時病死，都梅是獨生女。

「我婆婆的父親不是本地人，好像是東京人，原來是做生意，在戰前頗得意的。後來生意失敗，欠了大筆債款，逃到鄉下。他有親戚在深谷，他就暫時幫忙農事，但畢竟是生意人，不喜歡農家生活。深谷那時候也沒有像現在這麼開發，而且位於首都圈近郊，即使務農收入也不錯，那時候完全不是這樣。我婆婆的母親在親戚的安排下嫁給她父親，可是她父親等她母親一死便一走了之，大概是回東京去了。婆婆就留在家裡讓外公外婆扶養。外公外婆雖然疼愛她，但是他們年紀已大，六十多了，沒有把握可以把她撫養長大成人，所以在她很年輕的時候就把她嫁出去。」

——幾歲？

「聽說是剛滿十三歲時。」

砂川都梅生於一九一〇年，因此這是一九二三年（大正十二年）的事。

「即使在那個時代，十三歲也還是個孩子。她名義上是媳婦，其實是女傭。」

也就是說，事先約定將來把都梅迎娶進砂川家當媳婦，當下則是雇主的幫傭。

「她嫁過去時砂川家還很有錢，是做運送業的，家裡很多人，馬匹也很多，她就要照顧那些馬。」

——也在深谷市內嗎？

「不是，比較靠近東京一點……這也不是什麼好事，我想地點還是別寫得太清楚。雖然砂川老家已經不在了，但還有親戚住在那裡。」

——了解。只要說是富裕的商家就夠了。

「砂川家有五個孩子，兩男三女。我婆婆和他們家最小的女兒同年，卻飽受這個同齡小姑的欺負，她含恨迄今。小姑不到十五歲就病死了，死前都是我婆婆照顧她，即使到最後，她還一樣使壞，讓我婆婆對她的怒與恨難以忘懷。

「另外兩個女兒十八歲後相繼出嫁，我婆婆對她們沒什麼記憶。大姑嫁到大阪，終戰前的大轟炸中全家死絕，連屍骨都沒找到。二姑嫁給東京山手區的醫生，日子過得很好，但彼此沒有往來。

「問題是那兩個男孩。老大比我婆婆大五歲，老二比她大三歲。我婆婆好像是要給老二做媳婦的，因為他們是有錢人，繼承家業的長子必須要娶門當戶對的好人家的女兒。不過這事情並沒有說清楚，也許只是要找一個不給工錢的女傭的藉口罷了。」

——明明那麼有錢？

「不是都說吝嗇莫如有錢人嗎？而且砂川老爺——就是後來我婆婆的公公，更是刻薄吝嗇。」

——就是傳聞「虐待」都梅婆婆的公公囉？

「對，非常非常厲害。」

昭和元年（一九二六）以後，都梅的外公外婆相繼過世，此後，都梅除了砂川家，真的無處可去。

「她外婆死的時候，聽說是滿洲事變（即九一八事變）那一年。砂川老爺興奮地直說關東軍幹得好，請所有的客人喝酒，家裡熱鬧得不得了，害我婆婆沒有辦法回去參加外婆的葬禮。她哭著求砂川老爺讓她回去，老爺不准，這也是她恨砂川老爺的原因之一。」

不久中日開戰，充滿煙硝味的時代來臨。

「砂川家的老大順利逃過兵役抽籤，只有老二要上戰場。我婆婆一直懷疑是砂川老爺到處賄賂，讓老大躲過徵兵。在昭和十一年（一九三六）二二六事件時，老大正好有事離開東京，砂川老爺擔心得三、四天睡不著覺，拚命求神拜佛。當交通恢復後老大翩然回到家時，砂川老爺高興地哭著迎接他。我婆婆說起這段往事時語氣刻薄地說，像個傻瓜似的。」

砂川里子在說到都梅「生氣」「含恨」「語氣刻薄」時，她的表情和這些字眼的內容相反，總是帶著微笑。那不是悠然自在的笑，而像是母親在訴說倔強不聽話的心愛孩子時帶著苦笑的溫柔笑容。

——那時候都梅還沒正式成為砂川家的媳婦吧？

「對，老二從軍後，她的身分就一直懸在那裡，直到昭和二十一年（一九四六）才入戶籍。」

——戰爭結束後？

「嗯，那時我婆婆三十六歲。在當時已是老女人了呀！」

——她最後嫁給誰？

「老大。他當時也過四十了。」

——為什麼這麼費事？

「這個啊……我婆婆最大的恨，其實是昭和十五年（一九四〇）砂川老太太的過世。她是老大的母親，公公的太太，真正要當砂川都梅的婆婆的人呢！

「砂川老太太得了盲腸炎，不趕緊治療會轉成腹膜炎。可是砂川老爺很吝嗇，認為女人如同家畜，即使是自己的老婆也一樣。肚子痛不必看醫生，也不必特別照顧，所以她就這樣很快死了，才五十多歲。

「我婆婆要嫁的老二運氣也真背，連續收到三次徵兵通知，第三次就一去不回，戰死在太平洋戰爭裡。不過砂川老太太死時他是第二次入伍，無法回來奔喪，他很遺憾，還寫信說希望快點把都梅娶進門，生個孫子告慰母親之靈。砂川老爺看到信後說，還在守喪期間，這樣不合禮數，藉故延宕婚期。

「我婆婆說那段時間裡，好幾次有人催說要讓她和老二正式結婚，可是砂川老爺總是推託說時機不好啦。所以我婆婆一直像是供膳宿的砂川家傭人，難免心裡會認為是砂川家老爺不滿意她。

「然而，事實不是這樣的。恰恰相反！這在砂川老太太過世後，立刻一清二楚。」

——怎麼說？

「砂川老爺晚上到我婆婆睡的地方，在葬禮後不出四天。」

——原來如此……。

「我婆婆當然不願意，卻也無可奈何，要是被趕出砂川家的話，她也沒有地方可去。當然，她對這事一直很後悔，臨終前還含淚懊悔地說，如果那時候就離開那裡去東京工作，我的人生就會不一樣了。

「我也是女人，非常了解我婆婆的憾恨。父母早逝，名義上是嫁做媳婦，其實是當女傭。如果真的是當女傭，還有工錢可拿，她卻一無所得，整個青春就被禁錮在砂川家裡。不過，她名義上的未婚夫，砂川家的老二，倒是一個很好的人。

「因為他人很好，我婆婆是有點盼望將來能和他在一起，也就盡量忍耐下去。可是他被徵召入伍後沒再回來，家裡就剩下砂川老爺和大兒子，我婆婆也只能照他們的安排生活。

「其實……按老套的說法，我婆婆的憾恨也不是完全無解，只是時代太壞了。」

——住在一起的老大都沒說話嗎？

「他是個老實人，人很怯弱。諷刺的是，信夫倒遺傳了他這點。」

砂川都梅的不安定生活一直持續到終戰。隨著日本敗象節節升高，國內物資也愈趨缺乏，砂川家幾乎處於歇業狀態。

「終戰前老實的老大曾想奮勇從軍——當時人們還不知道戰爭在昭和二十年（一九四五）八月就會結束，當然也沒意識到那時已是終戰前——他突然說要參加特攻隊。當時這樣的年輕人很多，可是飛機不夠，連送他們去機場的工具都缺乏。他沒能加入特攻隊，心裡難免留下終究沒有直接參戰報國的愧疚。他的愛國心不輸他父親，自然以此為憾。個性本來就怯弱的他，戰爭結束的同時人也變得更無氣力了，承接不起砂川家業，昭和二十二年春天終於關門歇業，不到一年我婆婆就正式和他結婚。

「這段婚姻也很奇怪。砂川老爺堅持說我婆婆的未婚夫老二已經戰死，她不再是砂川家的媳婦。其實，他是想拿這個藉口納我婆婆為妾。可是就連親戚街坊都看不過去了，覺得我婆婆太可憐，加上社會漸漸步入進駐美軍所倡言的民主時代，事情做得太絕，恐怕會遭到逮捕的下場。在眾人勸說下，砂川老爺終於讓步，讓我婆婆和老大結婚。

「然而，這並非好事，因為生活毫無改變。」

——即使嫁給老大了，和公公的關係也沒斷嗎？

「是呀，那當然。」

——老大都保持沉默嗎？

「我不是說過了，他是懦弱又無氣力的人嗎？」

砂川里子的口氣首次帶有怒氣。

「他大概很畏懼父親吧！砂川老爺是個自私任性的人，明明自己走後門讓長子不用當兵，戰後喝醉時卻常常斥罵兒子沒有為國家拿槍而戰。對了，聽鄰居說，砂川會家道中落也是因為砂川老爺的酒後亂性。他在戰後突然嚴重酗酒，陷入酒精中毒的狀態，死亡原因是肝硬化。」

——那麼，都梅婆婆是在一九五〇年四十歲時生下信夫的嗎？

「沒錯，那時已經沒有開店，他們夫妻和公公三個人住在大宮。因為是復興的時代，只要身體健康，要多少工作都有，只是生活依然貧乏。她沒有奶水，信夫發育不良。而且因為高齡生產，差點死於難產，產後又沒有好好補身體，她的身體一直很差，她自己都說戰後的育兒時期比在戰爭時期還辛苦。」

——多多少少有點難以啟齒，不過還有一件事想請教你……

「砂川家和我婆婆身上，都是難以啟齒的事啊！」

——都梅婆婆除了信夫，還有其他的孩子嗎？

砂川里子幾乎毫不猶豫地立刻回答，臉上更閃過一抹怒氣。

「我婆婆沒有明說過，但是我聽信夫說好像是有。」

——是老大的孩子嗎？

「不是，是她和公公生的小孩。信夫是聽到他父母私下談到的。好像有兩個，都是我婆婆在三十多歲時生的。一個死產，另一個偷偷送去給別人養。第一個說是死產，也可能只是表面上這麼說，其實是讓產婆處理掉了吧。」

——一段傷心話哩！

「就是啊！日本以前——說以前，也不過才百年前——就是有女人、小孩受這種處置的時代啊！」

——不過，信夫是老大的孩子，倒是平安無事地長大了。

「話是如此，但諷刺的是，這也是信夫可憐的地方。信夫越大越像祖父，不但相貌一模一樣，身材也相彷。在一般人家裡，孫子長得像祖父，不會有人多心。可是我婆婆有那段不可告人的隱私，心中自然無法坦然。信夫上小學時，砂川老爺雖然不再染指她，卻把所有的情感傾注在信夫身上。他無視信夫的雙親，也就是我婆婆他們倆夫妻的存在，和信夫一起洗澡、一起睡覺，完全按照自己的方式養育信夫。

「這種狀態一直持續到砂川老爺去世。我婆婆跟我說，她明知道這樣說來生一定會有報應，但是她無法不說。她就像敘述昨天才發生的事情一般告訴我說，信夫十歲時公公死了，我聽到消息時暗自拍手叫好，葬禮期間也高興得不得了，在火葬場時我也沒待在等候室，反而跑到外面看那煙囪冒出濃濃的黑煙，心裡一直唸著，啊！他真的死了，現在正那樣燒著，他已經不在家裡了。」

砂川里子在這裡稍微停頓，環顧四周。

「這話有些不好說，不過也是她說的，她說在火葬場仰頭看煙囪時，原本從高高聳立的煙囪口升入雲間的濃煙，看著看著，彷彿像是往下飄向她。當她抱著骨灰罈回家時，感覺身上煙臭味瀰漫。

「那只是她彷彿這樣看到，或許是錯覺吧，可是我聽她說時，感覺汗毛豎立，現在想起來，背脊仍一道冰涼。」

——信夫什麼時候發現自己長得像祖父？

「從小我婆婆就這樣跟他說。」

——你不恨信夫拋棄家庭出走，是因為知道這段故事嗎？

「是啊……。這也難怪嘛！」

是說太久感到累了吧，砂川里子伸手拍拍脖子。

「這裡是很漂亮的墓地。紀念公園總讓人想到墳墓。」

砂川家的新墳就在這裡。

「我把信夫的遺體接回家，不到一個禮拜就辦完喪事。我婆婆情況不好，心臟又弱，加上老衰，就完全癱在床上，整天昏昏沉沉的，半個月後也過世了。她好像就是在等著兒子回來才死。果然是母親！」

——把都梅婆婆和信夫他們母子葬在一起，是你的想法嗎？

「是的。因為我婆婆不願進有她公公在的祖墳。雖然那邊反對，反正我已經是失格的媳婦了，別人怎麼說我都不會難過。」

——這樣，信夫和都梅婆婆終於能夠母子百分百的團聚了。

「偶爾也吵個架吧！」

這麼說後，砂川里子笑了，跟著，她笑意留在嘴角繼續說道：

「砂川家的事情，還有我婆婆的遭遇，跟現在的年輕人說，他們大概都不太相信吧。他們會說日本又不是文化落後國，不可能有那樣的事情。我雖然沒有親眼看見，但我不認為婆婆說謊，我相信她。信夫下葬後，我又去那個西塔看看，總覺得……有種不對焦的詭異感覺，很難感受到死在那樣高的——像好萊塢電影裡的摩天大樓裡的人，整個人生都因為家族的悲劇而被扭曲了。可是，現實不就是這樣嗎？時代繼續向前，不會到了某個階段就重來一遍，重新開始。

「像我婆婆那樣的媳婦——不，該說是女人必須這樣受苦的時代，還存在於不久以前，現在卻好像什麼都沒有過似的，看過去我們日本人個個都一臉正經。

「我站在樓下，仰望那棟大廈的窗戶時，心裡想著，住在裡面的人有錢、時髦、有教養，過著以前日本人想像不到的生活，但那或許只是虛浮的幻象。當然，現實中是有過著電影般人生的日本人，虛浮的幻象可能漸漸變成真實的。可是，在整個日本要到達這個地步以前，還有很長的一段時間要繼續這有如蓋上一層薄膜但隨時會破膜而出的舊社會危險戲碼。雖然說現代社會小家庭化，可是在我周遭的狹窄世界裡，沒有一戶真正的小家庭。他們不是接來年邁的父母一起生活，就是自己往返老家照顧父母，孩子結婚生了孫子後，又擔心自己成了要人早晚問安的討厭東西。這種事情在在都說不盡。

「我仰望西塔時，突然生氣起來。什麼嘛！它根本不為住在裡面的人們著想，自顧自飄然體面地聳立著。人們要是住在裡面會完蛋，因為人們為了要配合建築物的體面，會變得不對勁。想想看，信夫會住進那裡——雖然信夫也做得不對——不就是因為原屋主買了身分不相稱的房子繳不起貸款嗎？

「就算信夫他們做出佔住的不法勾當，但如果佔住的不是那種高塔大廈，只是普通的商家住屋，或許不會惹來殺機。他們四個人遇害，都是因為那棟大廈而起。要是在別的地方，不會落到那樣悽慘的下場。」

第十六章　不在場的人們

砂川里子確認了死在二〇二五號的砂川信夫的身分。那麼，另外三個號稱是砂川信夫的「母親都梅、太太里子、兒子毅」的人究竟是什麼來歷？

關於這一點，早川社長也大感驚訝。

「砂川信夫就是砂川信夫，我認識他啊！當我想找人做那件事情時，我想到砂川不正為錢煩惱嗎？所以我就交給他做。他說他家人也可以幫忙，所以我也見了他老婆。自稱是他老婆的那個女人還說，家裡有個身體孱弱的婆婆，很需要錢，她會好好做的。還說兒子忙他自己的工作，不太回家，但是沒有問題。那個時候，誰會懷疑砂川的老婆不是真正的老婆？而且連媽媽都是假的，不知是哪裡撿來的陌生老太婆？甚至兒子也都是外人呢？如果有人會懷疑，我倒想見見他。製作租約時我叫他拿戶口名簿來，他也立刻拿來了。我只是覺得深谷市好遠，可是我們做的原就不是正當職業，沒什麼好挑剔的。當然也不能說我們就是黑道，只是因為某些原因，不做需要證明身分的工作罷了。其實，砂川為人很認真。我向來是疑人不用，從沒問過他，只是覺得他可能是生意失敗、到處躲債，或者是因為人好，糊裡糊塗做了別人的連帶保證人，結果別人倒了，他也只好到處跑路。我是不知道他家人的情況，我只是想幫助說沒地方住的人罷了！」

確定砂川信夫的身分後，搜查本部公布其他三人的身體特徵，請民眾提供情報。同一時期，有幾家週刊登出這三個人的畫像。但這不是搜查本部正式公布的畫像，而是週刊記者訪問西棟鄰居，根據他們的描述畫出來的。現在看來，這三個人畫得一點也不像。「推輪椅的婦人」畫得反而像小糸靜子。目擊者的證詞靠不住，可見一斑。

不過，這個時候對千住北美好新城社區的居民來說，有個比查明那三個人真實身分更麻煩的問題。那就是應該如何阻止媒體對社區的採訪攻勢。

前面提過，關於千住北美好新城社區是否對外開放的問題，內部意見對立。進入社區的欄柵時而開放，時而關閉。為了避免採訪記者無日無夜地在社區內採訪拍照，在命案之後，社區採取了「暫時關閉」的方針。

但還是有住戶或個人接受個別採訪。應邀而來的媒體人士被視為來賓，可以在社區內自由走動拍照，這又引起社區內部的嚴重對立。

發生駭人聽聞的案件後，住在現場附近的人不管願不願意，都要受到全國的注目。二〇二五號的命案不是強盜或是凶殘的年輕人幹的連續殺人案，而是關係法拍屋和佔住人的少見案子，即使沒抓到凶手，社區居民的心理負擔還不大。但是全天候受到外界注目，仍然給日常生活帶來意想不到的副作用。

社區裡有陌生人徘徊，社區裡的孩童就無法安心在綠地玩耍，引起母親們的不滿，這些不滿集中在隨意邀來媒體的住戶身上。但是接受採訪的人也有他們的理由，像是希望早日破案啦、盡一些住戶的義務啦——

不過，神經緊繃的反對採訪派卻有如下的說法。

「某某號的太太在電視節目上亂扯莫須有的事情。」

「那家人說聽到慘叫聲，根本就沒有嘛！」

這些背後嚼舌根的狀態，使得這個綠地寬敞、設備先進的超高層公寓大廈社區，不能說住得很愉快。

這情形對查明那三個人的身分也不無影響。因為擁有最多線索的千住北美好新城社區內住戶的說詞，讓真相本身朝著自我繁殖的虛構方向發展。

關於這方面，真是要數也數不清。在住戶管理委員會的理事會中，查明三人身分已成為最大的討論「主題」。我們舉兩個例子來看。

一個是二〇二五號買受人石田直澄出現的情形。在媒體報出他的名字而他本人卻消失無蹤後，千住北美好新城社區內到處傳出命案前「目擊」他或和他「接觸」的證詞。

大部分證詞都不足取。

「明明西棟就在眼前，他卻問草坪上玩耍的小孩西棟是哪一棟？真是怪人！」

「我半夜回來時，看到禁止車輛入內的社區步道上停著一輛白色轎車，一個男的坐在駕駛座上，我想是石田直澄。」

「有個可疑男人半夜在地下停車場大聲講手機，我猜是石田直澄。」

這些搜查本部收到、逐一查證後又放棄的證詞，在查知二〇二五號的「砂川一家四口」是「砂川信夫和身分不明的三個人」後，突然更豐富精采起來。

「我聽到二〇二五號被殺的女人——我以為是砂川里子，但好像不是——半夜在垃圾堆置場和像是石田直澄的男人竊竊私語，我不知道他們在說什麼，但樣子很親密。」

「二〇二五號的太太和兒子——他們不是真的母子吧？就是嘛，我看到他們一起從車站後面的賓館走出來。以前大家都說他們是母子，我要是說出來，沒有人會相信，所以我也沉默不說，現在說出來，爽快多了。」

「他們是三角關係吧！我看見砂川信夫和二〇二五號的年輕人在電梯前面大吵，石田直澄在勸架。沒錯，我的視力很好。什麼時候啊？就在命案前一個禮拜吧！」

這些證詞之中，有的經日後確認是事實，有的經石田直澄自己確認。但是也有毫無根據的誤認，和雖然不是故意，但明顯是捏造和空想的推測。其中特別有問題的是那個說看到「二〇二五號母子一起從車站後面的賓館走出來」的主婦的證詞。

我們暫且稱這位主婦為A太太，如果她的目擊之談是真，那很可能是了解二〇二五號四個人的關係以及查明其他三名被害者身分的重要線索。因此搜查本部極感興趣，數度前往A太太的住處，聽取更詳細的證詞。

A太太的房子在東棟，先生是上班族，有一個兒子讀小學。她是專職主婦，平常多半在家，但有時候會去朋友經營的進口化妝品郵購公司幫忙。目擊那兩人從賓館出來，是在她離開朋友公司回家的途中。

A太太的記憶非常清楚，談吐也流暢。但是住在東棟的人如何一眼就分辨出西棟二〇二五號住戶的臉，這個部分有點令人存疑。不過，她所說的賓館的名字、地點、建築樣式等細節都和事實一致。

搜查本部內有人質疑，A太太對「偶然經過」的賓館記憶格外清楚，這情形值得好好研究。她的目擊時間究竟是在什麼時候？她是否頻繁經過該賓館附近？反過來說，她是不是經常出入賓館街呢？

A太太的證詞早已傳遍社區，有可能是採訪記者洩漏的，也有可能是她自己向鄰居透露的。聽到的人之中，也有人抱著和搜查本部刑警同樣的疑問。

對搜查本部來說，重要的是A太太的證詞內容是否正確？他們並不需要去評斷A太太的個人行為如何。但是對A太太及她的家庭來說，情形正好相反。A先生聽到編派自己老婆行為的流言，向理事會投訴這是惡意的妨害搜查，也是對協助搜查的住戶的不當迫害。這時協助採訪派（或稱歡迎派）和拒絕採訪派的對立愈趨嚴重。A先生夫妻向理事會的投訴，可涵括在這對立的延長線上。

管理委員會也很困擾。說兩派對立的現狀是妨害搜查，未免誇張。A太太的目擊之談萬一是捏造的，那才是誇張。站在委員會的立場，也沒有義務挺身而出阻止有關A太太言行的流言。

A太太的目擊之談也被部分民營電視轉述，造成更多二〇二五號「一家四口」其實各不相干，而且關係異乎尋常的說法。A太太頻繁接受採訪後，東棟住戶中也冒出看到二〇二五號同住的中年女人和年輕男人「有類似男女關係的舉動」的證詞。

關於這件事，搜查本部擔心的只有一個，就是這些亂七八糟的訊息會打消真正知道那三人身分的人，尤其是他們的家人，出面的意願。當那三人的身分回歸白紙時，警方也開始重新檢視首都圈內申報的失蹤案件。搜查本部雖也接到不少詢問電話，但當這四個人是外面想像不到的複雜男女關係的訊息亂竄時，他們的真正家人可能會忌諱世人的眼光而選擇沉默。

搜查本部確定砂川信夫的身分一個星期後，公開其他三人的身高、體重和推定年齡等訊息。那時還沒發現他們的照片，所以公開的是畫像。本部內設置專用窗口和專線電話，呼籲民眾積極提供線索。這時也根據二〇二五號的遺物、室內情況、早川社長和小糸夫妻的證詞推測，盡可能說明砂川信夫為「戶長」的「一家四口」生活的情形。這一切都是顧慮可能出面的真正「家人」的感受而做的處置。結果多少是中和了那些不負責任的臆測和推測（或許可以說是妄想捏造）的影響，但還是花費了兩個多月的時間。

在說明另一個證詞複雜到扭曲命案的例子前，需要回溯一下記憶。

命案發生當晚，從千住北美好新城打出兩通報案電話。其中一通是西棟管理員佐野請中棟管理員島崎的太太房江打給一一〇的。

另一通則早九分鐘，一名女子報案說，「有人打架受傷倒地，幾個人打一個人，我看到有人逃離現場。」她只報出千住北美好新城的名字，但沒有說出自己的姓名和住址。

這通電話是哪裡打出的？無法查知。好像是用手機報的案。當天晚上狂風暴雨，很難想像有人會待在社區的綠地庭園裡。如果這通電話不是惡作劇，而是出於某些事實根據，那麼這個女子大概是千住北美好新城的住戶，打電話時可能在室內。因為收訊室的員警說，她的聲音非常小，聽不清楚，但是沒有夾雜風雨聲。

然而，實際上發生的事情和這名女子報案的內容天差地別，幾乎讓人以為可能是蓄意的惡作劇。如果這是有意的作為，那麼目的何在呢？是為了擾亂現場、妨害初步搜查嗎？這個可能性也不是沒有。

於是，搜查本部鎖定這名女子。為了確認這通報案電話可能不是亂講，只是誤認事實，警方又再請管理員佐野和最先發現地面屍體的住戶佐藤義男協助，盡可能正確重現當晚的經過。

這名女子和島崎房江的報案電話前後差距九分鐘。搜查本部推測，當佐野和佐藤圍著年輕人屍體檢視、呼叫島崎、佐藤義男的兒子博史也下到現場觀看，這一連串動作如果從遠處看來，是很像幾個人圍住一個人吵架。也就是說，在佐野他們掌握事實打一一〇報案以前，有個在遠處（可能是高處）看到他們動靜的女子誤認事實，而搶在他們前面報案。

佐藤義男知道有人從上面的樓層摔下，獨自下樓去查看，佐藤太太同時打電話通知管理員佐野，兩個男人在西棟大樓下會合，看到年輕人的屍體。這整個過程大約五分鐘。

當天晚上風強雨急，照佐野的說法是「走個兩三步都很吃力」。

在那種惡劣天候下，他們花時間掌握狀況、為眼前的屍體驚慌奔走的樣子，從遠處看過來，是很難分辨究竟是要忙著善後？還是因為發生命案而慌亂？

警方做個實驗，重現當晚的行動，發現能看到佐野和佐藤義男在屍體旁邊走動情況的，是東棟十樓以上面向西的房間；而九樓以下的視線會被樹木遮擋。鎖定這些住戶逐一訪查後，很快就找到報案的女子。她是獨居在東棟一三二〇號的二十二歲上班族，我們暫時稱她B小姐。

B小姐立刻向警方承認是她報的案。當時她並不知道二〇二五號的命案，以為自己報的案和那件命案完全無關。

警方得到她的同意，請佐野他們再次重現當晚的行動，從她房間窗戶俯視現場後，得知搜查本部的推測正確。B小姐是誤認了狀況。

但是她一口咬定有個男人逃離現場。她說那人從西棟的大門跑出來，奔向西側的社區入口柵欄。

當天晚上，西棟管理員佐野是有跑向社區西側的入口柵欄，查看救護車是否開到。同一時間，中棟的管理員島崎也跑向東側入口的柵欄查看。

可是，B小姐記憶中的「逃跑男子」，好像不是佐野，因為她說：「我仔細想過以後，發現那人逃走時，其他人好像都集中在西棟下面。」

那麼，B小姐看到的是誰？可能性最高的是西棟電梯內監視錄影機拍到的可疑中年男子——石田直澄吧。如果是他，跑向離他最近的西側出口，並無不合理之處。

B小姐的證詞疑問暫時解決了。但當二〇二五號的三個人身分又回歸白紙時，她再度引出問題。

「當我再仔細回想那天晚上的情形後，好像還看到另一個人逃走。」

B小姐通知警方後，警方再度找她問話。

「我看到一個人影跑向西側入口，看起來像個女的，身體向前屈，好像抱著什麼東西。」

她說看到那個人影時救護車已抵達東側入口，警笛聲聽得很清楚。

「我本來覺得那個女的人影沒什麼關係，可能是聽到騷動去看熱鬧的人。可是他們重現那晚的行動後，我左思右想，覺得那個女人的影子很奇怪……」

如果B小姐說的這個女性人影是實際存在的人物，那麼命案當晚，可能還有一個人繼石田直澄之後離開現場。這裡就讓人想起葛西美枝子當晚經過二〇二五號門前，看見半開的門內「好像有人走過」的證詞。

「我確實看到房間裡面有人影閃過，也感受到有人在裡面的氣息。可是警方沒有仔細追究，好像不想理會，所以我也懷疑是不是自己弄錯了……雖然我心裡一直無法釋懷。」

事實上，搜查本部並未輕忽葛西美枝子的目擊證詞。命案前後的這段時間裡，西棟所有電梯內的監視攝影機拍攝到的影像中，除了石田直澄以外，還有一個不是西棟住戶的人物。但是警方沒有對外透露這個訊息，當然也沒有告知葛西美枝子。

關於石田直澄，除了負傷逃走的影像外，他坐電梯上二十樓的影像也已確認。根據影像和記錄，石田直澄搭電梯上二十樓，三十八分鐘後又搭同一電梯下樓。這段期間，電梯監視錄影機拍到的其他人物，包括葛西美枝子共有三人，都是西棟住戶，另外兩人只是下樓去停車場旁邊的垃圾場倒垃圾而已。

但是石田直澄搭電梯上二十樓，大約十五分鐘後，一個抱著嬰兒的年輕女子也從一樓搭電梯上二十樓。她明顯從外面來，監視攝影機的影像裡可以清楚看見她手上的雨傘和外套肩膀部分濕漉漉的。

可是監視攝影機並沒有拍到這個懷抱嬰兒的女子下樓的影像。她是一直留在二十樓的某個房間裡呢？還是走樓梯下來？

搜查本部放大這個年輕女子的照片，詢問二十樓的住戶。大家一致說她不是這一層樓的住戶，命案以前也沒看過她出入這一層樓，當天晚上也沒有住戶有帶著嬰兒的年輕女子造訪。

帶著嬰兒的年輕女子不會只為好奇心或一時興起而在暴風雨的夜晚來訪西棟。二十樓的其他住戶對她又沒有印象，那麼她來拜訪二〇二五號的可能性就很高了。她是命案的關係人嗎？她離開時沒有留下影像，反而啟人疑竇。這個離開二〇二五號時比石田直澄還要冷靜的女子，是否想到電梯內有監視攝影機，所以避開電梯而走樓梯呢？

照這情況，可以推演出兩種模式。

1　石田直澄到二〇二五號。
2　年輕女子到二〇二五號。
3　年輕女子走樓梯回去（逃逸）。
4　石田搭電梯逃逸。之前不久，「砂川毅」墜樓摔死。

Ⅰ　石田直澄到二〇二五號。
Ⅱ　年輕女子到二〇二五號。
Ⅲ　石田負傷搭電梯逃逸。
Ⅳ　年輕女子緊跟在石田之後，走樓梯離開（逃逸）。那麼，是她離開二〇二五號在前？還是「砂川毅」從陽台摔落在前？這是一個非常微妙的時點問題。

假設B小姐目擊的女性人影就是這個身分不明的年輕女子，那麼可能性最高的是第二種模式。抱著嬰兒的女子比石田晚來，也比石田晚走，因為葛西美枝子上到二十樓聽到救護車警笛聲前，石田已搭電梯下樓了。

這麼一來，「砂川毅」的摔死和這個年輕女子的關係突然變成問題了。B小姐看到的女性人影「身體向前屈、好像抱著東西」，也和抱著嬰兒的姿勢符合。

不過，這時候媒體的目光，只集中在石田直澄一個人身上。想想他和二〇二五號的關係，這也是合理的現象，他是有值得懷疑的背景因素。而且，抱著嬰兒的年輕女人和遇害者有什麼關係，實在很難想像，就像她非要在那樣的暴風雨午夜來拜訪西棟某一住戶的理由，同樣難以想像。

搜查本部內部對是否要公布這個女子的存在，意見分歧。因為她是命案關係人的可能性相當高。最後，認為應更詳細調查石田周邊、確認這個女子是否與石田有關、最重要的是先找到石田直澄的慎重論派佔上風。他們的心情上大概受到這個女子懷中嬰兒的影響很大吧。表面上，命案重要關係人只有石田一個，葛西美枝子覺得自己的證詞不被理會而感到不悅，都是因為這個緣故。

而且，B小姐的證詞中也有曖昧不清的部分。B小姐說的真的是當天晚上她親眼看見的事情嗎？

刑警在查訪東棟住戶時，頻頻聽到其他住戶批判B小姐。

「那些話是為了想出名而捏造的吧！」

「單身年輕女性獨自住在那樣的房子裡，本身就很奇怪吧。她好像是某個電影公司社長的情婦呢！也有人說她是女明星還是社長祕書什麼的。」

的確，B小姐的經濟狀況非常富裕，也有一個中年男人經常出入她的住處。她申報就職的市中心金融公司裡是有她的職位，確實是社長祕書。她家在岐阜市內，父親經營衣料公司，給她的生活費很多，所以可以過得很奢侈。她住的東棟一三二〇號的所有人，是她父親。

本來在剔除對B小姐個人的偏見後，已無懷疑她證詞的必要。但是搜查本部公布有關二〇二五號的三人訊息的翌日，B小姐接受某家晚報的專訪。B小姐「含淚激動地告訴本報記者說」，她曾和死在西棟中庭綠地的二〇二五號年輕男子交往，那人還跟她說：「我有一天會被幹掉」、「和我扯上關係就會捲入麻煩，所以不論發生什麼事，你都要假裝不認識我」。

這段專訪當然受到注目。這在警方查訪時完全沒說的證詞，令搜查本部大驚，急忙聯絡B小姐。可是她人不見了，連她家人也不知道她的去向。

「雖然鄰居對她有各種批評，但我都不相信。」

東棟的管理員佐佐木茂說。

「這是我第一次做大廈管理員，很多地方很不習慣。我以前當過老師，教過高中生，都是些敏感年紀的傢伙。像她那型的女孩——啊，說女孩或許失禮——應該說是會說東說西的人，我對他們說的話都不會驚訝。他們只是孩子氣，想得到周圍大人的注意。別人一捧就高興，偏偏旁邊又都有教唆的人。一起鬨，就當了真，說出根本沒有的事。」

安排B小姐和晚報記者見面的，是「創映經紀公司」的社長高野英男。二〇二五號命案發生以前，出入B小姐住處的也是他。也就是說，他和B小姐個人過從甚密。

我們不知道B小姐是否如佐佐木茂所說的受到教唆，但策畫這一連串向媒體揭露證詞的人確實是高野社長。B小姐在向晚報「激動告白」一個星期後，也由他陪同現身民營電視的新聞綜藝節目，就像經紀人陪同旗下的藝人一般。

「搞什麼嘛！我老婆笑個不停，她那態度就像名人一樣。看到高野社長的臉，就知道他果然是B小姐的男人。不知她父母有什麼感受？不過她本人覺得好就好。」

後來，創映以二〇二五號的命案為本，拍了一部電視劇，在全國播映後，因為劇情涉嫌剽竊某名推理作家早期的作品而吃上官司。

至於B小姐引起的騷動，幾乎不值一談。她現身後，搜查本部終於能直接確認她的證詞內容，包括她和二〇二五號年輕男子交往，以及對方透露自身的危險等矛盾百出的「故事」，都是毫無可信度。這場獨腳戲因為太過拙劣，一時還令人懷疑她「看到有人逃離現場」的證詞。她自己也犧牲了寶貴的隱私，什麼也沒得到。

但是發生話題聳動的大事件時，必定會出現像B小姐這樣的人。她是一個典型，不是特例。

千住北美好新城社區內一時交相出現呼應B小姐說法的證詞，也印證了這一點。

我們可以理解，對生活平凡無波的人們來說，「一家四口遇害」的事件確實具有某種異樣的吸引力。對任何人來說，隔岸觀火都很有趣。這雖然很醜陋，但卻是事實。只是，人們寧可捏造故事也要「參與」事件的衝動，究竟來自哪裡呢？

捏造的故事四處傳散，周圍產生共鳴者，又膨脹出別的故事。結果，不在場的人卻身歷其境，沒有交談過的對話卻娓娓道來。即使想關閉大門，隔絕外面的世界，堅決守護自己期望的氣氛和環境，依然無法戰勝幻影，無法趕走幻影。大部分有關石田直澄和二〇二五號中年婦人的目擊證詞，都是這種幻影。在述說這些證詞的瞬間，對說者而言，那些都是真實。不在場的人們當時確實在場。在那三個人的身分依舊不明的情形下，人們想把「一家四口遇害」的事件留為自己生命話題的企圖，產生了無數沒有根據的「記憶」，產生了「現在想起來，那時候怎樣怎樣」的推測，喚起「說起來，那時看到的那個人——」的追想。故事的幽靈就這樣遊繞不去。

第十七章　離家出走的人

「要不要出面說明？我真的……很迷惘。去東京也麻煩！這聽起來或許很無情，可我就是怕和警察牽扯上關係！我是嫌這個麻煩，而不是嫌要領回屍體、要埋葬麻煩。我們一直很在意勝子的事情呀！」

群馬縣吾妻郡草津町。從JR吾妻線的長野原草津口車站往白根山方向，走國道車行約十分鐘，左手邊就可看到一棟灑脫的小木屋。「原味咖啡和手工義大利麵」的大招牌下面，還加上手寫的「也有特產禮品」字眼。這家餐廳是秋吉克之的「早苗餐廳」。

「早苗是我老婆的名字，她一直在東京工作，有緣和我在一起後搬到這裡。這家店的基本構想都出自我老婆，所以用她的名字當店名，生意果然大好。她來以前，這是一家鄉下味道十足的舊式餐館，是我繼承父母的家業。」

秋吉克之現年五十二歲，在草津町土生土長，三十五歲以前在東京當廚師，認識太太早苗，婚後即一起回鄉打拚，接下父母的餐館。

「勝子是我的小妹，小我一歲的大妹嫁到埼玉。我們三兄妹裡，只有勝子最懶散，在離家出走以前，她從來沒離開過草津，沒想到最後卻死在東京，真是諷刺。」

他說在荒川一家四口命案的搜查行動急速展開後，聽到遇害的中年女子身分不明的新聞，起初還沒留意。

「但是後來越來越多的訊息公布，包括她的身材、年齡、長相等，那時我也只覺得年齡和勝子差不多嘛。當然也不是沒有不好的預感，但總覺得不可能是勝子，我也這麼告訴老婆。我偶爾又會懷疑可能是勝子時，老婆還會笑我想得太多了。」

沒多久，東棟的B小姐的「激動告白」出現後，坊間也開始冒出流言，說二〇二五號的「一家四口」其實不是一家人，只是淫亂的男女關係。

「週刊寫的嘛！我都看了。」

「都是有關那個一起被殺——從窗戶摔下來死掉的年輕人的事情。大廈裡的人還說，看到勝子和那個年輕人手挽手走在一起。」

——但這好像是誤認，不是事實。

「是嗎？如果真的是，就太諷刺了。我看了嚇一跳，那不就是勝子嗎？我不是要說死人，而且是我親人的壞話，可是我想勝子會原諒我的，因為她自己清楚得很。我和大妹老是為她和男人糾纏不清而煩惱，她就是那樣的女人。不過，她也不是為情慾而動。不知是太多情？還是太熱情？她很容易為男人動心。一旦動了情，就不考慮後果，不論對方是多隨便的男人，她都會為他拚命。她尤其喜歡樣子好看的男人，也喜歡年輕小夥子，所以我有點認真地跟老婆說，荒川那個女人可能是勝子。我老婆說她不認為，但如果我很在意的話，就去確定一下也好。我們也在電視上看到，家裡有年齡差不多的失蹤人口的人都去荒川警察署，確認一下死在那棟大廈裡的是不是自己正在尋找的親人。」

秋吉克之說聲請等一下，暫時離開了座位。此次會面的地點是選在他的早苗餐廳後面的辦公室。半開的門外傳來店內播放的古典音樂。

「這個你拿去。」

秋吉克之拿出一張照片，裝在小小的相框裡，平常好像是掛在牆上。

「勝子離家出走前不久照的，十年前囉！在店裡照的。那時店裡重新裝潢完畢，只有親戚一起慶祝，站在我老婆旁邊的就是勝子。」

——十年前，那是三十九歲時囉！

「是啊。她愛打扮，你看，化妝也濃。」

她臉頰略顯豐腴，五官端整，捲髮染成褐色，穿著顏色鮮豔的毛衣，乍看像是風塵女子。

「拍完這張照片，她就和當時交往的男人分手，離家出走了。所以這是她在家裡的最後一張照片，我只能提供這點線索。」

——這時候的勝子和在東京都荒川區遇害的女性給人的印象相當不一樣，這點你沒注意到嗎？只是憑著「和年輕男人手挽手」這樣的說法就做為你認為那是勝子的根據，不是很薄弱嗎？

「現在看起來的確是這樣。我不是要偏袒勝子，她的確很溫柔。剛剛我也說了，她很容易為男人動心，一旦她迷戀上某個人的時候，真的是會為對方挖心掏肺，討對方的歡心。不但服飾化妝，連食物的好惡也迎合對方。拍這張照片時，勝子交往的是東京來的酒廊老闆。聽人家說那人年輕時當過酒店服務生，很愛打扮，所以勝子也是這副酒店小姐的裝扮。

「我和老婆去了荒川北署，看到遺體，我肯定那是勝子──指紋和血型也都符合。那時我聽了許多她在那棟大廈裡的生活情況，似乎不是那麼幸福，還要照顧坐輪椅的老太婆。你看這張照片，可能不相信這樣的女人會親切照顧幾乎癡呆的老年人。但這只是勝子以前的模樣之一，我想她在東京和那個砂川過著完全不同於過去的生活，可能完全變了個人。

「我們不清楚砂川信夫是個什麼樣的男人，我在意的是，我老婆說要不要去見見真正的砂川太太呢？我還沒決定！砂川不是因為有勝子以後才拋棄家庭出走的，勝子認識砂川時是在砂川蒸發很久以後，所以我沒什麼好顧慮的，但還是感到有些歉意。

「我和老婆不能不覺得，勝子如同被那個人殺了一樣，因為勝子是迎合他那種生活方式而遇害的。可是我又覺得，勝子打扮樸素，推著老太太的輪椅一起買東西、散步的樣子是那麼的幸福。我內心感覺好複雜哦！」

就這樣，和砂川信夫一起遇害的中年婦人，確定是草津的秋吉勝子。她是三人之中最早確定身分的一個。

搜查本部認為，身分最難確定的是那個老太太。因為她年齡可能超過八十歲，是否還有能提供確定她身分線索的親人都是問題。事實上也很難想像一個有子女的老人卻讓不相干的外人來照顧。這位老太太本來有老夫相伴，老先生先走後留下她獨自生活？還是本來就是獨居老人？她是哪裡人？又在什麼情形下認識砂川信夫和秋吉勝子，和他們像家人般住在一起？這一切只有她自己知道。她的生與死，連同她的正確姓名和來歷，都隱匿在闇暗中。

不過搜查本部裡面也有稍微諷刺的看法，認為即使有人知道這個老太太身分，或是她有家人，也可能因為害怕丟臉而不願出面，因為在發生這件事以前就把這個需要看護的老人棄之不顧，沒有積極找尋，會遭受世人的批判。

再說，老年人未必就不會離家出走。她和砂川信夫他們開始同住時可能還沒有癡呆。她也可能原來是和女兒或媳婦住在一起，因為合不來便離家出走，後來遇到砂川信夫或是砂川信夫和秋吉勝子，就一起生活了。在這樣的情況下，放棄走失老人不管的家人現在也很難主動出面吧。

實際的答案卻是這兩種推測的中和。當警方公開二〇二五號這位老太太的相關資料後，靜岡縣濱松市郊外的自費安養院「飛鳥園」的事務局一看到相關報導，即主動和警方聯絡，說她好像是五年前住在該園的一位老人。

飛鳥園是入園時必須先繳交數千萬圓保證金的高級安養院，成立才八年，目前有五十七個老人住在這裡。其中三分之一是獨居老人，其他是夫妻或姊妹一起住進來的。

飛鳥園事務局認為，二〇二五號的老太太可能是一九九一年四月一日外出迄今未歸的三田初枝老太太，當時八十二歲，除了服用高血壓藥物外，其他方面則很健康，看起來比實際年齡年輕十歲。失蹤那天她身穿和服，並告知管理員說她要去百貨公司買東西。

三田初枝個性開朗豁達，在園內很活躍，廣受同園男性歡迎。先生在她入園前十四年過世，有兩個女兒，都沒有和她同住。

初枝的先生在濱松市內經銷汽車，生活非常富裕。她先生死後，汽車公司雖然沒了，但是還有土地和出租大樓等資產，老來經濟依舊寬裕。

根據園方的說法，決定入園是初枝自己的意思。她獨自來參加說明會，負責接待她的職員聽到她說，「我不想再看到女兒為錢爭鬥的樣子了。」

她還說，「我聽說飛鳥園不像一般老人院，反而像是讓孤獨老人安心生活的社區，所以決定住進來。」

事實上，在初枝失蹤以前，她都自理日常生活，不需要看護。

正因為如此，一九九一年四月一日她外出後，卻沒有在規定時間回來時，園方還不會感到驚慌。雖然園方要求入園的老人要嚴格遵守規定，但是規定的關門時間是晚上七點，很多健康的老人都頻頻抗議這個時間太早了。

到了晚上九點，夜班職員上班後才發現有點問題，但還不覺得嚴重，只是擔心而已。園方打電話給她的緊急聯絡人，就是那兩個女兒，確定初枝都不在她們那裡後，便要求她們如果有消息請立刻通知園方，之後就只能等待。

但是，初枝一直沒有回來。午夜一點過後，園方就近向派出所通報。初枝住的那棟樓的管理員，也就是和初枝私交不錯的皆川康子，一夜沒睡。

「初枝雖然很健康，畢竟年紀大了，不知道什麼時候會怎麼樣，尤其她有高血壓……」

有高血壓的老人最擔心的是中風，還有車禍。

「我們擔心她是不是在外面暈倒被送進醫院了，還一一打電話去市內的各個急救醫院詢問，可是都沒有她的蹤影。難道說她不在市內嗎？我們真是百般擔心！」

飛鳥園有為入園老人製作的專用身分證明兼緊急聯絡卡片，要求高齡者外出時必須隨身攜帶。卡片後面還特別註明持卡人的病歷和服用藥物名稱，供有病之人在外接受緊急治療時的參考。

初枝有帶那張卡片出去。萬一她突然發病或發生意外時，收留她的醫療機構一定會注意到，並和飛鳥園聯絡才是。園方也只能這樣相信等待。

然而，園方一直沒有接到通知，三田初枝也沒有回來。她外出超過四十八小時後，飛鳥園決定報案。警方詢問濱松市內的所有百貨公司和超市，也派巡邏車廣播呼籲民眾提供消息，並請當地的消防局協助搜索附近的河川、山林，結果都無所獲。三田初枝就這樣神祕失蹤了。

皆川康子具有護士資格，在靜岡市內的市立醫院當過護理長。飛鳥園看上她的個性和能力，禮聘她來工作。在以高齡者的安心與舒適為賣點的飛鳥園裡，她以「沒有一個不幸的病人、也沒有寂寞的獨居者」為理想，認真工作。可是整天近在眼前的三田初枝不見了，也不知她的安危。

園方寄予厚望的專業名譽加上個人的擔心，讓她煩惱得甚至夢見初枝。

「在夢裡，初枝表情非常怯弱地站著。我看得到她，她卻看不見我。我一直叫她，她也聽不見，越走越遠。那地方漆黑一片，我喊著不能過去啊，喊著喊著就醒了。」

警方搜索兩天後，在濱松車站附近購物中心的垃圾箱裡發現一個年老女性用的皮包。皆川康子接到消息後趕去一看，的確是初枝的東西。裡面有手帕、粉盒，還有飛鳥園的專用卡片，只有錢包不見了。初枝的皮包可能是在這個購物中心裡面或在附近被偷的。

「按理說，初枝若是遭到扒竊，應該知道怎麼處理，不是去派出所報案，就是和園方聯絡。這點上，她比不曉世事的年輕女孩能幹多了。她不是那種會呆坐原地茫然無所適從的孱弱老人。」

正因為這樣，皆川康子才感到不安。

「我擔心的是她在皮包被偷的同時遭到毆打或推撞而受傷，或是因為太過驚嚇而導致記憶混亂或行動失常。一般人以為中風只是突然倒地不起，其實是腦部的毛細血管斷裂或是堵塞，在極短的時間內，腦部呈缺氧狀態，引起意識障礙。有時候是心理衝擊引發腦缺氧，人因此重心不穩搖晃跌撞，在有人親切協助或是受到警察保護前，很可能捲入下一個麻煩裡。」

找到她皮包的那個購物中心，半年前也發生過鎖定落單老人和婦女的搶劫案件。犯人是幾個年輕男女一組，先派一個女的接近被害人，假裝問路，或是說有個可疑男人跟蹤她，請被害人陪她走一段路等等，把被害人誘騙到人少的地方，再一哄而上行搶。

除了錢夾、皮包外，身上穿戴的首飾、手錶、鞋子等他們也都搶。被害人是年輕女性時，為了不讓她能立刻報案，他們還會故意脫掉拿走她的外衣，只讓她穿著內衣內褲。被害人意圖反抗時，他們也會集體暴力相向。

「我猜初枝可能碰上那個搶劫集團了。警方也循線追查，可是一直沒抓到歹徒──」

這個搶劫集團不只活躍於濱松市內，他們也利用新幹線，在靜岡、名古屋一帶犯案。警方雖然展開跨縣市合作搜索，但無成果，這也是被害人遲疑檢舉報案的原因之一。

「如果抓到那幫歹徒，就可以問出初枝怎麼了，知道他們搶了初枝以後她是什麼狀態。當然，園方也努力搜尋初枝的消息，只要聽說有類似的老人出現，一定派人去確認，然而也總是沒有進展。警方說現在搶劫集團的犯罪手段越來越凶惡，初枝可能凶多吉少，我們多少也有點心理準備。」

皆川康子為初枝擔心得心力交瘁，卻驚訝於初枝的女兒反應冷淡。初枝失蹤不到半個月，兩個女兒一起來園裡，要求解除初枝的入住契約，並退還保證金。

「我好驚訝，她們好像認定初枝不會再回來了似的。保證金是筆大錢，但在本人安危未定前，園方不能擅自解約。而且才半個月，母親可能遭凶殘的搶劫集團毒手，她們卻毫不擔心的樣子，像在公事公辦。我看了這才了解，初枝為什麼看破女兒，寧願住進飛鳥園來。」

初枝失蹤十個月後，警方終於捕獲肆虐濱松、靜岡、名古屋、豐橋等新幹線沿線城市的搶劫集團。立下功勞的是濱松警察署刑事課，他們循收贓管道，順藤摸瓜，抓到一干人犯。集團共有八人，其中三名是女性，有五名未成年。

警方偵訊後不久，果然如皆川康子期待的——非常煎熬的期待——得到有關三田初枝的消息。

「一名女孩坦承去年初春，在濱松的購物中心搶劫過一個老太太，因為她穿著和服，看起來很有錢，所以找上她。初枝那天確實穿著花色漂亮、質感極佳的和服。女孩還記得她頭髮梳得很整齊，白髮雖多，但有一小撮染成紫色。我想是初枝沒錯了。」

供述的少女說，那天她是第一次扮演誘騙被害人到人少地方的角色，所以記得很清楚。

「那女孩跟初枝說有個奇怪的男人跟蹤她，她好害怕，請初枝陪她走一段路。初枝以為是真的，還跟她說，不得了，我們去警察局報案。」

少女當然顧左右而言他，拒絕去警察局。

「初枝就跟她說，那我叫計程車送你回家吧。她好親切和藹，不會將有麻煩的女孩棄之不顧。」

少女和初枝坐上計程車，到同夥等待的犯案現場。

「那地方好像是車站後面的大樓巷道裡，大樓裡面都是酒廊酒吧，白天少有人跡。大樓之間也夾雜幾棟公寓，所以初枝沒有懷疑女孩說的話。」

搶劫集團威脅三田初枝，搶走她的皮包和手錶。女孩說初枝內心可能很害怕，可是外表還是表現得很剛毅。

「那個女孩說初枝很生氣，教訓他們說，你們做這種事情將來怎麼會有出息！他們當然不聽，還嘻皮笑臉的。初枝不氣餒，繼續教訓他們，於是有人動手毆打初枝。」

初枝倒在地上，另一個人去踢她的頭。他們看到初枝癱軟不動了才感到害怕。

「那個女孩還問初枝，老婆婆，你不要緊吧？可是初枝一動也不動，一夥人趕緊逃開。以後的事情女孩就不知道了。」

就這樣，園方知道了三田初枝在購物中心發生了什麼事。但是她遇害後去了哪裡？這才是問題。

「初枝失蹤一年時，園方和她女兒之間的對立很嚴重。在初枝生死未卜的情形下，園方當然不能退還保證金。園方收不到每個月的管理費也麻煩，可是現況就是無法催繳，結果也是一直沒繳。不過，她女兒還是擅自拿走她的私人家具和物品。」

接著，三田初枝的兩個女兒通知園方，她們對母親失蹤一事要追究園方的管理責任，向法院提起訴訟，請求損害賠償。

「我聽了以後，真的很內疚……。初枝住的那棟是我負責的，於是我寫了辭呈給當時的園長。但是園長沒有接受，他說……哪一天初枝回來時，我如果不在，她會感到寂寞的。我只好繼續留在這裡，一邊好好工作，一邊繼續努力找尋初枝。」

三田初枝的女兒最後並沒有打那樁官司，飛鳥園和她們再三協調，支付若干「慰問金」後，她們才打消念頭。不過，園方堅持初枝外出是她本人的意思，完全按照園方的規定，園方不可能預測她在外面會遭到搶劫，所以園方對此沒有責任。

「可是我一直覺得自己有責任。」皆川康子說。

「這五年裡，雖然也有種種事情發生，可是我沒有一天忘記初枝。她現在在哪裡？在做什麼？或許她遭毆打受到驚嚇而記憶混亂，但得到善心人的幫助，此刻正和那人一起生活。或者她想不起自己的姓名、住址，正受到某個公家老人院的照顧。看樣子她或許已經不在濱松或靜岡。我也想過拿著電話簿，打電話去全國的每一家老人院和醫院詢問。雖然很花時間，但這樣一家家去找，總有一天會找到。」

濱松警察署的刑警之中，也有人認為三田初枝已經被那個搶劫集團殺害，棄屍某個地方，因為被捕的同夥中有人殺了人還假裝沒事。

「我聽刑警這麼說後，忍不住去找最先認罪的那個女孩。她在同夥裡面罪行較輕，不到一年就回家了。我去找她，希望她告訴我是不是還有什麼事情隱瞞沒說。我還跟她說，如果初枝被殺了，雖然真的很痛心難過，也強過不知道她究竟怎麼了、人又在哪裡！」

那個女孩堅稱老婆婆沒有死，至少他們沒有殺害她。她最後看到初枝是癱倒在垃圾滿地的馬路邊，以後的事情就不知道了。

「我很想相信她，但是可以相信她嗎？我真的很難過。我離開時她父親走到門口跟我說，你雖然問我女兒那麼多，可是都沒有用啦，她不會說真話的。如果他們殺了人，只要屍體不被找到，他們不會主動招供的。你還這樣懇切求她，我看你也夠傻的了，你以為我們這裡是什麼家庭？」

問過一些失蹤者的家人和朋友，他們的說法都和皆川康子一樣，知道人死了，雖然傷心，但總比不知道他憑空消失去哪裡了要好。

「五年的時間很長哩！」皆川康子回顧說。

「就連我都心灰意冷地以為永遠也找不到初枝了嗎？那天看到報紙說東京荒川一家四口命案裡的被害人身分依舊不明，雖然園裡也聊過這個新聞，但沒有立刻聯想到初枝。」

幾天後，那三個人的年齡和身體特徵等詳細資料又公布後，皆川康子還是沒想到初枝。

「我們認識的初枝是個健康、開朗、漂亮的老太太，雖然知道她被搶劫後身心可能起了變化——腦中還是很難具體地想像出那個樣子。」

荒川遇害的老婦人乘坐輪椅，日常無法獨自行動，雖然沒有老人癡呆的樣子，卻給人年老多病的強烈印象，這和活潑健朗的三田初枝模樣不符。報紙和電視新聞報導都說那是孱弱的老婦人，皆川康子很難把她和三田初枝重疊在一起。

「我是這麼想，所以報紙看看就算了。兩三天後園裡有人問，那會不會是初枝啊？」

皆川康子嚇一跳，趕緊探問。

「她是和初枝同時住進來的老太太，比初枝小十歲，但身體有病，要人看護。我那天幫她洗澡時，她跟我說，醫生——她都叫我醫生——報上登出荒川死掉的那個老太太的身體特徵，說她側腹部有淺咖啡色的痣，你記不記得初枝也有一樣的痣？」

皆川康子不但不記得，甚至不知道三田初枝有那樣的一顆痣。

「她身體很好，換衣服和洗澡時都不需要人幫忙。我說我不知道哩。可是那位老太太又說，醫生，真的有哩！我記得很清楚，有一次初枝幫我洗澡時，我把她的衣服濺濕了，她哈哈大笑說我就陪你一起洗吧，她脫下衣服時我看到那顆痣。老太太還說，那時一旁看護的職員也記得，那個職員雖然離職了，但是她一定記得，可以去問她。」

可是那個職員並不記得三田初枝身上的痣，但她記得在幫需要看護的老人洗澡時常請初枝幫忙，通常不是什麼費力的工作，只是洗洗頭髮、遞遞毛巾而已。

「我真的很驚訝，要求園長立刻讓我去東京。當天我就帶著初枝的照片、病歷卡、入園記錄等搭了新幹線上去。一路上我不停地掉淚，雖然還沒有確定，但我就是忍不住想哭。」

最後，證實千住北美好新城西棟二〇二五號的老太太就是三田初枝的，是醫學證據。初枝的牙齒治療情況和那位老太太一致。

「看到屍體照片時，我也不知道是不是初枝。」

直到現在，皆川康子談到這件事時依然感到沮喪。

「照片中的膚色看起來雖然接近她活著時的狀態，但是乍看之下還是無法知道。因為面貌改變太多了，如果能聽到聲音或是看到動作，可能感覺完全不一樣⋯⋯。

「初枝的女兒領回遺體。她們果然如我猜想的一樣，不太傷心，反而因為母親確定死亡，總算可以開始辦繼承手續了而鬆口氣的樣子。

「不過，納骨的時候我去她家，她的大女兒口氣哀切地對我說，我母親是個很可怕的人，她腦筋很好，很能幹，是個稱職的企業家夫人，但是很愛控制別人，因此對我們的要求也多。她積極干涉我們的生活，評定我們男友和朋友的高低，如果看不上眼，就叫我們不要再和對方來往。我們不聽，母女大吵一架後，她就直接找到對方，明白告訴對方，不希望他們和我們繼續交往。從一知百，她每一件事都這樣，我們也決定徹底反抗，凡事和她對立。我和妹妹不是不愛母親，可是為了守護我們自己的生活，我們不得不這樣……。我認識的初枝優點滿身，沒有辦法完全接受她大女兒的說法。但是她大女兒跟我說這些，至少顯示了她對她們這樣對待母親的愧疚，讓我覺得好過些。

「儘管如此，過去的五年裡，初枝到底過著什麼樣的生活呢？她坐輪椅是那次遇到搶劫造成的傷害嗎？她也真的記憶模糊了嗎？她如果能想起任何一點事情，應該不會和那種人住在一起啊！」

這下，身分不明的被害人只剩下一個了，那就是從陽台摔落地面死掉的年輕人。

諷刺的是，他也是三個人之中民眾詢問或提供消息最多的一個。看看這些來自各地的詢問與消息，不禁讓人悚然而驚，現在杳無音訊的離家年輕人何其多啊！

自從東棟的B小姐爆料和他有關係，以及懷疑他和秋吉勝子關係曖昧的流言傳出後，有關他的各種臆測不斷。一時之間，「聲稱」知道他的人在打上馬賽克的螢光幕上侃侃而談的畫面，充斥各家民營電視的新聞與談話性節目。有人說他是大阪某家星期五餐廳捲款逃逸的當紅牛郎，有人懷疑他是赴任才三個月就讓女學生懷孕而被辭退教職的某著名私立女高國文老師，也有電腦公司懷疑他是在電腦程式裡動手腳盜領大筆公款逃亡的新進程式設計師。

但是，這些說法都無法說明，這個年輕人為何在這個互不相干的團體裡扮演兒子的角色一起生活。搜查本部原先懷疑他會用砂川信夫親生兒子砂川毅的名義就業，但仔細查訪首都圈後，並未發現相關事實。不過，目擊他出入二〇二五號的少數可信證詞指出，他像是有職業。也就是說，他不論是上班還是上學，都有一個正式場所可以接納的固定身分，只是沒有公開而已。一般捲款潛逃的罪犯無法這樣自在。

早川社長的說法也補強了這一點。他雖然看過砂川信夫的戶口名簿，但從沒聽過砂川信夫叫過他那些家人戶口名簿上的名字。看來，這個戶口名簿只是應付早川社長的要求，砂川信夫、秋吉勝子、三田初枝和這個年輕人，他們在日常生活中可能還是互叫「本名」。除了記憶可能喪失或部分喪失的初枝外，其他三人應該都是這樣。

砂川信夫和秋吉勝子的組合是男和女，不管是同居還是姘居，住在一起不奇怪。然後加上三田初枝。是砂川信夫發現並救助這個在濱松遭劫受傷而失憶的老太太嗎？還是秋吉勝子？從他們生前的生活情形推測，他們安慰保護這位老太太是不容置疑的。

但是，年輕人是以什麼形式加入他們的生活中呢？他是最早和砂川信夫住在一起的嗎？還是和勝子同居？是幾歲開始過這樣的生活？真正的家人在哪裡？人只要不是石頭裡蹦出來的，必定有生物學上的父母存在某處，年輕人的親兄弟姊妹也應該正處於生龍活虎的年齡層。

但是警方蒐集的所有消息中，沒有一個符合他的。親自來搜查本部想找失蹤兒子的父母們，也都搖頭失望地離去。

奇怪的是，年輕人工作的地方也沒有消息。西棟的鄰居看到年輕人幾次穿著西裝搭電梯，也有人在管理室前面和像是下班回家的年輕人擦身而過。雖然不能斷定他穿西裝就是在公司上班，但是他對這個社會一定有他個人的參與方式，也架構了他個人的人際關係，詭異的是這些都沒有浮現出來。

針對這點，搜查本部產生一個推測，他是在游走法律邊緣的老鼠會或地下錢莊等基本上會迴避警方的公司或事務所就職。公司對員工突然不告而別，應該會覺得不對勁，即使不報警協尋也會聯絡員工家屬——可是西棟二〇二五號完全沒有類似的來訪者或詢問電話——可見公司本身可能就非正派，不願意報警協尋，以免自動招來警方摸底的麻煩。而在首都圈，這類游走法律邊緣的「公司」不可勝數——

總之，只要真相大白，這些推測和疑問就會消失。事實上，也真的有人掌握這個真相，他正屏息躲在東京的某個角落裡。

第十八章　綾子

綾子出院回家後，寶井康隆每天惴惴不安。

不管他願不願意，有關荒川「一家四口命案」的後續報導不斷地傳進他耳朵裡。對真相還一無所知的父母親和社會上大多數人一樣，對事件的發展非常關心，讓康隆更感惶惑。每當父母親談到命案出現意外的發展時，康隆即使已經聽綾子說過了，也不得不裝出驚訝的樣子。即使報導有錯，他也不能更正，絕對不能讓父母反問他：「你怎麼知道？」每一天都是刺激的連續。

康隆覺得很不可思議，當事人綾子看起來像是輕鬆走在這條危險的空中鋼索上。是身處轟炸中心區裡反而大膽了嗎？也說不定是她把祕密向康隆吐露後，就把心靈重擔移到他的肩上，自己落得輕鬆自在了。

可是康隆幾乎要被知道綾子的祕密，以及要告知父母這個祕密的兩個重任壓垮了。綾子什麼也不說，只是不時投給他一抹饒富意味的目光，（還沒告訴爸媽嗎？）（還沒說嗎？很好。）她似乎想都沒有想到，康隆煩惱到晚上睡不著覺的地步。

如果一古腦地把祕密全盤托出，一時是輕鬆愉快，可是想到以後的發展，就忍不住害怕。幸好警方的搜查好像走錯了方向，還沒有人注意到綾子的存在。如果保持緘默，事情可能就這樣結束了。但這還是不對吧？只要那個代替綾子背負嫌疑逃亡的石田直澄還在的話——

康隆祕密慪得難過，就想對悠然而一無所知的父母發脾氣。他們曾經那麼地擔心暴風雨夜裡綾子跑去哪裡了？為什麼渾身濕透得染上肺炎？又為什麼要帶祐介出去？可是等綾子一恢復健康，就全都忘了，不再追問她那些問題，自顧自地回到平凡正常的生活裡。他們是不是過分輕鬆了些？

康隆也忘不了在醫院時和綾子爭執時她說的話。整天窩在家裡的你根本不了解我的心情，你這個沒真正和女孩子交往過的大頭鬼根本不懂。這些話讓康隆嚴重受傷，因為這揭露了他所害怕的事情——這的確是事實。

綾子緊急住院那天，他想趕在截稿期限前交出而振筆疾書的稿子終究沒有寫完，因此社團同仁一起給他施壓，除了要他擔任夏季集訓營的幹事外，還必須供給《織網人》秋季特別號相當該次拖稿量兩倍的稿子。

一進入七月，很快就放暑假了。即使抱著祕密恢復平靜的生活，康隆的稿子依然沒有進展。他自己也想過，是題材選得不好。現實與非現實。真實與虛擬。這正是康隆現在所處的狀況。

電視、報紙沒有一天不做荒川命案的後續報導。映像管裡面的事件就像電影劇情般無害而曲折離奇，康隆聽了專家、論者的分析後，不知不覺地陷入其中。

接下來的瞬間，他又會像是被潑了一盆冷水般地清醒過來，眨著眼睛思索。這樁命案的凶手是我姊——遇害的人裡面至少我知道一個——我知道八代祐司——我知道他跨過我們家的門檻坐在那張沙發上——我清楚記得和他視線相對時他眼神的虛無。

轉瞬間，康隆的心思一轉，又覺得電視這樣大肆報導的事件，不可能和寶食堂、和我們這個家有關。電視裡發生的事情雖然就在客廳的電視畫面上，但實際上是距離很遠的「故事」。或許是電視收錄了綾子說的「故事」，真的綾子和真的寶井家都不可能走到電視裡面。

他這樣東想西想，無法做出判斷。到底哪個是真的？是姊姊的體驗？還是電視的報導？此刻坐在這裡看電視的我，是那個聽到姊姊自白的我嗎？

康隆透過電視和報紙，一路追蹤遇害者中有三個人身分回歸白紙、必須重新辨認的過程。這其中有綾子說得不夠清楚的部分，也有綾子說得比較詳細的部分。到了最後，只剩下寶井家知道是「八代祐司」的年輕人身分不明時，康隆才真正感到害怕。

看來只是時間的問題，八代祐司的真正親人遲早會現身。警方公布這些訊息後，家中有兒子出外未歸的人會出面查詢的。

他自己都很意外會感到這樣強烈的恐懼。

八代祐司雖然只到過寶井家一次，但他確實在康隆眼前說話、呼吸、走路，是活生生的人，不是只住在姊姊想像世界裡的情人。但這還是無法和康隆心裡的那個八代祐司血脈相通。那個他沒有體溫。雖然母親敏子以一種文學性的咒罵方式痛斥那個讓她女兒懷孕又甩掉她女兒的冷血之人沒有體溫，但是康隆想的不是這個意思。

康隆覺得八代祐司這個「人」就像廉價的動畫主角般，活在二度空間裡，沒有過去，也沒有經歷。畫得像真人，卻終究只是畫。他看起來在動，不過是看者的錯覺罷了。

綾子聽八代祐司說過許多學生時代的事情、工作地方的遭遇等生活經歷，也跟康隆說了。可是不論聽了多少，康隆依舊覺得他的存在像卡通動畫。動畫主角都有編劇群編造出來的身世經歷，這和憑空捏造沒有什麼不同。

這種奇妙的感覺也有讓康隆感到釋然的部分。因為感覺八代祐司像動畫角色，所以康隆無法鮮明想像出綾子把他從二十樓陽台推下去時的樣子和表情。聽到綾子自白說「我殺了那個人」，即使知道這是真的，但是殺人的沉重和綾子手染血污的事實，仍無法真正進入康隆的心裡。再往回想，他也無法想像綾子和他談情說愛、相擁共眠的樣子。

綾子和康隆姊弟感情很好，但氣質相差很多。康隆唸中學時就已確信，綾子雖然可愛開朗，但是他會選擇和綾子完全不同的女孩當女朋友。同樣地，綾子也一定會選擇和康隆完全不同的男孩當情人丈夫。

那時候康隆也確信，將來伴在姊姊身旁的那個男人，自己絕對和他合不來，感情不會好。因此，他很難想像綾子和那個男人在一起的生動畫面。

結果事實不只是那樣，綾子眼前不但實際出現八代祐司那樣的男人，也生下他的孩子，最後還殺了他。然而，這一切康隆都沒有真實的感覺，總覺得有「無所謂」的部分。那不過是動畫角色消失而已吧——。或許就因為這樣，康隆沒有向父母稟明事實，只是徒然旁觀時間的消逝。

康隆突然想到，不是只有他有這種感覺，說不定姊姊也有同樣的感覺。當然，綾子坦承殺人時的激動模樣不是做戲，她真的愛過八代祐司，全心全意地去愛。但是她能承受多少親手殺死那個真正血肉之軀的八代祐司——即使是為了自衛——的心靈負荷呢？

她可能感覺不到吧？至少，可能感覺不到道義上的沉重吧？但即使綾子的人格有缺陷，也不可能對人的生死無動於衷，因為康隆至今也忘不了外公辰雄猝死時綾子的反應。

康隆心想，對綾子來說，八代祐司也可能是二度空間裡的人吧？在愛戀他時，還有親手殺他的瞬間，是有激動的感情。但是二度空間的人，切掉開關就消失了。而在綾子的手中，確確實實有一個實際存在感的三度空間的「生命」——嬰兒祐介。此刻，她的心都在祐介身上。

旁人看來，大概難以諒解他們姊弟倆的這種心思。康隆希望現狀不變，希望事情就此結束。但當八代祐司的親生父母和家人出面時，或是出現抱著他被冷凍保存的屍體痛哭的母親出現時，康隆姊弟此刻安然居住的世界就會被打得粉碎。八代祐司不是動畫角色。他是活生生的人。他也有懷胎十月將他生下、幫他換洗尿布、帶他去打預防針、幫他膝蓋擦傷時塗紅藥水、幫他縫補制服的母親。當這些事實攤在眼前的瞬間，綾子就成了真正的殺人犯，康隆也成了掩護姊姊的共犯。

康隆發現，能讓人以人的形式存在這世上的是「過去」。這個「過去」不是經歷、生活等表層的事物，而是「血緣」。你在哪裡出生？被誰養大？和誰一起生活？這些都是過去，讓人能夠從二度空間跨入三度空間而「存在」。割捨這些的人幾乎如同影子，因為本體和被割捨掉的東西一起消失了。

八代祐司家人的出現，就是他本體的出現。綾子承受得了嗎？至少，康隆承受不了。他太害怕看到那傢伙的母親傷心痛哭的樣子。

與命案有關卻又害怕真相出現，不相干的人大概無法了解吧，或許還會覺得那是一堆歪理。但是康隆夜裡惡夢中出現的，不再是表情肅穆登門造訪的刑警，或八代祐司慘白的死臉，而是悲傷撿骨的八代的母親。

不過，八代祐司的身分一直沒有查明，康隆的惡夢也一直止於作夢。搜查本部沒有停止辨認身分，但一直沒有找到符合的人。

會有這樣的事嗎？這不就像八代祐司真的是憑空塑造出來的角色嗎？——

「這社會真的有很多失蹤的兒子呢！我好訝異。」綾子抱著祐介，額頭冒汗。雖然時序已進入九月，陽光還是很烈。

康隆和她並肩走著，把陽傘遮在祐介頭上。祐介的痱子很嚴重，綾子要康隆陪她一起去看醫生。康隆正有話要和姊姊說，覺得正好。

出門時敏子還笑他們：「康隆變成好舅舅了，只要是祐寶的事，他都毫無怨言地幫忙綾子。」

那家醫院也幫祐介做過新生兒健診，醫生和護士都認得綾子，和綾子不停說笑，還提供紙尿布的試用品，氣氛很熱鬧。康隆獨自坐在候診室，慶幸那裡沒擺電視。在回家的路上，他主動說道，他的身分還沒查出哩……。

綾子一邊逗弄祐介一邊說，「很多人去詢問，都是家裡有人出走的人，將來我絕對不會讓祐寶離家出走，我會好好養他。」

康隆噍回想問的「姊，你都不怕嗎？」這句話。他們停下等綠燈，綾子鼻頭輕輕頂著祐介的小鼻子，她的臉上看不到一絲恐懼和罪惡感。

「事情會怎樣呢？」

他沒頭沒腦地說一句，綠燈亮了，綾子跨出步伐。

「會怎樣呢？小康，你不是沒跟任何人說嗎？」

綾子最近很少叫康隆「小康」，語氣雖輕，但嘴角有點怒意。

康隆也有點不高興。剎那間，他有點氣把重擔移到他肩上、抱著祐介一臉母親溫柔笑容的綾子。

「我有想過去報警。」

綾子突然停步，康隆撐著的陽傘勾住她的頭髮。綾子瞪著康隆。

「幹嘛要這樣威脅我？」

「我沒有要威脅你啊！」

康隆自己都悲慘得語無倫次。他過去和綾子吵過幾百次架，氣勢被她壓過這還是第一次。

「小康，你不想幫我和祐寶啦？你不是答應過我嗎？」

「我──」

「我不要站在這麼熱的地方說話，對祐寶好毒！我要走了。」

她咚咚大步前行，康隆趕忙追上去幫他們打傘。彎過轉角時碰到附近香菸店的老闆娘。老闆娘輪流看看康隆、綾子和祐介後，調侃康隆說：「啊呀！好年輕的爸爸啊！」

綾子笑開了臉說「你好」，腳步也放慢一些。姊弟倆又並肩而行。看不到老闆娘的身影後，綾子又嘟著嘴說：

「那個老闆娘很碎嘴，可要小心她！就是她說我是養私生子的壞女孩，把媽氣死了。」

她用棉紗手帕擦擦祐介微微冒汗的小額頭，又笑開了臉。

「我是無所謂，只要有祐寶，我就是幸福的人，什麼都不怕。」

即使八代祐司不在也一樣？康隆心中問著。即使他死了──把他殺了也一樣嗎？

幾天後的晚上，康隆坐在自己房間的書桌前，綾子在門外叫他。

「小康，我可以進來嗎？」

吃過晚飯後，因為明天是餐館公休日，難得父母一起出去了。康隆看到門縫外的綾子，立刻知道姊姊也在等待他們獨處交談的難得機會。

「祐寶呢？」

「睡了。不要緊，門開著，他一哭我馬上會聽到。」

好熱，開冷氣吧！綾子說著走到窗邊。在她按冷氣的遙控器、關窗的時候，康隆沉默不語。

他想先聽聽綾子會說什麼。

綾子坐在康隆的床上，仔細扯平純棉洋裝上的縐褶，然後抬起臉問道：

「你還記得中學時的常盤老師嗎？」

康隆沒有記憶，「你的級任導師？」

「不是，他是我的升學指導老師。他好像是主任，教社會科的老師。」

「我進去的時候他已經不在那裡了。」

「大概是調到別的學校了。你，很幸運。」

康隆猜不出姊姊要說什麼，只好微笑。

「常盤老師聽我說不要升高中、討厭讀書時好生氣，他說，你將來一定沒出息！我也脾氣衝，頂嘴說，不讀書怎麼就會沒出息？我就不讀高中，做個有出息的人給你看！」

綾子又在扯平洋裝上的縐褶。是因為這樣才可以低著頭吧。

「可是我真的如同老師說的，成了沒出息的人。」

康隆還是忍耐地保持沉默。

「好奇怪吧！我一想到警察就害怕，我不想離開祐寶，我不想被抓。可是我最最不想的是，當我被抓了，人家都知道我是殺人凶手時，常盤老師會說，寶井綾子果然像我說的沒有出息。我雖然討厭這樣，可是沒有辦法。我可以想像得到常盤老師知道他說對了時的得意表情。」

綾子雙手亂搔著腦袋。

「我就是無法忍受這點！因為，我最討厭那個老師了。」

康隆很了解這種心情，於是說，「早稻田和東大畢業的也有沒出息的人啊。」

綾子猛烈搖頭，「我說的不是這個。你腦筋好，知道我的意思吧？可是單單知道，還是不一樣。」

這時她終於正面看著康隆。

「我該怎麼辦？我不能這樣沉默地躲下去吧？我……我殺了人。」

她說的方式太過頹喪，聲音也沙啞，康隆不由得感到胸口一緊，一時說不出話來。剎那間，他打從心裡為自己生姊姊的氣感到慚愧。

「我被抓了會判什麼罪？會坐牢嗎？祐寶——祐寶會說話以前我回得來嗎？」

康隆振作起自己，故意開朗地對兩眼濕潤的綾子說道：

「那傢伙的身分不會查明的。」

綾子點點頭。

「我想那傢伙跟姊姊說的『八代祐司』不是真名吧。」

「哪會？那是他的真名。他爸媽幫他取的名字。」

「他只跟你說真話嗎？」

「也不是啦，你有點不懷好意呦。」綾子責備似地瞪著他，但立刻笑了，「我看過他的戶籍謄本，所以知道那是真名。」

康隆睜大了眼睛，「在哪裡？什麼時候？他是哪裡人？」

「開始交往半年後吧。他跟我提到他的家人——好可怕的家庭。他很氣他父母。他爸爸酒精中毒，他說他已經五、六年沒回家了，老爸可能早就死了，死了倒好。」

「他是為了確定這個才去拿戶籍謄本？」

「嗯。他只是想知道情況，可是又不願意回家，我說去拿戶籍謄本不就知道了。」

綾子長長嘆口氣。

「我只是開玩笑罷了，可是他當真要去拿戶籍謄本。在埼玉縣的田山市。你知道嗎？」

田山市在可以輕鬆往返東京市中心的通勤圈內。搭乘京濱東北線，從秋葉原站到田山站只一個多小時的距離。那傢伙是那麼近地方的人，康隆感到很意外。

「你們去田山市公所？」

「對呀，我們開車去的，停車場沒有空位，真慘……他嘴裡一直抱怨不停。誰叫他討厭坐電車！連巴士那些大眾交通工具他都嫌。」

康隆有點冷冷地想，我也不喜歡共乘的交通工具。

「專程開車去拿戶籍謄本，還不如直接到他家看看就好……」

「我不是說了，他討厭回家嘛！」

從剛才到現在，綾子一直叫八代祐司為「他」，像是害怕一不小心說出那個的名字，會被死者聽到。

「拿到謄本了嗎？」

「當然拿到了。」

就謄本所見，八代祐司的父母都還健在。

「他還有一個弟弟，年齡差很多，小他十歲吧。我有問他，小弟怎麼了？你不擔心嗎？哥哥不在，他或許會感到寂寞吧！他聽了就說，怎麼可能？好像我的話很蠢似的。他說，我弟和我雖然同一戶籍，但是沒有關係。我媽很淫亂，老和不同的男人亂搞，生了好幾個孩子。現在戶籍裡只有我和老弟，另外還有多少我都搞不清楚。我連自己是不是老爸和老媽生的孩子都不知道，老爸有事沒事就打我，老媽也不會維護我。」

所以他才離家出走，再也不回去了？

「他幾歲離家的？」

「中學一畢業，十五歲時吧！」

比現在的康隆還年輕。如果他跟綾子說的家族經歷全都是真的，那一定是比現在的康隆更混亂、更憤怒，也更艱苦的十五歲吧。

「他母親是做什麼的？」

綾子聳聳肩。

「我有問過，他只說做生意，沒有仔細說。他說到母親時整張臉都扭曲，尖著嘴，目露精光，樣子好可怕。」

綾子轉一下眼睛，突然站起來說：「祐寶哭了。」

康隆豎起耳朵，沒有聽到哭聲。隔一會兒，聽到綾子在她房間裡叫祐介的聲音，隨即聽到祐介回應似的哭聲。

這種事情常有。綾子的耳朵可以捕捉到別人都聽不到的祐介的嗚咽聲。那種敏感度和那種銳利的指向性，連軍用雷達都不及。

康隆感到佩服，母親敏子卻得意地說「那是媽媽的本能」。康隆雖然覺得自己確實不及，但對那種炫耀態度不以為然。尤其是看到母親在沒有子女而感到寂寞的姑媽面前，展現「這世上最偉大的就是生了孩子的女人」的得意表情時，更是感覺如鯁在喉。

母親如果知道八代祐司的母親——如果相信他說的話——生活淫亂，生了一大堆不知父親是誰的孩子，任憑這些孩子被戶籍上的父親毆打虐待，她會說什麼？康隆心想，她一定會說「那種女人沒有做母親的資格」吧！

可是不管你同不同意，那種女人只要懷孕生下孩子，她就是個母親。婦產科醫生、社會福利局、民生委員、神佛地藏菩薩等，不論是誰，在那個女人成為母親之時，都不能否定她的母親資格。

唯一有權否定的是那個被生下來的孩子。只有孩子有那個機會和權利。如果接受八代祐司的說法，他就是在義務教育框框解放他後立刻行使那個權利，但他因此變得幸福嗎？離家出走六年後的今天，他加入遇害者的行列。生下他不管的母親和虐待他的父親，或許還安穩地活在世上。

康隆並不知道。八代祐司拋捨了他的至親後，得到了自由，可是他的人生並沒有流往稍微好一點的方向。為什麼會這樣呢？

綾子腳步很輕地回來，謹慎地半開房門，笑了笑。

「不要緊，他又睡了。嬰兒整天都是在睡。他會作夢嗎？」

一副滿足快樂的母親表情。

「姊，你什麼時候知道他和不相干的外人住在一起的？」

綾子本來坐回床上，立刻站起來。

「什麼時候啊？」

她不時注意剛剛才哄睡的祐介那邊。

「祐寶不要緊吧？我們好好談一下吧，你不就是要找我商量的嗎？」

康隆知道，綾子剛才回房看過祐介的睡臉後，又恢復防衛的心態了。她先前走進這個房間時，是充滿不能再這樣下去、不能再假裝不知道而抱持沉默的想法。可是看過嬰兒的睡臉後，她又強烈地覺得不想和這個孩子分離，覺得讓這個孩子變成殺人凶手的兒子好可憐。綾子一直在這兩種感情之間搖擺。但是康隆也跟著一起搖晃就不妥了。

「談什麼？」綾子沉沉坐下，「我向警方自首就好了，是吧？」

「就這麼辦！現在就去。趁你還沒改變心意，我陪你去。換衣服吧！」

綾子瞪著康隆。康隆毫不退縮地回看她。

「姊，你太任性了。」他平靜地說，「明明知道那傢伙是那種男人，還跟他生小孩。明明家裡人都說跟那傢伙分手比較好，你就是不聽，一直追著他不放，最後變成這樣。都因為你做的好事，害那無辜的石田直澄也不得不逃亡，你多任性自私啊——」

綾子激動地打斷他的話，「不是這樣啦！是他說要掩護我的！我不是跟你說過了嗎！你既然知道，為什麼還要這樣說？」

她快要哭出來。

「石田先生要掩護我和祐寶。是他跟我說，外界一定都會懷疑我的，你就假裝什麼都不知道，忘掉這件事。嬰兒需要母親……。大家都會認為那是意外，反正我已無家可回，不要緊的。」

康隆凝視姊姊的眼睛。綾子低下頭，他還是追著窺看她的瞳孔。

「知道了吧！你都聽到了，明白了吧！」

綾子雙手猛搓著臉。

「可是這樣做對嗎？你因為無法假裝不知道，無法忘記，所以才跟我吐露吧？你自己也很茫然吧？這樣一直讓石田先生掩護下去行嗎？」

「是石田先生說嬰兒很可憐，你千萬別去自首。」綾子頑固地提著肩膀說，「我答應了他。他說嬰兒無辜，你這個做母親的不能離開他。」

「石田先生是為姊姊著想。可是我覺得這樣做不對。你讓別人背黑鍋，不是更難受嗎？」

綾子猛然抬起臉，「石田先生說，我不是為了你而掩護你，是為了嬰兒而掩護你。所以即使難過，為了祐介，我——」

這下變成來來回回兜圈子了。綾子心裡的糾結在兩人對話之間來來去去。

康隆只好打開全新的另一扇門。「姊，八代祐司哪一點好？」

「現在怎麼還問這個？」

「你是知道那傢伙的成長過程而同情他嗎？」

「不是，」綾子用力搖頭，「在我懷祐寶以前，我不知道他的童年是那樣，也不知道他現在和別人住在一起。我懷孕後，告訴他我要生下孩子，想和他住在一起。於是他說，我沒有做父親的資格，也不想要家庭。那時他才告訴我一切。」

很好，她終於回答了康隆最早的問題。綾子戀愛以後，康隆也忘了他自己最熟悉的「操縱姊姊法」。

「他離家出走後，就立刻和——砂川還有秋吉勝子他們住在一起嗎？」

「不是……。他們住在一起差不多四年，從祐司十七歲時開始。他們也說好不是像家人一樣住在一起，算是分租房間。祐司也希望這樣。每個月固定付一些錢，有免費三餐和清潔打掃。因為有那個戶口名簿，所以祐司他們看起來像和樂融融的家庭，其實不是。」

「他為什麼要——租房子住？他已經十七歲了，不是可以獨自生活了嗎？」

「事情沒有那麼順利，景氣不好，供吃供住的工作也少，在超商打工也不供膳宿。他原來工作的小鋼珠店有供住宿，但是他被裁員了，真的沒有地方可去。砂川先生就邀他暫時住到他家裡，砂川先生那時也在小鋼珠店工作。」

砂川告訴他可以先住到他家裡，找到新工作、存夠租房子的錢再搬走。當時砂川和秋吉勝子已經同居，住在東京下落合的老舊出租公寓裡。

「他去看過，雖然又破又舊，但是很寬敞。那房子因為遺產糾紛，要拆不拆的，砂川就以幫忙管理和打掃為條件，用極低的價錢租住。」

「他從那時候開始就和有糾紛的不動產搭上關係了。」康隆不覺嘀咕。難怪後來更乾脆地接下類似佔住的工作。

「那時候那個老太太也住一起嗎？」

綾子點點頭。「對。她總是笑嘻嘻的，可是話都說不通。砂川先生說，她是兩年前他還開卡車時在濱松撿回來的。當時看到她茫然坐在火車站的停車場裡，砂川招呼她時她哭著說要回家，砂川要送她去派出所，她害怕地說不要，像孩子一樣鬧著。砂川先生也是好人……換做是你和我，一定安慰老婆婆後再把她交給警察，因為不知道她是什麼來歷，不可能帶回自己家去。可是砂川先生不一樣，他覺得老太太很可憐，也不知道警察會怎麼處理她，於是讓她坐上卡車，把她帶回自己家裡。同居的秋吉勝子人也很好，不但沒生氣，還幫著照顧老太太，還說好像多了個媽媽。祐司第一次見到她時，就察覺她好像受傷什麼的，記憶不對勁了。」

總之，八代祐司就租住在這個三人家庭裡，三年後遇到綾子。

「因為住得還不錯，就一直住在一起，還一起搬到荒川那棟公寓大廈裡。」

綾子搖頭說，「我不知道。住在下落合的時候我沒見過砂川，他也沒帶我去他住的地方過。電話聯絡也都是打手機。」

「那傢伙做什麼工作？我一直聽你說他在上班，究竟是做什麼的？」

綾子挪開視線，「我勸過他別做了。」

哈哈……康隆心想。

「好像是金融方面的。工作很累，收入不多，一天到晚發脾氣。」

大概不是光明正大的工作吧！工作地點確實對他突然不來上班或者失蹤也不覺得奇怪。

「姊，你是在酒廊認識他的？」

「酒廊！」綾子露出久已不見的笑容。「哪有那麼老氣！他是在新宿的保齡球館跟我搭訕的。他們一堆人，我們也一堆人。他好像和公司的人一起來。」

即使在現在的狀況下，想起當時的情況，一樣感到甜蜜快樂。

「你們因此談戀愛，有了祐介。」康隆輕輕地說，「太快了，真的。」

綾子的笑容消失。「是我不好，但我是真心的。」

康隆急忙說：「我無意說你輕率啊！」

其實我根本不知道這是不是輕率，因為我還沒真正戀愛過。說真的，我也沒有資格責備姊姊一直不放棄那傢伙，對他緊追不放。我如果處在同樣的立場，或許也會做同樣的事。

但最可怕的，或許是我一次戀愛都不曾體驗就老了。我可能無法和任何人戀愛。我可能一輩子都不知道戀愛是什麼。雖然我的大腦知道念念不忘某個人為他哭泣痛苦的感覺，比那些什麼都不知道的人要好，可是我的大腦並沒有教我如何才能戀愛。

「有了祐寶時——」

綾子的聲音讓康隆回過神來。

「祐司就和我談過，說他不會和我結婚，有孩子是個錯誤。可是我說要生下來，所以求他到我們家一趟，讓家人看看孩子的爸爸是什麼樣的人。祐司這才到我們家來。」

就是八代祐司來訪那次。

「如果祐司那天毀約沒有到我們家，或許我就死心了，知道永遠拿他沒辦法了。可是他來了，和爸媽見過，挨了罵，默默地回去。我忍不住難過，他不是和我玩玩就要甩掉我，他只是害怕擁有家庭，害怕變成爸爸而已。真的！他沒有騙我。所以，我忘不了他。我心想，我一定要和他組織家庭，我要給他小時候沒有得到的家庭溫暖，我要做祐司的太太，也要做他的媽媽。」

康隆想起母親敏子說的話——綾子如果以為自己可以幫助、拯救像八代祐司那樣的男人，麻煩就大了，因為那樣比依戀不捨他那個人還要難解決。

康隆凝視姊姊的臉，忍不住想，這事本來可以有好結果的，只要再多一點時間，只要事情發展的順序稍微不同。

「所以我生下祐寶後，又和他聯絡上。」

八代祐司從下落合搬到荒川的千住北美好新城，過著佔住的生活。

「砂川他們做這奇怪的工作後，祐司很生氣，他不想再和他們交往，要搬出去住。可是砂川他們缺錢，勸阻祐司搬出去。他們要靠他的薪水過活。搬到荒川後，砂川跟勝子他們常常跟祐司拿錢。」

沒有正式工作，又帶著需要看護的老人，經濟拮据也是當然。對砂川信夫和秋吉勝子來說，仰仗他們過去照顧的八代祐司，也很理所當然。雖然沒有血緣，但是彼此相處像個家庭——

然而，這種親密關係在八代祐司身上行不通，因為這是他最嫌惡的「家庭」親密關係。

「他本來就是討厭家庭才離家出走的，砂川他們卻像依靠家人般依靠他，讓他又氣又害怕。就是啊！他怕死了，這樣下去會被砂川他們牢牢抓著不放，他怕死了。」

讓我獨立。給我自由。

「我叫他只帶一包衣服離開那裡到我們家，爸媽一定會諒解的。可是，不行。」

當然不行嘛！因為那樣又被另一個「家庭」套住了。康隆很了解八代祐司那時的恐懼。

康隆心想，綾子看起來像是和八代祐司心意相通，其實完全不了解他的感受，否則她不會叫他離開砂川到我們家來。

說來奇怪，渴望逃離家庭桎梏、努力獨立自主的明明應該是「女人」，可是想要回歸血緣和親子關係裡的也是「女人」。男人呢——

卻只是一個勁兒地想逃，像我一樣。

「我現在才知道我把他逼到走投無路。」綾子繼續說。她的眼睛凝望虛空的一點，臉色慘白。

「我問他，那要怎麼辦？要離開砂川他們就走嘛！你是男人，快點做個決定嘛！他就說沒有錢，如果有足夠的錢，去哪裡都行，或許可以和我們共築像樣的人生。」

我們。祐司、綾子和祐介。

「祐司說他也不想和我分手，他說他喜歡我，和我在一起就感到安心，可以和我在一起組織家庭。他看到祐寶的臉，又想和我在一起了。真的！那時候是個機會。」

不過，那樣做需要錢——

「我覺得有沒有錢無所謂，只要回我們家就好。可是祐司做不出那種沒面子的事。」

康隆心想，那也是。說沒面子是輕了點，心裡的感受其實更深。

為什麼綾子不明白呢？

「我們煩惱了好幾個禮拜，就在五月連續假期結束的時候，他很興奮地說，想到弄到大錢的方法了。那時，他卻沒告訴我是什麼。」

綾子一時停頓不語，然後像鼓起勇氣似的嘆了口氣。

「所以我不知道祐司去騙石田說，只要付一千萬圓，他們就搬出二〇二五號。可是我有不祥的預感，神經很緊繃。那天，就是下大雨那天，我們約好中午見面，可是他爽約了。我一直打他的手機，他都不回。我好不安，按捺不住就跑去找他。」

「你帶著祐寶？」

「對啊，我和他見面時都帶著祐寶。他要發飆的時候，看到祐寶的臉就會平靜下來。」

至少，綾子這麼相信。

康隆看著閉嘴不語的綾子。屋裡一片寂靜，只聽見鬧鐘的滴答聲。

「你去二〇二五號的時候，砂川他們三個已經被殺了？」

綾子茫然地看著自己的腳邊。康隆繼續問：

「他想瞞著砂川他們向石田直澄騙取一千萬圓的搬遷費。如果順利拿到，確實很棒。但終究是無謀的計畫吧！」

「石田先生覺得很奇怪，去找砂川談，事情便穿幫了。砂川先生，」綾子低下頭喃喃說，「果然……」

所以，就做了死亡的清算。

「我進去後──差點癱在那裡。」綾子的語氣平板得沒有高低起伏，「他像著魔似的在陽台割塑膠布。在那狂風暴雨中，他濕透的頭髮飛舞亂揚。他想把屍體包起來扔掉。」

綾子雙手按在嘴邊，像要嘔吐。康隆猜那天晚上的情景已烙印在她眼睛裡，永遠不會消失。

可是康隆怎麼也想像不出，那個感覺不到體溫的八代祐司像惡魔般雙眼斜吊、瘋狂揮舞利刃切割要包裹屍體的塑膠布的樣子。他可以想像綾子嚐到的恐懼，但是很難感受那天晚上籠罩八代祐司身上的高亢氣氛、迫切感、勝利感和焦躁感。幾乎不可能。是因為康隆有八代祐司沒有的東西？還是康隆沒有八代祐司有的東西？到底是哪一個？他不知道。康隆像忘掉所有語言似地丟出他唯一的問題。

「姊，你當時為什麼不跑？」

綾子無力地搖搖頭，「我不知道，我不相信自己的眼睛——」

其實，她還是覺得八代祐司可憐吧？她無法丟下他不管而自己跑走吧？

「石田先生已經在那裡了嗎？」

「他是有事來吧！」綾子哽咽著，「他人很好，他擔心砂川知道那一千萬圓的事後，和祐司之間會起什麼衝突。他那天也是一直打電話到二〇二五號和祐司的手機，但一直沒人接。和我一樣，他有不祥的預感，所以趕來——」

第十九章　信子

石田直澄在九月二十日清晨來到片倉屋。片倉信子正幫那段時間常常睡在旅館裡的父親送早飯過來，在門口遇到杵在那裡的他。

信子向來不和住宿的客人寒暄。她絲毫不想繼承這份家業，也就覺得沒有必要學習任何技巧，更不需要累積待客經驗。母親幸惠也嚴格叮囑她，不要在住宿男客面前徘徊。所以她弓著背，迅速閃過正仰看「片倉屋尚有空床」招牌的石田身邊。

本來送早飯是母親的工作。不過，家裡要是平靜無事，父親也不用睡在旅館這邊。

距離祖母多惠子那次病倒送醫，已經三個月了。多惠子說她肚子痛、眼睛模糊、手腳麻痹，家人和醫生從食物中毒懷疑到是否罹患嚴重肝病，擔心不已。幸好醫生為她止痛後，腹痛停止，雖然還燒了幾天，但身體漸漸康復。這段期間做的各種健康檢查也都正常，除了血糖較高外，她或許比兒子義文還健康。

「大概是吃壞了吧！」多惠子愉快地對信子說。因為是吃壞的，生病就不是她自身的問題，而是媳婦幸惠的錯，所以她很高興。

「片倉多惠子女士，你才六十八歲哪。現在這時代，不到七十歲還不能算是老人家。今後你要好好注意健康，努力活到一百歲哦！」主治醫師誇張地這麼說後，多惠子歡天喜地的出院。婆媳戰爭也從那天開始。

「我是吃壞肚子才住院的，好難過好難過哦，你不知道我吃了多少苦頭！」多惠子到處這麼跟鄰居說，惹惱了幸惠。信子好幾次聽到母親在抱怨：「什麼嘛！好像我故意拿壞東西給她吃似的。我們不都吃一樣的東西嗎？只有她不舒服，怎麼會是吃壞的？」

多惠子越是跟鄰居訴苦，幸惠的不滿就越深，最後甚至說，媽是為了毀謗我而故意裝病，她根本在說謊！

然而，義文夾在母親和太太之間，越來越難做。以前老是充當和事佬的他，這次居然勃然大怒，痛罵幸惠一頓。

挨罵的幸惠對丈夫不同以往的舉動，內心覺得受到莫大的衝擊。你要幫媽撐腰是不？你那麼袒護媽是吧？好！那我走！幸惠胡亂一氣地說完，真的衝出了家門，身上還套著圍裙、穿著涼鞋。

信子那天放學後還有社團活動，狠狠做完慢跑訓練後回家一看，廚房裡沒有燒水，母親也不見蹤影。她問待在旅館櫃檯的義文，才知道他們夫妻吵架了，「別管她，等她頭腦清醒後就會回來的，反正她也沒有地方可去。」

信子心想，的確，母親的娘家在福島，距離很遠。就算有錢坐電車回去，也無法長久待在哥哥嫂嫂當家的娘家吧！真的是慘到如父親說的沒有地方可去。信子一時覺得母親很可憐。

於此同時，她也覺得餓死了。隨後從補習班回來的弟弟春樹，也像餓鬼般肚子扁扁的。可是祖母和父親都沒有動手煮飯的意思，姊弟倆只好隨便炒些剩飯。吃完炒飯洗好盤子時幸惠回來了，一臉疲累。她沒問孩子吃過晚飯沒有，也沒為她不在家而抱歉，直接鑽進房間睡覺。不久，義文在旅館打烊後回來，知道幸惠已經回家在屋裡睡覺，立刻又折返旅館。

多惠子心情愉快，那天晚上看電視看到深夜。第二天早上起來時斜眼看著幸惠，什麼也沒說，只在吃早飯時對信子和春樹說，昨天媽媽不在，你們晚飯很麻煩吧，然後各給他們一千圓零用錢。信子起初說不要，但她硬塞給信子。春樹則是高高興興地收下，事後信子捶了他一下，她說男孩子都是蠢蛋。

戰端就這樣開啟。幸惠和多惠子只要一點芝麻小事就會正面衝突。幸惠自認多年來的忍耐已達極限，而多惠子認為：「我會先死，你就不能先聽我的嗎？」兩人之間毫無妥協的餘地。每次衝突，不是有人摔門而出，就是有人絕食，窩在房裡蒙頭大睡。

七月初又發生衝突時，多惠子喊著「既然我那麼累贅，死了算了啦！」又摔門而出，還勞煩附近的派出所把她找回來。信子第二天上學時好尷尬。祖母是在一站之隔的小鋼珠店裡中頭彩時被警方找到送回，偏偏那家小鋼珠店是同學的爸爸開的。

「片倉家的老太太啊？以前就常來啊！珠子不出來的時候還會氣得敲打機台，真傷腦筋。」

就連平常親切探訪他們家的派出所員警石川，她也覺得他現在的關切很煩。每次他在路上招呼她「喲，信子，奶奶後來怎麼樣了」時，她都覺得丟臉死了。

老媽和老婆一激烈衝突，義文就躲到旅館去。有時候還會回家吃飯，如果吵得太嚴重，他乾脆躲在旅館不回家，三餐都在店裡解決，和失業醉酒的住宿客下棋。信子一埋怨，他就說爸爸支持哪一邊都不對，乾脆保持沉默。信子覺得父親一點也不像成熟的大人。

春樹只要有吃的就什麼都不管，對家裡的事毫不在意。信子掛慮盤據在母親心裡的黑影，卻無能為力。家庭不和似乎也影響到生意，加上不景氣的陰影也籠罩老舊市區一帶，那些固定投宿片倉屋旅館的勞工紛紛失業，旅館門可羅雀的日子越來越多。

但是黑夜過去，黎明依然再來，每天的生活還是要繼續下去。婆媳前天晚上又發生了小規模的衝突，義文照例躲到旅館，昨天一整天都不理會家人。幸惠覺得有些內疚，今天早上特地做好早飯，叫信子給父親送過去。

白飯、味噌湯和納豆。信子快步走向旅館櫃檯，無視茫然佇立的那個人。那人卻出聲喃喃自語。

「啊！味噌湯啊！」

信子不覺停下腳步，回頭看他。五十歲左右的中年人——對信子來說，只覺得他就是勞動階層的伯伯——滿面風霜，穿著短袖白襯衫、寬鬆的棉褲，雖然繫著皮帶，腳上卻是骯髒的木屐。

他說到「味噌湯」時，聲音裡充滿了期待和懷念。信子霎時忘記對客人的警戒心，正眼打量對方。

他看起來相當疲累，至少是很餓的樣子。一時間，她覺得好像在哪裡看過這個人，但是他這種樣子看起來多多少少很像那些投宿片倉屋的客人，於是她以為剛才那是自己的錯覺。

「我們不供應早飯。」

看到那人渴望地看著飯盒，信子趕緊說：

「這是自家吃的。」

這時義文在櫃檯那邊喊她，「信子，有客人嗎？」

信子經過這寒酸的中年人身邊，奔向義文。因為跑得太快，味噌湯灑出一半。

那人跟在信子後面進來。信子把早飯放在櫃檯後面的茶几上時，義文幫那人辦住房手續。不用登記也不給房間鑰匙，只是告訴他空房間（正確來說是空床位）和共用盥洗室在哪裡，預收部分房錢而已。可是那人磨磨蹭蹭地耗費不少時間。他搜遍口袋，湊足零錢，動作遲緩，手指的動作有點奇怪。

目送他走上往二樓房間的樓梯時，信子對父親說，「看來又是酒精中毒的人。」

然而義文一邊數錢一邊搖頭。「不一樣，他只是臉曬壞了，眼白部分還很清。」

說完他抬起臉，看著空空的樓梯。

「他是營養失調。大概是這陣子不景氣，沒有工作，剛過這種生活還不習慣吧。」

那語氣中並無特別感情。不論是對待生澀的新客人還是熟稔的老顧客，義文既不同情也無輕視。信子從不曾聽過父親數落客人什麼。父親只有在客人不遵守規定——弄髒廁所、打架爭吵、破壞用品、帶女人進來，或是只付一個人的錢卻一堆人輪流住——的時候才生氣，除此之外，不管他們做什麼，喝酒或是賭博，他都視若無睹。

「爸，你覺不覺得在哪裡看過那個人？」

信子一說，義文的視線本能地落到壓在櫃檯辦公桌塑膠桌墊下的警方通緝單。單子上面並列著二十三歲的搶劫殺人犯，以及千葉地方炸彈恐怖事件嫌犯集團的照片，其中並沒有符合那個身體情況不好的中年人的照片。義文確定以後說，「我不覺得。」

信子那天上學後，數學抽考分數奇差，籃球隊的練習時也備受屈辱。等到一天結束回家時，她已經忘了那個看到味噌湯露出懷念之情的客人了。

殘暑猶虐的九月，日日平靜。信子常常幫父親送早飯和晚飯，但都沒有見到旅館的客人。他們都是一大早出去，運氣好的話找到工作，忙個一整天。即使沒有工作，白天時他們也不會回旅館。

大約在味噌湯那件事的十天後，下午四點信子有事到旅館找父親，看到那個味噌湯伯伯坐在門口茫然抽菸時有點驚訝。味噌湯伯伯看起來好像比上次看到時更衰弱了。信子心想，是因為生病不能工作嗎？他付得出房錢嗎？

義文不在櫃檯裡，也不在後面的房間。保險公司的人來辦火險更新，需要用印，印鑑是義文在管。信子想叫父親，但是看到味噌湯伯伯就在旁邊，不好意思大聲呼喊。

這時，手上拿著菸的伯伯突然轉頭柔聲的對信子說，「老闆去買香菸了。」

信子想起國文老師曾經說過，人無法做「看」這個單純的動作，人能夠做的是「觀察」、「貶抑」、「評價」、「瞪」、「凝視」等帶有某種意義的眼球轉動活動，不能單純地「看」。事實上，味噌湯伯伯的眼球也是捉住了信子，進行只有他了解的某種活動。

「是哦？」信子往前努努下巴致意，轉身往回走出旅館。

「小妹妹，你是老闆的女兒吧？」

信子再次努努下巴點點頭。要是母親看見她這沒禮貌的樣子，肯定會罵她。可是她不想看見伯伯的眼睛，也不想不看伯伯的眼睛，只好這樣做。

「就是呢。」味噌湯伯伯說道。他像是很珍惜地吸著快抽完的菸，指頭都快燒焦了。信子趁著他嘴裡滿口煙、來不及說話的時候迅速往外走出去。

她還是覺得在哪裡看過那張臉。到底是在哪裡呢？而且那個伯伯的身體情況很糟，臉色黃中帶黑，他的肝大概很差吧。

信子每天的生活充滿中學一年級少女的忙碌。因為年輕，腦中和心裡甚至沒有永遠保鮮的記憶冰箱，有的只是一時的保管架，來自外面的訊息很快就會被新的訊息取代。剛剛發生的事情，才一天工夫，就已經變成是很久以前的事情。因此荒川發生的一家四口命案、關係人石田直澄逃亡等消息，雖然一時充斥電視新聞節目，但這時她已經無法立刻想起，也是理所當然。

儘管如此，她還是很在意，總覺得那個伯伯好眼熟，好像在哪裡看過。從爸爸的應對方式、還有那人動作遲緩的樣子來看，他都不像片倉屋或高橋附近簡易旅館的常客。那為什麼覺得那張臉眼熟呢？

那個星期天，信子到附近的美容院剪頭髮。她是想去時髦的美髮沙龍，可是這家美容院就在家裡附近，師傅和母親很熟，所以她不能隨便換地方。這裡的客人都是歐巴桑，供閱的雜誌也不是《儂儂》或《安安》，都是羶色腥的週刊，還很小氣，不捨得買新的，都是過期的舊雜誌。信子覺得無聊，所以每次去時都帶自己的書去看。師傅會有點不高興地邊說「小信好用功喲」，邊讓剪下的髮絲掉在書頁之間，把書弄髒了，讓信子很無奈。

這天美容院裡人很多，信子坐在角落的圓板凳上翻著過期的週刊。大概要等一個小時吧！她挑著內容東翻西看地殺時間，突然看到了。

那個伯伯的臉。

結果，信子那天沒剪頭髮就回家了。在美容院師傅和其他客人的大聲說笑中，她冷汗直冒地坐了一段時間，然後拿著雜誌離開。今年六月出刊的寫真週刊上，清楚登出那個伯伯的照片。樣子比他現在健康很多，看起來也年輕一些，但是嚴肅的長相和眼鼻之間的特徵兩者無異。

信子不敢去旅館。她害怕伯伯又坐在旅館門口。如果她糊裡糊塗帶著雜誌去旅館找父親，搞不好父女兩人都會被殺。這時候的信子認定石田是殺害四個人的凶手。她只是看到雜誌上的照片，並沒有詳細閱讀報導，不知道石田直澄不是「凶嫌」，而是只知道命案詳情但隱匿行蹤的關係人。

信子跑回家，看到母親幸惠在廚房抱頭痛哭。水龍頭開著沒關，平底鍋裡是剛煎好的鍋貼，桌上和地板上灑滿了麵粉。

祖母多惠子坐在廚房對面的走廊上，她臉上也沾著麵粉。信子走近時，幸惠只是哭。多惠子卻睜著眼睛望著信子。

「小信，你媽打我。」她像個孩子似地說。

信子轉頭看幸惠。幸惠垂著雙手，眨著哭紅的眼睛，也沒看信子，直直走出廚房。

「幹麼吵架？這次又為什麼？」

信子傷心地啞聲問。多惠子一副準備細說從頭的樣子清清喉嚨，站起身來扶著椅子坐下，開始說明。

「你媽又要做鍋貼！昨天不是才吃過嗎？油膩的東西對老年人不好呢。可是她老是做，就是想要奶奶早點死嘛！我這樣說，你媽就打奶奶啦！。」

信子感到厭倦極了。剛煎好的鍋貼傻瓜似的排得整整齊齊，她真想一把抓起朝牆壁摔過去，但是她使勁用右手更加握緊左手裡的雜誌忍耐下來。

「我們可能都要被殺死了，你們還吵什麼吵！」

信子向祖母吼完，走出廚房。

祖母叫她，不知說了什麼，因為信子自己都快哭出來了，沒聽清楚。

片倉屋沒有後門，出入一定要從前門。信子感到心臟快要嘔到嘴邊了，跳動聲音好大。她停下來，伸直背脊探看，門口沒有人。裡面電視開著，她看到坐在椅上看電視的義文的後腦。信子一口氣跑過去。

義文一開始不太懂信子說的話，信子又急又委屈。等到義文弄懂了，臉色比信子還蒼白。

「爸，怎麼辦？要去報警嗎？」

「不，你待在這裡就好。」

義文繃著臉。他說，我先去看看情況。

「不要，我不要一個人在這裡！我跟你一起去，必要時我還可以大聲呼救。」

「蠢話。」

義文躡手躡腳地上樓。信子查看櫃檯四周，抄起放在旁邊的塑膠傘，緊跟在父親後面。

義文彎腰弓背地站在二樓客房門口，一下子伸頭、一下子彎腰地查看上下鋪並排的房間裡面。

「這裡嗎？」

信子悄悄靠到他背後說，他嚇得往前跳出半步。

大概是察覺到這個動靜吧，睡在最裡面那張床下鋪的客人，窸窸窣窣地翻動毯子望向他們。是那個味噌湯伯伯。他一臉憔悴睏倦。簡陋的客房一時瀰漫著病房的味道。

信子聽到父親的喉嚨「咕嘟」一聲。

「啊，先生。」

味噌湯伯伯應該知道旅館老闆是在叫他，可是他的眼睛不是看著義文，而是看著信子。如果用那位國文老師的說法，他的眼睛不只是看，而是在等待信子，等待信子手上的傘。

「你是石田直澄吧？我在週刊上看到你的照片。」

伯伯沉默不語，等待的眼神又投向信子的傘。信子閃電般想到，我不能讓他搶走這把傘打我，我的臂力很強，和班上軟弱的男生比腕力時從沒輸過，我怎麼會輸他？

味噌湯伯伯在扁扁的枕頭上動動頭，看起來像是在點頭。

「對，我是石田直澄。」

伯伯病了。他努力的想要爬起來的樣子。義文出乎意料地伸手過來幫助困難的想從又硬又薄的被子裡起身的伯伯，他蹲下腰，手臂用力撐起伯伯的上身。

「你生病了。」

義文說著，仔細打量這個自稱是石田直澄的人的臉龐。信子還緊緊握著塑膠傘，緊張得手心濕黏。

石田直澄還是看著信子手中的傘，但已沒有「等待」的眼神。「別擔心，我不會亂來，我不會那樣做的。」他無力的說。但是，怎能相信涉嫌殺害四個人的凶手的話呢？信子反而更加戒備。

石田直澄露出苦笑對義文說，「老闆，抱歉，給你添痲煩了。」

「你哪裡不舒服？」義文問。

「我也不知道。從以前肝就不好，六月逃亡以後就一直沒好好過日子，出現了更多毛病。」

「爸，」信子很焦慮。「我去打一一〇。」

沒想到義文背對著信子，繼續問石田直澄，「你到現在都沒被發現嗎？」

「沒有。至今一次也沒有。」

「真的？」

「我自己老早就希望被發現，奇怪得很，就是沒被發現，也沒被懷疑。」

「爸，」信子一隻手離開傘拍拍父親的背，「我去派出所吧？」

石田直澄伸著脖子看信子。「是小妹妹記得我的臉吧？」

義文立即以驚人的速度否認，「不是，是我發現的。你第一天來時，我就覺得好像在哪裡看過。可是你那時身體情況很糟，我怕認錯人，決定觀察一陣子再說。」

「這樣啊？」說著石田直澄把頭倒回枕頭上。

信子很驚訝。爸爸是想搶功嗎？明明是我先發現這個伯伯是石田直澄的啊！

可是看到義文的臉色相當陰沉嚴肅，讓她不敢當場抗辯。信子是頭一次看到父親表情這麼可怕，就連母親和祖母吵架時，他也沒用這麼凝重的表情斥責她們。

「我看不報警不行。」信子坐立不安地說。

「是啊，石田先生，我們要報警，你不要恨我們啊！」

義文終於這麼說。

「你真的是石田直澄嗎？告訴我實話，你是殺了那些人而逃亡的嗎？如果是這樣，被捕也是沒辦法囉！」

「爸，你夠了沒有？別再磨磨蹭蹭啦！」

信子很生氣。到了這個地步，爸爸還擔心認錯人。怎麼會弄錯呢？他本人都承認了。而且，萬一這個伯伯撒了瞞天大謊，在沒弄清楚以前，報警還是比不報警好。這是民眾的義務。

「如果認錯了，出糗也沒關係。現在不是考慮這個的時候！」

「你閉嘴。到那邊去！」

義文厲聲喝斥。信子嚇一跳，乖乖沉默下來。

石田直澄看看義文又看看信子，發燒而朦朧的眼神清亮些許。

「我真的是石田直澄沒錯。老闆，你們沒有認錯人。我也不會因為被你們發現而恨你們，請放心。」

義文略略垂下眼睛。信子終於了解，父親這麼慎重，不只是怕認錯人，還擔心報警反而惹來石田直澄的怨恨。

真是沒用！幹嘛害怕那種蠢事呢？一旦被警察逮捕了，這個叫石田的伯伯還能做什麼呢？

信子腦子脹得發熱，沒聽到石田直澄細碎模糊的話語。當她看到義文突然坐到床邊時，驚聲大喊：

「爸！你幹什麼？快走啦！」

義文看了信子一眼，再度俯視著石田。他壓低嗓子問，「你說的是真的？」

「我知道你會不信，可是——」

「什麼啦？爸，」信子搖著義文的背，義文轉頭看著她說，「他說他沒有殺任何人。」

信子抱著腦袋。在這種時候，即將被捕的人任誰都會這樣說的，不是嗎？

但義文不這麼想。他很嚴肅地問石田，「那你為什麼要逃？你不逃的話，事情也不會變成這樣。」

石田直澄眨著眼睛，舔著乾皴嘴唇的舌尖幾乎是灰色的。

「警察一開始也沒說你是凶手，不是？」義文又說，「而且你不是也受傷了？那棟大廈的電梯監視器拍到的你，看起來好像受傷了。」

石田從薄薄的被子裡伸出右手。他的手掌內側有被利刃劃過的醜陋傷疤。義文抓住石田的手指頭仔細檢查傷勢。

「說真的，這傷不縫合不行哩！」

「我不能去看醫生，所以一直好不了。」

「是被誰砍傷的？還是自己弄的？」

石田沒有回答。他垂下眼睛，既迷惘又困惑，一臉戰戰兢兢的樣子。他的臉頰瘦削，信子可以清楚看見他的眼珠子在半開的眼皮底下轉動的樣子。

他終於抬起眼睛，問了一個意外的問題。「老闆或許很清楚，請你告訴我，要騙警察很難嗎？」

義文有點詫異，坐在床邊抱著雙臂，稍稍偏著頭。

「這個啊，我對警察不是很了解，因為我們這裡不曾有客人被警方帶走過。」

「這樣啊……」

義文穩穩地坐在那裡，信子覺得好像只有自己在狀況外。

「你，是不是在掩護某個人？」義文說，「所以你才要逃的是不是？我總覺得是這樣。」

「爸——」

「等一下，」義文阻止信子。「他不會再逃了，他的身體太差了。」

「這不是逃不逃的問題，是我們知道多少都沒有用。我們聽了又能怎樣呢？」

「是啊，小妹妹說得對。」石田直澄平靜地說，「老闆，我可以拜託你一件事嗎？」

石田直澄從枕邊抽出揉成一團的襯衫，掏出小小的記事本，顫抖地翻找，然後遞給義文。

「你能幫我打這個電話嗎？我打的話很怪，因為過去一直沒打過。」

記事本上字跡髒髒地寫著人名和電話號碼。

「對方是有個小嬰兒的女人，她要接了電話，就告訴她說石田被捕了。」

「只要說這樣就行嗎？你不跟她說話好嗎？」

「我什麼也不能說，只能道歉。老闆，我也累了。說真的，我是想被人發現報警，可是這樣做等於是背叛了我的承諾，可是當時我必須這麼說。」

石田一口氣說完，差點喘不過氣來。

「這是你的家人嗎？」

「不是。」

「我通知你家人來接你好嗎？由他們陪你投案。」

「不會有人來的。」

義文想說什麼，但只是搖搖頭便做罷。

「那麼，打這通電話就夠了？」

「拜託了。」

義文站起來，這時才發現自己面臨困難的抉擇。信子想笑。爸爸人再好，也不會把石田一個人留在這裡吧？總要派人監視他。但是，派誰呢？信子可不能獨自留下來。

「我去打。」

信子伸手接過父親手上的記事本。義文神情凝重地說：

「去跟媽媽說一聲，爸爸在這裡。」

信子跑下樓，櫃檯和大廳裡都沒有人影。櫃檯旁邊雖然有一具粉紅色電話，但她覺得還是應該先去告訴母親，於是跑回家去。

然而，母親不在。廚房已經收拾乾淨。煎好的鍋貼也不在桌上。祖母也不在。她聽到祖母房間有低低的電視聲響，她跑進去。

「你媽回娘家了。」

信子剛要開口問時，多惠子很乾脆地告訴信子。

「可能不再回來了。」

信子呆呆地張著嘴，望著祖母。「奶奶，你知道那是怎麼回事嗎？」

多惠子回頭看著電視，沒有回答。畫面上是重播的電視劇，女主角嘶聲哭喊。

「媽媽真的走了嗎？」

不可能。媽媽不會回福島。至少不會沒跟信子、春樹他們姊弟說一聲就回去。她只是出去冷靜一下，奶奶不懷好意，故意這麼說的。

信子突然覺得好累。旅館那邊發生這麼大的事，家裡這邊都在做什麼啊？

信子回到廚房，嘆口氣。她忽然想起該做的事情，看著手中的記事本。

上面寫著「寶井綾子」，電話是〇三開頭。她拿起電話，按下號碼鍵，感到自己的手指在顫抖。

鈴聲響了好幾遍，一直沒人接聽。果然被騙了！這樣的強烈疑惑猛然向信子襲來。那個伯伯說謊，他是殺人犯。他利用電話當藉口支開我，然後趁隙殺害爸爸，說不定這一刻正要逃走——

就在她要掛掉電話折返旅館的瞬間，聽到聽筒那邊傳來喀擦一聲，還有人的聲音。

「喂？」

是女人的聲音。信子的心臟彷彿要從嘴裡蹦出來。通了！真的通了！

很可愛的聲音。石田說是「有個小嬰兒的女人」，可是這聲音聽起來還像是個高中女生。

「喂，是哪位？」

信子說不出話來，對方又「喂」了一聲。

「呃，呃——」

她勉勉強強擠出這句話。

「你是寶井綾子小姐嗎？」

信子聽到電話中傳來嬰兒的哭聲，怔然一驚。確實有個嬰兒，他沒有說謊。

「是，你有什麼事？」

「你是寶井綾子小姐吧？」信子的聲音比剛才更堅定，她唸出記事本上的電話號碼，「這個號碼沒錯吧？」

對方的聲音帶著警戒。「是的，有什麼事？」

「你認識石田直澄這個人嗎？」

電話那邊突然一片漆黑。雖然信子不可能看到，但是她看到了。就像保險絲突然燒掉，光亮消失，黑暗襲來。對方的沉默是那麼唐突深刻。

「他託我打這個電話。」信子像要貫穿這片黑暗，盡量大聲清楚地說。「他就要被警方逮捕了。就——這樣——」

信子猶豫著要不要說我們家是片倉屋旅館，石田就住在這裡。她本能地湧起不想曝露身分的警戒心，以致有點不知所云。

「我不是惡作劇，是石田先生託我打這通電話。石田先生說，你告訴寶井小姐，我被捕了。」

「你等一下。」

一陣刺耳的聲音，寶井綾子好像放下聽筒。電話中遠遠傳來嬰兒的哭聲，還聽到她尖聲呼喚什麼人。

信子不是只等一下。她看著掛在牆上的鐘，整整等了三分鐘。

「喂！」

換了一個男孩的聲音，好像也是高中生。

「喂，你是哪一位？」

信子不想回答。

「是石田直澄先生託我打這通電話的。」她頑固地重複一遍。

「真的嗎？」

「真的！他就要被警察逮捕了。」

「他因為自己被捕，所以叫你通知這邊嗎？」

「是的。」

「為什麼？自己既然要被逮捕了，不會先逃跑嗎？」

「我不知道，我只是受託而已。」

信子想掛掉電話，她不想再被捲入這件事裡面。媽媽離家了，我自己都不知道該怎麼辦哩！真想快點報警。

「石田先生現在在哪裡？」

「我不能說。」

男孩旁邊好像就是剛才那個女的，寶井綾子，她好像哭著說，「怎麼辦？他明明說過不會打電話的——」

「我想見石田先生。」

「這個我可不知道。反正我電話打了就好。」

信子說完就掛掉電話。她覺得話筒好像拖著什麼似的好沉好重。信子把手掌貼在牛仔褲上擦掉汗水。

第二十章　逃亡者

能夠訪問石田直澄本人，是在命案正式結束搜查後一年多，是所有採訪中等候最久的一位。

石田不相信媒體，這也難怪。在他將近四個月的逃亡生活當中，所有媒體都報導了他的消息。雖然他已有心理準備，但是這些報導仍以誇大而相當不同的方式來描述「石田直澄」這個人。他因此得到一個教訓，一旦透過「媒體」這個機能，「真相」就無法傳達，它傳達的只是「看起來像是真相的事」。而這些「看起來像是真相」的報導，常常都是憑「空」捏造的東西。

因此，當命案真相明朗以後，他依然躲避媒體。到處都有人要求採訪他，但他一概拒絕，不和各方接觸。只是，拒絕採訪這事也相當耗神，在破案後還折騰了他三個月，大家的注意力才逐漸轉移到後來發生的新事件上面。

又經過半年，換上一批想幫他寫手記或報導小說的作家和出版社求訪。建議他出手記的出版社過去出過幾本同類書籍，那位兼任總編輯的社長說：

「石田先生經歷那樣苛酷的遭遇，因此有寫成手記暢銷賺錢的權利。至於手記，也不必他親自執筆，只要口述就行，我們錄音後再由寫手寫出來。大家不都這麼做嗎？」

事實上，石田對這個建議有點心動。公司在他逃亡期間，一律視之為「病假」，但當事件一解決，對他復職一事面有難色，結果他自動辭職離開公司。他因為這件事大大出名，浦安的公寓也無法安穩地住下去，房東暗示他們搬家。沒有了收入來源，支出又增加，確實很需要錢。他想，如果真的如那位社長說的能出書賺錢，試一下也無妨，反正不用自己動筆，滿輕鬆的。

石田和母親絹江商量這事，絹江反對說，你要是寫了那本書販賣，一定會後悔。

「你千萬別想靠那種事情賺錢呦！如果靠那種事賺了大錢，別人看了眼紅，又會惹麻煩上身。這社會就是這樣！」

石田聽了更刺耳的是下面這段話。

「你總以為自己比別人機靈，去搞什麼法拍屋，結果弄成這樣。出書賺錢不是又一樣嗎？」

結果，石田拒絕了出版社的要求。但是這家出版社後來還是在沒有採訪石田和確認事實的情形下，出版了有關「荒川一家四口命案」的報導小說。石田沒有看過，完全不知裡面寫些什麼。

至於石田為什麼只接受這個採訪，也很不可思議。

——我一開始想問的是，為什麼願意接受這次採訪？

「這個啊，最重要的是已經事隔很久了，大家對這件事的興奮大概都冷卻了。這時候有人願意好好問我，寫出事實，我也願意說出來。不過現在已經不算是說我的故事了，因為荒川這案子已經是往事了。」

這次訪問按照石田的希望，選在可以眺望千住北美好新城東西雙塔的一家大飯店房間裡進行。石田還有另一個條件，就是不透露他現在的居處和工作地點。

「你的訪問對象不只是我吧？你也和其他相關的人談過吧？」

——是的。

「這樣很好，如果只是我一個人說一大堆，好像有點偏頗。如果是忠實寫下每個人說的，留下事件真相，我就願意說。」

——你家人有沒有意見？

「他們都贊成。孩子們尤其認為忠實留下一個記錄，仍然是對的。」

——留下這段記錄不會有高額的謝禮或版稅，你可以放心。

石田直澄靦腆地笑笑。「是啊，要不然我母親會嘀咕個沒完。不過，我現在有工作，也有薪水，一切都安定下來了。」

這段訪問前前後後進行了四十多個小時，都是在石田下班後或休假時，每次大約談個兩小時。石田不善言詞，有時候前後顛倒，有時候會岔題，必須經過適度地修飾才能文章化，但修飾都有得到他本人同意。因此以下的問答形式，可以讓讀者完全了解石田的心聲無礙。

——身體已經康復了嗎？

「託你的福，大概都好了。有時候會比發生那件事以前還沒勁，畢竟歲數大了呀！」

——是肝的問題嗎？

「我一直服藥。酒也戒了。在片倉屋被捕後警方送我去的那家醫院，我現在還去。」

警方在片倉屋確認石田直澄的身分後，先送他去醫院，住院住了兩個星期。

「我的肝是不好，但那時最糟的是營養失調，沒吃到什麼好東西。刑警還罵我，你會營養失調而死哩！」

——片倉屋的老闆起初以為你是病人。

石田直澄抬起骨骼粗壯的大手搔頭，可以看見他右手掌中央有被八代祐司砍傷的疤痕。他並沒有做縫合手術，而是讓傷口自然癒合，看起來格外鮮活，好像隨便用力戳碰一下就會裂開，流出鮮血似的。

「片倉先生是個好人，他如果不是那樣的人，很多事情可能有不同的變化。你問過片倉先生沒有？」

——問過了，那家旅館也因為看熱鬧的人多，忙亂了好一陣子。

「是嗎？你說片倉先生起初以為我是病人？」

——因為你那時臉色很壞。

「他沒發現我是石田直澄啊！」

——對，發現你的是他女兒信子。

「那個女孩啊，片倉先生上樓看我時，她拿著塑膠傘，就是這個樣子，表情很認真緊張。她是要保護父親。那樣子讓我受不了，想起了家裡的女兒，想起我的家。如果那時信子不在，我未必有立刻說實話的決心。真的，我看到信子的臉，就覺得不願意讓這家人認為我是殺人凶手。我雖然早就疲於再東逃西躲，但我真正認輸、想說我不是殺人凶手，是在見了片倉家人以後。」

——片倉先生知道你是石田直澄，你也坦承沒有殺人後，他立刻問你說是不是在掩護某個人？

「對，真是一語中的。」

——他真敏銳，為什麼馬上就會想到？他有告訴你理由嗎？

「沒有，我沒問他。」

——聽說在他還不知道你的事情時，命案造成話題的當下，他就好像已經跟他太太提到說，你的逃亡是為了掩護真正的凶手。

「哦！是嗎？這真是……」

——片倉先生記得有位新聞評論員提出這樣的說法。

「哈哈……」

——他好像也認為，如果你真的是凶手，警方一定會發布通緝令。可是警方遲遲沒有通緝你，你很可能就不是凶手，他一直這麼想。實際上他看到你時，你像個隨時會死的虛弱病人，也做不出什麼殘酷的事來。

「可是他見到我時還是很害怕。起初他的表情緊繃，因為信子也在旁邊，他怕萬一信子有什麼事就糟了。」

——聽說片倉先生後來挨老婆痛罵，說他知道你是石田直澄以後的對應方式太善良。

「真不好意思。」

石田直澄像翻閱寫在眼睛裡面的日記般不停眨眼。

「因為我拜託片倉先生幫忙一件麻煩事……」

信子掛掉電話，跑回旅館。父親還是以相同姿勢坐在石田直澄的床邊，不停地和他說話。

「怎麼樣？」

石田問氣喘不停的信子，表情有點愧疚。信子突然想起上個星期天和母親去日本橋買東西時，在地鐵裡趁著車廂晃動摸她胸部的色叔叔的表情。他當然是故意摸的，他自己也知道，但還訝異你也知道他的故意而表現出來的複雜表情。

「一個女人接了電話。」信子不是對石田，而是對父親說。

「你照實說了嗎？」父親問。那口氣讓信子聽了真想問他，爸，你到底站在哪一邊啊？

「說了。我說石田先生被捕了。」

石田直澄坐起來，「她有什麼反應？」

「不知道。因為中間換了一個男孩子講電話，還有嬰兒在哭。」

石田聽了，被裹在縐巴巴襯衫裡的肩膀頹然垂下。信子看著父親仔細觀察石田的樣子。看起來父親已不再害怕了。信子心想，怎麼這麼容易就放鬆心防呢？真是無謀。
「你在掩護那個有嬰兒的女人嗎？」片倉義文問道。
石田沒有立刻回答，垂頭呆坐，渾身散發出病人的味道。
「電話已經打了，如果沒有牽掛的話，我們就報警囉。」
義文緊追著問。信子這才鬆一口氣。這種人必須盡快弄走，我們這些外行人是處理不來的。
「再一次……」石田嘟嘟噥噥地說，「再打一次電話好嗎？」
「還要再打？」
「這次，我自己來打。對不起，老闆，可以扶我到樓下的電話那邊嗎？」
義文從床上站起來，「打完這次真的就心安了？」
「老闆我……」
「即使打了，對你也沒好處。你已經到極限了不是嗎？還是早點到警察局把事情說清楚的好。我想你也無意再逃了吧？」
「我已經筋疲力盡了。」
「你家人也會擔心吧，這也當然。」
信子腦中雖有種種念頭，但唯獨那個念頭乍然閃現，而且鮮明得讓她不禁脫口而出。
「伯伯，那個嬰兒是你的孩子嗎？」
石田直澄呆呆地看著信子，義文也轉頭看著女兒。

「你說什麼？」

「不是嗎？」信子問完，義文也跟著問，「是嗎？」

石田扭扭捏捏地說，「看起來是那樣嗎？」

「難道不是嗎？」

「不是這麼回事。」

「可是你在掩護她不是？」信子嘟著嘴說，義文敲敲她腦袋。

「你到那邊去！」

信子無意走開。她心裡想，如果一切交給爸爸處理，好像會讓石田這個伯伯逃掉。爸爸被那種人耍得團團轉，真是爛好人。男人應該更堅決一點。如果老是這樣懦弱怕事，當然也無法介入奶奶和媽媽之間的爭執。

「那就去打電話吧！」

信子的父親說著，伸手扶起石田直澄。

「就這一次哦！打完了就要報警囉！」

「我知道，老闆。」

信子跟在步履蹣跚的兩個大人後面下樓。電話旁邊沒有人影。大白天裡其他房客都出去了。常來看看聊聊的巡警石川偏偏今天沒來，信子暗自嘖舌。警察總是沒事的時候才上門。

石田緩緩從褲袋裡掏出皮夾，數著零錢。義文幫他撥電話。信子站在旁邊看著，調勻呼吸，準備萬一有不對勁時立刻大聲呼救。

電話很快接通。或許對方正在等候再有電話打去。

石田直澄勉強報出自己的名字後就說不出話來。他緊握聽筒彎腰向前，看起來突然老了二十歲。片倉義文看不過去，伸手要接聽筒。石田毫無反抗，反倒像得救似的乖乖交出聽筒。

「喂，請問你是哪位？這通電話打的是哪裡？」

信子聽到父親的問話，深深感到父親真蠢。如果石田伯伯說的是真話，是在掩護電話那端的女人，那個女人會老實承認嗎？

「我啊？我這裡是簡易旅館。石田先生住在我們這裡。我發現他是石田先生。」

又來了！又要搶人家的功勞了！明明是我發現的嘛！信子賭氣地想。

「我不知道是怎麼回事，石田先生說荒川那個案子他沒殺人。既然這樣，我就勸他早點去警察局說清楚。石田先生的身體狀況很虛弱，他說去警察局前要先打這通電話……欸。」

義文偏著腦袋，聆聽對方說話後又反問對方。「你是這個家裡的人嗎？聲音聽起來很年輕，是少爺嗎？哦，這樣啊！」

信子聽了心想，父親現在對話的人大概又是剛才那個男孩吧。

好奇怪啊！那邊只有嬰兒和聲音稚嫩如高中生的年輕女人，以及比她更年輕的「少爺」嗎？這個「少爺」和那年輕女人及嬰兒是什麼關係？嬰兒是年輕女人和「少爺」的小孩嗎？信子年輕的想像力四處迸射。

「我們也很困擾啊！不能放下石田先生不管是吧？我不知道你們有什麼關係——欸？石田先生什麼也沒說。我們什麼都不知道。他只是說他沒有殺人。」

義文的口氣沒有對應狀況的迫切感。就像只是報紙送晚了，你如果不用稍微強硬一點的語氣，好像就無法對他傳達自己的不滿似的。信子聽了，覺得快受不了了。

「啊？啊？怎麼說呢？嗯？」義文拉高聲音反問，「要等嗎？等到明天？這個有點——欸？換人說？」

義文把聽筒遞給石田直澄。

「對方的少爺要和你說。」

石田把聽筒貼近耳朵，縮著身體聆聽。對方像是說個不停，他半閉著眼睛，仔細聽著。不久，他終於開口說，「既然這樣，我就等到明天這個時候，可以嗎？」

信子大驚。等？等什麼？

「可是我不知道片倉先生的家人答不答應呢？」石田直澄說。伯伯他終於跟對方說出我們家的姓了！信子更驚訝了。再不制止他說下去，恐怕連我們家的地址都會說出來。說不定石田掩護的那個女人為了不曝露祕密，會衝到我們家裡殺光我們家人。

石田直澄抬眼看著片倉義文。那張筋疲力盡的臉嚴重扭曲，看起來像是哭累了還找不到掉淚原因的表情。

「能等到明天這個時候再報警嗎？」石田說，「到了明天這個時候，我二話不說就去警局。只要等我一天好嗎？她要和她爸媽商量，或許她先向警方投案比我先到警局要來得妥當。」

信子那靠不住的父親依舊態度茫漠地看著石田。

「不了解情況的話，我不能答應。」他又是那種沒有迫切感的口氣。

「我來告訴你。」

「那就這樣吧。」

「爸！」信子怒吼一聲，父親嚇一跳。「你怎麼還在這裡？」

「你是怎麼搞的！你怎能聽他的呢！」

「小孩子閉嘴！」

「我才不要閉嘴！」

父女爭執之間，石田又和對方簡短交談幾句後，把聽筒交給片倉義文。信子看到父親挺直背脊，通告對方似的說：

「我們現在要聽石田先生細說內情。如果說得通，就等一天。如果說不通，立刻去派出所。就這樣吧！」

父親說完掛掉電話。粉紅色電話發出「欽」的一聲。緊接著門口有人喊道：

「幹什麼？信子。」

回頭一看，母親站在門口。她瑟縮地雙手塞在外套口袋裡，愣愣地看著他們。

「媽媽，你來得還真巧，」父親對母親說，「正好有麻煩事。」

石田直澄說「是你太太嗎」，便深深彎腰鞠個躬。

「抱歉，給你們添麻煩了。」

「這位是石田直澄。」父親介紹著，「知道嗎？荒川那個命案的。」

信子怕母親會昏倒，光著腳丫衝下水泥地板，站到她身邊。

「不要擺出那個臉，他又不會咬人！我們還有很多事情要問他不可。」

就這樣，石田直澄開始敘述。

——這時你才跟片倉夫婦說明一切經過？

「是的。我擔心他們能不能聽得懂，因為我不會說話，沒受過什麼教育。」

石田這時說的長長的故事，是石田這邊看到的「荒川一家四口命案」真相。

「我本來就像我媽說的，沒有本事卻自以為機靈，才會去買法拍屋，結果失敗了。那種事情應該是更了解法律和社會結構的聰明人去做的事。」

——你兒子說你對他有對抗意識。

「是嗎？是這樣的……不好意思，被看穿了。我兒子腦筋比我好，覺得我傻。有一段時間確實是這樣，我確實很想為自己出一口氣，讓他瞧瞧，知道他老爸也很厲害，能做出他意想不到的複雜事情。」

——你自己也很用功，事實上，一開始也很順利，不是嗎？

「也是啦。在標下二〇二五號以前，為了籌錢，我拚命張羅，很快就達到目標。

「當我知道砂川那幫人住在裡面以後，我數度跟他們交涉。我從書本上知道他們是職業佔住人，不過那時我把事情看得太天真了。我覺得他們一點也不可怕，也沒威脅我，只是一再地訴苦說，我們有房屋租約啦，搬家要花錢啦，家裡還有坐輪椅的老人啦，一時也沒有地方可去啦。我只要稍微強硬一點，他們就說會想辦法搬走。可是我太好說話了，所以他們一直賴著沒走。」

——因為早川社長在這方面是老手。

「就是啊，拖了三、四個月還沒點交，但是借款必須要還，我開始著急了，又不知能找誰商量。我去問認識的不動產商，他們都說沒辦法，叫我去找律師。因為律師也是個中老手，可以很快解決這種事情。我是有這個打算，可是我又去二〇二五號一趟，和砂川先生談過，也和他太太——雖然不是真的砂川太太——談了。對方自知理虧，所以我以為只要再加把勁，或許可以成事。

「專程去找律師又要花錢吧。我最不願意的是，等到點交後精算下來，才發現比買普通預售屋還費工夫又花錢。說起來好像很小氣，但在那個階段，我滿腦子都是盡量簡單、便宜地辦好事情。見過砂川後，發現他們姿態很低，更加深了我這個想法。我以為只要我態度稍微再強硬一點，他們不會那麼難搞的。那對夫妻就是有本事讓我產生這種錯覺，而且他們家還有一個老太婆，更是如虎添翼。我說得很怪，你懂吧？」

——你是說二〇二五號的「砂川家」降低了你採取強硬手段的打算？

「就是啊！誰知道他們的弱勢根本是強勢。」

——那家人其實不是「一家人」，除了砂川信夫以外，其他人的名字都不對，你知道嗎？

「那時候我完全不知道，也沒注意到，更不知道有早川社長這個人。」

——沒錯，小糸孝弘也說不知道自稱「砂川里子」的阿姨本名不然。

「他們倒是很忠實的夥伴，有外人在的時候都努力裝出是一家人的樣子。他們也是怕我發現他們不是一家人而節外生枝吧。」

——你知道小糸孝弘出入過二〇二五號嗎？

「我不知道。他是原屋主的兒子吧？」

——是的。他還是中學生，所以不知道詳細情況。

「我要上班，不能常去那邊交涉，這也是我的煩惱。」

——你是什麼時候見到那個自稱「砂川毅」的八代祐司？

「那是……我記不清楚了。我去談判的時候見過一兩次……大概是春初吧，第一次見到時。」

——在二〇二五號屋裡嗎？

「是的，我和砂川夫婦交談的時候他回來，他……那個八代祐司啊，砂川太太跟他說你回來啦，他卻悶不吭聲地走過去，很快又出去了。我問是你兒子嗎，她說是。我記得我說你們有那麼好的兒子，也不想妨礙兒子的將來吧，就想辦法圓滿解決這房子的事情吧。我是想讓他們覺得這種佔住的行為很丟臉，做父母的要為孩子著想，可是沒效。這也難怪，他們不是真正的親子嘛，只是當時我並不知道。」

——你後來和他單獨見面談過？

「沒有。他給我的感覺是不太想回那棟公寓大廈，即使回去也只是睡覺而已。」

——實際上好像就是這個狀態。

「一般家庭的男孩子都是那樣，所以我沒有起疑。」

——你當時還不知道八代祐司做什麼工作？在哪裡上班？

「對。他穿著非常光鮮的西裝，因為他太年輕，我想可能是那種就是錢賺得多也不能大聲嚷嚷的工作吧。也不是黑道，現在有很多這種行業嘛，像地下錢莊之類的。」

——他或許常常換工作，都沒有雇用保險記錄。

「是嗎？人如果想那樣過活，是可以那樣過下去。老實說，我還無法完全了解他……砂川夫婦我還能了解，只有他我不了解。我想以後也不會了解吧！」

——八代祐司什麼時候和你聯絡的？

「那是……我記得是五月的連續假期過後吧。日期我記不清楚了。刑警也要我努力想想，可是很抱歉！」

——他打電話到你家嗎？

「不是，他打我的手機。交屋有糾紛的事情我瞞著家人，所以都用手機聯絡。我當時嚇一跳，怎麼是砂川的兒子？他說要私下見我談事情，我想應該不是壞事。」

——你立刻跟他見面了？

「見啦！也不是壞事嘛！我太想快點順利點交了。」

——在哪裡？

「新橋的酒館，是我選的地方。現在想起來，他是不願意讓我知道他常去的店家，所以讓我決定地點。」

——一開始談些什麼？

「我說你就直說了吧！他就告訴我很多事情。雖然沒有提到早川社長，但是他把砂川他們都是受雇住在那裡告訴了我，而且說砂川他們不是真正的一家人。」

——你很驚訝吧？

「我真是嚇呆了！男女同居不算什麼，竟然還有假兒子、還有老太婆一起！」

——八代祐司有說他為什麼和砂川信夫他們住在一起嗎？

「我問他那種生活不會不自由嗎？他說砂川一直很照顧他。因為不是親生父親，這下反而讓他好辦事。我又問他，你真正的家人不擔心你嗎？還有那個老婆婆，三田初枝是吧，她的家人沒找她嗎？

「他聽了笑笑說，他父母不會找他吧！至於三田初枝的家人，對於突然把那樣癡呆的老太婆送回去，恐怕還覺得麻煩哩，就這樣讓砂川他們照顧或許比較好。」

——他的口氣怎麼樣？

「很乾脆，很灑脫。所以我那時覺得，即使不相干的人住在一起，只要相處得來，也不壞嘛！事實上，那時我和兒子吵架，女兒也不甩我，當時心情真是一團亂。」

——八代祐司那樣跟你坦白後，又說了什麼？

「這個……他問我能不能給他一筆錢，他去說服砂川，向雇他佔住的人辭職，悄悄搬出二〇二五號。他說砂川他們自己也希望快點結束這為了一點小錢的違法勾當。」

——可是他們不會免費走人，他們要錢不是？

「是。」

——要多少？

「一千萬。」

——一筆大錢呢！

「就是說啊！我說沒這麼多錢，要給那麼多錢，我還不如去找律師。」

——他有什麼反應？

「他說你仔細考慮一下貴不貴，好像很有自信。」

——可是你們沒談成。

「嗯，當然！我不可能接受，而且他是瞞著砂川跟我提這件事。

「我想他是臨時起意才這樣說的。少不更事嘛！動點歪腦筋，以為會順利成事就說出口，可是說了就忘。倒是我因為他這番話，猶豫著要不要請律師。

「後來他又打了幾通電話給我。他說，怎麼樣？想法改變沒？他還真固執。我漸漸生氣起來，怒罵他，小夥子別打歪主意！他卻咯咯笑著說，給錢是為你好啊！為什麼是對我好？我問他……我問他……」

「抱歉，一想起來我還是很難過。」

──不要緊吧？

「嗯，沒事了。」

──八代祐司說什麼？

「他說他根本不在乎砂川他們三個，又不是真正的家人，過去雖然受他們照顧，但也是彼此彼此。可是最近他們好像當他是真正的家人一樣，命令東命令西的，還說老了以後要靠他之類的話。他說，真是開玩笑！實際情況如何我不知道。砂川他們真的這樣要求他嗎？還是他自己這麼認為？我不知道。但他確實這麼說。」

──對八代祐司來說，「父母」好像是控制自己、剝奪自己自由的恐怖怪物。不只是對親生父母，對「以父母立場存在的人」他都這麼認為。

「是這樣嗎？太難了，我不懂。只是感覺他對砂川他們沒什麼恩義，好像只當他們是好用的傭人。所以，當他們一讓他感到麻煩時，他就要和他們一刀兩斷。

「他還若無其事地說，我可以不吭一聲地拋下砂川他們一走了之，可是那些傢伙很固執，可能會追著我不放，說什麼當初收留離家出走的我，硬要我報恩。我索性一起收拾掉他們三個。現在正是最好的機會，我現在殺了他們三個，人家會認為凶手是你。」

——就是弄起來像是你氣砂川他們不肯交屋，所以殺了他們？

「沒錯，就是這樣，弄得看起來像是這樣。我聽了毛骨悚然，心想這小子腦筋有毛病不成？於是我只好說我們再見面談談，便又約在新橋的酒館見面。」

——情況如何？

「他很得意地說，怎麼樣？低頭了吧？你如果不想被當成殺人嫌犯，就付一千萬圓。我說讓我考慮考慮，然後就臉色蒼白地回家。

「那時候我還不認為八代祐司會真的殺害那三個人。他威脅說要把殺掉那三個人的罪嫁禍給我，我想大概只是為了讓我害怕，乖乖給錢而已。好歹是住在一起的人，雖然沒有血緣，但砂川他們收留離家出走的他，供他住又照顧他，砂川或許不是正經的人，但至少是親切的人，我想八代祐司不會真的在自己長大後不再需要他們時，只因為他們會妨礙他就把他們殺掉。我真的以為他只是為了錢才這樣威脅我。我真的這麼以為。」

——所以？

「我跟砂川說了。我告訴他，你兒子，跟你們一起生活的八代祐司，跟我說了這些話。砂川的表情如喪家之犬，不過他也沒當真，只說祐司如果對我們不滿，搬出去也沒關係。

「我覺得他把不相干的人當母親、兒子拉來同住很奇怪。他說確實是很奇怪，但是他們一直過得很和樂。我問他，你有真的太太和兒子在別的地方吧？他囁嚅地說確實是有，但是他回不去，就是回去了也處不來，好像不太想提。」

——你跟砂川信夫說清楚後還是很擔心吧？

「是很擔心啊！可是我也沒有辦法。好像是他們起內鬨。我想還是盡早跟他們斷絕關係比較好，我想找個好律師，就跟朋友商量。可是這件事被我兒子知道了，他一臉錯愕，像是在說爸就是沒有一件事做得好。兒子瞧不起我，我還受得了，因為這是事實嘛。可是家裡的氣氛太沉悶，我也賭氣，大多時候都在酒館或小鋼珠店裡混到快天亮才回家。那天晚上——出事的那晚，八代祐司打電話來時我也在酒館裡。是浦安一家新開的連鎖酒館，我是第一次去。才喝了一杯，手機就響了。」

——暴風雨那晚？

「是的，我不想回家，在那裡慢慢喝酒。我接起手機，就聽到那小子說，石田，能不能馬上來我家一趟？你告訴砂川了是吧？拜你之賜，我們大吵了一場，這樣下去不得了，你過來負責吧！我不明白為什麼我必須負責，但確實是我告訴砂川的……我也有點理虧。我說砂川他們沒事吧？你沒對他們做什麼吧？他都不回答，只說你來就是，快來！沒辦法，我只好過去。雖然趕上到那邊的末班電車，但是車站前沒有計程車，我只好渾身濕答答的走到那裡。

「可是，到了一看……已經太遲了……他們都已經……」

第二十一章　投案

——八代祐司叫你過去幹什麼？

「……欸。善後……他要我幫忙一起善後。」

——你要休息一下嗎？

「不用，我沒事。對不起。」

——回想過去很難受吧？

「還好。我和砂川他們不熟。他們被殺，老實說，我不太有悲傷的感覺。砂川信夫雖然有種種苦衷，可是我呢，就算和母親處不好，也不會拋棄老婆孩子一走了之。我不喜歡他的生活方式，可是他們是因為我才變成那樣，這是我最難過的事。」

——但人並不是石田先生你殺的。

「話是這樣不錯，我也知道。可是，想一想，八代祐司總有一天會離開砂川他們的，又不是他求他們扶養他的，感覺他們礙事時就說再見，但這終究只是說再見而已，他不在的話，砂川他們也不至於住不下去。雖然以他那種生活方式，將來在某個地方一定會出問題。可是，他只是說再見的話，砂川他們也會平安無事吧。

「就因為有我和砂川不斷交涉二〇二五號房屋點交的問題……這才讓八代祐司以為能從我這裡弄到錢，是這個想法導致他瘋狂。他或許只是一個任性奇怪的人，但在起了可能弄到一筆大錢的念頭瞬間，就會做出難以想像的可怕事情。

「所以我後悔為什麼不早點去找律師處理，就是因為我這個傻瓜，才讓八代祐司節外生枝。他威脅說，殺了砂川他們，別人一定當你是凶手。我真的驚慌到了極點，這下那小子以為他真的有可乘之機了也就不無道理。真慘！

「那晚我走進二〇二五號，最先映入眼簾的是砂川的腳掌，穿著襪子橫在那裡。乍看之下，他像是在睡午覺。他的襪子是新的，像是剛買的新襪子，還漿挺發亮。那東西洗一遍就會掉，所以一看就知道是新的。其實那也沒什麼特別的意思，只是我記得格外清楚，比流血的樣子還清楚。」

——你作過惡夢嗎？

「我可能很遲鈍，不會作夢。只是，在家裡看到有人躺在客廳睡午覺，我還是會嚇一跳。所以，我告訴家人別隨便躺在我看得到的地方。」

——八代祐司那時在哪裡？

「和我一起在客廳。他的眼睛佈滿血絲，情緒亢奮，沒有顫抖，也沒有語無倫次。他只是不停地說，會這樣都是你的責任，把這些傢伙的屍體處理掉後，你就能搬進這個房子了，應該很慶幸吧！」

——所以要你幫忙？

「對，好像我是雇主，他是殺手一般。他還說，那個雇用砂川他們的早川社長，會以為是砂川他們膽小做不下去，偷偷跑掉了，只要把屍體處理乾淨，這樣做行得通的。我會閉嘴不說，所以你要給我一千萬。」

——的確，你如果想壞人做到底，和八代祐司聯手，這個計謀或許可以得逞。因為早川社長不會追查砂川他們的行蹤，他以為砂川他們是真正的一家人。

「是啊。姑且不論對錯，這計畫是不差，雖然我這樣說太輕率。」

——你當時怎麼沒大喊逃出屋外呢？

「我做不……我做不出來。我渾身發抖。三個人被殺，屍體就在我腳邊，一想到凶嫌可能指向我，更是嚇得直不起腰來，搞不清楚該做什麼。如果我現在報警，八代祐司卻跑了，警察來了或許會完全不相信我說的話。我因為交屋糾紛和砂川他們起摩擦而殺了他們，還比較像是這裡實際發生的情形。最重要的是，我人在命案現場，我不認為警方會相信我是被凶手叫來的。

「現在想起來，我還真傻，怎麼會問八代祐司那個問題！我問他，你到底打算怎麼處理這三個人的屍體？其實我的意思是，你到底怎麼打算的？可是當時我的思緒太混亂了，便那樣問他。

他聽了以為是我打算幫他，以為我對他的計畫有興趣，於是跟我說，不管怎麼樣，我們算是共犯，錢的事以後再說。要不，賣了這房子拿錢如何？你也不想再住在這裡了吧？

「他還說，我準備了包裹屍體的塑膠布。他推開陽台的落地窗說，在房間裡弄，事後清理太麻煩。浴室又太小，就到陽台弄，雖然會淋濕身體，事後再換衣服就好，說得好爽快。」

——他打算肢解屍體？

「大概吧。搬運全屍很麻煩，可是他還沒有動手。就在那時候，門鈴響了。

「那一瞬間——就在那一瞬間，我確實感到我成了八代祐司的共犯。我和那傢伙都一起僵住了。有人來了！被看到就糟了！我心裡這麼想。而且，我想到我進來時忘了鎖門。在喀擦喀擦聲中，大門開了。因為客廳和走廊之間的隔門也是開著，門口雖然看不到我們，我所在的位置卻可以清楚看見進來的人。

「一個年輕小姐，抱著嬰兒，拿著濕答答的傘站在那裡——她怯生生地說聲晚安。她的臉色蒼白，不是因為寒冷，而是出於不安恐懼。八代祐司表情怪異地衝過去。接下來的事情大家後來都聽說了……」

——那是第一次見到寶井綾子？

「是。但她知道我是誰，是什麼立場，她以前來時看過我和砂川爭吵。」

——她進屋看到屍體了？

「八代祐司要趕她回去。綾子小姐可能因為女人的直覺，有不祥的預感，抱著嬰兒匆匆趕來後，看到屍體……她雖然有不祥的預感，但是沒想到會是這樣。她雙腿發軟，顫抖地退到牆邊。

「怎麼會這樣？怎麼會這樣？她的聲音越來越尖。八代祐司突然衝過去甩她一巴掌說，吵死啦！我是為你才做的，你幹嘛來妨礙？

「不可思議的是，嬰兒一直睡得很甜，完全沒哭。倒是媽媽，綾子小姐，哭得好悽慘。

「綾子小姐被甩巴掌後，身體往下滑，手上的嬰兒差點掉下來。我趕緊靠過去幫她抱住。因為她沒穿雨衣，嬰兒的帽子都濕透了。

「我要把嬰兒抱過來，綾子小姐像清醒了似地把嬰兒搶回去。她以為我也是凶手吧。我語無倫次地說我不是我不是，八代祐司也瘋言瘋語的，綾子小姐看看我又看看他，目光炯炯。她問八代祐司，你說是為了我才做的，究竟是什麼意思？

「之後，他們開始吵架。綾子小姐猛然站起來，那樣子就好像要把嬰兒交給我。我只能戰戰兢兢地接過來，不能讓嬰兒有什麼差錯。

「八代祐司不想理會綾子小姐，他走到陽台，攤開放在角落的一捆塑膠布，用刀子開始切割。他用的不是大刀，是工作用的約十五公分長的利刃。他打算切割塑膠布來包裹屍體。

「綾子小姐嘴裡唸唸有詞，我聽出來我懷裡抱的這嬰兒是她和八代祐司生的。

「八代祐司一邊罵綾子小姐吵死啦，別那麼大聲，你要讓鄰居聽到不成？一邊繼續切割塑膠布。他毫無慌亂的樣子，但在狂風暴雨中，頭髮濕淋淋地貼在臉上，雨水打進眼裡，看起來很可怕。我不記得他們所有的對話，依稀聽到好像是八代祐司為了綾子小姐，決定要改變自己的人生，但是砂川他們阻礙他，他也需要錢，覺得這樣做最好，於是下手去做。

「綾子小姐好幾次說我期望的不是這個，她邊哭邊說，你有問題，你不能正經一點嗎？八代淒厲地笑著問她，你說我瘋了，你就正常嗎？

「沒多久，綾子小姐說要報警，八代便拿刀指著她。他虎地站起來，很認真地對綾子小姐說，囉嗦，你要是照我的話去做就好了。現在想起來，那時八代祐司也完全沒有料到綾子小姐會來到現場，他也有些驚慌吧！他想在綾子小姐面前裝闊，所以想搞到一筆大錢，偏偏綾子小姐掀了他的底，他只好用暴力排除障礙。

「那時我還抱著嬰兒，我立刻伸手推開八代拿刀的手。我的手掌被劃到，血噴了出來，綾子小姐尖叫，我也好害怕，這樣下去，恐怕連我也要被殺，於是我跑向大門。綾子小姐反而跑向陽台。

「那都是一瞬間發生的事。那一瞬間我背對著陽台，沒有親眼看見。我聽到哇一聲，回頭一看，八代不在陽台上，綾子小姐癱在塑膠布旁。我跑過去時，她說，他掉下去了，說完放聲大哭。

「我沒時間多說。我只想到八代死了，屋裡還有砂川他們的屍體。八代死了，這比他逃走下落不明還糟糕。這下殺人的嫌疑全都落到我頭上了。

「綾子小姐像抓住救命繩索似的從我手上揪走嬰兒，連我的手臂都一起扯過去。那也難怪，她並不知道我不是八代的共犯。要是她以為我和八代一起殺了砂川，那也沒辦法。

「我不想辯解。綾子小姐把嬰兒搶回去的瞬間，我知道我已無路可逃。

「我蹲在綾子小姐身邊……綾子小姐縮著身體，全心全意守護著嬰兒……我跟她說，你雖然不相信，但我真的沒有殺人。我沒有殺害砂川他們。可是別人一定會懷疑我，我只能逃。可是我真的沒有做壞事，希望你相信我。即使你報警追捕我，我也不會恨你。但如果你相信我，默默離開這裡的話，我也不會對任何人透露這件事。」

——寶井綾子說什麼？

「你要掩護我嗎？我把他推下去的。他說都是為我闖下這個大禍的。所有這些你都要幫我保守祕密不說嗎？可是她好像害怕沉默似的，一古腦地說出她和八代的事情。她情緒慌亂，說得很快，內容跳來跳去，但是我仍然聽出她和八代沒有正式結婚，嬰兒也沒有認父親。於是我說，我會掩護你，你就當做今晚什麼事也沒發生。」

——你們做了約定？

「對，我們做了約定。

「當時我想，警方和社會大眾一定會懷疑我，家人也會責備我，恐怕還會完全放棄我不管了。兒子和女兒一定也恨我害他們陷入這個窘境。不久前，我找律師時，還因為兒子驚訝嘲笑，父子大吵了一場。我已經沒有地方可以回去，所以我已無所謂了。而這個小姐有個嬰兒，嬰兒真的很可愛，也需要母親。所以我就告訴她，我誰也不說，我會一直躲一直躲，絕不被抓到，你也不能跟任何人說今晚的事情，把它全部忘掉。」

——石田先生，你沒有不得不掩護寶井綾子的理由吧？

「嗯，確實是這樣。只是那時候……我已放棄自己了，也知道綾子小姐只是被八代祐司連累了，所以……但最主要的還是嬰兒吧。如果綾子小姐只是一個人，或許情況就不一樣了。」

——寶井綾子說，不論八代祐司想做任何極端的事情，只要看到嬰兒的臉，就會打消念頭，所以那晚她帶著嬰兒跑去。

「是嗎？唉！即使可以阻止八代祐司，也不能改變那傢伙，倒是這點對我很有效。

「我只問了綾子小姐的手機號碼，以備萬一。這時綾子小姐說，刀子，撿起那把刀子！他雖然從陽台摔下去，但是我摸過那把刀子，上面有我的指紋，不能被查出來。她要我拿去丟掉。我以為那是殺死砂川他們的凶器，感覺有點恐怖，雖然不太情願，還是撿了起來。」

——其實，那並不是凶刀。

「是啊。我在逃亡途中把它丟到附近的河裡，一直沒被發現。

「我逃出那房子後已神思模糊。我身上沒有多少錢，於是去找一個老同事。我年輕時他就很照顧我，當時獨居在日暮里的公寓，他老婆很早就死了。我半夜三更把他吵醒，沒有詳說情形，只是問他能不能借點錢？我的模樣很不尋常，但是他二話不說，借了錢給我，讓我換一套乾淨衣服，還借傘給我。我真的很感謝他。他第二天早上大概就知道我為什麼要逃亡，但是他一直為我保持沉默。

「我只打了一通電話回家，告訴我母親一聲。之後將近四個月的時間，我過著半遊民的生活，一路逃亡，最後落腳片倉屋。

「對了，我還不知道綾子小姐的嬰兒的名字。是男孩還是女孩？」

——男孩，名字和爸爸只差一個字。

「是嗎？這樣啊……是男孩啊！」

聽完石田直澄長長的敘述，片倉義文依他的要求，等候一晚。

「因為寶井先生認為讓他女兒先去投案比較好。」

義文根據他自己的判斷，又打電話給寶井綾子。是綾子的父親接的電話。他這才知道對方經營一家小餐館，綾子是他的獨女，幫綾子聽電話的那個「少爺」，是她讀高中的弟弟，叫康隆。

寶井家的雙親說，今晚是頭一次聽綾子說這件事情。起初他們完全不相信。然而很快他們就明白這不是捏造的故事，也知道綾子已經都向康隆透露也祕密商量過了。寶井家的雙親決定直接面對問題。

義文感受到對方的誠意，也坦然地告訴對方這裡的地址和電話，還說有事的話可以打來商量。

信子還是無法百分之百相信石田說的話。她還是認為這是精心編撰的故事。

那晚，義文留在旅館陪石田直澄。信子和母親幸惠一起回家。父親有點沒好氣地跟她們說，你們如果還怕石田先生，我也沒辦法，今晚就都離家住到飯店去也行。

幸惠沒有信子所想的那樣驚慌失措，她和爸爸商量，好像要盡量平靜地度過今晚。在信子眼中，最蠢的是春樹。這個傻瓜說明天大概有很多電視台的人會湧到片倉屋，得先去美容院整理一下。信子一腳把弟弟踹下椅子。

祖母多惠子對不同層次的大事落到片倉屋頭上，感到有點不是味道。旅館的負責人是義文，一家的主婦是幸惠，裡裡外外都由這兩人指揮，她覺得很無趣吧。可是媽媽根本不理會存心找碴吵架的奶奶。

上了床，信子還是睡不著。她想上廁所，下樓時看見客廳還亮著燈，母親在桌上記賬。

「媽，還沒睡？」

母親睜著睏倦的眼睛。「你不也沒睡？」

「太亢奮了，睡不著。」

信子上完廁所回來，母親問她要不要喝熱可可。信子說我來泡。母女倆面對面坐著喝溫熱的可可。

「爸沒事吧？」信子說。

「沒事的。」

「那樣相信石田先生可以嗎？」

「只這一晚嘛！而且你爸看人的眼光很精準，是做這行長年累月練就出來的。」

信子生氣地說，「是我發現那個人是石田直澄的，可是爸還跟那個人說是他發現的。」

母親笑笑。「那是因為你爸剛開始時還認為石田那個人很危險，如果說是你發現的，萬一他記恨你，不就糟了？所以你爸才說是他發現的。」

有那麼深的顧慮嗎？

「電視上不是有人說石田先生並不是荒川命案的真正凶手嗎？所以你爸不怕，真心想解決問題。」

「電視都是亂說的。」

「那要看是什麼人說的。」

幸惠記完賬，闔上賬本，喝著可可，突然一臉認真地問，「你會想要離開這個家，忘記自己的親兄弟，自由自在地過活嗎？」

信子一愣。「什麼嘛！媽媽怎可以說這種話？」

母親笑開了，有點不好意思。「說得也是，是媽自己好幾次想離開這個家。」

「今天也是嗎？」

「沒有。我只是去散散步，讓頭腦冷靜一下。」

「我才不要和別人住在一起哩。」

「說不定沒有煩惱，反而很好玩呢。」

「想得美！你看砂川他們，還有八代祐司，下場多可怕。」

也對，母親喃喃說。

「家人或是血緣，對每個人來說都是麻煩受不了的東西，有人還真的可以斷然割捨這些活下去哩。」

「可是，不是失敗了嗎！」

「砂川他們是失敗了。」

母親喝完可可，拿著杯子站起來。然後，她小聲說，「無處可去和無處可回，這和自由完全是兩回事。」

「媽？」

「睡吧！信子。」

學生就是這麼不自由。雖然自己家裡發生了電視台記者蜂擁而至的大事情，卻還是必須上學不可。信子和春樹也是乖乖早起梳洗上學去。

她沒有辦法不掛心家裡的事情，很想早點回家。正好肚子有點痛，於是拿這當藉口，躲掉課外活動，早早回了家。這是信子第一次偷懶躲掉籃球隊的練習。

她跑回家一看，大門鎖著。信子拿著書包直接趕去旅館那邊。旅館前面停著一輛陌生的麵包車，車身上寫著「寶食堂」。

寶井家的人來了。她心跳得很厲害。

站在門口往裡看，父母親和石田直澄坐在櫃檯前的小客廳裡，石田看起來比昨天更瘦小。

石田對面，坐著體格魁梧的中年人和一個穿著學生服的男孩。信子只能看見他們的背部。父親看見信子，說聲「你回來啦」，所有人都轉過頭來。

母親對呆站的信子說，「這是寶井小姐的爸爸和弟弟。」

寶井爸爸看著信子，問義文說，是發現石田先生的小妹妹吧？石田愧疚地說，我把小妹妹嚇壞了，害她拿著塑膠傘護身。

寶井爸爸向信子點個頭說，「我女兒剛剛抵達荒川北警察署了，她媽媽打電話告訴我的。不好意思，小妹妹，也麻煩你了。」

「嬰兒怎麼辦？」信子自己也沒想到她會脫口這麼問。

寶井爸爸和兒子面面相對，然後微微一笑，「今天暫時託鄰居照顧。」

剛才一直沉默的寶井弟弟開口了，聲音有點激動高亢。

「不要緊，我們可以照顧他到姊姊回來。」

信子盯著叫康隆的少年的臉。對方也盯著信子看，然後突然低下頭去。

「信子，你去派出所請石川巡警過來好嗎？」義文說，「我想石田先生坐警車過去比走路過去好。」

信子說聲知道了，隨即跑出旅館。她的眼角瞄到石田在擦拭眼尾，但她沒回頭看。

她以為那個叫康隆的少年會和她一起去，但這好像是錯覺。信子不停地跑，喘不過氣，只好停下來大口喘氣。她的視野模糊，她知道自己快要哭了，但完全想不通自己為什麼要哭？只有拚命眨眼逼走眼淚。

聽說千住北美好新城的西棟鬧鬼。

石田直澄也知道這事。破案後，二〇二五號一時成為石田所有，但他很快賣掉。辦手續時，他聽管理員佐野說起。

「我以為是砂川他們的鬼魂，沒想到竟然是八代祐司的鬼魂。他慘白著臉從二〇二五號窗戶往下看。也有人在電梯裡碰到他。」

——你見過嗎？

「沒有，就是看到也不怕。活生生的他才可怕呢！」

接受訪問的關係人之中，沒有人實際見過八代祐司的鬼魂，但是鬧鬼的事還是很出名。東棟管理員佐佐木夫婦和中棟管理員島崎夫婦，都聽過不少住戶說他們親眼目擊。

但為什麼是八代祐司的鬼魂呢？為什麼不是三個被害人，而是凶手的鬼魂出現呢？

「這樣才恐怖啊。」佐野笑著說，「父母正好用來嚇唬天黑了還賴在公園玩耍不肯回家的小孩。」

在還沒有破案以前，有人繪聲繪影地說看到石田直澄在查看命案現場和逃走路線，或是看到「砂川里子」和「砂川毅」親密相擁等等，但是破案以後，不知為什麼，流言都變成八代祐司遊蕩的鬼魂了。

「是因為大家最不了解他吧！」

說這話的是葛西美枝子。

「他離家出走，完全否定家人，不相信人和人的溫馨接觸，完全只有自我。他也不愛和情人所生的小孩，我想他的犯行並不是為了他的情人。他只是糊裡糊塗生下孩子，女方要他負責，他只好告訴女方，和自己住在一起的並不是真正的家人，這事若讓你爸媽知道了多沒面子。但他真的這麼想嗎？我看他真正想做的是，逃離砂川他們、逃離情人和嬰兒，一個人自由自在地過生活。此外他想要錢，正好有弄到大錢的機會……如果不是情人偏巧來到命案現場，大概一切就如他計畫的，訛詐石田一大筆錢後逃之夭夭。說是為了情人母子才這樣做，只是要他們感激的藉口。」

葛西美枝子說，現在這種自我本位的人確實越來越多。

「現在的年輕人都有八代祐司這種心理，認為父母只是方便的金主，是住在一起的傭人。年輕人能了解八代祐司的心情吧！」

不過，這社會大多數家庭還是無法理解這種想法吧，住在千住北美好新城的人也一樣。

「對這裡的人來說，八代祐司完全像是異類怪物，他們一直這麼認為。所以怪物有怪物的下場，死了變鬼出來嚇人，反而讓他們感到安心。」

小糸孝弘瞞著母親到西棟好幾次，拜託佐野讓他進屋看看。

——為什麼想進去？

「嗯……」

——想念阿姨他們嗎？

「那個人是外人吧？」

——八代祐司嗎？

「是啊。」

——沒錯，他和砂川叔叔跟阿姨沒有關係。

「可是他們曾經和樂地住在一起過。」

——但是他們內心都各有盤算。

「我會不會也殺了阿姨他們？」

——怎麼說？

「我不是要阿姨租一個房間給我嗎？那時候我覺得和叔叔阿姨住一起，比和爸媽住一起要輕鬆愉快，所以我拜託阿姨。八代祐司也是覺得和叔叔阿姨住一起，比和他親生爸媽住在一起好，不是和我一樣嗎？」

——原來如此。

「所以，如果我一直和阿姨住下去，長大以後，覺得阿姨他們妨礙我時，我也會殺了他們嗎！」

我也會殺死阿姨他們嗎？

小糸孝弘說，如果見到八代祐司的鬼魂，我想問問他。

八代祐司知道小糸孝弘要的答案嗎？他不是也不知道嗎？

不過，將來有一天，在不久的將來，一般人都知道這個答案的時期會來臨。或許是不論我們接受與否都要來臨，也或許是我們積極尋求而來。

到那時，八代祐司的亡魂應該可以瞑目了。在那之前，他會一直在千住北美好新城西棟裡面遊蕩吧。在沒有人再怕他以前，在沒有人再拿他嚇人以前，他會和尋找他蒼白幽影的人一直待在那裡吧。

宮部美幸作品集—3

理由

原著作者　宮部美幸
譯　　者　陳寶蓮
書封設計　Bianco Tsai

出　　版　臉譜出版
發 行 人　凃玉雲
總 經 理　陳逸瑛
編輯總監　劉麗真
城邦文化事業股份有限公司
台北市中山區民生東路二段141號5樓
電話：886-2-25007696　傳真：886-2-25001952

城邦讀書花園
www.cite.com.tw

發　　行　英屬蓋曼群島商家庭傳媒股份有限公司城邦分公司
台北市中山區民生東路141號11樓
客服專線：02-25007718；25007719
24小時傳真專線：02-25001990；25001991
服務時間：週一至週五上午09:30-12:00；下午13:30-17:00
劃撥帳號：19863813 戶名：書虫股份有限公司
讀者服務信箱：service@readingclub.com.tw
城邦網址：http://www.cite.com.tw

香港發行所　城邦（香港）出版集團有限公司
香港灣仔駱克道193號東超商業中心1樓
電話：852-25086231　傳真：852-25789337

馬新發行所　城邦（馬新）出版集團 Cite（M）Sdn. Bhd.
41, Jalan Radin Anum, Bandar Baru Sri Petaling,
57000 Kuala Lumpur, Malaysia.
電話：603-90563833　傳真：603-90576622
電子信箱：services@cite.my

四版一刷　2023年1月
I S B N　978-626-315-229-8

售價：480元
（本書如有缺頁、破損、倒裝，請寄回更換）

國家圖書館出版品預行編目資料

理由／宮部美幸著；陳寶蓮譯. -- 四版. -- 臺北市：臉譜出版：英屬蓋曼群島商家庭傳媒股份有限公司城邦分公司發行, 2023.01
面；　公分. --（宮部美幸作品集；3）
ISBN 978-626-315-229-8（平裝）

861.57　　111018798